わかれ道
Diverging Roads

ローズ・ワイルダー・レイン 著
Rose Wilder Lane
●
谷口由美子 訳
Taniguchi Yumiko

悠書館

Diverging Roads

by Rose Wilder Lane, 1919

Translation by Taniguchi Yumiko

カバーデザイン＝内藤正世（アトリエ アウル）
カバー作品＝西村偉人画『葡萄畑へ続く道』
（西村偉人作品集より：原画をモノトーンで使用）

目次

わかれ道……………3

プロローグ…3　第一章…6　第二章…16　第三章…32　第四章…44
第五章…53　第六章…78　第七章…103　第八章…114　第九章…145
第十章…171　第十一章…192　第十二章…218　第十三章…237　第十四章…250
第十五章…264　第十六章…275　第十七章…290　第十八章…313　第十九章…333
第二十章…346　第二十一章…361　第二十二章…390　第二十三章…395　第二十四章…403

エピローグに代えて——訳者あとがき……………411

ローズ・ワイルダー・レイン関連書リスト……………i,ii

プロローグ

カリフォルニア草創期の物語は、まさに叙事詩であり、挑戦、希望、未知への道をめざす若者の情熱のほとばしり、苦難との闘い、そして失恋をうたう永遠の物語である。広大なアメリカの大地を越え、冒険者たちがこの地へやってきて、幾世代にもわたる冒険の物語を語りついできた。その昔、人々は帆船でホーン岬（南アメリカ）を回り、未知の太平洋を航海し北上した。荒れ野を切りひらき、何世紀ものあいだ静かに眠っていたカリフォルニアの丘また丘をめざさせ、チェロキー・ヴァレーにテントを張り、あまたの小屋を建てたのだった。

それがチェロキーの最も華々しい時期だった。人々は情熱にあふれ、つらくともたくましく生き抜き、めざましい出来事があった。その話はメイソンヴィルにも伝わってきた。メイソンヴィルは駅馬車の止まる駅で、人々はそこで馬を替えるのだ。御者、急ぎの手紙の配達夫、採鉱夫たちなどがメイソン酒場にたむろしては、うわさ話をしたものだ。中国人の洗濯夫が、自分の小屋のそばに千六百ドルにも価《あたい》する金塊を発見したんだと。ハニー・クリークへ向かう駅馬車が、チェロキー・ヒルのすぐ北で追いはぎにあったそうだ。ジム・セインがノース・ブランチで、いい鉱脈を掘りあてて、金持ちになったそうだぜ。

　商売が繁盛したメイソンは、ビリヤード台をサンフランシスコから取り寄せ、ダンスホールを建てた。家族をともなってやってきたリチャードソンは、雑貨店を開いた。チェロキーは繁栄を誇っていた。チェロキーでとれた砂金の袋を背負った人々がやってくると、メイソンヴィルも栄えた。

　しかし、華々しい時代は過ぎ去った。チェロキーではもはや砂金があまりとれなくなり、採鉱キャンプは山の向こうに移っていった。チェロキー・ヴァレーは、丘のあいだのみすぼらしい小さなくぼ地となり、見放された。木々が切られて土地は裸になり、あちこちに浅いトンネルが掘られたため、丘は傷だらけになっている。希望にしがみついて掘ったものの、絶望だけが残ったあとだ。それでもあきらめない採鉱夫たちがわずかばかり残っていた。小さな小屋に住むポルトガル人の数家族が、やせた不毛の土地でやっととれるものだけでほそぼそと暮らしていた。

　やがて、絶望した男たちが数人、メイソンヴィルにやってきて、自作農地を申請し、住みついた。丘の連なる土地でチャパラル（カリフォルニア南部に特徴的な低木の硬葉半灌木）の林を切りひらき、種をまき、果物の苗木を植えた。彼らには妻があり、子どもがいた。時期が来ると、学校を建てた。やがて、鉄道が通るようになり、駅ができ、小さな銀行ができた。

　けれども、草創と挑戦の熱がたぎる時代はもはや過去のものだった。叙事詩の結びは冴えなかった。メイソンヴィルは日なたで思い出にふける老人のように、おだやかな昼寝をしていた。そのとき、若者が立ちあがった。そして、かつての勇気と希望を歌った永遠の物語を続けるべく、はるかなる未知への道を進み、新たな冒険の旅に出かけたのである。

第一章

けだるい空気がもやのように漂っていた。何年ものあいだ、ほとんど何も起こらなかった古い町特有のけだるさとでも言えようか。それは、だらだらしてとぎれることのない、ゆるんだ状態への不安、もう起きなくてはいけないとわかっていても、ベッドでぐずぐずしている者のあせりのようなものだ。街角でぶらぶらしている男だって、まったく何もしていないわけではない。少なくとも手は忙しく動いている。板張りの歩道を見れば、支柱にはあちこちに傷があり、板の縁が削られているからだ。格別おもしろいことも起こらず、のろのろと過ぎていく日々が、重しのようにのしかかってきて、押しつぶされたエネルギーが弱々しくあがいている。だが、その力は衰えることがない。外へ飛びだしたがって、若い血の中をめぐり、いらいらをひきおこす。

ある暖かい春の午後、ヘレン・デイヴィーズはリチャードソン雑貨店の戸口でふと立ち止まり、ひとりごとをつぶやいた。もう二度とメイソンヴィルを見ないですむことになったらどんなにいいだろう。眠たそうな通り、歩道をおおう、がたがたした木製の日よけ、鍛冶屋の店先のかげで、蹄鉄を投げあっている少年たち。見慣れた風景には、もううんざりだった。

ヘレンは立って見ているのに耐えられなくなった。古ぼけた、ほこりだらけの道を歩いて、古くさい自分の農家へ帰るのがいやだった。家は、ヘレンが覚えているかぎり、ずっと昔のままだった。何か新しいことがしたかった。でも、それがなんなのかはわからない。

チェロキー・ヒルの上を、くるくるしたリボンのような、長い紫色の煙がほどけていく。五号列車がもくもくと煙をあげてやってきたのだ。青銅色のもやのかかった、今は実のついていないアプリコット（アンズ）園の上に白い煙がぽっぽっとふたつ浮かぶのが見えると、急勾配にさしかかった汽車が汽笛を鳴らしたのが、聞こえなくてもわかる。

鉄道の駅へ向かって、男の人たちがぶらぶらと歩いていく。シャツ姿の郵便局長が、手押し車に郵便袋をいっぱい積んであらわれ、通りの中央を押していった。チェロキーから午後便の貸し馬車がゴロゴロと音をたててやってきて、ほこりにまみれ、くたびれた顔をした巡回セールスマンがふたりおりたった。やがて、メイソンヴィルの娘たちが、帽子もかぶらず、甲高い声でにぎやかにしゃべったり、笑ったりしながら、郵便局や、雑貨店や、刺繍クラブの集会から、せかせかと外へ出てきて、五号列車を迎えに駅へ向かった。ヘレンは腕の荷物をかかえなおし、日除け帽子を目深《まぶか》にひきかぶり、家のほうへ歩きはじめた。

今まで感じたことのない、反抗心がヘレンの心の中にわきおこっていた。ハーナー貸し馬車屋の、がらんとした広い戸口の前や、鍛冶屋の燃えさかる炉の前を、それらには目もくれずに通りすぎた。頭の中に、考えごとが渦まいていたからだ。けれど、角を曲がって砂利道に出ると、道がいきなり田舎道にかわり、ぽつぽつ散らばっている白い小さな家々のあいだを坂道となってくだっていき、自己に埋没していたヘレンははっと目がさめた。

前方をひとりの青年がゆっくりと歩いていく。いかにも無関心を装ったような様子と、自意識でこちこちになっている背中を見て、ヘレンは彼が自分をずっと待っていたのだとわかった。目もくらむようなうれしさがすべてを押し流し、今のこの瞬間だけが残った。日光がヘレンの肩に暖かくふりそそぎ、家々の庭の草は緑つややかで、バラの茂みの向こうに見える窓辺にかかったレースのカーテンが、その奥でのぞいている目をたくみに隠しているようだった。砂利道を歩く靴がジャリジャリとやけに大きな音をたてた。あまり早足にならないようにして、やっとヘレンは彼に追いついた。ふたりはにっこりした。

「こんにちは、ポール」

ヘレンははにかむ。

ポールは、がっちりした体つきをした、青い目に褐色の髪の青年だ。父親はチェロキーの鉱山事故で亡くなった。そして、ポールはメイソンヴィルの学校へやってきたのだった。ふたりは、同じクラスにいて、この春に卒業することになっている。ポールはよく勉強し、働きはじめる前に、できるだけの教育を受けておきたいと考えていた。ポールは母親とともに、町はずれにある、ヘレンの農場へ通じる道沿いの小さな家に住んでいる。

「やあ」と、ポールは応え、咳ばらいをした。「ぼく——手紙を出しに、郵便局へ行ってきたんだ」

「そうだったの」ヘレンは何かほかに言うことはないかとあせった。「ねえ、卒業するのってうれしい？」

ふたりは、そろってクラスの一番だった。算数はポールのほうができたが、スペリングはヘレンのほうが上だった。これまでずっと、ふたりは教室の中で、お互いに尊敬のまなざしをかわしあってきた。ポールがヘレンをすごいと言っていた、とだれかが教えてくれた。その日、ポールは算数でヘレンを負かしたのだが、ポールはこう言った。

「ヘレンは男のように反撃してくるさ」

ところが、ヘレンは家へ帰るやいなや、鏡をのぞきこんだ。

胸のときめきはすっかり止まっていた。ああ、あたしなんかだめ、ちっともかわいくない。顔立ちがごついし、額は高すぎる。ヘレンは鏡の中の自分の顔を軽蔑した。ああ、小さくて、かわいらしい目鼻立ちだったら、どんなにいいだろう。つぶらな褐色の目、低い額にうずまく巻き毛。しかし、鏡の中の目は灰色で、髪の毛はまっすぐで、褐色だった。ふわりとした、明るい茶色ですらない。ほとんど黒と言っていい。初めて、ヘレンは美しくなりたいと心底思った。しかし今、田舎道でポールに会ったヘレンは、そんなことなど気にしなかった。だって、ポールはずっと自分を待っていてくれたのだから。

ふたりはアーチを作っている木々の下を、ゆっくり歩いていった。枝を透かして、太陽が長い斜めの日光をさしいれている。葉のない果樹園の上には、青銅色のもやがかかり、丘は、続いた雨のおかげで、生き生きした緑色をしている。

「卒業したら、すぐに仕事の見込みがあるんだ」

と、ポールが言った。

「どんな仕事?」

ヘレンがたずねる。

「駅で働く。初任給は、ひと月十五ドル」

ポールは答えたが、ふたりともまるで詩を暗唱しているようだった。ことばはどうでもいい。しゃべっている内容など、どうでもいいのだ。

「すてきね。あたしも仕事がしたいわ」

「ええっ、ぼくは女の子が働くのは好かないよ」

ポールの厚い唇は、いかにもきっぱりした感じだ。そう言って唇をきつく結んだポールは、強い意志を見せた。あごの線や太くて黒い眉をちょっとひそめたところに、頑固さがうかがえた。そんなポールを見て、ヘレンは身も心も溶けそうになった。

「なぜなの? わからないわ」ヘレンは思わず言ってしまった。「あたしのような娘は、暮らしていくためには、仕事をしなくちゃならないのよ。チャンスさえあれば、男の人に負けない自信があるわ」

強いことばは、ヘレンの外側と、ヘレンのほんとうの願望とのあいだにはさまれた、身を守るよろいのようなものだった。ほんとうは働きたくなどなかった。やさしくて、きれいで、魅力的で、ほがらかで、かわいい女でいたかった。欲しいものがあれば、涙とほほえみと甘えで勝ちとれるようになりたかった。でも、どうしたらそうできるのかが、わからない。ポールは、感心したようにヘレンを見た。

「できるさ、きっと。きみは女の子にしては、すごく頭がいいから」

うれしさに、ヘレンの顔はぱっと輝いた。

ふたりはよく、この道をポールの家まで歩いたものだった。たまたま、学校から同時に帰ってくるようなときだ。でも、ふたりが今のように、いかにも漠然とした会話をしたのは初めてだ。今日のふたりの会話には、あの果樹園の上にかかる、青銅色のもやのように、ぼんやりと、はかない美しさがある。

ときたま、ヘレンは帰りにポールの家に少し立ち寄ることがあった。ポールの母親は小柄で、きびきびと、いつも忙しがっている女性だった。ふたりが来ると、母親は戸口に必ず立っていて、入る前に靴のよごれをちゃんと落とすか見張っていた。家の中は、きちんと整頓されていて、居間の床には生染《き》めのカーペットが敷いてあり、糸目が見えるほど、きれいにはき掃除されている。中央のテーブルには、かぎ針編みの敷物がおいてあり、その上に聖書とよく磨きこんだ貝殻がおいてある。その部屋の様子が、家の門に近づいたとき、ヘレンの頭に絵のようによみがえってきた。ここでポールと別れたくなかった。とはいえ、今は彼と一緒にその部屋に入るのは気がひける。

「あの――ちょっと待って」門を入りかけて、ポールはそう言った。「話があったんだけど……」ぽっと顔を染め、やわらかい地面にめりこんだ靴のつま先を見た。「こんどの卒業生総代のことで……」

「あ、そう!」ヘレンは声をあげた。卒業式で、ふたりのどちらが名誉ある総代をつとめるかで、かなり激しい争奪戦があった。成績でどちらかを選ぶことはできなかったけれど、結局ポールに決まった。ヘレンは、自分がそういう重要な役目をはたすのにふさわしい服を持っていないと、先生たちが判断したのだろうと思っている。

「ヘレン、悪く思わないでくれよ」ポールはぎこちなく言った。「ぼくはやりません、と言ったんだ、だって、きみは女の子だもの。それに、やっぱりきみがやるべきだと思ったんだよ。なんだか、自分がその役をとるのはいけないような気がしてさ」

「いいのよ。ちっとも気にしてないわ」

そう言われて、ポールがかなりほっとしたのがわかった。ヘレンはうそをついてよかったと思った。

「物置にちょっとしたものがあるんだ。見にこないか」

いやな話題から早く離れたがっているように、ポールが誘った。

ヘレンはポールのあとについて、家の裏手へ回った。ポールは薪小屋を片づけて、そこにテーブルと椅子をおいていた。テーブルの上には、電信音響機とキーと、丸くて赤い乾電池がのっている。

「今、電信技手になる勉強をしているんだ」と、ポールは言った。「もうアルファベットはほとんど覚えた。いいかい、ほら」

ポールはキーをカチッとたたいた。

「駅で、電信機に送られてくる電信を聞いて、受信のやり方を習おうと思ってるんだ。モリソンは仕事がおわってからやるならいいと言ってくれている。電信技手はひと月に七十ドルも稼げるんだ。速い電信の場合だと、百ドルも稼ぐ人がいるんだよ。列車発車係は、もっと稼げると思うよ」

「まあ、ポール、ほんと?」ヘレンは興味津々になった。ポールはヘレンにキーをさわらせてくれた。「あたしにもできそうね。ええ、できるわ」

ポールは力をこめて言った。

「そりゃ、やればできるさ」

ところが、その口調には、かすかに彼のほうの優位が感じられた。ヘレンは、彼が自分のついていかれない世界へ入っていこうとしている気がした。

「頭の古い世間の問題はそこなのよ。あなたはがんばって、一歩踏みだして、そういうことができるけど、女の子にはチャンスがないんですもの」ヘレンはいきどおりを見せた。

「いや、あるさ、あるに決まってるよ」ポールはうけあう。「女の電信技手だって、たくさんいるよ。ここのラインの先にもひとりいる。彼女のお父さんは、駅長なんだ。それから、ロロじゃ、駅の仕事を一緒にやっている夫婦がいる。だんなのほうが夜働いて、奥さんが昼を受け持つんだ。駅舎の上に住まいがあるから、奥さんは何かあれば、だんなにすぐ来てもらえるし」

「なんてすてきなんでしょう」

ヘレンはうっとりした。

「確かに、運のいいやつさ」ポールもうなずく。「でも、奥さんを働かせているというわけじゃないよ、もちろん。あんなふうに一緒に働いているんだから。奥さんが働かなかったら、結婚できなかったと思うよ。そいつの稼ぎはたいしたことなさそうだからさ。そいつはぼくと年もそう変わらないし――だけど、とにかくぼくはいやなんだ、自分の大切にしている人が働かなければならないのは見たくない」

吐きだすようにポールはことばを結んだ。そして、電信のキーをあげたり、おろしたりした。カチッという金属音が、静まりかえった空気をぱりっと割るように響いた。ことばに出てこなかったものが、ふたりのあいだに横たわっている。ヘレンの胸は激しく動悸し、頭がぼうっとして、体が震え、何も言えなかった。

胸がきゅっとつまるようなときめきの瞬間は、ポールの母親の呼び声であっけなくおわった。

「ポール！　ポール！　薪をとってきて」

ふたりはぎこちなく笑うしかなかった。

「あたし、あたしもう行くわ」

ヘレンは言った。ポールはひきとめなかった。でも、ふたりが薪小屋の戸口に立ったとき、ポールは一気に言った。

「ねえ、ヘレン、今度の日曜に馬車を借りるから、どこかへドライブに行かないかい？」

そのことばをしっかり胸にいだき、ヘレンはうたいながら家路についた。

第二章

日曜日の午後早く、ポールはやってきた。でもヘレンは、馬車が道の向こうに姿をあらわす、ずっと前からしたくをして待っていた。

昨晩、ヘレンは髪を端切れのカーラーで巻いて、新しい髪型にしようとした。今朝も、むっとする屋根裏の寝室で、表面が波打ったような鏡の前で、長いこと、とかしたり、上へあげてみたり、おろしてみたりし、緊張のあまり手首がふらふらするほど、悪戦苦闘していた。ついに、ヘレンはさじを投げ、長いおさげ髪をくるくると丸め、いつものように、うなじのあたりで大きくひとつにまとめ、ピンでとめて、蝶結びの黒いリボンをつけた。

今日のような日には、新しい白いドレスを着たいとずっと願っていたのに。ヘレンの持っている、ピンクのギンガム地の服は、青と白の格子縞模様が色あせて、うす紫と淡いピンクのぼやけた縞のようになり、アイロンをかけてぱりっとさせてもそれをベッドの上に広げて見ると、ぞっとする。しかし、今日はそれを着るしかない。

着替えていると、半分あいた窓からぽかぽかした、けだるい春の朝のいろいろな音が、聞こえてきた。納屋の前庭からは、足長の子馬の甘えるようないななき、牧場からは母馬がそれに応えて、心配そうにいななく声、メンドリのコッコッという鳴き声などが、刃物を砥石で研ぐ音とまじりあって聞こえ、牧歌的な音楽をかもしだしている。横庭に生えている、ねじ曲がったオークの木の下で、父親が斧を研いでいるのだ。妹のメイベルが井戸のクランクを回して、回転する砥石に水をかけている。ふたりのしゃべっている声がヘレンの耳に届いた。メイベルの甲高い、とめどないしゃべり声と、父親がときどき口をはさむ抑揚のない声。それを聞くともなしに聞いているうちに、ヘレンの胸の中になんとも言えない満足感がじわじわとしみわたってきた。

衿をピンでとめ、麦わらのセーラー帽をかぶると、ヘレンはしばらくのあいだ、鏡の中から見かえしてくる自分の目を見つめ、ぼんやりと物思いにふけっていた。

「あらまあ！」台所に行くと、母親がびっくりした声をあげた。「こんな時間におしゃれして、どうしたの、いったい？」

「ドライブに行くの」

ヘレンはちょっと緊張して答えた。この瞬間を恐れていたのだった。母親ははっとして、オーブンの戸を半開きにしたまま、手にしたフォークを宙に浮かせた。

「だれと？」

「ポールよ」

さりげなくその名前を言おうとした。必死になって、いつものように母と目を合わせようとしながら。なんだか、ふたりのあいだにがらんとした空間が広がっているような気がした。母親は突然、そこに自分の知らない娘を見たように思った。

「まあ、なんてこと、ヘレン！　まだ子どもなのに！」

そのことばは、テーブルで、かきまぜ用スプーンをなめている弟のトミーのやじるような声にかき消された。

「ヘレンの彼氏！　ヘレンの彼氏！」

「お黙り！」ヘレンは叫んだ。「黙らないと、どうなるか！」

けれど、トミーはすばやく逃げだし、網戸をバタンを閉めて、離れた安全な薪置き場へのがれてから、どなりかえした。

「ヘレンが怒った！　やあい、やい！　だけどほんとはうれしいくせに！」

ヘレンは台所を出て、隣の部屋へ入り、震える手でドアを閉めた。世界じゅうが嫌いになる思いだった。そう、ポールでさえも。母親が、彼氏と出かけるにしても、何か食べてからにしなさいと呼んでいる。今日の昼食は早くとも午後二時だから、ミルクぐらいは飲んでいきなさい、と。ヘレンはおなかがすいていないと応えた。

ポールは一時頃に来るだろうと、ヘレンは考えていた。彼の母親は、日曜日には火を使わないお昼しか作らない。午前中、家族で教会へ行くからだ。ポールは十分遅れてやってきた。でも、ヘレンは待っているだけで神経をすりへらしていたので、ほかのことは何も気にならなかった。

門のところで、ポールに会った。ポールは手をさしのべて、ヘレンを馬車の座席に助けあげてくれた。よそゆきを着ている。その青い背広は、きれいにブラッシングされ、アイロンがかかっていて、白いぱりっとした衿がのぞいている。なんだか知らない人のように、よそよそしく見えた。

「たいした馬車じゃなくてごめん」

ポールは弁解するように言って、咳ばらいをした。栗毛の馬はやせて、馬車もちょっとがたぴししているのをヘレンは見てとった。ハーナー貸し馬車屋で、いちばん安い馬車だ。けれど、それでもポールにとってはたいへんな出費だということを、ヘレンはちゃんとわかっていた。

「日曜に借りるのは大変なのよね」と、ヘレンは言った。「みんな、朝のうちに借りていってしまうんですもの。だから、こんないいのを借りられて、運がよかったと思うわよ。ねえ、すてきな日じゃない？」

「もう雨はあがったみたいだね」

ポールはかしこまった声で言った。最初にお互いをまぶしそうに見つめたあと、ふたりは目を合わせていなかった。ポールはそれっと馬に声をかけ、馬車は走りだした。

馬車の幌のかげにすっぽりおさまったふたりの前には、黄色い道がのびている。木々のあいだをうねるように走り、木のかげに隠れたり、またあらわれたり、まるでうねうねと続く丘をつなぐリボンのように見える。畑の緑にちらりと金色が見えた。道ばたに咲くケシの花も金色に光っている。アプリコットの若木の赤も、きらっと金色に光って見える。澄みきった空気を、ちらちら揺れる金色の日光が埋めつくしているのだ。その金色のヴェールにおおわれて、馬車は走った。いったいふたりは何をしゃべっていたのだろう？　そんなことはどうでもよかった。ふたりはお互いに見つめあっていた。

ポールは片腕を、座席の後ろにのせている。腕がそこにあるということが、ふたりのあいだの秘密のようだった。ふたりが同時にわかっていること、心の中に大切にいだき、口には出さないことだ。けれど、それを意識しすぎて、黙っていたらもうこれ以上耐えられないところまできて、ふたりともいきなり同時に息苦しくなった。そこで、馬車をおり、辛抱強い馬を木かげに残し、丘をよじのぼりはじめた。

野の花をつみにいこう、とふたりは言うのだった。ポールは坂道をのぼるヘレンの手をとった。ヘレンはされるままにしたが、ちょっとつまずいた。助けなどないほうが、むしろ楽にのぼれたのだが、ポールが主導権をとってくれるのがうれしかった。彼に自分の力強さを感じてもらいたかったから。丘の上へたどりつくと、枝を低く広げているオークの木があり、その下にやわらかそうな草むらがあった。野の花をつみにきたことなどすっかり忘れ、ふたりはそこへ座った。

そして、かなりのあいだ、ふたりは真剣な顔で、まじめな話題について語り合った。人生とは、その意味は何か、宇宙の広さとは？　夜空の星を見て、いろいろなことを考えると、なんだか人間が小さく感じられて、不思議な気持ちになると、ポールは言った。ヘレンはポールが考えていることがよくわかった。自分もそういう気持ちを感じたことがよくあるからだ。ふたりの考えることが、こんなにいくつも共通しているのを知って、胸をつかれる思いがした。お互いに、そんなふうに思える相手はほかにいない。

それから、人生をどう送るかという話題になった。人生を決めるのは非常にむずかしい。まちがいをおかす人間はたくさんいるけれど、そうはなりたくない。正しい出発をしなくてはならない。そうだ、大切なのは出発点だ。十八歳かそこら、つまり二十歳くらいになれば、それがわかる。自分のそれまでの人生を振りかえると、すでにどれだけの時間をむだに過ごしてきたかがわかるだろう。何かを始めなくてはならないと悟るだろう。

そこで、電信技術を学ぶという話になった。これはなかなかいい考えだ。それに本気で立ち向かい、真剣に働けば、きっと何かにつながるにちがいない。汽車の発着係とか、うまくいけば駅長にだってなれるかもしれない。世の中の偉大な男たちの中にも、ポールのようにいいスタートを切ったわけではない男はたくさんいる。エジソンだってそうだ。

ヘレンはうなずいた。ポールにできないことなんかないと確信していた。そのうちになんとなく、ふたりは、これからもヘレンがポールと一緒にいるというような話をしはじめた。ヘレンも電信技手になりたいと言った。もしなれれば、ふたりとも同じ町で働くことができるかもしれないではないか。どんなに楽しいだろう。ポールは汽車の発着順などについて、ヘレンを手伝ってやれるし、夜勤になったら、ヘレンが夜食を作ればいい。

ふたりはままごとのように、そんなことをいろいろ想像して、笑いながらしゃべった。もちろん、仮の話をしているのだ。そのあいだじゅう、ひっきりなしに頭の奥でがんがん響いているある考えを、決して口に出そうとはしなかった。そう思っただけで、胸が苦しくなり、ポールと目を合わせられなくなるのだった。その考えとは、いつかポールが話していたロロの若夫婦のことである。

そしてついに、ふたりの午後はおわりに近づいてきた。いやだといってもしかたがない。のっぺりした、青いかたまりのような丘の向こうの西空に見える、金色の残光が、太陽が沈んだことを告げたので、ふたりはいかにもなごり惜しそうに立ちあがった。ポールはヘレンの両手をとって立ちあがらせた。うっすらと黒ずんできたたそがれの中で、ふたりは見つめあった。ヘレンは、二度とあともどりできない、重大な瞬間が迫ってきたのを感じた。

ポールはヘレンをひきよせた。力強い腕にひきよせられながらも、ヘレンは自分が何かに駆りたてられ、何か強い力が体を流れ、それに押し流され、何かわからないけれど、巨大な、美しくも恐ろしいものにとりこまれる思いがした。とっさに、ヘレンは無我夢中で自分の体をひきはなし、思わず言っていた。

「だめ！　お願い……」

ポールの腕から力が抜けた。

「いいよ――いやなら――そんなつもりじゃ……」

彼はつぶやくように言った。ふたりの手は一瞬ぎゅっと相手を求め、そしてふわりと離れた。そして、ほこりっぽい道をとぼとぼもどり、帰り道はほとんどずっと口もきかず、馬車を走らせた。

その年の春は、気まぐれだった。思いがけず、何日も、太陽がほほえみながら黄金の光をふんだんに丘に投げかけて、じめじめした地面から野の花をゆりおこし、暖かい光を期待させて、つぼみをつけさせた。かと思ったら、また寒空の後ろに姿を隠してしまい、顔をあげた花びらや、芽を吹きだしたばかりの枝を裏切って、残酷なひえびえした雨や、ばりばりの冷たい霜の魔の手にゆだねてしまった。

畑に懸命に鋤《すき》をかけながら、農夫たちは空気にかぐわしいにおいをかぎとり、地面が春の訪れに反応しているのを見て、春の気配を感じとっていた。きらきらした空を見上げて、まだだろうと首を振りつつも、体の中にいっそう温かい血がめぐってきているのを感じていた。だから、夜明けに起きて、果樹園に植わった木の列のあいだを歩きながら、期待をこめて枝の先を曲げてみたり、たこだらけのてのひらに、つぼみをのせて割ってみたりした。

ヘレンにとって、春の日々は、まるで音楽のメロディのようだった。ムネアカヒワ鳥のうたう声と、屋根裏の窓や灰色の窓ガラスから注ぎこんでくる日光と、屋根をたたく雨粒の音は、まさに音楽だった。どの音を聞いても、休日がきたかのように、ヘレンはぱっと目をさました。そして、パッチワーク・キルトの下から起きだして、冷えきった部屋の床にそっとおりたち、がたがた震える手で服を着た。隣で寝ているメイベルが、こんなに早く起きて何よ、と眠たそうに言う声など耳に入らなかった。眠っているのがもったいないほど、人生はすてきだった。力が体じゅうにみなぎり、ヘレンは急な階段を駆けおりて、台所へおりていった。春の出水で、水が川岸から氾濫するように、体じゅうの血が騒いでいた。

見るもの、聞くものすべてが、新鮮さにあふれ、ヘレンを感動させた。ドアのそばのベンチにおいたブリキの洗面器で顔を洗ったとき、かみつくように冷たい水が頬にあたるのが、すきっと気持ちよかった。熱いコーヒーのにおい、いためた塩漬け豚肉のこうばしいにおいもたまらなくいい。台所のテーブルに赤いテーブルクロスを広げ、あちこち欠けた皿を並べながら、ヘレンは歌をうたった。

五月の花のように　あなたはすてき
なつかしい昔のように　あなたが好き

声をあげて、高らかに詩を口ずさんでいるような気がした。あまりに高貴な妙なるしらべなので、その意味は、まわりの凡庸な人たちの耳にはまったく入らないのだ。ヘレンはそのしらべに包まれ、だれも気づかないその神々しい光の中をひとりで歩いていた。

母親がきゅっと口を結んで心配そうに見つめても、ヘレンの幸せの杯はこぼれなかった。母親は黙って仕事を続け、台所をものうげに歩きまわりながら、ときどき、窓から納屋のほうをちらちらと見ていた。父親が重い足どりで小道をやってきて、裏口の段々でブーツの泥をかきおとすために立ち止まったので、母親は出ていき、ドアをあけ、責めたてるような声でたずねた。

「どうでした?」

父親は何も言わず、そのまま、ブーツのかかとを段々の角にぶつけている。やがて、のっそりと中へ入ってきて、水差しの水を洗面器に注いだ。汗のにじみでたつなぎ服を着た父親の後ろ姿が語っているのは、疲労、それだけだった。

「きのうの晩の霜でとうとうやられてしまった」父親は言った。「作物はほとんどだめだ。収穫する価値もない。南斜面で二十ばかり芽を切ってみたが、黒くなっていなかったのは、たった四つだった」

母親はストーブのところへもどり、塩漬け豚肉をいためてパチパチ音をたててひっくりかえし、はねないように顔をそらせた。

「抵当の借金はどうすればいいかしらねえ」

その問いかけは、部屋いっぱいに長い沈黙を呼びこんだ。ヘレンはうたうのをやめた。けれど、心の奥の秘密の場所で、歌はずっと響いていた。そこなら、こんな悲劇の最中でも、安全だ。

「これまでやってきたのと同じさ」とうとう父親が言った。水をしたたらせて顔をあげ、ロールタオルに手をのばす。「銀行の若いメイソンに、抵当を更新してもらえるようにしよう」

「そうね、きっとしてもらえるわ。してもらえるに決まっているわよ」ヘレンは言った。明るい声で言ったのに、なんだか、石の壁をかぼそい棒でたたいているような感じがした。

「果物は少しは残るはずよ。収穫がたいしたことなくても、とった分は、必ずいい値段で売れるわよ」

「その通りだ。そうならんと困る」父親の答えは苦々しい。「収穫がいいときは、値段は安いんだからね」

「とにかく、あたしはもう卒業だから、何かするつもりよ」

と、ヘレンは宣言した。何をするつもりかははっきりしていなかったが、突然、若さと幸福の最中にいる自分の中に、絶望し、気落ちしている父母にはない力強さを感じたのだ。初めて、両親がこれまでにない苦難に直面して、疲れはてているように見えた。ヘレンは今の自分なら、両親を抱きあげて、安楽と平安のあるところへ得意気に連れていかれるような気がした。

「さあ、朝めしにして、むだ口をたたくのはやめなさい」

と、父親が言った。

けれども、ヘレンの勝利に酔ったような気持ちは、皿洗いをしているうちに、また高ぶってきた。これまでになく、自分が大人びて、力強く、自信に満ちているような気がしていた。作物を台無しにした霜の話は、母親を気落ちさせ、台所の仕事を手伝うのをいつもしぶるメイベルを黙らせたが、ヘレンにとっては行動を起こさせる呼び水だった。彼女は皿洗いをしながら石鹸液を勢いよくはねとばし、メイベルを怒らせた。

「やってられないわ」と、メイベルはぶつくさ言う。「霜はおりるし、すてきなものはなんにも買ってもらえないし、こんな古ぼけた台所にはりついてなくちゃいけないなんて、最悪！　そのうえ、おねえちゃんは意地悪だし！」

「まあ、文句ばっかり！」ヘレンは言った。ふたりはいつも皿洗いでもめていた。「きのう、あんたがどこかへ姿をくらましたとき、家の仕事をやったのはだれだと思ってるの？」

けれど、ふてくされたような小さな顔を見下ろして、ヘレンの胸にふと同情心がわいてきた。かわいそうに、この妹は夏服を作ってもらうことだけを心の底から望み、それ以外に楽しみがないのだ。

「ごめんね、メイベル、意地悪するつもりなんかないのよ」ヘレンは妹のやせてとがった肩をやさしく抱いた。「心配しないで。いずれ何もかもよくなるから」

その日の午後、アイロンかけをおえると、ヘレンはピンクのギンガムのドレスを着て、いちばんいい靴をはいた。町に手紙を取りにいくの、と母親に説明した。するとメイベルは声をあげた。

「あら、おとといも行ったじゃない！」

そこでヘレンは答えた。

「ええ、でもやっぱり行くわ。散歩がしたい気分なんだもの」

母親はあっさりとその説明を受けいれた。なんの疑問もいだかなかった。何もわかってないんだから、とヘレンは何も気づかない母の無知に驚いた。野原の草の一本一本、空の白い雲のひとひらひとひらが、ヘレンがポールに会いにいくのを知っているように思えたのに。道ばたのすべてのものが、ヘレンにそれを告げていた。

門を通りすぎるとき、ヘレンはふと手を門の上にのせた。日曜の夕方、教会から帰るとき、家へ送ってもらうと、ポールといつもそこによりかかったものだ。彼がまだそこにいるような気がした。彼のがっしりした両肩が星空を背に黒々と見え、顔がふうっと白く浮かびあがっているように思えた。

ピーターソンの牧草地のそばの長い小道には、彼の思い出がいっぱいだった。ここで、ふたりは立ち止まって、ケシの花をつんだっけ。そこ、灰色の石のそばで、いつか彼がひざまずいて、ヘレンの靴ひもを結んでくれたっけ。オークの木かげにある小さな橋で、ふたりはいつも立ち止まり、欄干によりかかって、下の水面に映っている自分たちの影が光を浴びて、ちらちら揺れているのを見ていたっけ。そういう場所を通るたびに、ヘレンはこの世は美しいという気持ちでめまいを覚えるほどだった。空は青い。初めてそれがわかった気がした。空は胸が痛くなるほど美しい青であるということ、丘が金色の光を放っていること、丘の緑色の斜面に紫色の影が落ちていること、そういうことに今までまったく気づいていなかった。遅い午後にできる影が、ブドウのような紫色をしていて、空気そのものが、かすかにオレンジ色に色づいているのを、見たことがなかった。自分は今まで目が見えていなかったのではないかとさえ思うのだった。

その小さな橋の上にたたずんで、ヘレンはこの美しい光景をうっとりと眺め、そっと彼の名前をつぶやいた。「ポール」発せられたその音に、ヘレンの全身はぴくぴく震えた。

今頃彼はきっと、鉄道の駅にいて、五号列車が入ってくると、かばんや荷物を運んだりして忙しいだろう。紺色のシャツを着たがっしりした肩、ぼろぼろの帽子の下にのぞく、なめらかな額、まっすぐ前を見つめる青い目と、きりっと結んだ口もとを、ヘレンは思いうかべた。窓から、電信を打つキーの音がカチカチ聞こえてくる。ちょっと離れたところにヘレンが立っていると、ホームの人混みをかきわけて、ポールが手押し車を押してやってくる。ふたりの目が合う。ふたりを親密な絆で結びつけるまなざしだ。だが、押しあいへしあいしている人たちはそれに気づくはずもない。ヘレンはそこを離れ、ゆっくりと町を歩いていく。やがて、夕飯を食べに家へ帰るポールが追いついてくる。そして、ヘレンは霜の話をする。それ以上はもう考えられなかった。ポールがやってくれば、もういい。その先はないのだ。

ところが、ヘレンがポールの家へ着く前に、サミー・ハーナーが道をひょこひょことびはねながらやってくるのが見えた。春になって、初めてはだしでとびまわれるのがうれしくてたまらないのだ。つば広の麦わら帽子をパタパタさせながら、横とびでスキップしている。鳥に石を投げたり、歯のあいだから甲高くピーッと音を出したりした。ヘレンの姿を見たとたん、急にまじめな顔になり、駆けよってきて、息をハアハア言わせながら、手をさしだした。

「あんたの家へ行こうと思って、急いでいたんだ。手紙だよ」せわしなくそこらじゅうのポケットをさぐっていたが、やっと帽子の山の裏にそれを見つけた。「ポールが五セントくれた。答えをもらってきてくれって」

サミーが自分の手をじっと見ているのを感じた。興奮して震える手で、ヘレンはやっと黄色い鉄道会社の封筒から手紙を取りだし、読んだ。

ヘレンへ

新しい仕事が見つかったので、今夜リプリーへ発ちます。そこで働くことになったのです。発つ前に、きみに会いたいのです。いつ帰ってこられるかわからないから。でも、そんなに長くなることはないでしょう。午後、急にそれがわかり、これからキャノンボールへ行かなければなりません。今夜、八時頃、あの橋のそばで会えますか？　まだ荷造りもしていないので、きみの家へ行く時間がないと思います。でも、どうしても会いたい。どうかサミーに返事を伝えてください。

きみの友　ポールより

　じっとヘレンを見つめていたサミーの目が、手から顔に移っていた。視線が耐えがたいほどの光線となって顔に注がれているような気がした。こんなにじろじろ見つめられると、何も考えられなくなる。でも、考えなくてはならない。え、何を考える？　そうだ、返事をしなくてはならないのだ。鉛筆は？　鉛筆なんて持っていない。

「ポールに言ってちょうだい、書くものを持っていなかったって。でも、行きますって、伝えてちょうだい」

　サミーがなかなか立ち去らず、ヘレンの顔をじっとあからさまに見つめているので、ヘレンは思わず声をはりあげた。

「早く、早く、行って、さあ！」

　角を曲がってサミーの姿がやっと見えなくなると、ヘレンは腰をおろし、ほっと息をついた。ごちゃごちゃになっていたまわりの世界が、いくらか落ち着いたように思えた。ポールが遠くへ行ってしまうなんて、考えたこともなかった。いい仕事なのかしら、ポールは行くのがうれしいのかしら、とヘレンはぼんやり考えていた。

第三章

　午後七時すぎ、ヘレンはふたたび橋のそばへやってきた。今夜もまた寒い夜で、星が、丘と同じく黒々とした空に、寒々と光っている。道の前方は暗闇に閉ざされている。まわりの草原も暗い闇の中にとけこんでいて、黒い空のように果てしなく広がっているみたいだった。ヘレンは、自分が夜の一部になってしまったような気がした。

　その道を、ヘレンは行ったり来たりして、ずっと待っていた。一度は橋の向こうの丘の上までものぼってみた。闇の中で、彼の家の明かりが黄色く光っているのが見え、それをしばらくじっと見つめていた。彼が出てくるまで見ていようと思った。しかしまた、道を行ったり来たりしはじめ、わだちにつまずいたりし、とにかくひたすら待った。とうとう、彼がやってくるのが見えた。ヘレンはそのままオークの木立の暗い中に立ちつくして、彼が近づくのを待った。

「ヘレン?」さぐるようにポールがつぶやく。「きみなの?」

「ええ」ヘレンは答えた。喉がつまった。

「大急ぎできたんだ」彼も喉をつまらせているのが、なんとなくヘレンにはわかった。ふたりは橋の細い欄干によって立ち、うっすら見える相手の顔を見つめあった。

「寒い？」彼がささやく。

「いいえ」

そのとき、肩のショールが落ちて、片腕からたれさがっているのに気づいた。風がショールをはためかせた。ヘレンはあせって両手でそれをひきもどそうとした。

「そら」ポールが自分の上着を脱ごうとした。

「いいえ」ヘレンはまた言った。

けれど、彼が上着の半身を肩にかけてくれたので、そのままにした。上着にふわりとおおわれてふたりはよりそって立っていた。冷たい風がふたりのまわりを流れる水のように通りすぎ、寒さで震える体のぬくもりは、その冷たい海に浮かぶ、やさしい離れ小島のようだった。

「ぼくは行かなくちゃいけない」と、ポールが言った。「いい仕事なんだ。月五十ドルになる。ほら、ぼくはおふくろを食べさせなきゃならないからね。おふくろの財産はほとんどなくなってしまった。だって、ぼくを学校へやるためにたくさんつかったんだから。だから、行かなくちゃいけないんだ。ああ、でも、でも、行かなくてすめばいいのにと思うよ」

ヘレンは唇が震えないようにするので必死だった。

「いいのよ。あたし、あなたにいい仕事が見つかってよかったと思ってるの」

「じゃ、ぼくがいなくなっても、さびしくないってこと？」

「いいえ、さびしいに決まってるわ」

「ぼくも、どんなにさびしいか」ポールの声はかすれた。「手紙をくれる?」

「ええ、書くわ、あなたもね」

「ぼくのこと、忘れたりしないだろ——だれかほかのやつとつきあうなんて、しないだろ——ね?」

ヘレンは答えられなかった。ふたりとも体をがたがた震わせ、ことばが出なくなった。風と暗闇が一体になり、いちどきにふたりを襲った。ヘレンの喉ははれあがったように痛み、涙がどっとこぼれでた。ふたりはひしと抱きあい、熱い涙にぬれた頬をよせ、声もなく、別れの悲しみに埋もれていた。

「ああ、ヘレン!　ああ、ヘレン!」

ポールは激しく動悸する胸に、ヘレンをきつくひきよせ、その腕が痛いほどに彼女を抱きしめた。もっと痛くしてほしかった。

「きみは、なんて——なんて——かわいいんだ!」

とぎれとぎれにポールがつぶやいた。そして、お互いの唇をがむしゃらに求めあった。しばらくしてやっと、ヘレンにことばがよみがえった。

「行かないで」

と、すすり泣いた。

ポールの腕にいっそう力が入った。それから、ゆっくりゆるんでいった。ポールはあごをきっとあげた。その口もとにふたたびきびしさがもどってきたのを、ヘレンは感じた。

「行かなくちゃいけないんだ」

きっぱりした決断のことばは、ふたりの足もとの地面のようにふたたび動かないものとなった。

「そうよね、あたしはただ……」

少し体を離し、ヘレンは震える手で自分の髪をなでつけた。ふたりは、今まで感じたことのない新しいおごそかな気持ちを味わっていた。そして、ここでふたりの人生は変わってしまい、もう二度と元通りにはならないのではないかと漠然と思っていた。

「ぼく、いろいろ考えなくちゃならないんだよ」

「そうね——わかっているわ」

「おふくろがいるだろ。ひと月に五十ドルだから、それをのがすなんて……」

涙がもわっとあふれでて、ヘレンの頬を伝った。もう抑えようがなかった。

「できっこないわ。うちだって、あたしが手伝わなくちゃいけないもの」

やみくもに、ヘレンは足もとに落ちたショールをまさぐった。ポールがそれをひろいあげ、やさしくヘレンの肩をおおってくれた。

星明かりの中をふたりは行ったり来たりした。まじめに語ろうとし、なんだか急に大人になってしまったような悲しみと重たい心をかかえていた。ポールは、サンウォーキン・ヴァレーにあるリプリーという駅で、夜勤の電信技手になるつもりだと言った。そう言いながら、ちょっとも ったいぶったような口調になるのを抑えられなかった。しかし、彼は正直に言った、電信を打つといっても、たいしてできないとは思うけどね、と。そこでは、夜汽車の発着電信など、ほんの数件しかない。しかし、初心者にとっては、いい職場だ。じきに、もっといい仕事がもらえるようになるだろう。だから、二十歳か二十一歳になったら、たぶんひと月に七十五ドルは稼げるだろう。そんなに先のことじゃない。

ふたりはまた体をよせあった。

「ポール——まだ、だめよ」と、ヘレンは言った。

「いいさ——一回だけ——婚約してるんだから」

ヘレンは彼の肩ですすり泣いた。キスをかわすと、涙の味がした。

ついに、ポールは門の前でヘレンを離した。ここにこうして何度立ったことだろう。それを思い出すと、胸が苦しくて、耐えられなくなる。ふたりは黙ってひしと抱きあった。

「きみは——まだ言ってない——言ってくれ——愛していると」

しばらくしてから、ポールが思いきって言った。

「愛しているわ」

ヘレンは神聖な誓いのように言った。ポールはそのまま黙っていた。ほのぐらい星明かりの中で、彼の顔になんとも言いようのない、おそれに似た表情が浮かんでいるのを、ヘレンは見たというより、むしろ感じた。

「ねえ、ぼくと一緒に行ってくれる？——今——もしぼくが申し込んだら——結婚してくれる？」

かすれた声だった。

ヘレンは、自分の今あるすべてを、これからの自分も何もかも、そのまま両手につかんで、彼に捧げたいと思った。

「ええ」

ポールは激しく体を震わせ、すすり泣いた。何か言おうとして、喉をつまらせ、荒っぽくヘレンから体を離した。ほとんど逃げるように走り去っていく彼の姿が、闇に消えていった。


それからの何日間というもの、ヘレンは別れのつらさにさいなまれていた。あのとき、ひとり残されたりしなければ、この苦しみにもいくらか耐えられただろうに。ポールは光る二本の鉄道をたどって、チェロキー・ヒルのかなたへ行ってしまい、ヘレンの考えのおよばない、漠然とした広い世界へ消えてしまった。ポールから手紙がきて、サンフランシスコへ行き、遊覧電車で観光したという。すばらしいところだと、彼は言った。ヘレンにも自分が見たものを見せたいと書いてきた。チャイナ・タウン、プレシディオ、海岸、シール・ロックスと呼ばれる、アザラシの生息地も見てきたそうだ。それから、リプリーに行った。メイソンヴィルとはあまり似ていない。元気でやっているので、ヘレンも元気でいてほしい。ヘレンのことを毎日思っている。いとしい人へ、となっていた。けれど、ヘレンはなんだか、彼との絆を失っていくような気がしていた。あと二、三年も待っていたら、すっかり絆が消えてしまうのではないかと思った。そして、ロロにいるあの若夫婦のことをまた思い出し、うらやましさで身のこげる思いが、今のこの暮らしのみじめさ、つらさに加わった。

ポールが去ってから二週間たったとき、ヘレンは母親に、電信技手になりたいと告げた。その頑固なまでの決意にしがみつく自分に、ヘレン自身驚いていた。必死で説得し、嘆願し、稼げる給料を伝え、家に送れる金額も話した。メイソンヴィルの週刊紙に、カリフォルニア州サクラメントにある電信技術専門学校の宣伝がのっていたのだ。「電信技手の需要、非常に高し。当校卒業者には、ひと月七十五ドルから百ドル以上の収入あり」とあった。

さっそくヘレンは学校に問い合わせの手紙を書いたところ、すぐに返事がきた。三カ月でまちがいなく技術を習得できるという。鉄道会社や電信会社は、技手をたいそう欲しがっているので、卒業生はすべて、いい仕事につけると保証してくれた。授業料は五十ドルだ。

それじゃ無理だ、と父親は言った。

しかし、ついにヘレンは勝った。父親が抵当権をもう一年のばして、銀行からヘレンの授業料と経費として百ドル、借りてくれたのだ。三カ月分の生活費として五十ドルは、大金に思えた。母親とヘレンは一緒に手持ちの服を調べ、母親はかぶせ蓋のある旅行かばんを娘にやり、服を荷造りした。

そんな作業をしているうちに、母娘のあいだにぎこちないながらも親近感が生まれた。母親は、しばらくでも働くなら、いい仕事のほうがいいと言った。自分の気持ちがよくわからないうちに、おろかな結婚などしないだろう。ヘレンは何も言わなかった。母親と結婚のような話題について話すのは賢明でないと思ったからだ。

母親はもうひとつ別なことを言った。それがヘレンの心にひっかかった。あいまいな言い方だったからか、それを言ったときに母親がとまどったからかもしれない。そのとまどいが、ふたりをいっそうぎこちなくした。

「ヘレン、どうしても言っておきたいことがあるの」母親はアイロンをかけている胴着に目をやったまま、顔を赤らめている。「お父さんはまだ、あんたがひとりで出て行くのに反対なのよ。もし、何か問題が起こったらすぐに、家へ連れもどすと言っているわ。だから、何かちょっとでもおかしいというようなことが起こったり、そんな様子が見えたりしたら、すぐに知らせるのよ。すぐにトレントンへ行って、あんたを連れもどしますからね。あんな大きな町へひとりであんたを出すのが、心配でたまらないの」

すぐさま、でも、自信なさげにヘレンはそうすると約束した。すると、母親は次の話を持ちだした。隣の農場に住むアップダイク夫人が妹をたずねてサンフランシスコへ行くという。夫人にヘレンと一緒にサクラメントまで行って、落ち着くまでを見届けてもらうつもりだというのだ。毎日食事はきちんととって、服のほころびをつくろい、毎週手紙を書き、よく勉強しなくてはなりませんよ。ヘレンはすべてにうんとうなずいた。

最後の朝は、大騒ぎだった。興奮と別れの涙がいりまじり、メイベルは取り乱し、トミーは邪魔ばかりした。母親はかばんを十回以上も荷造りしなおし、忘れ物はないか調べた。そして、みんな一緒に、ふたり乗りの窮屈な馬車の座席にくっつきあって座り、町へ向かった。駅に着くと、またひと騒ぎあり、ついに汽車がきた。ヘレンはみんなをぎこちなく抱きしめて、目に涙を浮かべながらほほえんで見せた。初めて、家族をどんなに深く愛していたかを悟ったのだった。

汽車が町の南側をぐうっと曲がっていくまで、ヘレンはメイソンヴィルの町とポールが働いていた小さな黄色い駅をじっと見つめていた。それから、赤いビロードの座席によりかかって、見慣れない木々や丘が、窓の外を、ひゅっひゅっとすばやく後ろ向きに走り去っていくのを見ていた。これから冒険だと思うと、わくわくした。学校はどんなところだろうかと思いながら、しっかり勉強するわと、自分に言いきかせていた。

旅のあいだ、ヘレンとアップダイク夫人は、しきりに心配していた。電信技術学校のウィークス校長がもし手ちがいか何かで、サクラメント駅に迎えに出ていなかったらどうしよう。ふたりは、校長にすぐわかるように、目印として赤い毛糸をボタンホールに通していた。

汽車が駅に止まると、校長はちゃんと待っていた。やせた人で、服装はきちんとしている。若い割には、ふけた顔をしていた。まるで、熟していないのに、しなびてしまったリンゴのようだ。彼はせかせかとふたりを、人や車のうるさく行き交う通りへ連れだし、路面電車に乗せ、おろし、階段をあがって、学校へ連れてきた。

部屋はふたつあり、狭いほうは事務所、広いほうは、むきだしの、あまりきれいではない部屋で、外の路地が見える高い明かり取りの窓がふたつあった。その広いほうの部屋に、机が六つあり、それぞれに電信音響機とキーがおいてある。今はだれもいないんです、とウィークス氏が言った。土曜日の午後だからだ。学校は普通、土曜の午後は休みだが、ヘレンには特例措置をとってもいい、と彼は申しでた。彼はきびきびした口調で、ヘレンの都合しだいだが、もし今授業料を払えば、月曜の朝から授業を受けられる、と言った。きっとすばらしい電信技手になれると思うと、彼は言い、卒業後はいい仕事につけると保証してくれた。保証書が欲しければ、書いてあげる、とさえ言った。しかし、ヘレンはいらないと答えた。ウィークス氏を信用していないみたいではないか。

息を切らせて階段をのぼってきたアップダイク夫人は、サンフランシスコ行きの汽車に乗りたいので、あせりながら、ヘレンの下宿についてたずねた。ちょうどいい具合に、ウィークス氏は安くていい下宿を知っているそうだ。学校の隣にあるので、ふたりをそこへ連れていってくれることになった。

長い廊下に一列に部屋がいくつも並んでいて、どの部屋へも、通りから階段をあがって入れる。持ち主はブラウン夫人といい、階下で食堂も経営している。顔色のよくない、小柄な女性で、褐色の光る目に、黄色い髪をしている。ひっきりなしに、きんきんした高めの声でしゃべりながら、手をせかせかと動かし、シャッシャッと絹のペティコートの音をたてている。なんだか熱にうかされたような、エネルギーに駆りたてられているみたいな感じがした。

部屋代はひと月六ドルだった。通りを見下ろす、弓形の大きな張り出し窓があり、はでな花柄の壁紙、赤いカーペット、大きな木製のベッド、ピッチャーとボウルをおいた洗面台、そして、揺り椅子が二脚。長い廊下のつきあたりには、白い風呂桶のある風呂場とトイレがあった。ヘレンが初めて見るものだった。その風呂桶は、いかにも都会的で、そこでお風呂を使えるなんて、すてきだ。ふるさとの家で土曜日の夜にブリキ製の風呂桶で体をごしごし洗うのとはまったくちがう。食事は階下の食堂ですればいい。二十セント払うか、または食券を買えば、それ以下で結構いいものが食べられる。

「まああそれなりにいいんじゃないの」

と、アップダイク夫人が言った。

「ええ、すてきだと思います」

ヘレンは答えた。

そこで、下宿は決まった。ヘレンはブラウン夫人に六ドル支払った。夫人は次のように言うと、すぐに行ってしまった。

「あんた、きっとここが気にいるよ。何か欲しいものがあったら、あたしに言ってね。あたしの部屋は隣だから、問題は起こらないよ。さびしくなったら、すぐにノックしていいからね」

それから、アップダイク夫人はヘレンの頬に、大急ぎで別れのキスをし、汽車に間に合うようにそそくさと出ていった。ウィークス氏は夫人を駅へ送りにいき、ヘレンはひとりぼっちになった。

まず、部屋に鍵をかけ、いかにも事務的にお金を数えた。それから、かばんをあけ、服などを取りだし、そうしながらもときどき、あたりを見まわした。ここが自分の部屋なのだ。とても広くて、ぜいたくな感じがした。すべてがきちんとおさまると、責任を果たしたような、すがすがしい気分になり、窓辺に立って、通りを見下ろした。角に目をやると、路面電車がときおり通りかかる。一生懸命働こう、とヘレンは自分に言いきかせた。そして、父親が貸してくれたお金に利息をつけて、早く返せるようにがんばろう。

それから、いろいろなことを考えついて、にっこりした。ちょっとしたら下へおりて、食堂で食事をしよう。それから、便箋と鉛筆を買いに出て、このきれいな部屋へもどり、ひとり静かに腰をおろして、ポールに手紙を書こう。

第四章

サクラメントに来てから最初の数カ月は無我夢中だった。そんなヘレンにとって、たったひとつのはっきりした現実は、ポールの存在だった。見慣れぬ、見知らぬものがうすく冷たい霧のヴェールのようにヘレンを取り囲んでいたが、ポールのことを考えると、ぽっと心が温かくなるのだった。

学校もまた現実だった。ヘレンは自分がいったい何を求めているのかわかっていなかったが、なんとなく、まだ見つかっていないことは感じていた。でもまじめに毎朝八時に、うすよごれた奥の部屋の机について、モールス信号の点だの棒だのを、電信音響機のカチッという、乱れのないキーの音に変換するのに必死だった。部屋には、ほかに三人の生徒がいた。農村の青年たちで、ごわごわした衿もとで首を窮屈そうに動かし、ヘレンを見ては顔を赤らめるのだった。

その部屋から表の事務所へ、線がつながっていた。ときどき音響機が動き、ウィークス氏が生徒たちに何か練習用の電文を送ってくるのがわかった。すると、みんなはいっせいに音響機がおいてある机へ向かうのだった。しかし、その音響機がちっとも動かない日がときどきあった。そこで、しばらくしてから青年のひとりがつま先立ちでそっと事務所に行ってみると、ウィークス氏は眠っていたという。また、音響機がずっとカチカチ意味もなく鳴りっぱなしになったこともある。みんな、困ったように顔を見あわせていた。やがて、わけのわからない文字が二、三きて、止まり、さらにまた、二、三きた。

それから数日間、ウィークス氏は学校にまったく姿を見せなかった。みんな、なんとなく拍子抜けして、むっとする狭い部屋にぼうっと座っていた。ハエが窓ガラスをうるさくたたいていた。ヘレンのじっとりしめった指先が、硬いゴム製のキーにはりついた。アルファベットを覚えるのはひと苦労だった。でも、がむしゃらにキーをたたきつづけた。自分の成功にすべてがかかっているとわかっていたからだ。いつも目の前に浮かぶのは、ポールと一緒に駅で働いている光景だった。二階に住まいのある、黄色い小さな駅舎だ。また、父親に借りているお金のことも忘れなかったし、自分でお金が稼げるようになったら、父親を助けられるという期待もあった。

やがて、少しずつほかの生徒たちのことがわかってきた。三人のうちふたりは、メンドシーノ郡から一緒に来ていた。ふた夏働いて、お金を稼いだそうだ。それでも授業料を七十五ドルしか稼げなかったと言う。ふたりはウィークス氏をうまく説き伏せて、それだけで手をうってもらったのだった。ふたりはひとつの部屋で暮らし、ガス・コンロで食事を作っているそうだ。そのひとりがヘレンに、ガスで人が死ぬのを知っているかときいた。「長いこと出しっぱなしにしておいて、火をつけたら、爆発すると思うわ」ヘレンはあやふやに答えた。

「そういう意味じゃないんだ」と、彼はちょっと興奮気味に言う。「ずっと吸っていたら、死んでしまうんだよ。毒だからさ」

それ以来、ヘレンは自分の部屋にあるガス・コンロをこわごわ見るようになった。そして、つねに気をつかいながら栓をしっかりしめるのだった。

三人目の青年は、もう少し世慣れた感じで、タバコを吸っていた。ちょっぴりいばった感じで、自分は世の中を知っているし、都会のこわさもよくわかっているという態度をとっていた。そして、いやらしい目つきで、ねっとりとヘレンを見つめ、一度、映画に誘ったりした。ヘレンはさびしかったし、劇場で映画など見たこともなかったが、断った。行ったら、ポールがいやがるだろうと思ったのだ。サクラメントの三カ月がおわったとき、ヘレンが知り合ったのは、ブラウン夫人をのぞいてはその三人だけだった。

このブラウン夫人をもっとよく知っていれば、好きになれるのに、とヘレンは思っていた。恥ずかしがりやのヘレンは、夫人が下の食堂で、食事券にはさみをいれて、返してくれるときに、やっと「こんばんは」を言えるぐらいだった。また、夫人も、ヘレンに対しては、なぜかわからないが、かかわろうとしなかった。自分が悪いのだ、とヘレンは自分を責めた。夫人は男性のお客と楽しそうに笑い、にぎやかにしゃべっている。うまいことおだてて、食堂でほそぼそと売っている葉巻やガムなどを買うようにしむけている。

ヘレンはブラウン氏はどんな人だろうと思った。一度も見たことがない。きっともう亡くなったのだろうと思った。ところが、夫人はよく指にはまった幅広の結婚指輪を回しては、見ている。まだはめなれていないかのように。そうか、未亡人なのだ。それもなんと若い未亡人！　つかの間のロマンスを思って、ヘレンは胸を痛めた。ブラウン夫人のほっそりした体つきや明るい黄色の髪は、娘時代のままだ。ただ、目だけが年齢を感じさせる。そんな沈んだ、やつれた目になったのは、悲しみのせいにちがいない。ヘレンは思いをこめて、カウンター越しににっこりしてみせた。友情と同情を示したつもりだった。ところが、夫人の態度はいつもヘレンをとまどわせるのだった。

とはいえ、しょっちゅう夫人と会うわけでもなかった。ヘレンは、三ドルの食事券をひと月持たせようと思っていたので、週に五回しか、食堂で食べることができなかった。ちゃんと席についたときは、コーヒーやシチューやハンバーグ・ステーキのにおいがいっぱいの、暖かい場所で、温かい食事ができた。やがて、シナモン・ロールを、土曜日には半額で買えるということを知り、それをいくつも買って袋にいれ、フルーツも買い、部屋へ持ちこんだ。でも、ブラウン夫人が空いた席を不審そうに見やっているのを見て、ヘレンは落ち着かなくなった。部屋でものを食べるのは、夫人をだましていることになるのだろうか。

夫人はほんとうによく働く。ヘレンにはそれがわかっていた。ホールをはき、部屋を掃除する。でも充分にはできなかった。ときどき、夜もそういう仕事をしているのをヘレンは見たことがある。すばやく、ちょっとやけ気味にほうきを動かし、その黄色い髪がほつれて顔にかかっている。

高いヒールの靴が床をコツコツたたき、ペティコートがシャッシャッと音をたてた。なんだかあわれっぽく見える。あたかも、舞台に出された小さな動物が、慣れない芸当をやらされているようだ。ヘレンは夜、どろぼうのようにこっそり廊下へ出て、ほうきを持ちだし、こそこそと自分の部屋を掃除した。ブラウン夫人がしなくてもいいようにしたかった。

掃除にもっと時間がかかればいいのにと思った。おわったら、あとは何もすることがなく、ただ窓際に座って、通りを眺めおろすだけなのだから。夏の暖かい夜なので、人がのんびりと行き交っている。おしゃれな服を着た娘たちが、三々五々歩いていく姿を見て、さびしさがつのった。馬車が通りすぎた。妻と子どもたちを乗せた男、若い娘とその恋人。交差点では、路面電車がガタンガタンと音をたてて行き交っている。人をたくさん乗せて、明るい光を灯してにぎやかに通りすぎていくのを、ヘレンはじっと見つめていた。ときどき、自動車を目にした。息づかいが激しくなり、窓から乗りだすようにして、見えなくなるまでじっと見つめていた。そのとき、ヘレンは都会の魅力を肌で感じた。人の群れ、あふれる光、見知らぬ、めまぐるしい生活。

若い男がふたり、よく自動車に乗って、通りを通っていった。そのたびに、ふたりはヘレンのいる窓を見上げ、車のスピードを落とすのだった。彼女が窓敷居から身を乗りだしているときには、手を振り、にぎやかに声をかけた。ヘレンはいつも、気がつかないふりをして、体をひいてしまったが、またいつその車が通るかと見張っていた。自分がまったく入りこめない都会のはなやかな生活との唯一のつながりのような気がしていたからだ。その若者たちと知り合いになりたいと思った。

ある晩、ヘレンは窓際に座っていた。電信技術学校で勉強すると決めた三カ月は、まもなくおわろうとしていた。手にはポールの写真があった。リプリーで撮って、ヘレンに送ってきたものだ。つるつるした、とてもきれいなキャビネットサイズの写真で、ヤシやシダといった、南国らしい風景を背にしたポールが写っている。

ポールは山高帽をとり、それをいかにも格好をつけて持っている。見慣れぬ背広姿の彼は、力強く、羽振りがよさそうに見えた。

ヘレンは、ポールの意志の強そうなあごの線や、きりっとひきしまった唇、後ろへきれいになでつけられた髪や、なめらかに広がる額を見つめながら、考えにふけっていた。首を少し横に向けているので、見つめるヘレンの目と合わない。ちょっと不可解な、上から下を見下ろすようなまなざしだ。ヘレンはちょっと傷ついた。ポールが目を合わせてくれたらいいのにと思った。そうしてくれたら、もっと気持ちが楽になるのに。ヘレンは、だれかに助けてほしかった。

その日、長いこと姿を見せなかったウィークス氏がやっとあらわれたので、ヘレンは思いきって、仕事の見込みについてたずねてみた。ウィークス氏は、ヘレンが机のそばに立って、将来の不安やら、願望などをどもりどもりしゃべるのを、じっと聞いていた。ヘレンは訴えた。お金がほとんど尽きてしまったこと、自分の電信技術はかなりのものだということ、真剣に勉強したことなどを、必死でしゃべった。ウィークス氏が、机の上の書類を震える手でいじくっているのを見て、体の具合が悪いのに、面倒な相談をもちかけて申し訳なかったような気になった。とはいえ、せっぱつまったヘレンは追求の手を止められなかった。やがて、ヘレンははっと気がついた。氏が赤い目をしてヘレンを見上げて、わけのわからないことばを発したとき、相手が酔っぱらっているのがわかったのだ。

憎しみにも似た怒りが、むらむらとわきおこった。気分が悪くなるほどだった。体の震えが止まらず、階段をおりるのもおぼつかなかった。すっきり晴れわたった外を、長いこと歩いたあげく、やっとこれがどういうことなのかがわかり、ぞっとした。ヘレンはとうとう、現実に直面したのだ。

手持ちの残金はたった二ドルと、半分使った食事券、そして、下宿代は一週間先まで払ってあるだけだ。あの電信技術学校からはもはや何も期待できない。それがはっきりわかった。しかし、だれのせいでもないとヘレンは思った。頭の中に、いろいろな考えがめまぐるしく浮かんでは消えた。あたかも、おりの中の動物が鉄柵のあいだから抜けでようとしているように。

家へ帰るなど、ぜったいにできない。自分が抵当の借金をさらに百ドル増やしたという思いにさいなまれながら、あんなところでは二度と暮らせない。ポールにも、もしチャンスがあれば、男と同じようにできると自信をもってそう言ったし、その実、チャンスもあったのだ。ポールに助けてもらうわけにはいかない。下に見える通りを、人がたくさん楽しそうに行き交っている。みんな、自分のことでいっぱいで、ヘレンのことなどどうでもいいのだ。

いつもの若いふたりの男たちが乗った車が来たのに気づいたのは、それが通りの向かいに止まったときだった。それでも、車を見るヘレンの目は、ぼんやりしていた。しかし、ふたりの男は窓を見上げ、何かふたりでしゃべり、また顔をあげたのだ。車からおりるらしい。ふたりは通りを横切った。階下で声がした。じきに、ヘレンの心臓はどきどきしはじめた。男たちが階段をあがってくる。

何かが起こりそうだった。ついに、このとてつもないさびしさと静けさを破ってくれるものがあらわれたのだ。ヘレンは立ちすくんで、片手を喉にあて、体をかたくし、息を殺してなりゆきを見守った。

男たちは階段の中ほどまで来ると、そこでしゃべっている。これからどうしようとためらっているような声だ。すると、ひとりが階段を駆けおりていった。息づまるような沈黙。そこへ、足音と、ブラウン夫人の甲高い、ほがらかな声が響いた。みんな、いっせいに笑いだした。

「やあ、キティ！」

若い男のひとりが言った。三人は階段をあがってきた。靴音が響き、ヘレンの部屋の前を通ったとき、ひとことふたこと、しゃべり声が聞こえた。それから、マッチをする音がし、ブラウン夫人の部屋のドアの下から明かりがもれでた。

みんな、そのまましゃべっている。言い合いしたり、なだめたり、何かさかんにすすめたりしているようだった。それを、ブラウン夫人の声がかき消した。どっと笑い声が起こった。ヘレンは、みんながふざけて騒いでいるのだろうと思った。しばらくすると、ブラウン夫人が裏階段の上から、下にいるだれかに、ビールを持ってくるように言っている声が聞こえた。

ヘレンはふっと気がゆるんだ。底なしの絶望の淵に落ちていくような気分だった。ふたたび、ふざけるような言い合いが始まった。意味のないことばの端ばしが、耳に入ってくる。ヘレンは暗い中で服を脱ぎ、ベッドにもぐりこんだ。

「おい、おい、キティ、いい子にしろよ！　たいした美人だ！　いったい何が欲しいんだ――やっぱり金か？」

「おだまり。ちがうよ。だからって、あんたたちにゃ関係ないよ」

ヘレンは枕につっぷして、声を出さずに泣いた。ブラウン夫人はパーティを開き、それに自分を呼んでくれなかったのだ。なんていじわるな仕打ちだろう。

第五章

次の日、ヘレンは真っ白な洗いたてのブラウスに、アメリカ先住民の頭部の絵が描いてあるスカートをはき、電信社へ向かった。仕事をさせてほしいと頼むつもりだった。どこにその会社があるのかは知っていた。人でごったがえす通りを、ひとりさびしく歩いていたときによく、板ガラスの表ドアに青い文字でそう書いてあるのを見ていたからだ。心臓がどきどきし、ひざをがくがくさせながらも、ヘレンは思いきって開いたドアから中へと入っていった。

広い部屋を横切るように長いカウンターがあり、その上に、ワイシャツ姿の若い男性が緑色のまびさしを頭の後ろへ押しやって、のんびりと座っていた。その後ろで、電信音響機がカタカタ音をたてて動いていて、暑い朝のむっとする静けさを破っている。若い男は、いぶかしげにヘレンを見た。

「主任をさがしているの？　ぼくじゃだめ？」

ヘレンは声が震えた。

「できれば主任さんにお会いしたいです。もし、お忙しければ――待ちます」

すると、主任が座っていた机から立ちあがって、やってきた。背の高い、やせた男だ。うすい髪の毛が頭頂できれいにとかしてある。唇もうすく、口の両側には深いしわがよっていて、口を囲む括弧《かっこ》のように見えた。

「悪いけど、人手はもういらないんだよ」と言いながらも、その目はヘレンを興味深そうに見ている。「経験は?」

ウィークス電信技術学校を卒業しました、と勢いこんでヘレンは言った。正確に電信を打てます。でも、受信はあまり自信がありません。でも、充分気をつけて、まちがいのないようにするつもりです。とにかく、今、仕事が欲しいんです。どうしても仕事をしなくてはならないんです。給料はいくらでもかまいません、ありさえすれば。ヘレンはこのままここを出て行くわけにはいかないという気持ちでいっぱいだった。カウンターの縁にしがみついて離れなかった。そうしていないと、おぼれてしまうかのように。それが生命線であるかのようだった。

「ま、こっちへ来たまえ。きみの技量を見せてもらおうか」

そう言うと、相手はカウンターのとびらをあけた。ヘレンは彼のあとについて、机と机のあいだを歩いていった。奥の大きな交換台の脇に、がたぴしした机があり、その上にほこりをかぶった機械がおいてある。主任は釘にかかっていた電文をとると、それをヘレンに手渡した。

「じゃ、送信してみてくれ」

ヘレンは、真剣に打ちはじめた。まびさしをつけた、さっきの若い男が、ぶらぶらとやってきて、机によりかかり、聞き耳をたてた。文字をいくつか打ちおえたとき、ヘレンは、若い男と主任が、自分の頭上で目を見あわせたのを感じた。ヘレンは、電文を打ちおえると、最後にていねいにピリオドを打った。うまくやれたと思った。目をあげると、主任が温かい声で言った。

「なかなかいいね！　いずれ電信技手になれるよ」

「その機会をくだされば」

ヘレンは訴える。

主任は、あとで連絡するからと言って、ヘレンの住所をたずねた。さっきの若い男が、なんだかにやにやしているのを感じた。ヘレンは主任に自分の名前を言い、通りの番号を伝えた。すると、主任はびっくりしたようにそれを繰り返した。

「きみ、キティ・ブラウンのところに住んでいるのか？」

ふたたび、頭の上でふたりの視線が行き交った。ふたりとも、いっそう興味をかきたてられたような顔つきだったが、なぜなのか、ヘレンには皆目わからなかった。

「はい」

そう答えたヘレンは、居心地の悪い思いをし、わけがわからず、いっそうとまどった。若い男は後ろを向いて、腰をおろし、山積みの電文を打ちはじめた。右手でせわしなく打ちながら、左手でおわったものに印をつけている。それでも、彼が自分と主任とのやりとりに耳を傾けているのをヘレンは感じていた。

「そうか！　で、きみはここで働きたいのかね？」にっこりしながら、主任は片手であごをさすった。「そうだなあ。働いてもらうかなあ」

「ええ、ぜひ、お願いします！」

主任は決めかねて、困っているようだった。

「うーん、考えておくよ。また来てくれたまえ」

握手をしたとき、主任がヘレンの手を温かくつかんだので、ヘレンもにこやかに握りかえした。とても親切な人だと思った。そして、この面接はなかなかうまくいったと思った。また来たまえと言われたことで、気持ちがふわっと温かくなり、ヘレンは自分の部屋にもどっていった。

その日の午後、お客があった。ヘレンは母親に週に一度手紙を書いていたが、学校をじきに卒業して、仕事をさがしていると知らせたところだった。そして、しばらくためらったあと、みじめな思いで、最後にひとこと付け加えた。もうお金があまり残っていないので、あと五ドル貸してもらえないだろうか、と。すえたロールパンとリンゴだけで暮らしていて、食事券があとどれくらいもつか、悩んでいたのだ。そのとき、ドアにノックの音がした。

ドアをあけたヘレンはびっくりした。何かのまちがいだと思った。そこに立っていたのは、体の大きい、意志の強そうな女性で、身なりはよく、黒手袋をはめ、ヴェールをかぶっている。いきなりヘレンは、そのがっちりした両手に、いかにも若く、経験のない自分が子どものようにとっつかまった気がした。

「ヘレン・デイヴィーズさんね？　わたし、キャンベルです」

そう言いながら、夫人は部屋の中へ踏みこんできた。ずかずかと乗りこんできたので、ヘレンは思わずあとじさりした。夫人は部屋をさっとひとわたり眺めた。

「あなたをこんなところに住まわせるなんて、お母さんは何を考えているんでしょうね？　あなた、自分がどんなはめになっているのか、ご存じ？」

「わかりません――何が――どうぞ、椅子を」

ヘレンはうろたえた。

キャンベル夫人は、用心深く腰をおろし、背筋をぴんとのばした。ふたりは顔を見あわせた。

「いっそのこと、はっきり言ったほうがよさそうだわね」いかにも言いなれた口調で、夫人は口を開いた。「先週、オークランドで開かれた組合の会合で、モリス夫人に会ったんですよ。アップダイク夫人の妹さんよ。そのとき、モリス夫人からあなたの話をきいたので、あなたの居所をさがしてあげると約束したんですよ。で、やっとあなたをさがしあてたら、なんとまあ！　そこで、うちの主人に、すぐに行って、あなたと話をすると言ってきたんです。あなたがこんなところにいたいと言うんなら、ま、それはそれでいいですけどね、あなたの問題なんですから。でも、わたしはあなたのお母さんに報告する義務があると思うんですよ。わたしだったら、自分の娘があなたの年で、見知らぬ都会で、だれにも気をかけてもらえず、たったひとりで暮らすなんてことは、させたくありませんね」

「ご親切にありがとうございます」

ヘレンはすっかりめんくらっていた。

「とにかく」キャンベル夫人は長くひと息吸ってから、いきなり言いだした。「あなたね、ここのキティ・ブラウン、自分でそう名乗っているけど、彼女がどんな人か知っているんでしょうね？　あぶない女だとわかっているんでしょうね？」

不気味な黒い雲が、ヘレンの胸中にわきおこった。

「町の人はみんな知っていることですよ」夫人は続けた。「だれだって、あの人がやっているのはまさに……」

夫人の口調はますます苦々しげになった。ヘレンは、半分くらいしか耳に入らなかった。気分が悪くなり、やめてほしいと言いたい気持ちを、必死で抑えていた。自分のまわりのものすべてが、毒を帯びているような気がした。どこかへ逃げたい、隠れたい、もうだれにも自分の姿を見られたくない、そう思った。夫人のきびしいことばがやんだとき、ヘレンはやっとのことで言った。

「でも、あたし、どうすればいいんでしょう？」

「どうって？　もちろん、できるだけ早く、ここを出ることですよ」

「もちろん、そうしたいですけど。でも、どこへ？　部屋代は払ってあるんです。もうお金は残っていないし」

キャンベル夫人は考えた。

「そうね、でも、これからお金は稼げるんでしょう？　ご家族は、あなたがここで、収入もなく暮らすとは思っていないでしょう。一日か二日くらいだったら、うちへ来させてあげてもいいけれど。こんなところにあなたをおいていくわけにはいきませんからね。町には、もっとまともでいいところがたくさんあるのに」

いきなり、夫人は現実的になった。

「とにかく、荷物をまとめなさい。部屋代はいつまで払ってあるのかしら？　いくらかでも返してもらえないの？」

ヘレンは荷物をまとめているあいだ、夫人は待っていた。そのあいだじゅう、しゃべっていたし、ヘレンはそれにきちんと、ありがたそうに答えた。感謝の気持ちをあらわさなくてはならないと思ったからだ。ふたりは階段をおりた。キャンベル夫人は、ヘレンが食堂へ入って、ブラウン夫人に一週間分の部屋代の払いもどしを頼んでいるあいだ、外で待っていた。ブラウン夫人のにこやかな顔は、ヘレンがここを出ると歯切れ悪く言ったとたん、さっと曇った。ちょうど昼時だったが、食堂にはひとり、ふたりしか人がいなかった。

「ほんとに？　何かあったの？　だれかが迷惑をかけているの？」

ブラウン夫人は、外で待っているキャンベル夫人をちらりと見た。黄ばんだ顔が、ふっと青ざめた。

「ああ、あの人のせいね?」

「ちがいます」ヘレンはあわてて打ち消した。「いいえ、ここはとてもよかったです。あたし、気にいっていました。でも、知り合いが——家に来るようにと言ってくれるので。すみません、出ていくことになってしまって。でも、お金がほとんどないし」

ヘレンは、ブラウン夫人が気の毒になり、その気持ちと必死で闘っていた。でも、意を決して、部屋代の払いもどしを、喉をつまらせながら頼んだ。

夫人はそれはできないと言った。けれど、そのかわり、二ドル分の何かと交換しようと言いだした。ふたりとも、この取引をごく普通の、見苦しくないものにしたいと思っていた。

困ったヘレンは、ガラス容器に入っているピーナッツ・キャンディを指さした。よくそれを見ては、いくつか買えたらいいのにと思っていたものだ。ブラウン夫人のやせた手は震えていたが、キャンディをはかりの上に積み上げはじめた。そこへ、キャンベル夫人が入ってきた。

「おやまあ、何をしているの?」夫人はヘレンに声をかけた。「キャンディを買うの?」

「あんたねえ、いったいどういうつもりで、あたしの商売を邪魔しようってのよ!」ブラウン夫人はいきりたつ。「あたしは、この人に、何も迷惑かけてないよ。話をしたことさえないんだから。あたしがいつ迷惑をかけたか、ヘレンにきいてみなさいよ。ひとりぼっちにしたかどうかも、きいてみてよ。あたしはね、まともな、きちんとした、静かな部屋を提供して、できるだけのことはやって、自分の商売をやりながら、まじめに生きてきたのよ。それがうそかどうか、きいてみなさいよ。ヘレンがここにいたあいだ、あたしがどれだけいろいろやってやったか、きいてみたらいい」

甲高い、泣き叫ぶような声だった。涙が、頬をころがりおちた。機械的にブラウン夫人はキャンディを折っては、はかりの上にのせている。

「あたしがいったいあんたに何をしたって言うのよ。ここそかぎまわらないで、ほっといてほしいわ」

「あなたに話があってきたんじゃありませんよ」と、キャンベル夫人が言い、ヘレンをうながした。「さ、もう、行きましょう」

「ああ、金輪際、他人のことに首をつっこまないで!」ふたりの背中に、ブラウン夫人の声がつきささった。「いい人ぶって、他人に干渉しないでよ!」

すすり泣きで声をとぎらせながら、ののしるように、そんなことばを投げつけた。キャンベル夫人は、怒ってバンと音をたててドアを閉めた。

体をぶるぶる、がたがた震わせ、ヘレンはブラウン夫人に対して、申し訳ないと思う気持ちを振り切ろうと必死だった。けれど、そんな自分を恥じていた。キャンベル夫人には、そういう気持ちがないのはわかっている。怒りでかっかとなって、早足で歩く夫人に合わせて、せかせかと通りを歩きながら、ヘレンは恥ずかしさと困惑で、倒れそうになっていた。まるで顔に泥を浴びせられたような出来事だった。頬が紅潮し、ヘレンはキャンベル夫人とまともに目を合わせられなかった。

路面電車に乗って、やっと面倒なことからのがれたあとも、ヘレンのとまどいは増す一方だった。キャンベル夫人のほうは、もうあまり気にしていないようだった。ヘレンを見て、次にぱんぱんにふくれた、かぶせ蓋の旅行かばんと、粗末な靴、色あせたセーラー帽に目をやった。見られただけで、体がこげそうな気がした。夫人が、自分をこれからどうしようと思案しているのが、わかった。

プライドと無力感と恥ずかしさで、ヘレンは喉がつまる思いだった。夫人が懸命に会話をしようとしているので、自分もそれに対応しようとした。ところが、それができない。まともにしゃべることができないと、いかにもすねているように見えるのがわかっていても、それができなかった。ヘレンを救済しようとしている夫人は、ますますいらいらしてきた。そのいらいらした口調が、鞭で打つようにヘレンにつきささり、やっとふたりは電車をおりた。

キャンベル夫人は、静かな通り沿いに建つ、豪華な白い二階家に住んでいた。よく手入れされた芝生や、はき掃除が行き届いて、ちりひとつないコンクリートの歩道が、ヘレンのみすぼらしさをさげすみ、ますます目立たせた。自分のみすぼらしさをこんなに意識したことはない。居間に座り、ビロードのカーペット、ピアノ、ビーズ飾りのついた仕切りのカーテンなどに圧倒され、ヘレンは自分の足を椅子の下へ隠そうとし、手をどこへどうおいたらいいのか、とまどっていた。

ヘレンはキャンベル夫人のさまざまな質問に義務的に答えた。とはいえ、控えめな態度と自尊心を包んでいる最後のおおいが、質問によってむしりとられそうだった。夫人の助言はたったひとことだった。

「あなたはすぐに家に帰るべきですよ」

「いいえ」ヘレンは言った。「できません――そんなこと、できません」

夫人はいぶかしげにヘレンを見た。ヘレンの頬はふたたび真っ赤になった。父母が農場を新たに抵当にいれたことについては黙っていた。夫人にきかれたわけではないのだから。

「まあ、二、三日はここにいらっしゃいな」

ヘレンは蓋つきの旅行かばんを階段の上へひき上げた。木の階段は、ガラスのようにぴかぴかだ。キャンベル夫人はホールのつきあたりの部屋へ案内してくれた。そこには、山のようにものがおいてあった。子どものおもちゃ、古いかご、こわれた椅子など。ヘレンの家の物置のようだったが、もっと広い。狭い白い鉄製のベッドと、洗面台と、椅子をおいても、ドアをあけひろげられるだけの余裕がある。それらは、夫人がほかのものを運びだしたあとに出てきた。

夫人がきびきびと、すばやく荷物を動かしているのを黙って見ながら、ヘレンはまた、感謝の気持ちを持とうと努力した。けれど、夫人がそれを期待しているのがわかると、とたんにそれができなくなってしまった。ただ、ぼうっとなすすべもなくつったったまま、ただひたすら、ひとりになれるときを待っていた。やっとのことで、夫人が階下へおりていくと、さっそくヘレンはドアをすばやくそっと閉めた。傾いたベッドに倒れこんで、思いきり泣きたかったが、そうはしなかった。立ったまま、両手をかたく握りしめ、洗面台の上の小さな、ぼやけた鏡をのぞきこんだ。白い、張りつめた顔が、燃える目で見つめかえした。それに向かって、ヘレンは言った。

「これから、何かをするのよ、いいわね。すぐに、何かを始めるのよ！」

自分に何ができるのか、わからなかったが、何かを始めると言いきかせることで、自制心を保っていた。

しばらくして、階下の台所で、子どもたちのにぎやかな声となべがカチャカチャふれあう音が聞こえてきた。もう夕食時だった。ヘレンはかばんから、紙に包んだシナモン・ロールを取りだした。でも、とても食べられない。キャンベル夫人が裏の階段の下から、「デイヴィーズさん、夕食ですよ」と呼んだときもまだ、ロールを見つめていた。

ヘレンは意を決して、下へおりていった。とてもおいしい食事だったが、あまり食べられなかった。キャンベル氏が上席についていた。きびしい顔つきの人で、子どもたちがうるさくなると、きつい声でしかる以外、ほとんど口をきかなかった。子どもたちはふたりで、九歳の女の子と、セーラー服を着た弟だ。ものめずらしげにヘレンを見たが、ヘレンが話しかけても、返事をしなかった。きっとかかわらないようにしなさいと言われているのだろう。ブラウン夫人のような人とかかわりを持ったことが、まるで顔に泥がついているように見えるのだろうと、ヘレンは思った。

食事がおわると、ヘレンはおずおずと、手伝いを申しでた。しかし、夫人は手伝いはいらないと断った。その口調は冷たくはなかったが、なんとなくつきはなされた感じを受けたヘレンは、泣きだしそうになり、あわてて二階へもどった。

そして、ポールの写真をひとしきり見つめてから、それを夫人に見つからないように、かばんにしまった。それから、ベッドの端に座り、ちらちら光るガス・コンロの炎の下で、ポールに長い手紙を書きはじめた。引っ越ししたことを告げた。通りの情景や、美しい家、居間の家具などについて説明し、居心地のいい、幸せな雰囲気を描きだした。おかげで、心が温かくなった。すてきな手紙だと、何度か読みかえして、自分で思った。それから、そっとガスを消し、ベッドに入った。

次の朝早く、ヘレンは電信社へ行き、仕事をさせてほしいともう一度願いでた。主任のロバーツ氏は、たいそうにこやかで、しばらくヘレンとしゃべり、軽くヘレンの手をたたいたりした。まるで父親のような感じがして、ふんわり温かい気持ちになった。主任は、また来なさいと言い、何か考えておくと言ってくれた。

それから一週間、ヘレンは毎朝通った。午後も、しょっ中行った。そのほかのときは、通りをぶらぶら歩いたり、公園のベンチに座ったりしていた。キャンベル夫人のところで食事をすると、ひどく申し訳ない気持ちになるので、ときどき、暗くなって夕食がおわる頃を見計らって帰った。玄関はいつもしっかり鍵がかかっていたので、ベルを鳴らさなければならなかった。そのたびに、夫人はどこへ行ってきたのかときつく問いただすのだった。ヘレンはいつも正直に答えた。

その週のおわりに、ヘレンは母親からの手紙を受けとった。すぐに家に帰るようにとあり、汽車賃五ドルが同封されていた。キャンベル夫人がヘレンのことを母親に知らせていたのだった。だから、驚きあわてた母親が手紙をよこしたのだ。

お父さんは予測していたこととはいえ、そんなことのためにわたしたちはお金を貯めていたのか、と言っています。あなたを行かせたのはまちがいだったと、わたしは自分を責めています。今年の冬は蓄えがないので、こちらで暮らすのは楽だとは思いませんが、たとえりっぱな家でなくても、帰る家がちゃんとあるのを喜ぶべきでしょう。そして、お金の心配はしないでいいんですよ。お父さんは何も言いませんから。だから、すぐに帰っていらっしゃいね。

愛をこめて、母より

ヘレンはキャンベル夫人を憎んだ。この人は、いったいなんの権利があって、母親を心配させるような手紙を書いたのだろう？　ヘレンはもうひとりでやっていかれるのに。そう母親に手紙を書き、ついに仕事が見つかったことも書いたのに。ロバーツ氏が会社の事務員として週給五ドルで雇ってくれることになったのだ。金額を母親には言わなかったが、仕事が見つかったので、心配しないでほしいと書いただけだった。じきに、もっとお金が稼げるようになるから、家に送金もできるだろう。

仕事が見つかったという、そのうれしい知らせをキャンベル夫人に伝えようとヘレンが急いで帰ったとき、母親からの手紙がホールのテーブルの上にたてかけておいてあったのだった。だから、それを読んだとき、ヘレンはかっとなったが、その怒りがかえって気持ちを落ち着かせてくれた。夫人に対して、ありがたく思わねばならないという義務感が、すっと消えてなくなったからだ。ヘレンは手紙に返事を追加して書くと、さっそく角のポストにそれを出しにいった。

走って家にもどってくると、キャンベル夫人に出会った。縫い物グループの集まりから帰ってきたところだった。おしゃれな帽子をかぶり、手袋をはめ、水玉模様のヴェールをかぶっている。ヴェールの奥にある、水色の目の表情を見て、ヘレンははっとした。自分はさぞよれよれとだらしなく見えることだろう。無帽で、ばさばさの髪が、風にゆさぶられ、ブラウスが肩からずり落ちそうになっている。ヘレンがそんな自分のひどい姿を気にしながら、どぎまぎして立っていると、夫人は玄関ドアの鍵をあけた。

「お母さんの手紙を見ましたか?」

「はい。いただきました」

「それで、なんですって?」

ヘレンはそれには答えなかった。

「仕事が見つかったんです」

と、早口に言った。

「そうなの？　どんな仕事？」

ヘレンは夫人に話した。ふたりはもうホールにいて、階段のふもとにある、金色のオーク材の帽子かけのそばに立っていた。子どもたちが、居間のドアから、目を見ひらいて、じっと見ている。

とまどいとあきれた表情が、夫人の顔で交錯した。

「あなたね、サクラメントで週に五ドルで暮らせると思っているの？」

「そのつもりです。そうしなくちゃならないんです。どうにかしてやってみます。家には帰りたくありません！」

ヘレンは叫んだ。夫人に一対一で反抗するかのように。

「まあ、やれるものなら、やってごらんなさいよ！」

夫人は切りかえした。そして、ホールをすたすた歩いていってしまい、食堂のドアをバタンと音高く閉めた。もうヘレンからは手を洗ったという宣言に聞こえた。

三十分後、夫人は裏の階段をあがってきた。ヘレンはベッドの上に腰かけていた。かばんに荷物を詰めおわり、これからどうしようと考えていた。手持ちはたった五ドルだった。会社からお金をもらえるまで、まだ二週間もある。キャンベル夫人は、ノックもせずにドアをあけた。

「あなたとちゃんと話をしなくてはね」その口調には、早くけりをつけたいといういらだちがこもっていた。「いい、週に五ドルで、まともな部屋と食べ物が手に入るわけがないでしょう。あちらだって生活が楽じゃないのに、家族に面倒を見てもらうのがあたりまえだとでも思っているの？　そんなのは……」

「思ってなんかいません！」

ヘレンは激しく言った。

「まるで、帰る家がないみたいな口ぶりだこと」夫人は、育ちのいい娘は、年長者がしゃべっているときに口をはさんだりしないと言いたげだった。「さあさあ、頭をひやして、おりこうになりなさいよ」

「あたしは帰りません」

決然とヘレンは言い、暗い目をあげて、夫人を見た。夫人の表情は、耳を後ろになでつけた馬の顔を思わせた。

「そう、じゃ、もう決めたのね。で、どこに行くつもり？」

「わかりません。あたしの給料で暮らせるような適当なところを、どうやってさがしたらいいでしょうか？」

夫人はあきれた声をあげた。さまざまな状況に少なからず冷酷無残に対処することができる能力のある夫人だが、うまくいかないときに、おだやかに対処する法はもちあわせていなかった。声がひややかになり、つやつやした金髪の下のすべすべした頬が、しゃべっているうちに、紅潮してきた。さかんに自分の主張をしゃべり、皮肉をこめて説得をし、とうとう抑えきれずに怒りをあらわにしたにもかかわらず、すべてが不毛におわった。ヘレンは家へは帰らないと言いはっている。仕事を続け、自分の稼ぎだけでやっていくと言うのだった。

「そう、それならここにいるしかないでしょうね。あなたを外へほうりだすわけにはいきませんよ」

「部屋代はおいくらですか?」

「おいくらですって?」

その言い方に、強いあざけりを感じて、ヘレンは赤くなった。

「ただでおいていただくわけにはいきません。どうしても、お支払いします」

「まあ、なんという言い草!」

涙がヘレンの目にもりあがってきた。キャンベル夫人に悪気はないのはわかっている。好きにはなれなかったが、感謝はしたいと思っていた。けれど、年長の女性のあまりにも無慈悲な言い方に、やられっぱなしのままでなしに、感謝の意をあらわせたらと思ったが、どうしたらいいか、わからなかった。ただ、頑固に部屋代を払うと言うことしか、できなかった。

ヘレンは完全にうちのめされていた。しかし、出ていったときのキャンベル夫人のあっけにとられたような声に、なんだかちょっとだけ「してやったり」という気分を味わっていた。結局、これから月に五ドルの部屋代を支払うということになった。

けれど、慈善としか思えない条件で、この家で暮らすのはつらく、日ごとにそのつらさが身にしみてきた。できるだけ面倒をかけないようにした。裏のドアからこっそりもどり、家の人が玄関のベルに答えなくてもすむようにした。また、ベッドは自分で整え、朝は早くそっと出て、家族と顔を合わせないようにした。夕方は仕事場か図書館で過ごした。そこなら、すべてを忘れて本を読み、長い手紙を書いたりすることができた。ところが、どういうわけか、それがかえって、キャンベル夫人を怒らせた。夫人はいったいヘレンがどこに行ってきたのかをしつこくたずね、答えても、それをうそだと思っている態度をあらわにした。ヘレンは自分を被告人のように感じた。自分の稼ぎで借りられる部屋が見つかれば、即刻ここを出ていただろう。

仕事場だけが、楽に息のできるところだった。朝八時から夕方六時まで働いた。そして、九時に閉まるまで、ほんものの電信が入ってくるカウンターの奥に入って、電信機で練習ができる。ヘレンはがむしゃらに練習した。これで、とうとうポールと一緒に小さな駅で働く下準備ができた。仕事をするチャンスをくれたロバーツ氏にはいくら感謝してもしきれないと思っていた。

ロバーツ氏はとても親切だった。ヘレンが練習している、ついたてのかげにときどきやってきては、しばらくしゃべっていく。最初、ヘレンがあまりにも熱心に働くので、彼はびっくりした。そこまで本気だとは思っていなかったらしい。しかし、彼はとても気持ちの温かい人で、親しげな態度を見せた。そこで、ある日、彼がヘレンの手をとって、「ねえ、ヘレン、どうしてそんなによそよそしい態度をとるんだね？」と言ったとき、ヘレンは思わず自分のことを話してしまった。だが、ポールのことだけは話さなかった。農場のこと、それが抵当に入っていること、果物の収穫が失敗におわったことなど、そして、伏目がちに、ウィークス氏の飲酒のことや、ここで働けなかったらどうしていいかわからなかったということも話した。だから、ロバーツ氏にとても感謝している気持ちを伝えようとした。

彼はそんなのはどうでもいいと、そっけなく言った。ヘレンは主任を怒らせてしまったのかと気になった。もしかして、そんな話をしたので、もっと給料をあげてほしいと頼んでいるように聞こえたのだろうか？　そう思うと、頬が熱くなった。数日間、彼はヘレンにかなりの量のきつい仕事をやらせ、失敗すると、機嫌が悪くなった。ヘレンは主任を喜ばせようと、必死でがんばった。すると、たちまち彼は愛想がよくなってきた。

ヘレンの凍りついた心を温めてくれるのは、主任が見せてくれる親しさだけだった。日ごとに、主任に対する感謝の気持ちがつのってきた。しかし、あるときはとてもやさしく、親しげにしてくれるのに、ヘレンが心から感謝の気持ちをあらわすと、いきなり冷たくなって、さっとひいてしまうので、ヘレンはとまどいを隠せなかった。この仕事場には、ちょっと不可思議な雰囲気があったが、これもそのひとつなのだろう。ヘレンにはとうてい理解しえない、水面下の何かがあるらしかった。

たとえば、緑色のまびさしをつけた、若い電信技手は、いつもヘレンをひやかすような、ちょっとおもしろがっているような目で見ていた。ヘレンはなぜかわからないながらも、腹が立った。

彼のキーのそばに電文をおくと、隙を見て、さっと手をかぶせてくる。また、ヘレンが座って仕事をしていると、彼がやってきて、肩に手をおいたりする。ヘレンはいつもかっとなった。相手の態度に自分を一段下に見ている様子がうかがえたからだ。しかし、その怒りをどうあらわしたらいいのか、わからなかった。ことを荒立てないで、怒りを示す方法はないのだろうか？

「マコーミックさん！　ほっといてください！」ヘレンはいらいらした声をあげた。「仕事をしたいんです」

「いったいどうなってるんだろうねえ？」わざとまのびしたような言い方だ。

「どういう意味です？」

皮肉っぽい、冷たいまなざしを受けて、ヘレンは顔を赤くした。彼がにやにやしながらヘレンを見つめているので、ヘレンは彼に対する憎悪ではちきれそうになった。そういえば、彼はこんなことも言っていた。

「いいさ、邪魔はしないよ。きみとボスのことだからね」

そして、口笛を吹きながら、ぶらぶらと行ってしまった。

電信技手として、他人の人生をドアの鍵穴からのぞき見る生活をしてきた彼は、二十二歳の若さで、何に対しても無感動になり、世の中はどうせこんなものと思ってしまうようになっていた。どんな美人の顔だって、皮の下は骨なのだと。どんな人生もたいしたことはない。ひとつでもいいことが見つかったら、驚きだ。いいことがあるということすら、信じられないのだった。長い夜、だらだらと時間が過ぎ、彼が仕事をしているあいだ、ヘレンはついたてのかげでまじめに練習をしていた。すると、彼が物思いにふけるように、うたっているのが聞こえた。

人生は所詮おかしな問いなのさ
おれたちはなんでここにいて　何をしているのか
その問いをとくために　賢いやつらは酒におぼれ
しかし　その答は見つからない

ヘレンにとって、人生は単純に思えた。自分はもうじき、電信技手になり、ひと月五十ドルを稼ぐようになる。そうしたら、両親に借りた百ドルを返し、新しい服を買い、おなかいっぱい食べられる。そして、リプリー駅で仕事を見つけよう。ヘレンの頭の奥にはいつも、ポールがいた。だから、ふたりで暮らす部屋のしつらえを考え、カーテンを縫ったり、テーブルクロスに刺繍をしたりするところまで思いめぐらせていた。

春だった。ポールが手紙をよこし、一日、サクラメントで過ごしたいと言ってきた。メイソンヴィルにもどって、母親がリプリーへ引っ越す手伝いをするそうだ。もどる前に、ヘレンのところへ寄りたいと言う。

うれしさに興奮しながら、ヘレンはとっさに洋服をどうしようと思った。ポールに会うときには、ぜったいに何か新しい服を着て迎えたい。ひと目で、ヘレンがどんなに変わったかわかるだろう。どんなにすてきになったか、見てもらいたい。これまで貯蓄なんかできなかった。でも、今は何がなんでも新しい服が必要だ。二日間、悩んだあげく、思いきってロバーツ氏に、来月の給料の前借りを頼むことにした。来月の食費は、あとで考えればいい。ロバーツ氏は、すんなりとその申し出を受けてくれた。

「金？　いいとも！」

そう言って、ロバーツ氏は財布からお札を取りだした。

「そろそろ、給料をあげてやらなくちゃならんな」

ヘレンは飛びあがりたいほどうれしかった。ロバーツ氏はお札をヘレンのてのひらにのせ、その手を自分の手でおおった。

「わたしもやさしくするから、きみもそうしてくれるね？」

「ええ、あたし、どんなことでもします」ヘレンは、ロバーツ氏に感謝のまなざしを送った。

「ほんとうにありがとうございます」

ロバーツ氏がちょっとおかしな目つきで自分を見たような気がしたが、ちょうどそこへ客が入ってきたので、電文を受けとったりしているうちに、忘れてしまった。

昼休みに外へ出て、白いプリーツのうすいボイルのスカートを五ドルで、チャイナ・シルクのブラウスを三ドル九十五セントで買い、白い麦わらのセーラー帽も買った。その日の午後、マコーミックがひやかすように、にやにやしながら、電信で届いて書きとったメッセージを手渡してくれた。

「日曜朝、八時十分着く、迎え頼む。ポール」

午後、ヘレンはすっかり舞いあがっていて、ロバーツ氏の目に嵐雲がむらむらとわきあがっているのにほとんど気づかなかった。夕方、いかにも幸せそうに部屋にもどってくると、いつものようなためらいもなく、玄関のベルを鳴らした。出てきたキャンベル夫人の唇が、きつくひきしぼられている。

「荷物がきてますよ」

「ええ、わかってます。服を買ったんです。預かってくださって、ありがとうございます」ヘレンは夫人に対してすら、親しみの情を感じていた。「白いボイルのスカートと、シルクのブラウスと、帽子です。あの、ごらんになります?」

「いいえ、結構!」

夫人は冷たく言いはなった。階段をあがっていくとき、夫人が夫に告げ口する声が聞こえた。

「『服を買ったんです』だってさ。なんてずうずうしい。服なんて!」

どうしてこんなに冷たくされるのだろうとヘレンはいぶかり、傷ついた。ヘレンだって、服がぜいたくだってことはわかっている。でも、ポールのためにどうしても欲しかったのだ。これまで必死に働いてきたのだから、そのごほうびのように思っていた。そのうえ、ロバーツ氏は、給料をあげるとまで言ってくれたではないか。

次の朝七時、ヘレンは服を着替えて、音をたてずにそっと家を抜けだした。前の晩の雨で、春の夜明けが町をバラ色に染めながらやってきた。芝生も花壇も、洗いたてのいいにおいがし、木立で鳥がうたっている。すずやかな甘い空気と、太陽の暖かさが、期待ではちきれそうな若いヘレンの喜びとまじりあっている。店のウィンドウに映る、白いほっそりした姿の自分を見て、ヘレンは満足した。あたしって、きれい。

第六章

　広いうすよごれた駅で、ヘレンはずっと待っていた。そして、やっと汽車がゴトゴト入ってくると、ヘレンの胸は興奮のあまり、早鐘のように打ちはじめた。けれど、いくつもの車両から、客がいっせいにおりてくるのを見て、それまでの自信はどこかへ吹き飛んでしまい、ヘレンは待合室の戸口のほうへおずおずとひき下がっていった。そのとき、ポールの姿を見つけた。相手をさがしているポールより先だった。

　ああ、彼もまたすっかり変わっていた。顔から少年らしいところがなくなっている。自信に満ちた歩き方、新しい背広を着た、羽振りのよさそうな姿。ヘレンは、なんだか見知らぬ人に会うときのような、びくびくした感じを覚えた。しかし、必死で勇気をふるいおこした。ポールと握手したとき、自分の手がひどく冷たく感じられた。

「元気そうね」

　ヘレンははにかんだ。

「やあ、きみもさ」

ポールは答え、ふたりは並んでホームを歩いていった。ポールの新しいスーツケースにヘレンは気づいた。靴も新品で、ぴかぴかに磨いてある。とはいえ、彼もまた、なんだかぎこちないとわかると、そういう細かいことはどうでもよくなった。

「どこへ行きましょうか?」

ふたりは顔を見あわせ、とまどい、そして、にっこりしたとき、もう他人行儀は消えていた。

「どこでもいい。どこでも、きみと一緒なら」と、ポールが言う。「ああ、ヘレン、ほんと、また会えてうれしいよ！　きみはなんてはなやかなんだ」

ポールの目がローズの新しい服を好もしそうに見た。

「気にいってくださってうれしいわ」ヘレンは頬を染めた。「ポール、あなたの背広、ほんとうにすてき」

かつての幸せな感情がどっともどってきて、ヘレンはつと手をのばし、いとしいポールの袖についた糸くずをつまみとった。

「さ、どこへ行きましょうか?」

「まず、何か食べにいこう」ポールが現実的なことを言った。「ぼく、腹ぺこなんだ。きみは?」

ヘレンは食べることなど、考えもしていなかった。

ふたりは小さな食堂でワッフルとソーセージとコーヒーの朝食をとった。熱い食事はとてもおいしかった。油じみた白い前掛けをしたウェイターが、訳知り顔ににやにやしながら、食べ物をおいた。ポールはそのウェイターに、さりげなくチップを十五セント渡した。そのいかにも惜しみない渡し方や、世慣れた感じに、ヘレンは感心し、ぞくぞくした。

これからまる一日がふたりのためにあるのだ。何をしてもかまわない、晴れやかな一日が。食堂のレジにスーツケースを預け、ふたりはゆっくりと通りを歩いていった。ふたりだけでこんなに自由に時間を使っていいことに、とまどいを覚えながら。ヘレンは州会議事堂の広場を散歩しようと提案した。そう言おうと前から考えていたのだ。そして、午後はオーク公園までドライブを楽しもう。しかし、ポールはそんなささやかな楽しみ方を一蹴した。

「そんなんじゃない。ぼくはほんとのお祝いをやりたいんだ。つまり、ぱーっとやりたいってことさ。そのためにずっと貯金してきたんだから」しかし、良心の呵責がちょっとあるらしかった。「日曜日に一度くらい、教会へ行かなくなって、どうってことないよな。だから、船で川くだりをしようよ」

「まあ、ポール!」ヘレンは夢中になった。「でも、すごく高くつくんじゃない?」

「いくらかかったって、いいさ」ポールは気にしない。「行こう。愉快だよ」

みすぼらしい感じの通りをふたりは川のほうへおりていった。日本人町のうすよごれたアパートや、こわれた板張りの歩道にさえ、なんとなく休日の解放感があるように思えた。ふたりは、見慣れない小さな店やレストランのウィンドウをのぞき、明るい昼日中だというのに、まだ電灯がついていて、青ざめた色のパイだの、奇妙な形のケーキだのを照らしているのを見て、笑った。

ヘレンは思わず立ち止まり、縁石にちょこんとしゃがみ、なぞめいた、細い目で自分を見つめる、まっすぐな髪の、平べったい顔をした日本人の幼い子どもたちに声をかけずにはいられなかった。黒いあごひげをたくわえ、黒い顔にあざやかな色のターバンを巻いた、背の高いインド人の労働者が集まっているのにも、ロマンの香りを感じた。

まるでふたりで外国を旅行しているみたいね、とヘレンははしゃぐ。ポールでさえ、ヘレンがそういうものに感じた魅力に、つかの間とはいえ、とりつかれたように見えた。でも、彼はそういう外国人に対する嫌悪感を隠そうとはしなかった。

「ああいうやつらをぼくらの町にはいれないようにしないと」

そう言った彼には、すでにリプリーを自分の町だと思っている風情があった。

「さあ、これはすごいよ!」

ポールが叫び、ヘレンの手を引いて、タラップを渡り、蒸気船の甲板に無事に乗せてくれた。ヘレンは、ポールの腕にしがみつき、幸せのあまり、口がきけなかった。船は休日のおしゃれをした人々でいっぱいだった。そこらじゅうで、行ってらっしゃいの声や、だれかを呼ぶ声や、命令を下す声や、大きな箱が下の甲板に積みこまれる音などで、にぎわっている。汽笛がしゃがれたような音で鳴り、エンジンが動きだすと、ヘレンの足もとのすべての板に、振動が伝わってきた。

「前のほうのいい席をとろうよ」

ポールはそう言って、ヘレンを連れ、豪華な広い部屋の中をつっきって歩いていった。ビロード張りの椅子がたくさんおいてあり、つやつや白く光るテーブルや、白い制服を着たウェイターたちのそばを通って、席に着いた。そこから、黄色い川が見下ろせる。ヘレンはただもう、ポールのくつろいだ、自信に満ちた雰囲気に圧倒されていた。彼を感嘆の目で見つめた。船がそろそろと流れに乗りだして、向きを変えたとき、彼が船首ではなく、まちがって船尾へヘレンを連れてきたのがわかったが、それでも感嘆のまなざしの度合いを変えようとはしなかった。

ヘレンが熱心に、船の中を探検してまわりましょう、と言ったので、くやしい気持ちを隠そうとしていたポールはいくらか救われた。ポールが見たものについていろいろ説明してくれるのを、ヘレンは感心しきって聞いていた。彼は、下甲板に積んである、大きな箱入りの野菜やニワトリの値段を類推してみせた。それらは、川の上流にある農場から都会へ運ばれていくのだ。ポールが船のエンジンについてみごとな説明をしていると、騒がしい船底から、たまたまひと息つきに甲板にあがってきた、油じみた顔の技師が、それを聞いたらしく、ひやかすような、親しげなまなざしでふたりを見つめた。そこで、ポールが頼むと、意外とあっさり、エンジン室に案内してくれたのだった。

ヘレンは、技師の説明が理解できなかったが、ポールがそういうものに興味を持っているので、自分も興味をいだいた。そして、川からすくいあげられて、汽船の外輪からほうりこまれた魚がうす暗い船底のタンクの半分を埋めつくし、ぴんぴんはねまわっているのを見て、興奮のあまり、体が震える思いだった。

「こいつらを家へ持って帰って、食うんでさあ」

と、技師は言った。

ヘレンはひんやりした青い水の中の魚たちの暮らしを思い、それらが料理されて、都会の夕食のテーブルにのるところを想像してみた。こんな小さな船の上でも、生きとし生けるものの多種多様な姿を見ることができるのだと思って、わくわくした。

下から上甲板へあがってきたとき、ふたりはがっかりした。というのは、川のどちら側を向いても、緑色の土手しか見えなかったからだ。しかし、そのあと、ふたりはさっきよりもっとスリルのある発見をすることになった。冒険心を出して、狭くて細い鉄のはしごをのぼり、西の土手のかなたを見ると、陸地があるはずのところがもう、信じられないほどはるか遠くまで広がる水面になっていたのだ。ふたりはすっかり驚き、感嘆の声をあげた。そこでポールは思いきって、すぐそばにあった、小さな部屋のガラス戸をコツコツとたたいてみた。中では、ひとりの老人が静かにパイプをふかしていた。聞けば、その老人は水先案内人で、ふたりが見た、どこまでも続く水は、洪水のあとだと教えてくれた。老人はふたりをいかにも狭い仕事場に招きいれてくれた。ふたりはそこで、川の昔話を聞かせてもらった。夜、洪水が襲って、居住地全体が押し流されてしまい、ぷかぷか浮かんでいる屋根の上にのった、女や子どもが助けられた話、木の梢でおぼれ死んでいた牛、泳いでいる途中で、ひづめで喉もとを切ってしまった豚の群れなどの話だった。

日の光を浴びた、くねって流れる川を、船がポンポンと音をたてて、ゆっくり進んでいき、そんな話に耳を傾けていると、ヘレンは生きることのロマンをひしひしと感じた。世界じゅうの、名もない何百万の人々の、それぞれちがった色あいの人生を思った。

「ほんと、何もかもすてき!」

思わず、ヘレンは叫んだ。ふたりで主甲板をふたたび歩きながら、気分の高まったヘレンはポールの腕をぎゅっとつかんだ。

「ああ、あたし、すべての人の人生をぜんぶ生きてみたいわ! いろんな町に住む女性たちや鉱夫たちとか、とにかくなんてたくさんあるんでしょう」

「ぜんぶを生きるなんて、その前にくたびれてしまうよ。ヘレン、きみはなんてきれいなんだ」

いきなり、ポールはまったく関係ないことを口走った。そして、ふたりはふたりだけでいることと以外、何もかも忘れた。

午後の船に乗って、サクラメントにもどらなくてはならなかったので、ランカスターでこの船をおりなくてはならなかった。でも、船上でお昼を食べる時間がちょうどある、とポールは言い、ヘレンがあわてて反対したにもかかわらず、さっさと自分で決めて、壁やテーブルがすべて白塗りの食堂へ彼女を連れていった。なめらかなテーブルクロス、ぴかぴか光る銀器、そして、ちょっと威圧的な感じのするウェイターに、ヘレンはどぎまぎした。何も目に入らなかったが、ただ、きらびやかなメニューに書かれた料金だけは、ちゃんと見た。とてつもない金額だ。ポール自身も、ぎょっとしている。あせって頭の中で計算しているのが、ヘレンにわかった。自分の分は払うべきだと思った。働いて、お金を稼いでいるのだから。仕事場であったこと、給料の前借り、キャンベル夫人の家の居心地の悪さ、そんなことが、影のように頭をよぎった。しかし、それもたちまち消え、ヘレンはうれしそうに、白いテーブルにつき、おしゃれな小さなサンドイッチをつまみ、ミルクを飲みながら、真っ白なクロスの向こう側にいるポールにほほえみを送っていた。一瞬、ヘレンはこれがふたりの新婚旅行だと想像し、体じゅうがぞくぞくした。

知らないうちに、ランカスターに着いていた。大急ぎで下船し、やがてふたりは土手に立って、船が岸を離れ、ヤナギ並木のかなたへだんだん消えていくのを見ていた。表情のない、目尻の上がった目をした日本人が数人たむろしていて、ヘレンたちを見た。ポールが声をかけると、わからないふりをしたが、ポールがいらいらした様子でなおもたずねると、やっときちんとした英語で、午後の船は、遅れていると教えてくれた。五時くらいになるそうだ。

「いいさ、それに乗っても、汽車には間に合う」ポールはきっぱり言った。「ちょっとそこらを見てこようか」

土手の道は、ヤナギの枝でおおわれたトンネルで、下は歩いてもまったく音のしない、やわらかい砂地だった。ふたりはなんだか魅入られたように、押し黙って、海水のような淡い緑色の、眠けを誘う、暖かい光の中を歩いていった。見えないけれど、かすかに花の香りがした。ヤナギの葉のうすい壁を通して、幅広の川が見えた。黄色っぽい波が、空の色を映して、きんきんした感じの青色をちらちら見せている。と、いきなり、その花の香りのトンネルを出たとたん、果樹園が見えた。花びらの海だ。ふわふわした、透明感のある、この世のものとも思えないような、けがれのない美しいバラ色の光が、足もとに波うっている。

あまりの美しさに、ヘレンの目は涙でいっぱいになった。

「ああ！」そっとつぶやいた。「ああ、ポール！」

手が闇の中をさぐるように、ポールを求めた。魔法のあとひと吹きが、この瞬間を完全なものにしてくれるだろう。ヘレンは自分が何を求めているのかわからなかった。ただ、全身にあこがれが満ちあふれていた。

「ああ、ポール！」

「ナシ（洋梨）だ！　なんて広いナシ畑だろ、ヘレン」ポールは叫んだ。「これは果樹園のてっぺんなんだ！　ぼくらは、それを見下ろしているのさ！　ほら、川をごらん。やあ、土地が水面より、四メートル以上も下にある。こんなの見たことあるかい？」興奮のあまり、声が震えている。

「下へおりる道があるはずだ。見てみたい。行こう！」

ポールは土手の端を走るように駆けだした。ヘレンは取り残されないようにあわててついていった。ポールが果樹園に興味を示したのにがっかりした自分が、よくわからなかった。でも、土手の端に木の階段があり、果樹園に行くのに階段をおりるのがおかしいと言って笑ったのは、ヘレンのほうが先だった。

とはいえ、ヘレンはなんだかばかにされたような気がして、腹が立っていたのだ。ポールが土地の灌漑についてしゃべっているのを、うわの空で聞いていた。彼は土をすくって、指でぼろぼろほぐしながら、果樹園の列のあいだを歩いていく。やがて彼は、ひとりごとで、リプリーの土壌のこと、農民たちがそこに水をひくために苦労していることをしゃべっていた。その灌漑計画に、ポールは慎重だった。利益があがるかもしれないし、あがらないかもしれない。しかし、利益があれば、そこの安い土地を買った人は、いずれ得をするだろう。そのとき突然、ヘレンはリプリーにいるであろう女性たちのことを考えた。ポールは手紙に何も書いてこないが、きっとすてきな女性が何人かいるにちがいない。ヘレンはそのことをしばらく考えていた。やがて、その話題を持ちだす機会がきたので、たずねてみた。

「女の子？」ポールは言った。「そりゃいるさ。だけど、別に興味はないね。教会で見かけるよ。婦人会の夕食会でも、もちろん見るよ。ばかみたいな子たちばかりだ。かわいいかなんて、考えたこともすらない」ポールははっと気がついたような顔をした。「いいかい、あの子たちの話すことといったら、ろくでもないことばかりなんだよ。ぼくがほんとうにまともな話ができるのは、きみしかいない。ぼくは――ぼくはあっちですごくさびしいよ、きみのことを考えるとさ」

「ほんとうに？」

顔をあげて、ヘレンは彼を見た。日光がヘレンの白いドレスをまぶしく照らし、そばにピンクのナシの花びらがひらひらとゆっくり舞い落ちている。

「あなた、あたしがいなくて、ほんとうにそんなにさびしかったの？」

そう言いながら、ヘレンはポールのほうに体をほんの少しよせた。彼の腕がヘレンを抱きしめた。

ポールはあたしを愛している。胸いっぱいに満足感が広がった。彼の腕にふたたび抱かれることは、きびしい寒さに長く耐えてきたあと、安心してゆっくり、暖かく休めることを意味していた。彼は今、あたしのことだけを考えているのだ。彼の腕がヘレンを痛いほど抱きしめた。頬の下あたりに彼のコートがあたって、ごわごわした。愛している、と彼は何度もつぶやき、ヘレンの髪に、頬に、唇にキスした。

「ああ、ポール、愛しているわ。愛しているわ。大好きよ！」

両腕を彼の首に巻きつけて、ヘレンは言った。

しばらくして、ふたりは土手に生えたヤナギ並木の下に、ちょっとしたくぼみを見つけた。そこに座ると、足もとを川の波が洗い、ポールはヘレンを抱き、ヘレンは頭を彼の肩にもたせかけた。それから少し、しゃべった。ポールはリプリーの話をありったけしてくれた。ヘレンはうっとり聞いていた。どんな話でもよかった。「結婚したら……」ポールがそう言うと、そのあとは、もうどうでもよかった。

「あたし、あなたを手伝うわ」と、ヘレンは言った。「だって、今も電信の仕事をしているんですもの。たくさん稼げるようになるわ――あなたと同じくらい。あたしたち、駅の上で暮らせるんでしょ？」

「まさか！」ポールは叫んだ。「家を持つんだよ。ぼくは自分の奥さんが働くのはあまり好きじゃないんだ」

「まあ、でも、あたし、手伝いたいだけよ！　家を持つのはいいわね。ああ、ポール、それなら庭にバラの茂みが欲しいわ」

「それから、馬と馬車も欲しいね。日曜の午後にはドライブに行けるし」

「それに、もしあたしが働けば……」

「わかってる。もうそんなに長く待つ必要はないよ」

ヘレンは赤くなった。実はそれを言いたかったからだが、そうは思いたくなかった。

「そんなつもりじゃ――あたしはただ……」

「もちろん、おふくろがいるから、みんなを養えるかどうかを見きわめられたら……」

バラ色の魔法が少しうすれてきたのを、ヘレンは感じた。

「気にしないで！」

ほんのかすかな甘えたしぐさに、ポールは腕でヘレンをふたたび抱きよせた。

「ああ、かわいいヘレン、ぼくのかわいいひと！」ポールは叫ぶように言った。「きみを待ってるから！」

そのとき、ふたりは木立の影に気づき、はっとした。こんなに遅くなっていたとは、気づかなかった。ヘレンは震える指で髪をなでつけ、帽子をピンでとめ、ふたりはあわてて船着き場へ駆けおりた。川はがらんとして、よごれた灰色の水が、うす暗い土手をチャプチャプ洗っている。船着き場にはだれもいない。

「五時をだいぶ過ぎてしまったらしい。時計を持ってくればよかった。まだ船を見てないんだから、行ってしまったはずはないのに！」

行ってしまったかもしれない、と想像すると、ふたりは血の気が引く思いだった。おびえた目を見ひらいて、ふたりは顔を見あわせた。

「まさか、行ってしまったはずはないよ！　ちょっときいてこよう」

小さな町だから、土手に面したところに十数軒の古ぼけた木造の家が建っているだけだ。明かりのついてない、鍵のかかった店が一軒、蹄鉄の店、ここにも鍵がかかっている。それと、うす暗い倉庫が二軒、そして、酒場がある。ヘレンはポールがそこへ入って、きいてくるまで、物かげで待っていた。すぐに、ポールは出てきた。

「まだだ。船はまだ出ていない。しかし、いつ来るかわからないそうだ。あそこにいたのは日本人が数人だけだった」

ふたりはあてもなく、さっきの船着き場へもどり、しだいに黒く暗くなっていく川をぼんやり眺めていた。

「いつ船がくるか、もう知りようもないわね。帰る方法はほかにないのかしら？」

「ああ、鉄道なんかないし。とんでもないことにきみを巻きこんでしまった！」

「まあ、いいのよ。あなたのせいじゃないわ」

あわてて、ヘレンは言った。

ふたりは船を待ちながら、行ったり来たりした。しだいに夕闇がせまってきた。川風が冷たくなり、空には星があらわれた。

「寒い？」

「ちょっと」

ヘレンは歯をカチカチ鳴らしている。

ポールはコートを脱ぐと、遠慮するヘレンを押しとどめ、コートで体をくるんでくれた。川岸に風をよけられる場所を見つけたので、そこで震えながら、ちぢこまり、体をよせあった。心地よい眠気がヘレンをふわっと襲った。水がピタピタと岸辺にあたる音、木立の葉のさやぐ音、頬をのせているポールの肩の暖かみ、何もかも、夢の中のようだった。

「いい気持ち？」

「う――ん」ヘレンは夢うつつだ。「あなたは？」

「もちろんさ！」

ヘレンは顔をあげて、ポールのキスに応えた。また夜が夢のようになった。

「ヘレン？」

「え？」

「もうずいぶん長くここにいる気がするけど、これからどうしようか？　朝までいるわけにはいかないよ」

「別にいいじゃない。頭の上に星をいただきながら、ひと晩……」

「いや、いいかい、もし船がきても、止まらなかったらどうする？　ここには明かりがないし」

ヘレンは体を起こし、眠たい目をこすった。

「そうね、じゃ、火をおこしましょう。マッチを持っている？」

つねにポールはマッチを持っていた。リプリーの駅で列車の切り替えの際にランプをつけるからだ。ふたりはそこらに落ちている枯れ枝や流木などを拾って、火をおこそうとした。やっとちかちかと火が燃えあがってきた。

「まるで、無人島で遭難したみたいだわね！」

ヘレンは笑い声をあげた。ポールの目が、いつくしむようにヘレンを見た。ヘレンはくしゃくしゃになった髪を、黄色く燃えあがる炎に照らして、しゃがんでいる。

「きみはほんとにすてきだ」ポールは言った。「世界でいちばん勇気のある人だ。そんなきみをこんな面倒にひきこんでしまうなんて、ぼくは大ばかだよ！」

川下から、船のしゃがれたような汽笛がこだまとなって聞こえてきた。じきに、船が目の前にあらわれた。白い、巨大な船体がぼうっと浮かびあがり、船着き場にじりじりと近づくと、明かりが暗闇を切り裂くようにきらめいた。あせって帽子をかぶりなおし、髪の毛をたくしあげ、スカートについた砂をはらい、ポールに手をとってもらいながら、ヘレンはよろよろと船に乗りこんだ。

サロンのまぶしい光が、痛いように目を射た。暖かさと安心感で、くたびれきった体がほうっとなごんだ。部屋にはだれもおらず、カーペットは掃除がすんでおり、ビロード張りの椅子も、所定の位置におさまっている。

「変だな、乗客がたくさんいるはずなのに」

ポールは疑問の声をあげた。クッションを見つけると、ヘレンの頭の後ろにあてがい、隣に腰をおろした。

「まあ、ここにいればいいさ。どうせすぐにサクラメントに着くんだから」

「そんなこと考えないで」ヘレンは唇をまだ震わせている。「こんなすてきな日が、おわってしまうなんて、考えたくないの。これからまた長いこと会えないかも……」

ポールはヘレンの手をひしとつかんだ。

「そんなにひどく長くはないよ。ずっと我慢するつもりはない」

きっぱり言ったが、その目にはうれいが見えた。ヘレンは答えなかった。ふたりは黙って座って、これからのことを考えていた。船はふたりが別れる瞬間に向かって、揺れながら進んでいく。

「貧乏なんて、くそくらえだ!」

そのことばに、ヘレンは頭をなぐられたようなショックをうけた。ポール、このまじめで、謙虚な教会員のポールの口から、こんなきたないことばが出るなんて！　すかさず、ポールが言った。

「もう少し金があったら、あと少しでも金があれば！　金があるかないかで、こんなちがいが出ていいもんだろうか。ああ、ヘレン、ぼくがどんなにきみを欲しいと思っているか、きみにはわからないよ！」

「ああ、ポール、そんなこと言わないで！」

ヘレンは片手をポールの顔に押しつけた。ポールは肩を震わせている。ヘレンはポールのもじゃもじゃした頭を自分の肩にもたせかけた。

「お願い、もう言わないで！　お願い」

すぐに、ポールは彼女を押しのけて、立ちあがった。ヘレンは彼のとまどいを自分でも見ないように、すぐに離れた。

「まったく、ぼくは大ばかだよ」

声を震わせて、ポールは言い、部屋を歩きまわった。壁にかかった絵を興味深そうに眺めるふりをしながら。

「おかしいな。もっと客がいてもよさそうなものなのに」しばらくして、ポールはごく普通の口調で言った。「よし、いつ頃着くのか、きいてくるよ」

五分後、ポールはもどってきた。顔色が冴えない。

「まったく、ヘレン」機嫌の悪い声だ。「まだ何時間もかかるそうだ。エンジントラブルがあったんだ。速度が半分しか出ないんだ。もっと前に気がつくべきだったよ。きみは明日仕事があるのにね。さっきの人が教えてくれたのは……」

「え、何かあるの？」

「ほかのお客はみんな、船室のベッドに寝ているんだ。きみのベッドを用意してもらうからね。こんなところでひと晩じゅう、起きていられるもんか。いったいいつ着くのかわからないし」

「でも、ポール、あなたにそんなお金をつかわせたくないわ。ここだって、少しは寝られるわよ」

仕事場の光景が浮かんできた。眠たい目をした自分が、もたもたしながら、電報を正しい封筒にいれようとし、手に余る配達の少年を必死でさばこうと苦労しているところだ。ヘレンはくたくただった。しかし、ベッドを借りたら、きっとすごく高くつくだろう。

「それに、あたし、ここであなたと一緒にいるほうがいいわ」

「ぼくだってそうさ。しかし、状況をよく考えてごらん。きみは仕事があるし、ぼくだって、眠りたい。おいで、とにかくいくらかきいてこよう」

ふたりは船じゅうを二周してやっと、その場所に行きついた。半分あいたドアの後ろに、疲れた顔の男が座っていて、ずらりと並んだ数字を足し算していた。

「ベッドかい？　いいよ。外側だけどさ、もちろん。ひとつ残ってる。一ドル五十セント」

その顔を見て、ポールは自動的にポケットから金を出した。

男はこちらへ出てきて、あくびをしながら、札のぶらさがったキーを取ってきた。

「こっちだよ」

ふたりは男について、廊下を進んだ。もう、ふたりは何もかも、その男におまかせという感じだった。男は暗い甲板へ出た。

「気をつけて。ロープがあるから、奥さんに手を貸してやらないと」

肩越しに男は言った。そして、キーがカチャッと回る音がした。長方形にたまった光が見えた。男はまた外へ出て、ふたりが入れるように道をあけてくれた。ふたりは中へ入った。

「タオルはある。これですべてオーケーさ」男は明るく言った。「じゃ、お休み」

ポールとヘレンは一瞬、ぎょっとして、顔を見あわせた。どぎまぎして、顔がほてる思いだった。

「ぼくと――ヘレン！　まさか……？」

ふたりは寝棚と洗面台のあいだの狭い空間で、おろおろしながら、体を揺さぶられていた。船が揺れたのだろうか？　それとも、心臓の鼓動のせいだろうか？

「ポール、今の聞いた？　どういう……？」

「ぼくはもう行くよ」ポールはぎこちなくドアに手をかけた。「お休み」

「お休み」突然、ヘレンはおいてきぼりになった気がした。しかし、彼はまだ立ち去ってはいなかった。「ねえ、ヘレン、その通りかもしれない。ぼくたち、結婚したほうがいいんだよ！」

ヘレンはポールにしがみついた。

「だめよ！　まだだめ！　ああ、ポール、あたし、あなたをほんとに愛してるわ」

「結婚できるさ――しようよ――サクラメントに着いたらすぐに」彼のキスでヘレンは息がつまった。「朝一番に！　うまくやれるよ。どんなことがあってもきみを愛しつづけるから。ヘレン、どうしたんだい？　ぼくを見て。いとしいヘレン！」

「だめよ」ヘレンはあえぐように言った。「あたしはあなたのすべてをめちゃくちゃにしてしまうわ。お母さんとあたしとそのほかすべてが、あなたの肩にかかってくるのよ。あなたはまだ、仕事を始めたばかりじゃないの。しばらくしたら、きっとあたしを嫌いになるわ。だめ、だめ、だめよ！」

よろめいて、ふたりの体が離れた。

「ぼくは何を言ってるんだ？」

しゃがれた声でポールが言った。ヘレンは彼に見えないように、顔をそむけた。

あいたままの戸口から、冷たい、しめった空気が、ヘレンの顔に吹きつけてきた。ポールは行ってしまった。ヘレンはドアを閉め、ベッドの端に腰をおろした。窓のシャッターから、ひえびえした風が水のように、流れこんできた。船のエンジンが振動しているのを感じた。目をとじていても、明かりがまぶしく、耐えられなかった。しばらくしてから、明かりを消し、震えながら、暗闇の中で目をあけたまま、起きていた。

船が止まった。ずきずき痛んでいた頭にガツンと一撃を受けた気がした。ヘレンは起きあがった。眠っていたのか、起きていたのか、わからない状態だったが、とにかく、ぐったりした生気のない顔にかかった髪を後ろへ押しやった。うす明かりが個室いっぱいに広がっている。ヘレンは髪をなでつけ、くちゃくちゃになったドレスのしわをできるだけのばし、甲板へ出た。船はサクラメントの船着き場に止まっている。

ほんの数メートル先で、ポールが手すりによりかかっていた。ひんやりした日光を受けて、顔が青白く、ひどくやつれて見える。彼のほうへ近づきながら、昨夜のことごとが、頭の中で踊りくるうように、次から次へと浮かんできた。夢の中のようにすべてが異様で、熱っぽい。

「ぼくを憎んでいやしないよね、ヘレン?」

思いつめたポールの声だ。

「とんでもないわ」

心からヘレンは言った。疲れきった心に、ポールへの哀れみの情がわきおこった。生まれて初めて、ヘレンは自分にほほえみを浮かべよと命令し、それができた。

「もうおりたほうがいいんじゃない?」

夜明けはまだほのぐらく、通りの明かりがまだ淡い。労働者が数人、足音高く、通りすぎていった。弁当と道具箱を持っている。パン屋の馬車が、ガタガタとあたりをめざめさせるような音をたてて、通った。ヘレンはポールをなぐさめようとしていた。さっきから、ポールは自分を責めるようなことばかり口走っている。

彼は、ヘレンが下宿している家の人たちともめるのを心配していた。もしそんなことになったら、ぜひ知らせるようにと言った。そんなことをほっておくわけにはいかない。土曜日まではメイソンヴィルにいるから、そこへ連絡をくれてもいい。そしたら、帰りに立ち寄ることができる。実は帰りに寄るつもりはなかったが、やっぱりそうするとポールは言った。またヘレンに会うまでは、安心できない。ヘレンが無事にやっていることを確認したい。船のことをきちんと調べなかったのは、まったくもって、おろかとしか言いようがない。自分を許さない、もしも何かが……。

「どうした?」

ポールが急にたずねた。ヘレンが振り向いて、通りすぎた若い男を見ていたのだ。思わず振り向いてしまったのだ。その男の顔を見たわけではない。しかし、男が通りすぎたとき、ヘレンの疲れた頭に、皮肉な笑いの浮かんだ目が印象づけられた。

「別に」

ヘレンは言った。やっぱりあれはマコーミックだ。でも、彼のことをポールに話すのはあまりにも面倒だ。

ふたりがキャンベル夫人の家に着いたとき、ブラインドはまだおりていた。ぴっちり丸まった朝刊が、ポーチにおいてある。中へ入るには、どうしても玄関のベルを鳴らすしかない。ふたりは、しめったコンクリートの歩道に立って、顔を見あわせた。朝露にぬれた芝生が、すっきりさわやかだ。

「じゃ、さよなら」

「さよなら」

朝の光の中で、窓からだれが見ているともわからないところでは、なんとなく気づまりだった。ふたりの手はからみあい、離れたがらなかった。

「ヘレン、ほんとうに怒ってないかい？　なんにも？」

「もちろんよ、ぜんぜん。きのうのことは、あたしにもあなたにも責任があるんですもの」

「もし、何か問題があったら、知らせてくれるね？」

ヘレンは必ずそうすると約束した。とはいえ、自分の問題で、彼をわずらわせるつもりなど毛頭なかった。船が遅れたのは、彼のせいではない。それに、自分も同じように喜んで船に乗ったではないか。

「心配しないで。大丈夫よ。さよなら、ポール」

「さよなら、ヘレン」

指はまだからまったままだった。ヘレンの胸に、彼を思うやさしい気持ちがどっとこみあげた。

「ポール、そんなに不安そうな顔をしないで！」

とっさに、思いきってヘレンは彼のほうに体をよせ、袖にふわっとキスをした。そして、どぎまぎしながら、階段を駆けあがった。

「じゃ、土曜日に」

ポールの声の底に元気があった。ポールのがっしりした体が角を曲がって見えなくなるまで、ヘレンは見送っていた。それから、ベルを鳴らした。待っているあいだに、さっきの顔のほてりは去り、やつれた、寒々しい姿が残った。やがて、キャンベル夫人がドアをあけた。夫人は何も言わなかった。その目、きつく結んだ口、ヘレンがそばへ来ると、ガウンをさっと引いたしぐさ、そのすべてが、夫人の気持ちを代弁していた。弁解したって、なおさら不審に思われるだけだろう。

ヘレンは頭を高くあげて、夫人の無言に無言で答えた。けれど、自分の部屋へ来たとき、キャンベル夫人が夫に向かって、きんきん声で、かみつくように言いつけているのが聞こえた。

「あつかましいったら、ありゃしない！　あなたの言うとおりですよ。変なうわさがたって、うちに火の粉がふりかからないうちに、あの娘を追いだすのがいちばんだわ。かわいそうに思って、うちにおいてやっているのに、とんだとばっちりですよ」

静かにヘレンはドアを閉めた。今日のうちにこの家を出よう。こわれかけた目ざまし時計が五時半を指している。あと三時間で、どうにかしなくてはならない。機械的に服を脱ぎながら、頭の中は、これからどうしよう、あれやこれや固まらない計画でいっぱいだった。お金はない。来月の給料は、このくしゃくしゃのドレスに使ってしまった。母親に電報を打つこともできる。しかし、驚かすのはいけない。どうしてポールからいくらか借りることを考えつかなかったのだろう？　そうだ、ロバーツ氏がいる。でも、もうこれ以上前借りはできそうもない。けれど、もしかして、約束してくれた昇給分を早めにもらえないだろうか。ヘレンの頭は、ものすごい勢いで回転していた。下宿屋、仕事場、ロバーツ氏などが、ぱっぱっと浮かんでは消えた。これから、自分がロバーツ氏としゃべる長い会話の一部始終を想像した。自分の声がした。説明し、説得し、約束し、お礼を言っている自分の声が耳に聞こえた。

第七章

目ざまし時計の音で、ヘレンははっと目をさました。眠っていたのに、まったくすっきり感がない。体はがちがちにこわばり、目の奥が重たく、ざらざらしている。着替えて、仕事場へ急ぐ。必死でやっても、何もできない、恐ろしい悪夢の中にいるような気がする。でも、事務所でいつもの仕事をしていると、落ち着いてきた。夜のうちにきた電文を書きとり、上にぬれたうす紙をのせて、コピー機にいれ、コピーをとり、それぞれの封筒に宛名を書くと、配達の少年たちを送りだし、道中が長いという文句をきけば、うまくやりくりしてやったりした。何もかもいつもの通りだった。会社の表の板ガラスから、日光がふんだんにさしこんでいる。お客が出入りし、電話が鳴り、機械がカタカタ音をたてる。ヘレンの休日は夢のようにどこかへ消えてしまった。あとに残ったのは、思い出すだけで胸につきささるような、キャンベル夫人のことばと、ぜったいにあの家を出るという決意だけだった。

何度か、ヘレンはロバーツ氏と話をしようとした。しかし、彼の機嫌は最悪だった。ヘレンのそばをおはようも言わずに通りすぎ、遅れた電報についてたずねると、かみつくような、こわい声を出した。よくわからないが、どうやらひどく怒っているようで、それがおさまらないかぎり、頼みごとは無理だろうと、ヘレンは見てとった。もう少しあとになれば、機嫌もよくなるだろう。けれど、夜になる前にぜったいにお金を用立ててもらわなくてはならない。

正午前のちょっとした休みに、ヘレンはついたての後ろにある自分の机で、頭を腕にもたせかけていた。機械をいじる気にはなれなかった。マコーミックは、表のカウンターによりかかり、机についているロバーツ氏とくつろいでしゃべっている。ふたりがいれば、お客が来ても応対してくれるだろう。だからそのあいだ、ヘレンはしばらく休んで、考えごとができる。

「デイヴィーズさん！」

「はい！」

ヘレンははじかれたように立ちあがった。ロバーツ氏の声がとがっている。電報を送りわすれたのだろうか？

「バッテリーの補助連結を見せたいから、こっちへ来なさい」

「ありがとうございます。ぜひ見せてください」

ヘレンは明るい声を出して、ロバーツ氏のこわい顔を少しでもやわらげたいと思った。

用心しいしい、ヘレンはあとからついて、地下室へおりていった。バッテリーがいくつもの棚に何列もずらりと並んでいる。それは大きなガラスびんで、毒々しい緑や黄色のしみが縁についていて、中には変色した水とさびた金属片がいくつか入っている。消えそうな電球がほこりっぽい棚の列を照らし、天井の黒い梁とクモの巣がぼんやり見えた。

「わざわざ見せてくださって、ありがとうございます」

ヘレンは感謝のことばを言いかけた。

「そんなのはどうでもいい！　いったい、きみはどこまでこのわたしをばかにすれば気がすむんだ？」

いきなり向けたロバーツ氏の顔の恐ろしさに、ヘレンはぞっとした。彼は声をつまらせ、やにわにヘレンの手首をつかんだ。体がぶるぶる震えているのがわかった。

「この、この、あばずれ……」

ずらりと並んだガラスびんが、目のまわりを回りはじめた。ヘレンは、相手が何をわめいているのか、わけがわからなかった。

「目を見ひらいて、いかにも無邪気な様子で、わたしを手玉にとりやがって！　わたしをうまくだませたと思ってるのか？　きみが何をやらかそうとしているのか、わたしが気がつかなかったとでも思っているのか？　このままいつまでもわたしをほっておくつもりか、ええ、ちくしょう！」

「離して！」

あえぎながら、ヘレンは叫んだ。

棚の端でやっとのことでヘレンは体を支えた。ロバーツ氏がものすごい形相で迫ってきた。狭いところで、ふたりは息づかい激しく向き合った。

「あなたのおっしゃる意味がわかりません」

ヘレンは必死で言った。足もとからすべてががらがらとくずれていくような気がしていた。

「わかっているくせに。うそをつくのはもうよせ。隠せやしないんだから。わたしはきみがきのうの晩、どこにいたか知っているんだぞ」彼の顔がまたゆがんだ。「そうさ、その晩だけじゃない、わたしをだませているときみが勝手に思いこんでいたあいだもずっとだ。何もかも知っているんだぞ。わかったか？　きみがここで働く前に、何をしていたかだって、知っているのさ。わたしがなんのために、きみを雇ってやったか、わからないのか、え？　よくも、ふらふら遊びまわって、わたしを笑いものにできたもんだ」

「待って――ああ、お願い……」

「もう充分聞いた。これ以上聞く必要はない。これから、きみにはおしゃべり以外のことをしてもらう。わたしは、そう簡単に手玉にとられる若造じゃない。かわいいからって、もう容赦しないぞ」

「そんなことするつもりなんかありません。あたしはただ、ここからもう出たいだけです」

ヘレンは彼に面と向かったままだった。目をそらさないかぎり、顔をそむけることはできなかったが、目をそらすのがこわかった。そのまま、沈黙が続いてしまったので、ヘレンはぽつぽつと思いつくことを、話しはじめた。

「あたし、わからない。あなたが親切な方だと思っていました。帰りの船が遅くなったのはしかたがなかったのです。お願い、お願いだから、離してください。あたしはただ、電信技術を習いたかっただけなんです。自分ではよくやっていると思ってました」

そのとき、ヘレンはもう彼が怒っていないのがわかった。クモの巣だらけの棚を向いて、顔を両腕でおおい、ヘレンは泣きだしてしまった。こんなことはしたくなかった。しかし、こらえきれなかった。泣くまい、泣くまいと懸命に努め、やっと泣きやんだ。顔をあげると、ロバーツ氏はもういなかった。

ほこりだらけのバッテリーのびんに囲まれて、ヘレンはしばらくじっとしていたが、やがて気をとりなおし、ハンカチで涙をぬぐった。やっとの思いで階段をあがり、またまぶしいところへ出ていくと、仕事場はがらんとして、マコーミックだけがサンフランシスコ電信のくる音響機の前に座って、ぼんやりと宙を見つめていた。「人生は所詮おかしな問いなのさ」と口笛を吹いている。ほっておかれた音響機が、カタカタとせわしなく彼を呼んでいた。

ここを出るしかない。ヘレンは帽子をかぶり、すぐにそこを出た。日のあたる表に出ると、通行人の目を意識しながら、イラクサにちくちく刺されているように、心の中で身もだえしていた。脇の通りに入ると、まだましだった。人の目が減ったからだ。夜だったら、どこか隅っこにこっそり隠れて、死んでしまえるのに、と思っていた。

ヘレンがはっとわれにかえったのは、それからしばらくたってからだった。体の節ぶしが痛く、痛む足をひきずりながら歩いていた。どこかの住宅分譲地の通りに来ていた。去年からのびほうだいの雑草がからまったところに、コンクリートの歩道があり、小さな家がぽつん、ぽつんとかなりの距離をおいて建っている。枯れ草の根っこと緑の草だけのだだっぴろいところをよろめきながら歩き、やがてしゃがみこんでしまった。苦しさの限界だった。暖かい日差しの中で、たったひとりで座っているのが、気持ちよかった。人生はおぞましい。ヘレンは嫌悪感で身ぶるいした。あまりに深く傷ついたので、もう痛みなど感じなかった。ただ、心だけはもだえ苦しんでいた。

もはや、はってでも逃げこめるところはないのだ。傷をいやす時間もないし、それに一緒に耐えてくれる人だっていない。午後のほとんどが過ぎていた。家にもどっても、キャンベル夫人がいるし、仕事場では――母親からお金を借りて、もうわが家へ帰ろうか。しかし、ヘレンは母親に百ドルの借金がある。まさに窮乏生活と神経がずたずたになる仕事の何カ月かだった。他人に迷惑をかけ、生活がつらいといって、おめおめひきさがるわけにはいかない。何がなんでも、立ちあがる勇気を出して、動きだし、何かをしなくてはならないのだ。

電信技手として別のところで働くには、ロバーツ氏の推薦が必要だ。ほかにできる仕事はない。彼には十ドル借りている。それはきちんと返すべきだ。ポール――そう思っただけで、恥ずかしくて頬に血がのぼった。でも、この件はひとりで解決すべきだ。

胸の奥底に、堅固なものが育ちはじめていた。繊細な神経は、もはや限界以上に痛めつけられていたが、なおいっそう固まってきた堅固なもののかげになりをひそめた。ヘレンはあごをきっとあげ、唇をひきむすび、無意識のうちに目をぎゅっと細めた。

かなりたってのち、ヘレンは立ちあがり、スカートにからみついた枯れ草の茎を払いのけ、町へ向かってもどりはじめた。路面電車に乗ったら、すぐにもどれた。帰り道、ヘレンはずっと何も食べていなかったのに気づき、ブラウン夫人を思い出した。いつかの食事券の半分で、まだ使用済みのパンチが入っていないのが財布に入っている。ブラウン夫人に会うと思うだけで、以前は体が震えたものだ。だから、何度もその券を捨ててしまおうと思ったのだが、食べ物を意味するので、どうしても捨てられなかったのだ。

ブラウン夫人の小さな食堂がある角で電車をおりると、ヘレンは思いきって建物の中に入ろうとした。しかし、ドアが閉まっていて、だれもいない。よごれた窓に「貸し家」と書いた紙が貼ってある。ふっと気がゆるみ、ヘレンはかすかな勝利感をいだいた。とにかく、自分はここまではやってきたのだ。

軽食堂で、ヘレンはコーヒーとサンドイッチをそそくさと食べ、電信社にもどっていった。顔をきっとあげ、しっかりした足どりで歩いた。まるで、死刑台へ向かう囚人になったかのように。自分の中の何かがぐちゃぐちゃにつぶれていくような気がしていた。それは何か、清純で、上品で、繊細なものなのだが、ふたたびロバーツ氏と顔を合わせる前に、消えてなくなるにちがいない。ヘレンは仕事場のドアをあけ、中へ入った。

ロバーツ氏は電信機の前にいた。マコーミックが、顔をしかめながら、ヘレンの高い机で、電文を書きとっていた。ヘレンは帽子を戸棚へいれ、マコーミックの手からペンを受けとった。

「やあ、輝くひとみさん、お帰り！」

マコーミックはいつもの調子でほがらかに言ったが、あたりに漂うなんとはなしの緊張感にとまどい、はらはらしているのをヘレンは見てとった。

「これからは、デイヴィーズさんと呼んでいただきます」

そう言うと、ヘレンは電報をたたんで封筒にいれはじめた。そして、ベルを鳴らして配達係を呼んだ。どうやら、これだけはできた。

ロバーツ氏に接近するのは、もっと骨が折れた。自分が彼を避けているのか、軽蔑しているのか、恐れているのか、よくわからなかった。しかし、彼が仕切りを通って、仕事場へ入ってきて、机についたときは、心臓がどきどきし、気分が悪くなった。ヘレンはその日の電文をチェックし、配達記録にぼんやりと目を通し、自分の臆病さかげんに腹が立ってくると、それが勇気にとってかわった。そこで、ヘレンは彼の机に向かった。

「ロバーツさん」ヘレンははっきりと言った。「あたしはあなたがおっしゃったようないいかげんな女ではありません」

頬も額も、首筋までもが、燃えるくらい熱かった。

「あたしは非常にまともな女です」

「ふん、今さらそんなことで騒いだってしょうがないよ」

彼はぶつくさ言いながら、書類をいじくって、何かさがしていたが、明らかにそこにはないものだった。

「もうここにいるつもりはありません。ただ、あたしはあなたに十ドルお借りしているので、仕事がないと困るんです。おわかりでしょう。仕事が必要だという話をしましたが、あれはぜんぶほんとうのことです。あたしはとにかくここで働かなくちゃ……」

「わたしがそうさせてやるとでも思っているのか?」

彼のことばがつきささった。

「あたしは仕事をちゃんとやれます。あたしより安い賃金であたしよりいい電信技手は雇えないでしょう」ヘレンは自分を必死で弁護し、少し乱暴に言った。「お金を返せるまで、何がなんでもあたしに仕事をくださらなくちゃいけません。でないと……」

「もういい」

きつい声だった。ヘレンから目を移してマコーミックと目が合うと、相手はあわてて、送ろうとしていた電文(ヘレンのためにサンフランシスコへ打つ)に目をおとした。

「そんなに仕事が欲しいなら、さっさとこれらを送って、片付けろ」

ヘレンはロバーツ氏のことばにしたがった。にやりと笑ったマコーミックの顔に、冷笑ともとれるような、ゆがんだ微笑で応えた自分に、ヘレンはおどろいた。ほんとうは思いきりわめきたかったのだが。

午後も半ば頃、ヘレンは前のカウンターにもたれかかって、板ガラスの窓の外を歩いていく人々を見ながら、この人たちの真実というものはどこにあるのだろう、と考えていた。そのとき、マコーミックが自分をじっと見つめているのを感じた。彼は一歩、近づいてきて、カウンターに片ひじをつき、ひそひそ話をするように言った。

「どうやらあいつをうまく追っ払ったようだね」

「どうかほっといてください」

ヘレンはこわばった声ではっきり言った。

「おや、何をそんなに怒っているのかな？　きみはなかなか元気がいい。気にいったよ」自分の気持ちをひとごとのようにそ知らぬふうに言う。「実は、昨晩ポーカーで大当たりした」と続け、ヘレンが黙っているとさらに言った。「ちょっと金を貸したからって、ひもつきにはしないさ」

一縷《いちる》の希望の光がさしたとはいえ、このことばにはもう我慢できなかった。

「やめて！」ヘレンはどなった。マコーミックは照れ隠しに口笛を吹きながら、電信機のほうへもどっていった。

午後六時、ヘレンは配達されずに残った電文をチェックしながら、夜はキャンベル夫人の家へもどらなくてはならないと考えていた。そこへ、ロバーツ氏がやってきて、ヘレンの机のそばに電報をおいた。

「これからはきみの助けなしで事務所をやっていくさ」と、わざとあてこすりを言った。

「邪魔しないでください。もう出ていって」

電信技手の走り書きの文字が目の前で踊っていた。ヘレンはそれを二度読んだ。「午後、依頼拝受。デイヴィーズ嬢にセント・フランシス・ホテルの夜勤を月四十五ドルで頼む。すぐに連絡求む。主任ブライアント」

「サンフランシスコ?」発信地がサンフランシスコとなっているのを見て、ヘレンは信じられず、ことばにつまった。黄色い電報の向こうにロバーツ氏の顔があり、その目には憎しみに近い嫌悪感が漂っている。

「今夜、出発します。片付けはすんでいます。ラムジーの電報は再度、送っておきました」

ロバーツ氏がいなくなると、ヘレンはマコーミックから十ドル借りた。今月末には必ず返すと約束した。彼がその十ドル札にお別れのキスをしても、お札を渡してくれたときにヘレンの手を握っても、ヘレンは腹もたてなかった。しかし、駅から、二十五セント払ってポールに電報を打った。マコーミックに頼めばただで送ってくれるとはわかっていたのだったが。

第八章

　長い廊下の端の狭苦しい場所から、ヘレンはサンフランシスコの豪華ホテルで繰り広げられる人生模様を眺めていた。とてつもなく大きなシャンデリアのまぶしい光の下で、色と輝きが刻々と変わる。背の高い、金色のエレベーターのドアがあいたり、閉まったりする。サテンやビロードのドレスをまとい、つややかな髪にふわふわした羽をさした女性が通りすぎる。夜会服を着た男性が女性をエスコートしていく。ベルボーイが、銀色のトレイを持って歩いていく。彼らがなんと言っているかはっきりしないが、その声が、絶え間なく聞こえるウワーンというこもったような音と、青い部屋から響いてくるかすかな音楽にのって、伝わってきた。

　ヘレンは電信音響機を鉛筆で押さえて動きを止め、その音楽が聞こえるようにした。しかし、重なった低い声と、衣ずれの音と、ビロードのカーペットを歩く足音のせいで、ヴァイオリンの音はかき消され、ぼんやりとしか聞こえてこなかった。ごたまぜの中では何ひとつはっきり、くっきりしたものがない。耳がじーんとし、目はぼうっとなり、もろもろの感情に圧倒されて、頭が混乱していた。サンフランシスコはまさに、果てしなく騒々しい、途方もなくめまぐるしい渦巻きの中にあった。

それが最初の朝のヘレンの感想だった。フェリーでサンフランシスコに着き、発着場の建物で渦を巻くようにうごめいている人の波を必死でくぐりぬけ、片手で蓋つきのかばんをひきずり、もう一方の手で帽子を押さえ、ときおりひゅーっと吹きぬける風に飛ばされないように歩いた。路面電車が鳴らす鐘の大きな音や、図体のでかい馬車が石畳の上をゴロゴロ走る音や、足早に通りすぎる足音、警笛、ベル、叫び声などを耳にしながら、その底にひそむ非人間的なこわい流れを感じていた。それらは騒々しい渦巻きのようだが、その中にいる人間にはまったく頓着しないことがいかにも恐ろしく、自分が大渦巻の縁に立ちすくんでいる思いだった。

それから十カ月たったが、その印象はちっとも変わらなかった。しかし今や、ヘレンはその動きのない渦巻きの中心に吸い込まれてしまったようだった。ヘレンを取り囲む町はひっきりなしにがなりたて、ともかく息もつけないスピードで、わけもわからず何かに駆りたてられて走っている。しかし、その中央にいるヘレンはよそ者で、だれともかかわりがない。あるのはただ、さびしさだけだった。

最初に感じた恐怖はもはや消え去り、今はそんなものを感じていたのがこっけいな気がして、挫折感を覚えていた。全身の力をふりしぼって、必死に努力したのに、何も得られないでいた。わけのわからない危険や失敗が、そそっかしいよそ者を待ちかまえているどころではなく、この町はまだ、ヘレンがどこにいるのかさえ、知らないのだ。

電信社の本社では、ブライアント氏がいかにも無頓着にヘレンを迎えてくれた。彼は忙しい人だったし、ヘレンは彼の毎日の仕事のひとつの歯車にすぎなかった。セント・フランシス・ホテルの電信支社に五時に行くように指示し、ふたたび彼女を見ると、彼はサンフランシスコに知人はいるか、住むところは決まったか、とたずねた。三分後、彼はヘレンをきびきびした若い女性に紹介した。その女性が、ヘレンにアパートの住所と、どの電車に乗ればいいかを教えてくれた。

そして向かったその場所は、ゴウ通りのみすぼらしい二階家で、前のポーチには、しなびたヤシの木が植わっている木鉢があった。顔色の悪い女が部屋へ案内してくれた。ひさしの下の、こじんまりした部屋で、鉄製のベッドと洗面台と椅子とちっぽけなラグがおいてある。トイレと風呂場は下の階にあり、部屋代は週に二ドル半だった。ヘレンはほっと息をついて、かばんをおろした。

こうして、ヘレンはひとまずサンフランシスコに落ち着いたのだった。セント・フランシス・ホテルへ初めて踏みこんだときは、もうそんなにわくわくしなかった。豪華なその場所へ、わけもわからず、やぶれかぶれの気持ちで飛びこんだヘレンは、そこにいた昼勤電信技手の若い女性に、引き継ぎもなく無愛想に迎えられた。眼鏡をかけた、青白い顔の彼女は早くも帽子をかぶり、出ていこうとしていた。まだ送信していない電文をいくつか渡すと、ヘレンに金庫と料金表を預け、さっさと出ていった。

それからというもの、ヘレンはそこで毎日働いた。きっかり午後五時に出てきて、昼勤のその女性と交代した。そのときを、ヘレンはかなり楽しみにしていた。一日に一度だけでも、だれかに「こんばんは」と言う機会があるのがうれしかったのだ。

午後は、町へ出て、あちこち歩きまわった。たくさんの通りの名前も覚えた。公共図書館を見つけたので、よく本を読んだ。日曜日を過ごすには、図書館はとても気持ちのいい場所だった。こみあっている公園よりよっぽどさびしさを感じないし、図書館員がひまなときは、本の話もできる。

日が過ぎるにつれ、ヘレンはさらにお金が必要になり、本社でも働くようになっていた。しかし、そこでも相変わらずヘレンはただの機械の一部にすぎず、電信機の前に座って、せわしなく行き来する人たちとはほとんどふれあいがないままだった。ひと月四十五ドルの新米電信技手だったが、ヘレンはさらに忙しい部署の、ひと月七十五ドルの電信技手と交替した。ひっきりなしにカチカチいう音響機の音に耳を集中させ、ますます神経がくたくたになる日々だった。広い部屋には、何百もの機械と電信技手がいるので、頭がぼうっとして、意識が遠のくほどだった。

午後四時にそこを出ると、ひとりで軽食堂へ入り、食事をすませ、セント・フランシス・ホテルへと急いだ。ここでは少なくとも、ほかの人間の様子を見ることができた。ホテルの廊下を行き交う人々を見つめながら、ヘレンは想像力を働かせて、その人たちのロマンスや冒険を好きなように思いえがいた。ひとりの男が、ニュース・スタンドのカウンターにぶらさがっている明かりで、タバコに火をつけながら、葉巻売りの少年に快活に話しかけている。その男は、午後の新聞をにぎわわせたスキャンダルの中心人物で、彼が妻に、自分の裏切りを否定し、忠誠と愛を誓って送った電報を、ヘレンは今、手にしていた。体にまとわりつくレースの服を着た、小柄なやさしい目をした女性がエレベーターからおりてきて、夜会服を着たかっぷくのいい男性と会い、鉱山の大きな契約をやってのけるところも見た。そのあとの細かいなりゆきは覚えていないが、少なくとも女性の打った電報の中身のすごさにヘレンは圧倒されたものだ。

ヘレンの体の筋肉はちぢこまり、ぴくぴくしていた。テーブル、椅子、ごみ箱がごちゃごちゃとおいてある、この狭い事務所の中では、体を自由に動かすことさえできない。カウンターの向こう側は、広々としているというのに。

カウンターから鉛筆をひったくるようにとると、ヘレンはポールに手紙を書きはじめた。手紙を書いているときだけは、想像の翼を自由に羽ばたかせることができる。

ポール

今、あなたは何をしているんでしょう！　夜八時です。きっともう夕食はすませたでしょうね。お母さんはたぶん台所の片付けもおえて、パン種をしかけ、あなたはすっかりくつろいで、ポーチに座り、星を見たり、暗い中にあちこち見える窓の明かりを眺めながら、梢のさやぎを聞いていることでしょう。あたしは今、どんな季節の花だって咲いている温室のようなところに座っています。二階では舞踏会が開かれていて、おびただしい数の娘さんたちが、髪に花や羽根や宝石をつけ、それこそ花びらのように美しいドレスや夜会服をまとって、廊下を通っていきました。あなたにもお見せしたいです。着飾った女性たち、そして、夜会服を着た男の人たちを。太った人たちは見るもこっけいですが、すらりとした人たちの中には、まるで王子か伯爵かというような人もいます。

あなたのお母さんはどんな家具を買ったのかしら？　引っ越したところがどんなところか、ぜんぜん伺っていませんが、とても興味があります。壁紙や、カーペットや、木部の色をぜひ教えてください。台所はどんな感じですか？　庭にはバラの茂みがありますか？　お母さんは新しいカーテンをかけましたか？　ちょうど出たばかりの、とてもきれいなカーテン地があります。絹の風あいの、しっかりした感じで、ほんとうに色がすてきです。お店のウィンドウにあるのを見たんですが、もしお母さんがお望みなら、値段をきいて、サンプルをとりよせましょうか？

今、小さな男の子がおもちゃの風船を持って入ってきました。それが手から離れてしまい、金色の天井にぶつかって、ぽんぽんはずんでいます。その子が、ワアワア泣いている声をお聞かせしたいわ。風船にしてみれば、うれしいでしょうね。長いあいだ、ひもでひっぱられてひきまわされ、なかなか逃げられなかったのに、やっと自由になって、上へとあがっていったんですもの。

今朝は、あたしもそんな気持ちだったんです。ポール、あたしは両親に借りていた百ドルの残りを払いおえました。さらに、五十ドルも足して！　がんばったでしょう？　今、あたしはひと月に九十ドル以上稼いでいます。電信本社で時間外も働き、ここでの給料は……。

はたと手を止めて、ヘレンは鉛筆をかんだ。そんなことを書いたら、ポールは驚くだろう。ポールは昼勤電信技手と駅長に昇進したとき、自分でもたいそう満足していた。彼がその仕事を得たとき、夜勤の仕事に空きがあるのをヘレンに知らせなかったので、彼女は傷つき、なかなかそれを忘れられなかった。ポールは夜勤の仕事は女の人にはできないからと言っていたが、彼は自分が一緒に働くのを望んでいないからだと、ヘレンにはわかっていた。

春になったら、すてきな新しい服を買って、一度家に帰ろうと、ヘレンは考えた。ポールも、自分が帰っていると知ったら、もどってくるだろう。そして、ヘレンがわずかなお金でも、りっぱにやっているのがわかるだろう。数カ月もしたら、お金が貯まって、嫁入り衣装や、テーブルクロス、そして、刺繍をほどこしたタオルなんかを用意できるだろう……。

「用紙をくれ、早く！」

カウンターの向かいからお客が身を乗りだした。ヘレンはその男に用紙を渡し、男が書いているあいだ、相手を見つめていた。横顔がなかなかハンサムだ。後ろへ押しやった帽子の下から、金髪がひと房のぞいている。すきっと平たい額、かぎ鼻、ユーモアが感じられる、うすい唇。彼は鉛筆ですばやく紙になぐり書きをし、ぱっとはぎとると、いらいらとそれを丸めて、書きなおした。書きおえると、その電文をヘレンにぱっとほうりなげるようにして渡し、ヘレンを見て、にっこりした。その瞳がふわっと暖かく輝き、ヘレンははっとした。神経質で生き生きした感じに、ひきつけられた。

ヘレンは電文を読んだ。

「G・H・ケネディ、ロサンゼルス、中央信託会社、五百ドル請求、要必送、今回まちがいなし、委細手紙後送、ギルバート。はい、これで六十七セントです」

と、ヘレンは言った。もっと何か言うことがあればいいのにと思った。この人と話をしてみたかった。この男には、いつも何かがそのまわりで起こっているという印象がある。彼が立ち去ろうとして、ちょっと立ち止まったので、ヘレンはすばやく彼を見た。しかし、彼はホテルに入っているライバルの電信社の電信技手に話しかけていたのだ。

「やあ、元気？」

「ほっといて」

彼女はそっけなく答えた。その目が挑むように笑っていた。けれども、笑い顔で応えると、彼はさっと通りすぎ、たちまち、人ごみの中に帽子だけがちらちらと見えるだけになった。やがて、それも角を曲がって、見えなくなった。

「なれなれしい人！」と彼女はつぶやく。「でもさ、あの人、踊れるから！」

ヘレンは興味津々で相手を見た。人手のないときに来る、新しい電信技手だった。その電信社の常勤電信技手は、まじめで、良心的な三十歳の女性で、ひまな時間を見つけてはドイツ語の文法を勉強していた。しかし、この新入りは、まったくちがったタイプだ。

「あなた、彼を知っているの?」

はにかみながらにっこりして、ヘレンはたずねてみた。これが会話を始めるきっかけだと思うと、ヘレンは真剣だった。相手は親しげで、愛想がよく、まわりにもその影響がおよんでいた。

「ええ、もちろん」

明快な答えだったが、それでもなんとなく不明瞭さが漂っている。彼女はほっそりした人差し指を、首の後ろにある金髪のカールにさしこみ、白くそろった歯を見せて、ヘレンにほほえみかけた。雑誌の表紙の写真を、ヘレンに思いおこさせた。こんなに美しかったらどんなにすてきだろうと、ヘレンはため息が出そうになった。

「あれはだれ宛てだったの?」

そうきかれて、ヘレンは電文を両電信社の境にある低い手すり越しに、相手にわたした。電文を指でなぞっている彼女の爪が、ぴかぴか光っているのが見えた。

「ふうん、なんだか、よくわかんないわ。あの人、ケネディ判事の息子だって吹聴してたのに。男ってわからないものよ」さかしげに言うと、電文をヘレンに返した。「でも、ときには本音をぽろっと出すときもあるけど」

彼女が見せる子どもっぽさが、賢そうな様子をむしろひきたてた。通りすがりのお客について、彼女が口にするコメントがおもしろく、ヘレンは思わずひきつけられた。折りにふれて彼女が言うことばが、はなやかな世界のいろいろな面を、垣間見せてくれる。彼女は日光の中をひらひら飛んでいるチョウのようだ。ここへ不規則に非常勤の仕事をしにきているようだった。

「ママが慰謝料であたしを育ててくれているの。パパはママにほんとにひどくあたったのよ。でも、お金はありがたいわ」さりげなく彼女は言った。その率直さもまた、子どもっぽいところのひとつで、そんなきびしい状況をしらっと受けいれているのは、そういう状況をごく普通だと思うためのやり方なのだ。ヘレンはまだ自分を出すわけにはいかなかったので、びっくりした顔は見せなかった。

「うちのママはね、おもしろい人よ。たった今も大いに楽しんでるわ。ダンスをしているのよ。ああ、あたしも踊りたい！　あたし、ダンスが大好きなのよ。あんたは？　あの音楽！　ひと晩じゅう踊っていられたら、どんなにいいかしら。それをやってみたくてたまらないの」

「ほんとに――よくそんなことを？　ひと晩じゅうダンス？」

目を丸くして、ヘレンはたずねた。

「ひと晩に一回だけよ」彼女は笑った。「週に五回」

この人は楽しい人だと、ヘレンは思った。その美しさと魅力に好感を持った。一時間もすると、彼女はヘレンに、自分をルイーズと呼んでくれと言い、ヘレンのいかにも味気ない生活に驚いた顔を隠そうともしなかったが、一緒に楽しもうと心から誘ってくれる彼女の心には、あわれみを含んだ同情にある毒はまったくなかった。ヘレンったら、この町をぜんぜん知らないのね、と彼女は叫ぶ。ヘレンはただうなずくしかなかった。一緒にあちこちのカフェに行ったり、テチョー亭でお茶を飲んだりもしなくては。ヘレンはルイーズのママにも会わなくてはいけない。ルイーズはすっかり友だち気取りで、次から次へと一緒に遊ぶ計画をあげた。ヘレンのさびしさを見かねて、すっかり心を痛めているのがよくわかった。

「まあ、あんたの髪って、黒味がかったすてきなブルーネットなのね！」と、ルイーズは叫んだ。「あたしたち並ぶと、人目をひくわ。あたしはいいブロンドだし」

ルイーズの小さな頭は、つねに自分を中心に回っているのだ。ヘレンはなんとなくそれがわかったが、ま、許してあげよう、と思った。このきらきらした小柄な娘に、何も知らないばかな自分をさらけだしてしまったが、プライドはこれで保てた気がした。このルイーズという娘は、だらけた停滞に陥ることなど今まで一切なかったにちがいない。いつも、夢ではなく現実で人生を乗り切るすべをうまく見つけてきたのだろう。

はっと気がついたときには、もう真夜中だった。夜のシフトのためにテーブルを片付けたとき、ポール宛ての書きかけの手紙を見つけて、急いでハンドバッグにつっこんだ。今夜は想像の翼を羽ばたかせるのをやめようと思った。

ルイーズはヘレンと一緒に路面電車の通りまで歩いた。そして、明日の晩、ヘレンはルイーズの家へ夕食をよばれにいき、ママに会うことになった。そのかわり、時間外の本社の仕事を早く切りあげ、セント・フランシスの昼勤電信技手にはいくらか払い、遅くまでいてもらうしかない。

でも、ヘレンはその出費を惜しいとは思わなかった。ルイーズはヘレンがこの町に来て、初めてできた友だちだったからだ。

三週間後、ヘレンはルイーズとママと三人で、レベンワース通りにあるアパートで暮らしていた。

この変化は、驚くべき早さで訪れた。それはまず、夕食から始まった。知らない場所、知らない人たちに、冷静に対処できるかいささか不安があったので、ヘレンは控えめにそれに近づこうとした。新しい帽子、大きなビロードの水玉模様のあるヴェールなどでがっちり武装していったつもりだったが、ドアの前で突然パニックになり、びくびくし、逃げだして、行かれないと電話で伝えようとさえ思った。しかし、今のどうしようもないさびしさが、玄関のベルを鳴らす勇気を与えてくれた。

しかし、ママに会ったとたん、その緊張はすうっと消えた。ママは絹のペティコートにフリルのついたガウンをはおった、すらりとした人で、ヘレンをにこやかに迎えてくれた。ルイーズによく似ている。ヘレンはふたたび、雑誌の表紙の絵や写真を思いうかべてしまった。ただルイーズは新しい雑誌を思いおこさせるが、ママはそうではない。ママの透きとおるような白い肌は、きっと化粧パウダーをたっぷり使っているからだろうとヘレンは思う。髪の毛も、不自然なほどきれいな金髪だった。けれど、目はルイーズと同じく大きくて、青く、黒いまつげに縁どられていて、どちらも顔立ちは実に繊細で整っている。

「ええ、そうなの、みんな、わたしたちを姉妹だと思うのよ」

ヘレンがふたりがよく似ていると言うと、ラティマー夫人はいかにも得意気に言うのだった。

「だから、あたしたち、すごくおもしろいこと、いっぱいしてるのよ、ねえ、ママ?」そういって、ルイーズはママの腰に腕を巻きつけた。そのことばの甘さに、ヘレンは胸をつかれた。

「ええ、ほんとね、ルイちゃん」

気兼ねのいらない、にぎやかな楽しい家だった。夕食はありあわせを並べたもので、散らかった、よごれた台所で、缶詰をいくつもあけた。ヘレンとルイーズはまずよごれた皿を洗い、ママはクリーム・チキンの材料をまぜあわせた。昔のようにまた皿洗いをしたり、それをテーブルに並べたりするのは楽しかった。ふたりがあけっぴろげにしゃべっているのを聞きながら、ヘレンは自分もこの家族の一員にしてもらっている気がした。ダウンタウンでお茶を飲んできたこと、だれかの新しい車のこと、だれそれのダイヤモンドのこと、ルイーズが宝石店ですてきなペンダントを見たという話など。ルイーズはふざけてママにそれを買ってよ、とねだった。母親はやさしく言った。

「そうね、ルイちゃん、そのうちにね」

食べはじめようとしたとき、電話が鳴った。ママが出て、しばらくしゃべっていた。冗談を言っているような声が切れぎれに聞こえた。ルイーズは首をかしげた。

「あんなに楽しそうにだれとしゃべっているのかしら?」

ママがもどってきて、これからみんなで海岸へ行くと言うと、ルイーズはワーッと喜びの声をあげて、立ちあがった。

それから着替えに大騒ぎとなった。ちらかった寝室で、ヘレンはふたりの服のボタンをとめてやりながら、ドレッサーの引き出しから、ぺらぺらした下着、絹のストッキング、リボン、帽子のつぶれた飾りや羽根などが、あふれでているのを見た。ルイーズは小さな眉毛ブラシで眉を描き、やすりで爪を磨き、口紅をていねいに塗った。ヘレンは、こういう最新式の細かいお化粧の仕方に、自分がびっくりしているのがばれないようにと願っていた。

ふたりとも、ヘレンが一緒に海岸へ行くものと思いこんでいたようだ。だから、ヘレンが仕事に行かなくてはならないときいて、心底びっくりし、がっかりした。

「ええっ、どうして仕事なんかするのよ?」ルイーズは唇をとがらせる。「あんた、そのまま行っても大丈夫なのに」と小首をかしげ、ぱっと明るい顔になった。「そうだ、あたしの服を貸してあげる。着飾ったら、目をひくわ。きっとすてきよ、ね、ママ? きれいな髪だし、無邪気に見つめる目もいいし——必要なのは、服とちょっとしたお化粧くらい——ねえ、ママ、そう思わない?」

母親はにこにこして、うなずいた。ヘレンはふたりのほめことばに心が温まり、ふたりが自分のことを考えてくれるのが、ほんとうにうれしかった。もちろん、一緒に行きたかった。だから、歩道に出て、にぎやかな声に迎えられて、ふたりが大きな赤い車に乗りこんでしまうと、体がすっと寒くなり、さびしさがこみあげてきた。

あの人たちは、なんて親切なんだろう、とヘレンは思うのだった。そして、さめた気持ちで仕事場に向かった。なんらかの形で、恩返しがしたくなった。いろいろ考えては却下したあげく、マチネの演劇に招待することにした。

三度目に出会ったとき、ルイーズが自分から、一緒に暮らそうと切りだした。

「ママ、ヘレンはね、たったひとりで、穴倉みたいなところに住んでいるのよ。うちへ呼んで、一緒に暮らしてもいいんじゃない？　あたしの部屋で寝ればいいわ。ねえ、ママ、いいでしょ？」

母親はどうでもいいわよ、といった顔でほほえんだ。

「あんたたちがそうしたいんなら、わたしはかまわないわ」

ヘレンは幸先のいい話に有頂天になった。こうして、ヘレンが経費の三分の一を払うという取り決めがなされた。ルイーズは高らかに叫んだ。

「じゃ、ママ、あたしにペンダントを買ってよね！」

次の日の午後、ヘレンはかばんに荷物を詰め、ゴウ通りの部屋をあとにした。狭い階段をこれを最後と、踊るような軽やかな足どりでおりると、風の吹きわたる、明るい外へ出ていった。

ヘレンの仕事漬けは、正気の沙汰とは思えないほどだった。朝早く、いくつもの枕に埋もれて、うとうとしているルイーズをベッドに残し、体をひきはがすようにして起きだすと、着替えをしながら、前の晩のみんなの楽しい騒ぎのこれみよがしのなごりを眺めた。椅子にはドレスがぶらさがり、上靴や絹のストッキングが散らかっている。ヘレンの帰宅は真夜中だ。しんと静まりかえったアパートにもどり、かんぬきに鍵をさしこんであけると、夕食の皿が洗われずに残っているのが見える。寝室のカーペットには粉おしろいがついているし、外ばきの靴と脱ぎすてたペティコートがからまっている。それらを片付けるのは、結構楽しかった。片付けをしながら、ヘレンはここが自分の家だと思おうとした。しかし、やっぱりさびしかった。そのあと、はっと目をさましたヘレンは、ルイーズが半分着替えた姿でベッドの端に座っていたので、びっくりした。コールドクリームを顔にすりこんでいる。ヘレンはうとうとしながら、ルイーズのおしゃべりに耳を傾けた。

「あんたね、このままじゃいずれ死んでしまうわよ」ママがやさしいことばをかけた。「死ぬほどがんばって、いったいなんの意味があるの?」

若いヘレンには、ママが正しいのがわかりすぎるほどわかっていた。しかし、お金がまったくないみじめさは、もっとわかっているので、仕事をやめるわけにはいかない。すると、ひっきりなしにうわさ話をしゃべっていたルイーズが、ふと言ったことばが、解決の糸口をくれた。

「あのさ、商取引所で会った、あのとろい女の子知ってる? あの子はね、億万長者が集まっているところで、運転手をつかまえたのよ。そしてね、仕事をやめて、結婚するんだってさ!」

ヘレンの胸は躍った。そうか、そういうチャンスをつかめばいいのだ。次の朝、本社のカウンター越しに、ブライアント氏と向き合ったとき、ヘレンの手は震えた。しかし、精神と体が冷えてひとつにかたまって、ある動かしがたい決意になった。商取引所の仕事をどうしてもやりたい。ひと月、六十ドルだ。勤務時間は朝八時から午後四時までだ。市場の情報を扱えるかどうかなど、どうでもいい。とにかくやるしかないのだ。

その仕事を得て最初に手がけたことを、ヘレンは成功と採点した。もっとも、それがどんな成功だったかには、その後、何年もたたなければ気づかなかったのだが。とにかくやるということだけを考えて、ヘレンは商取引所の電信の仕事をこなしていった。そして、やっとまともな生活ができるようになった。ほかの女の子たちと同じように、楽しく過ごす時間を持てるようになったのだ。

第一日目の仕事で、神経はきりきりになり、切れる寸前まで張りつめた。売人や買人のどなり声、おおあわてで電報を打とうとするお客が、いらいらしてカウンターをドンドンたたく音、取引の息もつかせぬ速さと興奮、それらがごちゃごちゃにまぜあわさった喧騒の中で、わけのわからない文字や数字の羅列を吐きだす、シカゴ電信のゆっくりした、重たい音だけを聞きとっていた。まるで、目の見えない機械になったかのように、ただ夢中でその仕事に没頭した。カウンターにヘレンが投げだした相場は、神経と頭脳を極限までしぼった産物だった。

しかし、それもやっとおわり、ヘレンは家路をいそいだ。うす明かりに包まれた、静かなアパートは、ほっとした休息を招いていた。でも、ヘレンはそれをふりきって、ブラウスを脱ぎすて、冷たい水で顔と腕をバシャバシャと洗った。新しいシフォンのブラウスが箱の中で、出番を待っている。うすい包み紙をとって、ブラウスを手にとったとき、ヘレンは期待でぞくぞくした。

ふんわりしたひだをそっと押さえ、透けて見える、ふっくらした自分の腕の線や、白いフリルの衿からのぞく、ほっそりした首をほれぼれと眺めた。手鏡を使って、化粧台の鏡に映る、楕円形の自分の頭を見、ぱっと目をあげると、黒いまつげの下にある灰色の海のような色をした瞳が、ルイーズがそう言ってくれるまで気がつきもしなかった、はっとするような効果を見せた。

ヘレンは美しかった。ほとんど――息をのむほどに――美しかった。そう思うことは、美そのものより意味があった。自信をもたらしたのだ。今夜、どんなことがあろうとも、それに正面から立ち向かえる気がした。鏡の中の自分を見てにっこりしているところへ、ルイーズが飛びこんできた。ぱっと目をひく、白いサージのスーツに身を包み、帽子の黒いラインは、あたかも画家がさっとひと筆で描いたかのようだった。

「慰謝料が入ったの！」と、叫んだ。「これから、まともに暮らせるわ！　これから一緒にママとダウンタウンで待ちあわせよ。見て、すてきでしょ？」

前から欲しがっていたペンダントが、ルイーズのなめらかな若い胸もとに、きらりと光っていた。

「いつか買ってもらえると思っていたの。ママがね――あのけちな人が！――自分から新しい毛皮を買いにいったのよ。でも、ボブに会ったらね、ボブがこれをあたしに買ってくれたの」

ルイーズは鏡の前に座り、帽子をぽんと投げすてると、髪をはらりとおろした。

「だけど、これはどうせくずダイヤよ」ルイーズは夏のそよ風のようにぱっと気が変わる。「ママがほんもののダイヤを買ってくれるといいな。まったくばかにしてるわ。ママはあたしを子どもとしか思っていないんだもの。もう、十七なのに」

新しいブラウスを着て、喜んでいた気持ちが、すうっと消えていくのを、ヘレンは感じた。ルイーズのおしゃべりを聞くたびに、ヘレンはひけめを覚えた。ふたりのあいだには、とうてい越えられない溝があるのだ。そして、ヘレンはそれは自分のせいだとわかっていた。長いことたったひとりで暮らしてきたので、ルイーズと一緒にいると、なおさらさびしさを感じるときがよくある。

レストランでほかのみんなと合流すると、その気持ちがまた波のようにどっともどってきた。ヘレンはただもう、無邪気に歩きまわるルイーズにくっついて、頭がこんがらがりそうなうるさい声、音楽、まぶしい光の中を動き、見知らぬ顔がたくさんいる丸テーブルの椅子にぶつかって、やっと止まった。ママがいた。帽子にたくさんの羽根をぶらぶらつけ、白い毛皮をむぞうさに肩にひっかけ、指は光る指輪だらけだった。もうひとり、ネル・アランという、きらびやかな女性がいた。太った、はげの男はボブ。細い顔に、落ち着きのない青い目をした若い男がいて、ルイーズはダディと紹介した。みんな、たいそうにぎやかで楽しそうだったが、ひとりヘレンだけは、椅子に身をちぢこめるようにして、どうしようもなく孤立し、さびしい思いをしていた。何も言うことを思いつかない。みんなのとてつもない早口には、とりつくしまもなかった。みんな、大いにしゃべりまくり、ひとことひとことにおかしな意味があるようだった。そのたびに、みんな爆笑していたからだ。

「冴えない女もいい女も大好きさ。これが人生!」ダディはしょっ中そう叫んだ。すると、「やあ、いい女!」とか「これが人生!」と、他のものたちがにぎやかに声をそろえて答えるのだった。ヘレンはどれもこれも、何か意味があるにちがいないと思ったが、頭が回らず、さっぱりわからなかった。みんなのわけのわからない会話は果てしなく続いた。ウェイターが手際よく皿を持ってきては、あいた皿をさっと片付けていく。ヘレンはただ、皿にのったおしゃれな食べ物を黙ってつまみ、みんなが笑うと、あやふやな笑いで仲間に入るだけだった。

あふれる色、光、音楽が、ヘレンの脳を刺激した。めまぐるしい動き、笑い、グラスのチリンチリンふれる音、露出した白い肩、赤い唇、香水、急ぎ足のウェイター、湯気のたつ皿などが、渾然一体となっている。それらの中でもひときわよく聞こえたのが、テンポの速い、はっきりしたリズムのある音楽だった。心を揺りうごかし、あたりを圧倒し、すべての感情をぜんぶひとまとめにして、活気のある震動をもたらしている。

いきなり、まわりの壁に飾ってあった造花の葉のかげに隠れていたベルが、あらゆる方角からはでやかに鳴りだして、それまでのメロディーを飲みこんでしまった。口もきけず、身じろぎもできず、ヘレンはただ神経を張りつめ、わくわくしながら、何が起こるのだろうと期待に胸を躍らせた。

あちこちで椅子が後ろへ引かれたので、ヘレンはびっくりした。しかし、それはダンスをするためだった。ダディとママ、ボブとアラン夫人が、白い腕と黒いコートと傾けた顔と揺れるたくさんの体の渦に吸いこまれていった。

「なんてすてき！」

思わずヘレンはつぶやいた。

しかし、ルイーズはそれを聞いてはいなかった。さからうようにじっと座ったままで、音楽に合わせてとんとんと指で拍子をとり、長いまつ毛の下の目で、必死で部屋じゅうを眺めまわしている。

「もう我慢できない！　あたし、踊る！」

そう言うと、ルイーズはいきなりいなくなった。だれかがテーブルとテーブルのあいだで、ルイーズをつかまえ、抱きしめ、くるりと回した。やがて、ルイーズの黒い帽子とうれしそうな顔が、ひとめぐりするのが見えた。その相手とは、ルイーズとヘレンが初めて知り合ったきっかけを作った電報を打った男だった。その名前をやっとヘレンは思い出した。ギルバート・ケネディだ。

音楽が止まったとき、ルイーズがその男を連れてきた。にぎやかに紹介がなされ、ヘレンも何か言いたい気持ちになった。しかし、ママが彼をひとり占めし、自分の隣に新たに椅子を押しこみ、彼を座らせて、娘の友だちに会えてうれしいわ、としきりに言うのだった。

ヘレンはただ黙って、みんなの騒がしい意味不明の会話を聞きながら、さからっても電流が伝わってくるように、彼のほうにひきよせられていた。それがなんなのか、わからなかったが、とにかく彼のようにハンサムな男は見たことがないと思い、やりたいことをなんでも必ずみごとにやりとげられる男のような気がした。ほかの人とはどこかちがっている。みんなの仲間ことばをしゃべるが、仲間には見えない。まわりに小さなしわがいっぱいある、ハシバミ色の目が、ふと物欲しげで、疲れているように見えるのにヘレンは気がついた。とはいえ、この男はせいぜい二十八歳くらいだろう。ママと踊り、ふたたびオーケストラがラグ（ラグタイムの曲）を奏ではじめると、彼はほかの人たちのいるテーブルにもどってきて、せかせかと言った。

「どこかへ行こうよ。おれの車が外にある。海岸はどう？」

「いいね！」

ダディが言い、みんながいっせいに賛成した。ヘレンも、みんながテーブルから立ちあがるとそれにしたがい、自在ドアを通って、外の縁石のところへ出ると、大きなグレイの車が止まっていた。ヘレンは、こんなすてきな夕べを過ごさせてもらったお礼に、自分も楽しそうにふるまい、ちゃんと支払いもしなくてはと必死で思っていた。しかし、みんなでどっと車に乗りこみ、ひんやりした空気が顔にあたり、通りの明かりが飛ぶように過ぎていくのを見ると、もう何もかも忘れてしまい、喜びでいっぱいになった。ついに、ほんとうに楽しめるようになったのだ。メイソンヴィルの娘たちの様子が、ぱっと頭をよぎった。彼女たちのピクニックや干し草車のドライブは、この楽しさに比べたら、なんとお粗末なものか！

頭の中で、ポールに書くことをいろいろ考えてみた。海岸沿いの長い大通りをすごいスピードで走っていく車、夜気に漂う潮の香、暗闇、大波の上にずらりと並ぶ白い泡の線など。そして、有頂天の中で、これこそがドライブ遊びなのだと納得したのだった。新聞などでそのことばは知っていたが、身をもって知ったのは初めてだった。

暗い公園の中をどんどん走ったあと、車がスピードを落として止まりそうになったので、ヘレンはびっくりした。みんながいっせいに外へ出た。驚きながらも、必死でそれを隠しながら、ヘレンも同じようにおり、光の洪水の中を別のレストランへ入っていった。そこにもやはりオーケストラがいて、楽しげな音楽を奏で、タバコの煙幕を通して、人々がくるくる踊っているのが見えた。みんなは何ものっていない丸テーブルを囲んで座った。ヘレンはひとりずつ何かを注文しなくてはいけないのだと気づいた。

おどおどしながら、みんなの早口の注文に耳をそばだてた。「ブルームーン」なんて、ちょっぴりそそられる名前だ。「スロウ・ジン・フィズ」もなんだか花火みたいで、魅力的だ。しかし、隣にいたケネディ氏が、「スコッチ・ハイボール」と言ったとき、ウェイターはヘレンが黙っているのを同じ注文だと受けとってしまった。やがて、グラスが目の前におかれ、「乾杯！」の叫び声とともに、ヘレンはその液体を口にした。口じゅうがぴりぴりするようなおかしな味だった。あわててグラスをおいた。

「どうかした？」

ケネディ氏がたずねた。彼はウェイターにその代金を払ってくれていたので、ヘレンは感謝の気持ちをあらわすべきだと考えた。

「とてもおいしいです。でも、あたし、泡の入ったのはちょっと」

そう言ったとき、ケネディ氏の目がかすかに光ったような気がした。けれど、彼は笑いを見せず、ウェイターにきっぱり言った。

「ハイボール、炭酸抜きで」

さっそくウェイターがそれを持ってきた。

ケネディ氏の関心はヘレンを離れなかった。逃げも隠れもできない。ヘレンはグラス越しに彼にほほえんで見せた。

「乾杯！」と言って、飲んだ。空になったグラスをおき、咳きこみそうになったのを必死でこらえた。「ありがとう」

そう言って彼を見たとき、その目からさっきの疲れたような表情が消えているのを見て、びっくりした。

「それでいい！」

相手にしてやられたが、勝者を歓迎するといったような声音だった。さらに、次のことばも、相変わらずなぞめいていた。

「ここぞというときに、うまくやれないやつは、腰抜けさ！」

オーケストラが新しい曲を奏ではじめた。彼は腰を浮かせた。

「踊る？」

踊れないと言って、断るのは至難の技だった。

「踊れないんです。踊り方を知らないので」

彼は腰をおろした。

「ダンスができないって？」

その声は、ヘレンがわざとできないふりをして見せたが、芝居がすぎて、失敗したと言わんばかりだった。彼女を見つめかえした彼の表情で、突然、ヘレンは、ここにいる男たちや女たちを見ていて、自分が今までつかもうと思ってもつかめなかったある事実を発見した。みんなの関係がやっとわかったのだ。にぎやかな騒ぎの中で行われていたのは、絶え間ないゲームだった。男と女のゲームだった。ことばもまなざしもすべてがゲームの中の動きであり、その底にあるものは一種の敵意だった。ケネディ氏も、彼女がきっと彼に敵意をもって、そういうゲームをしているのだろうと思ったのだろう。

「ケネディさん、どうしてあたしがうそをついていると思うんですか？　あたしだって、踊れればもちろん踊りたいです」

「きみがよくわからない」彼はヘレンと同じように率直に言った。「酒も飲まず、踊りもできないのに、なぜこんなところへ来たんだい？」

自分が何も知らないうぶな娘だということを白状するのは、いかにも恥ずかしい。かれこれ一年も暮らしているこの町について、ほとんど何も知らないことなど、言いたくない。

「来たかったから、来ただけです」と、ヘレンは答えた。「ずっと忙しく働いてきて、遊んだことなんかなかったんです。これから、ダンスを覚えます。お酒のことはわかりません。あんまり味が好きじゃないわ。みんな、ハイボールとかそういうものを好んで飲んでいるんですか？」

急に彼は笑いだした。

「飲んでいれば、そのうちにわかるさ」

そう言うと、彼は肩越しにウェイターにむかってどなった。

「ベン、ライ麦のハイボールふたつ」

ほかの人たちは踊っていた。ヘレンと彼だけがテーブルに残っている。すると、彼はテーブルの端にひじをつき、ヘレンをしげしげと眺めた。ふたりだけの場所を残して、混雑した部屋がいきなり色と光の渦に変わった。ヘレンの息づかいが激しくなった。上靴のつま先が音楽に合わせて動き、興奮度が増してきた。彼の興味をひきつけたという成功感は、あたかもワインを飲んだような効果をもたらした。それでもなお、心の奥の冷静で鋭敏な自分が、すべての思考をつかさどっている。

ハイボールが運ばれてきた。ヘレンは失礼だと思ったが、自分の前におかれたグラスに手をつけようとはしなかった。彼がすすめると、ヘレンは丁重に断った。しかし、彼は飲めと言う。

「ほら、飲んで!」

ひややかに抵抗している自分に対して、彼がぐいぐいと無遠慮に押してくるのがわかった。一瞬、どちらもあとへひかなかった。そして、ふっとすべてが微妙に変わった。ヘレンは笑い声をたてた。

「ほんとうにいらないんです」

ヘレンは軽くいなした。

「いいじゃないか、つきあえよ」

「おあいにくさま、今日はもう店閉まいなの」

どうやらヘレンにも、ルイーズのはすっぱなしゃべり方が少しうつったようだ。しかし、いつもの自分のことばでしゃべるほうがよっぽど楽だった。

「ほんとにいらないの——ねえ、教えて、なぜみんなはあんな味のするものを飲むの?」

彼は本来の姿を取りもどしたヘレンを見た。

「とにかく飲んでみたまえ。飲んで、ぱあっと楽しく過ごすのさ。抑圧を外すんだ」

そのことばに、ヘレンはちょっとはっとした。そういうことばづかいが、彼とほかの人たちとのちがいを際立たせているもののひとつだ。

「なぜかわからんが」彼はなげやりに付け加えた。「しかし、やれるところまでやらないで、人生、なんの価値があるのさ? おれには、ちょいとひねくれたというか、堕落趣味があってさ、そういうものが必要なんだよ」

仲間がどっとテーブルにもどってきた。そして、飲み物を追加しはじめ、ふたりの会話はとぎれた。ヘレンが何もいらないと言うと、みんな、えーっと驚きの声をあげた。ダディがそんなヘレンを無視して、勝手に注文したが、ママが助けに入った。

「この子の好きなようにさせてあげて。慣れてないんだから。ヘレン、あんたはね、レモネードにしときなさい。みんなにばかにされないようにね」

そして、またおしゃべりが始まった。ヘレンはふたたび疎外された。ところが、音楽がまた始まると、ケネディ氏がヘレンを踊りの輪に連れだした。

「きみはそのままでいい。ただ自然にしていて、おれについてくればいい。音楽に合わせて歩くだけでいいからさ」

自分でもわからないうちに、ヘレンは踊りだしていた。体じゅうの血が、神経が、リズムを感じとり、ぎこちなさ、おどおどした気持ちはどこかへ消えてしまった。ヘレンはまるで自分がさなぎを出たばかりのチョウか、夜明けの空に声をあげている鳥のような気分になった。うれしさではちきれそうになっているヘレンを見て、ケネディ氏は笑った。

「キャンディ・ショップにいる子どもみたいだ」そう言いながら、彼は込みあったところをすべり抜けて、ヘレンをさらうように連れだし、ふたたびステップを踏みはじめた。ヘレンはしばらく息もつけないほどだった。

「あーあ、さいこうに、しあわせ！」曲に合わせてヘレンは叫んだ。「あなたの、おかげよ！」

彼はまた笑った。

「おれについていれば、なんでも教えてやるよ」

まだ踊りたい気分を残してテーブルにもどると、みんなはそろそろ帰ろうと言っていた。それに彼がいかにもうれしそうにうなずいているのを聞いて、ヘレンはちょっと傷ついた。しかし、車に乗ってみると、なんと家へ帰るのではなさそうなのだ。ひんやりした暗い中をドライブして、また別の似たようなレストランへ行き、さらに踊った。

それからの何時間かはもうはっきりとは覚えていない。ただ、すきっとした夜気の中で、ぱっと動きの速い映像が繰り返され、何度となく光と熱と煙と音楽の中へ飛びこんでいった。ヘレンはママがすすめてくれたレモネードばかり飲んでいた。そして、ラグというのと、グリズリー・ベア（サンフランシスコ発祥のダンス）とかいうダンスなら自分にもできることがわかった。ダディがヘレンのことを「いい女」だと大声で言っているのを聞いたとき、やった、と思ってうれしくなった。ボブは奇妙なことにやけにおセンチになり、気の毒な年老いた母親の話を悲しげにしゃべっていた。頬紅で赤らんだ頬をしたママは、うろ覚えの歌を何かうたった。人の波は少しおさまり、人が帰ったり、別れ別れになってきたりした。どこかで、少しずつ人が去っていった。やがて、知らない人がルイーズと一緒にあらわれた。

そのときになってやっと、ヘレンは明日の朝の仕事のことを考えずにはいられなくなった。時計を見ると、なんと午前二時だった。ママは楽しいときに別れるのがいちばんいいのよ、と言った。みんなは星空のもとで寝静まった町を、うたいながら車を飛ばした。通りの明かりが飛ぶように過ぎ去っていく。うとうとしながら、幸せな気持ちに包まれて、ヘレンは頭をケネディ氏の肩にごく気楽にもたせかけていた。彼の向こうの片腕がママの肩を抱いていたからだ。ヘレンは、こんなすてきな人と恋をするというのは、どんなものだろうと、考えてしまった。きっとはらはらするほどスリルと興奮があるにちがいない。ヘレンは思うさま想像を羽ばたかせていた。

「じゃ、また!」

みんながいっせいに声をあげた。暗いアパートの前で、ママとルイーズと一緒に、ヘレンは車からおりたった。ほかのみんなはこれからまたよそへ遊びに行くのだ。ヘレンは胸がきゅっとつまる思いでケネディ氏と握手をした。

「ありがとうございました。楽しかったです」

そんなぎこちないことばだったが、彼は喜んでくれたみたいだ。

「これでおわりだと思うなよ!」

もちろん、ヘレンは忘れなかった。彼のことばを何度も心の中で繰り返した。彼の声を聞き、腰にまわされた彼の腕を感じ、長いこと、あの音楽が体の中でずっと鳴り響いていた。次の日、仕事の合間合間に、その高ぶった気持ちがよみがえった。ヘレンはまるで薬をやったような気持ちのまま、長時間の仕事に耐えた。取引市場の騒々しい声や、シカゴ電信が送ってくる市場相場が聞こえてきた。声は遠くかすかになったと思うと、近くなり、頭が痛くなるほど甲高くなった。

そして、青白い顔をして、脚をひきずらんばかりにして家にもどった。ママがブロモ・セルツァーという頭痛薬をくれ、この次は頬紅も貸してくれると言った。しかし、ケネディ氏からの電話はなく、ヘレンはその晩、ふたりとは出かけずベッドに入った。やっと彼が電話をしてきたのは、それから十一日後だった。

第九章

毎朝、ヘレンは仕事に出ていった。商取引についての最初のとまどいも少しおさまった。ヘレンはしだいに市場相場の変動パターンが飲みこめるようになってきた。一月の小麦、二月の小麦、五月のトウモロコシなどの相場が、興味深く展開されるドラマのように感じられてきた。電信で受けとった数字をすぐに控えの少年にわたすと、その数字がすぐさま大きな黒板にチョークで書かれるのを見、それを見て株の仲買人たちがどっと大声をあげるのを聞くと、世界を舞台にした人生と運の賭けを垣間見たような気がするのだった。

しかし、その華々しい世界は、ヘレンにはなんのかかわりも役割もないものだった。彼女はただ、はりめぐらされた電信網の端っこにぶらさがっている、生きた付属物にすぎない。そこから自分をひきはがし、自分だけの暮らしを築きたい、もっと前向きの暮らしを営みたいとヘレンは願った。家と事務所とのあいだを振り子のようにただ行ったり来たりする生活ではなく。

仕事なんてしたくなかった。だいたい、仕事をしたいと思ったことなどないのだ。働いているのは、とにかく早くポールとの暮らしにたどりつけるようにするための準備以外の何ものでもない。その最終目標へ向かう道は、ヘレンからすれば、いかにもまっすぐに見えていた。でも、今、ポールが、その道をヘレンが進むのを拒んでいるのだ。リプリーでヘレンが一緒に働くのを、彼は望んでいない。だから、ポールがお金を稼いで、ヘレンが働かなくてすむようになるまで、待たなくてはならないのだ。ところが、ヘレンは仕事が嫌いときている。

片手のてのひらにあごをあずけ、やむことなく打ちつづけている電信音響機の音を中断する自分への呼びだしに、ヘレンは半ばぼうっとして耳をかたむけていた。そして、大理石のカウンターや、丸天井の向こうを眺めていた。身ぶり手ぶりをしている仲買人たち、せわしなく走りすぎる伝令たちの姿がうすれていくと、それを背景に、ケネディ氏に会った夜のような、まばゆい光と色と動きがまた見えてきた。彼のことばが耳によみがえった。

「やれるところまでやらないで、人生、なんの価値があるのさ?」

夜、ヘレンは家へ急ぐ。わからないながらも、何かを期待していた。けれど、何事も起こっていなかった。落ち着かない気持ちにつきまとわれたまま、ヘレンは長いこと、何度も寝返りをうった。ときたまうとうとしても、電信音響機のカタカタいう音や音楽が聞こえたり、自分が、ケネディ氏にそっくりな目を持った、だれか知らない人と、商取引所のフロアで踊っている姿を見たりしていた。十一日目、ヘレンはポールから手紙を受けとった。それは、ヘレンの波立つ心に一気に冷水を浴びせかけ、しゅんとさせた。いかにも彼らしいていねいな字で、ポールはこう書いてきた。

きみの手紙に書いてある家族は、ちゃんとした人たちでしょうね。でも、ぼくにはかなり異様な人たちに思えます。サンフランシスコのことはよくわからないので、なんとも言えませんけれど。しかし、きみがどうやって、仕事を続けながら、その人たちのやり方にならって、夜出歩けるのか、ぼくにはわかりません。でも、ぼくは、ダンスについて、とやかく言うつもりは毛頭ありません。ただ、きみならわかるでしょう、そういうことをしていたら、ぼくは教会にはとても行けません。でも、もうこれを手紙でとりあげるのはやめるつもりです。新しい暮らしについて、包み隠さず、正直に書いてくれて、うれしいです。これから、そういう誘いがあっても、ついていく気持ちがなければ、ぼくはそれがいちばんいいと思います。悪いけれど、やっぱりきみの新しい友だちを、好きになれません。女の子は、あまり目を引くような美人でなくても、下品なことばを使わない人のほうがいいと思います。

心の奥にしまっていたヘレンの気持ちが、ポールによって繰り返されたおかげで、どっと噴きだした。まさに本能という基準によって、かつてヘレンはルイーズとママに批判的な気持ちをいだいたものだった。しかし、それをすばやく胸の奥底におさめてしまっていた。なんといっても、ふたりはヘレンの仲間だったし、ほかに仲間など見つからなかったからだ。でも、今やポールの目を通して、ふたりはいかにも安っぽい、下品な女たちというレッテルを貼られてしまったのである。

確かにヘレンはそういう人たちと楽しいときを過ごし、そういう日々がなつかしかったが、それが突然すっかり色あせた、ばかげたものに感じられた。その晩、ヘレンは、憑き物がおちて、少しふけてしまった気分で、家へもどった。ところが、玄関のドアを入ったとたん、電話が鳴り、ルイーズが、ギルバート・ケネディがお呼びよ、と言った。

いったい彼のどこがそんなに魅力的なのだろうか？　どうしてもわからない。ヘレンは、彼のことばや、彼について思い出せることのすべてを、それこそ何度となく頭の中で反芻してきたものだが、それでもまったく見当がつかなかった。ところが、彼の声を聞いたとたん、ふっと魔法をかけられたようになり、ヘレンは半ば抵抗しながらも、ついに魔法の声に身をまかせることにしたのだった。

化粧台の前で、彼と夜を過ごすために急いでおしゃれをしなくてはと、ヘレンは鏡に顔をくっつけるようにし、自分を見かえす灰色の目をのぞきこんで、さっきの答えを見つけようとした。しかし、その目はますます熱っぽくなり、顔がぼやけ、あのときの彼のちょっとからかうような、ちょっとまじめそうな顔と、彼の目にひそむ渇きのようなものが思い出されるばかりだった。

「ちょっと、あたしはどうなってもいいの？」ルイーズが叫んだ。「あたしの番よ。あんたには鏡がなんの役にも立ってないじゃない！」

そう言うと、ルイーズはヘレンがどいた椅子に自分が座り、自分の豊かな金髪をさっとかきあげて、顔をのぞきこんだ。

「またまつげを染めなきゃ。のびてきちゃったから。それにしても、あんたったら、ケネディをうまく釣ったわね！」

「爪磨きはどこ？」

たんすの引き出しの中が手のつけられないほどごちゃごちゃなので、ヘレンは探し物がちっとも見つからない。

「あ、あった。ねえ、ルイーズ、彼についてどんなことを知っているの？」

「ええと、彼は、ロサンゼルスのケネディ家の人でね、お父さんはずっと前に何かで起訴されたことがあったっけ。すごいお金がらみの件よ」コールドクリームを塗りながら、ルイーズはちょっと痙攣《けいれん》したようにしゃべる。「兄さんはシシー・ルロイと駆け落ちして、奥さんが彼女を射殺したの。覚えてない？　新聞で大騒ぎだったでしょ。あたしね、シシーを知ってたのよ。すごくいい子だったのに。そうそう、彼の大きな車、すてきじゃない？」

ヘレンは答えなかった。不快感を覚え、ギルバート・ケネディになんか、興味はなかったのだと思った。すると、重しがとれてすっきりした気分になった。

さらさら音のするドレスを頭からはおりながら、ママがひだひだのあいだから顔を出して言った。

「彼はやり手よ」とほめた。そして、肩にひもをひっかけて、にこっとヘレンに笑いかけた。

「ちょっとホックをとめてくれない？　そうなの、彼はね、やり手なのよ。あんた、ほんとにうまくやったわねえ」

突然、あることを思いついて、ヘレンは指先まで凍りついた。ホックをいじりながら、ヘレンはおそるおそるたずねた。

「あの、彼は結婚してます？」

「結婚？　まさか、とんでもない！　あんたね、わたしをだれだと思ってるの？」ママは怒るように言うのだった。「わたしが、あんたやルイーズをそんな人とくっつけようとしていると、思っているの？」ママの声がやわらいだ。「わたしはね、奥さんも家族もいる男を奪ってしまうような女が、どんな不幸をもたらすか、いやというほどわかっているわよ。たとえ、その男がきちんと期日に扶養手当を送ってきたとしても、不幸はやっぱり不幸なのよ。わたしが生きているかぎり、そんなことが自分の娘には起こらないでほしいし、あんたにもよ」

ママのことばには真心がこもっていた。ヘレンはママとルイーズに対して、やさしい同情の気持ちでいっぱいになった。ルイーズはいきなり立ちあがって、むきだしの腕でママに抱きついた。

「心配しないで、やさしいママ！　あたし、ちゃんと気をつけるから！」

ルイーズは声をあげた。

こんなにも心温まり、気持ちがうちとけると、ヘレンはこのふたりをほんとうに好きだと思うのだった。着替えをおわったとき、ヘレンは申し訳ない気持ちになっていた。このふたりはとてもよくしてくれる、すてきな人たちだ。相手をありのままに受けいれ、あらさがしをしたり、見下すような態度を見せたりしない。さっきのようなことをどうして考えたのか、よくわからなくなった。

ぐずぐずしているうちに、窓の下から、自動車の警笛が響いてきて、はっとした。あわてておしろいをはたき、手袋をひったくるようにとり、ヘレンはふたりと一緒に玄関へケネディ氏を迎えにおりていった。そしてふたたび、ヘレンは彼と自分のあいだに、何かくっきりした流れのように横たわっているものを感じた。それが彼の魅力なのだ。ことばは喉につまったまま出てこず、ヘレンはつったったまま、歓迎の挨拶の波に揺られていた。

車の後部座席には、すでに三人の姿がぼんやり見えた。葉巻の火の明かりで、太ったにこやかな顔が見え、さらに、ふたりの女性の声がママとルイーズに挨拶した。道の縁石に立ってもじもじしていたヘレンの腕を、あたたかい包みこむような手がしっかりとつかんだ。

「出ろ、ディック。後ろへ回れ。彼女とおれが前だ」

その命令口調には、だれもさからえない感じがあった。ヘレンは彼の横に座り、さっきの若いおとなしい青年が後部座席にやっと体を押しこんだとき、どうしてもたずねてみたくなった。

「あなたはいつも、こんなふうに人に命令しているの?」

車は坂道をすべるようにくだっていく。彼の答えが、ヘレンの耳のはたを流れていく風にのって、聞こえてきた。

「いつもさ」

ヘッドライトのぎらぎらした光が彼の顔を横切った。生き生きとして、ぴっと張りつめた表情をヘレンは見た。

「お願いしたら、やりとりがある。命令すれば、人はしたがう。命令を下す者が、欲しいものを手にいれるのさ。どんな哲学もそう言っているよ」そして、彼はちょっと声を落とし、ばかにしたように言った。「ところで、まさかおれを忘れてはいないよな？」

ヘレンは彼の声が変わったのには気づかなかった。彼の言ったことばが驚くほど的を射ていたので、びっくりしていたのだ。そんなことを考えたこともなかった。頭の中でそれを反芻してみた。

「女の子もそういうすべを使えるようにしなくちゃ」

彼は笑った。

「だろうな。そうすりゃ、女も男を楽に操れるようになる」

「男の人をだれでもたやすく御せるなんて、図々しいことは考えていないわよ」

「きみは賢いから、おれたちを手玉にとるくらい、簡単だろうな」

「あら、そう？　すぐにどうにでもなる人なんて、おもしろくないんじゃない？」

ヘレンは自分のしゃべっていることに、われながらびっくりしていた。自分の意思とは別に、彼のことばに反応して、ことばがどんどん口から飛びだしてくる。彼が興味を持ってくれているのが刺激になり、彼がそばに座っているだけでぴりぴりしたものを感じ、閃光のように暗闇の中をすばやく突きすすむ快感を覚えていた。ただそれだけだった。

「しかし、もちろんおれをすぐにどうにでもなるやつだとは思っていないだろ？」

「ええ、もちろん。それじゃちっともおもしろくないから、おしまいよ。あなたは大丈夫」

「きみも大丈夫だ、保証する。おれはきみに参ってるよ」

「参っている人は、あやしいわ」

そう言いながら、ヘレンの心臓はばくばくと激しく打っていた。車のスピードとすばやく流れる空気とが、血管にとりこまれたのだ。自分がこんなふうにしゃべることができるなんて、想像もしなかった。この男は、自分の知らない資質をめざめさせたのだ。そのことに、ヘレンはすっかり酔いしれていた。

少しのあいだ、彼は黙り、車をいくらか静かな通りへと向けた。後ろからは、にぎやかな笑い声がしてきた。ひとりが叫んだ。

「おまわりに気をつけろ！　いいか、バート！」

しかし、彼はそれには答えず、車をすっとばして、後部座席のざわめきを振りはらった。「ヘレン、飛ばしすぎかい？」

彼のことばに、ヘレンはダブルの意味と挑戦を感じとった。

「飛ばしすぎなんて、とんでもない！　こんなふうに走るの、好きだわ。どこへ行くの？」

「どこへでも、きみの行きたいところへ。おれと一緒ならどこへでも」

「じゃ、このまま飛ばしましょう。目的なしに。こないだの晩、あなたがこれから浜辺へ行くといったとき、それをどういう意味だとあたしが思ったか、知っている？」

「いや、なんて？」

彼は興味をそそられた。

そこで、ヘレンは話した。こういう話なら、安心してしゃべれる。そこで、心に浮かんだ光景を、少しひきのばして描いてみせた。月光を浴びた、静かな浜辺、岸を洗う、白く泡だつ波、潮の香りのする風、暗闇の中、長い白い大通りを飛ばす車。

「じゃ、浜辺のリゾートへ行ったのはあれが初めてだったのかい？」

「おかしいでしょ？」

そう言いながら、ヘレンは笑った。

「へえ、めっぽうおもしろい子だなあ」

これまで彼が言ったどんなことばより、それはヘレンを喜ばせた。うれしくてたまらなかった。

そして、ふたりは黙ったまま、車を走らせた。どこかわからないところへ向かって、暗闇の中を、光の筋だけがぼうっと流れていく、この状態に身をまかせる心地よさを味わっていた。隣にいる男にひかれていく自分を抑えることができなかった。彼がそばにいるというれしさ、大きな車を操っている彼にすべてまかせていられるという安心感をひしひしと感じていた。車は公園のゲートを通りぬけた。すると、あたかも鞭で打たれた生き物のように、飛びあがり、いっそう速いスピードで、黒々と見える大きな茂みのあいだの道をすべっていった。森のすがすがしい、しっとりした香りが、大気に含まれるぴりっとした塩気とまじりあい、ヘッドライトはあたかも、光のじょうごのような形をして、闇のみっしりつまった空間を切り裂いていく。

「すてきね！」

ヘレンは思わずため息をつき、同時にあまりにも陳腐な自分のことばにげっそりした。

「おれはもっとまばゆいほうが好きだな」しばらくして、彼が言った。「田舎育ちなんだね」

特にたずねているようには聞こえなかった。

同じ口調でヘレンは言った。

「大学出なのね」

「どうしてわかった？」

「『抑圧を外す』」

「え、なんだって！　やあ！　やっぱりおれを忘れていたわけじゃないんだな？」

「あたし、聞いたことばは忘れないのよ。辞書で調べたわ」

「で、そんなものは捨てることにした？」

「いらないものは、捨てるわ」

「おれも?」

「いいえ」ヘレンは冷静だ。「このまま行ってもらうだけ」

気がふれたようになっている自分に、ヘレンは内心驚いていた。だれかに対して、こんなふうにしゃべるなんて、想像だにしなかった。いったい、自分は何をしているのだろう? なぜなのだろう?

「そんなことはさせない!」

彼の声がまた命令口調になった。突然、ヘレンはコントロールできないものに力を与えてしまったような気がした。今さら、自分の力では何もできない。どんどん走りだしている。自分を守る手段はたったひとつ、それは黙りこむことだ。そこで、ヘレンはだんまりを決めこんだ。

車が止まると、ヘレンは急いで飛びおり、ママのそばにくっついた。暑い、タバコの煙でいっぱいの部屋で、ダンス・フロアの端にテーブルが見つかった。ヘレンは彼からいちばん離れたところにさっと座り、レモネードを注文した。もはや興奮は消えてしまった。またもや、とりたてて言えるようなおもしろいことなど、何も思いつかない状態になってしまった。彼が愉快そうな目を自分に向けるのを感じながら、ただ座って、天井の赤いクレープ・ペーパーの飾りや、くるくるめまぐるしく踊っているカップルを眺めていた。だが、しばらくすると、やっと音楽のリズムが体の中に浸透して、熱くなってきた。そして、あたりの光景が安っぽいものには見えなくなり、気持ちが明るくなってきた。

「みんな踊ってる!」

長いまつ毛の目で、ルイーズが彼を見ながら口ずさむように言った。ほかの者たちは踊っていたが、三人はテーブルについたままだった。

「みんな踊ってるじゃない。踊ってるわよ、ねえ。みんな楽しんでいるのに。あんたたちとあたし以外はさ」

「じゃ、行ってだれかをつかまえてこいよ」陽気に彼が言った。「おれはヘレンと踊るから。おれのことをこわがらなくなったらさ」

そう言うと、さりげなくタバコに火をつけた。

「え、そうなの? あたし、踊りたいわ。ただ、踊り方がよくわからないだけ」

すると、彼の腕がヘレンを抱き、ふたりは踊りだした。たちまち、ヘレンは、自分がまんまと釣りあげられてしまったのに気づいた。思わずずかっとして、ヘレンはつまずき、ステップをまちがえた。

「もういいか? もうこわくないだろう?」彼は笑った。「そうさ、おれをこわがることなんかないさ。どうしてそんな必要がある?」

「そういうことじゃないわ」ヘレンは反論した。「あたしはただ、あなたとどうやってゲームをすればいいかわからないだけ。ゲームをしたいわけでもないし。もうしないわ。あなたは賢すぎる」

「こわがるなって」彼の腕に力がこもった。ふたりはまたまちがったステップを踏み、ヘレンはリズムにのれなくなった。

「リラックスして、ほら、リラックス」彼が命令するように言った。「リズムにのって——そう、いいよ」

ふたりはふたたびフロアを回った。しかし、ヘレンは思うように足が動かなかった。ダンスが下手だと知っているから、なおさらぎこちなくなった。言いたいことが半分頭の中で形作られたかと思うと、すぐに消えてしまった。自分の気持ちを、相手を傷つけないように、品よく、間接的にはっきり伝え、この場をうまく切り抜けたいと思っていたが、それができなかった。

「こういうやり方を言ってるの」と、ヘレンは言った。「あたしはあなたのタイプじゃない。そんなふうにしゃべっていたかもしれないけれど、あれはほんとうのあたしじゃないの。あたしは——その——とにかく、あたしはちがうの。だから、もうほっといてちょうだい。ほんとにほっといてほしいの」

大音響とともに、音楽がおわった。最後のふたつの音に続いて、たくさんの足がいっせいに床を二度たたいた。彼はヘレンをしっかり抱きよせていた。鋼鉄の磁石にひきつけられるような、なんともいえない激しい魅力を、ヘレンは感じた。

「本気か?」

彼の言い方には、とろかすような温かみがあり、ヘレンはぞくぞくした。その目にたたえられた笑みは、なだめるようで、しかも自信に満ちていた。それでも、ヘレンは思わず出てしまいそうなほほえみをぐっと抑えて、彼をまじめな目で見据えた。

「本気よ」

「わかった」

すんなり受けいれた彼の態度は、ヘレンがまさに望んでいたものだったが、それがヘレンをしゅんとさせた。ふたりはテーブルにもどった。それからしばらくのあいだ、ヘレンはかなりはしゃぎ、彼がママやルイーズと踊るのを眺めていた。そのあとは、車の後部座席に無理やり乗りこんで、あちこちのダンス・ホールをせわしなく渡りあるいた。ヘレンは声をあげて笑い、深夜過ぎにどこかでダディとボブに出会ったときには、ふたりと踊った。しかし、愉快なときを過ごすのは、生活費を稼ぐのと同じく、たいへんなものだとしみじみ感じるのだった。

次にヘレンがママとルイーズと外出したのは、二週間近くたってからだった。今度は彼にまったく出会わなかった。ルイーズは彼がなぜ電話してこないのかと、びっくりしている。

「あんた、ケネディとはいったいどうなっちゃったの?」ルイーズは知りたがった。「何かばかなことをしたんでしょ。だって、彼はあんたにすっかり参ってたのに。いい、あたしがあんただったら、ぜったいに手綱を放さないわよ。あんな御殿みたいな車を持ってるってのにさ、あーあ!」いかにも残念そうな声をあげた。

「まあ、まあ、しかたないわよ。ヘレンは殿方の扱いには慣れていないいんだから」ママがとりなした。「それなりにがんばったわよ。殿方が何を考えているのかなんて、わからないものよ。それに、彼は町にいないのかもしれないし」

しかし、それはまちがっていた。ルイーズはその日の午後、彼がそれこそ百万ドルもするような黒貂《テン》の毛皮をまとった、まばゆいばかりの美女と一緒にいるのを見たからだ。

ヘレンは交錯する自分の気持ちをもてあましていた。彼が何をしようと関係ない、と自分に言いきかせた。やがて、何度もそれを繰り返すことが、かえってそれが本心でないことを証明していると気がついた。そこであきらめて、想像が勝手に広がるのにまかせることにした。とはいうものの、ただわけもわからず想像するしかなかった。彼の家を頭に描くとしたら、サンフランシスコにある、ゴージャスなセント・フランシス・ホテルと、これまで読んだ小説に出てきた屋敷の描写をまぜあわせたようなものだったし、彼が階段をひらりと駆けあがって、豪華な玄関を入ると、うやうやしい召使というか、執事かまたは従者にコートを手渡すところまでは描けても、そこから先はどうしようもなかった。彼がカフェのプライベート・ルームで美しい娘と一緒にテーブルについているところが見えた。自分と、彼のそういう世界とのあいだには、もはや曇ったヴェールはかかっていなかったし、ヘレンもそんな世界が存在する事実から目をそむけはしなかった。ただ、これは彼の持つ多くの興味や仕事のほんの一部にすぎないのもわかっていた。だから、ヘレンはもっと彼の別の面を知りたかったと思うのだった。

暗い部屋から、まぶしい光のもとへ出てきたときのように、ヘレンはポールのことを考えはじめた。ときどき、彼に対するせつない思いがこみあげてくると、現在の生活が熱っぽい夢のような気がするのだった。ヘレンは、ポールとともに小さなこぎれいな家で暮らしている自分を思いうかべた。窓辺には白いカーテンがかかり、ポーチにはバラの花が咲いているだろう。家事が完璧におわったあと、ヘレンはポーチに座り、テーブルクロスや、きゃしゃなブラウスの刺繍をする。やがて、門がカチッとあく音がし、ポールが小道の砂利を踏みしめてやってくる。ヘレンは彼を迎えに小走りに出ていく。彼に会ってからずいぶん長いことたつので、顔がなんとなくぼんやりとしか浮かばない。必死で思い出をたぐりよせ、まっすぐ前を見つめる青い目と、ひきしまった厚い唇と、あごのたての切れこみを思い出した。彼はなんと若々しいのだろう。かわいい少年のようだ。

日は過ぎていった。毎日同じことの繰り返しだった。雨の季節になっていた。毎朝、灰色の空からじとじと雨が降りつづき、ヘレンは流れる水にうっすらおおわれた歩道を急ぎ足で歩き、電車に乗りこむ。いらいらした乗客としずくのたれる傘でいっぱいだ。商取引所に着いた頃には、足はびしょびしょになり、冷たくなっていて、スカートのすそがじっとり足もとにまとわりつくのだった。

ヘレンは風邪をひいてばかりいた。カチカチと情け容赦なく聞こえてくる相場の変動を休むひまもなく書きとり、頭ががんがんしていた。夜、くたくたになって電車に乗りこみ、つり革にぶらさがって耐え、家へ帰ると、ベッドに倒れこんだ。体じゅうの筋肉が痛み、喉はがらがらだった。夜のお遊びに行くために急いで着替える途中で、ママが、ヘレンの部屋へ温かいウィスキーのお湯割りを持ってきてくれた。ヘレンはありがたくそれを飲んだ。やっとひとりになると、寝つく前に少し本を読んだ。そうすると、日々の生活のつらさを忘れ、冒険とロマンスの架空の世界へ飛翔することができた。

クリスマスがやってきた。ヘレンは気前よくお金を使って、ふるさとへ送るプレゼントを買った。父親には、ソックス、ネクタイ、ひげ剃り用のカップ、母親には、黒い絹地と、十ドル金貨だ。妹のメイベルには髪の毛のリボンとカルメンがつけるようなブレスレット、弟のトミーにはナイフと二ドル札をいれた財布を買った。これらをひとつにまとめると、すてきなプレゼントの包みになった。郵便局で列に並びながら、ヘレンは、これを開いたときの家族の喜ぶ様子を想像して、うれしくなった。実のところ、仕事に対する嫌悪感は日増しにつのってきていたが、それでも自分で稼いだお金でこのような贈り物ができるということに、深い満足感を覚えていた。

商取引所のブローカーたちが、ヘレンにクリスマス・プレゼントとして二十ドルくれた。それで、ヘレンはルイーズに金色の化粧バッグを、ママに手袋を、ポールにプレゼントを買った。ずっとどんなプレゼントにしようか考えていたのだが、やっと決めたのは、昔風の字体で「P」の飾り文字をくっきり彫った、金のネクタイ・ピンだった。

ポールは、ふくふくしたピンクのサテンの内張りのある、セルロイドの箱に、櫛とブラシのセットをいれて、送ってきた。ママやルイーズがもらったプレゼントの山におかれると、いかにも粗末な感じがした。ヘレンはそう感じた自分を恥ずかしいと思ったはずなのに、それをふるさとの母親からきたものだと、ふたりにうそをついた。まだ、ポールのことを話していなかったのだ。おしゃべりのルイーズに、自分のプライベートな話はしないほうがいいと、なんとなく感じていたからだった。

クリスマス週間には、毎晩パーティが開かれた。でも、ヘレンはそのどれにも参加しなかった。ひどい風邪をひいてしまい、その週の仕事は楽だったにもかかわらず、ヘレンは体力をすっかり消耗していた。正月一日の夜でさえ、ヘレンは家にいて、ルイーズやママが、人生最高の楽しみを捨てようとしてするなんてもったいない、と言って、さんざん誘ったのに、耳を貸さなかった。ヘレンは頑として寝室へひきあげ、暗い中にひとり横たわると、今夜は正月の夜なのだと思い知った。そして自分の人生はまたたく間に過ぎていき、欲しいものは何ひとつ手に入らないのだと思うのだった。

「命令を下す者が、欲しいものを手にいれるのさ」

そう言ったギルバート・ケネディの声がよみがえってきた。

雨が窓ガラスにたたきつけ、その音の向こうで、たくさんの人の声が遠くから響いてきた。びしょびしょ降る雨の音を通して、町の人々が新年を迎えて喜びにわきかえって、大騒ぎし、ひっきりなしに花火がとどろく音が聞こえた。ヘレンはポールのことを思った。彼に会ってからずいぶんいろいろなことが起こったものだ。ふたりのあいだにもいろいろなことが起こっている。彼もりっぱに生活し、大人になってきている。事実だけを連ねた手紙からは、彼がほんとうにどんな暮らしをしているのか、まったくわからない。彼の手紙に書いてあるのは、どこへ行ったか、お金をいくら貯めたか、いついつの日曜日に牧師さんが食事をしにきた、そんなことだけだった。ただ、ときどき書かれているあることばが、ヘレンの記憶に鮮明に残っている。「ぼくたちが結婚したら……」

それを思うと、まだ胸がときめく。ポールは手紙の最後にいつもこう書くのだ。

「愛をこめて、ポール」

一度、日曜日のピクニックのことを記した手紙で、彼は書いてきた。

「きみがいればよかったと思います。きみと比べられるような女の子はいませんでした」

ポールが自分を愛してくれると思うと、心がふわっと温かくなる。もう一度、彼に会えば、すべてがうまくいくだろう。一生懸命働いて、お金を貯めて、一度、三月か四月にふるさとへ帰り、ポールに来てほしいと言おう。丘は緑に萌え、果樹園は春の輝く色にあふれているだろう。自分はうすい、白のドレスを着よう――心に決めて、ヘレンは眠りについた。

二月、母親からまた無心の手紙がきた。

先週、老馬のネルが死にました。雌牛を集めにいったトミーが、牧草地で死んでいるネルを見つけたのです。春の耕作のために新しい馬がどうしても必要です。お父さんが六歳のとてもいい馬を見つけました。片目が見えないのですが、だから安く買えます。価格は六十ドルです。それだけ貸してもらえたら、とても助かるのですが。あとで返します。こんなお願いはしたくないのですが、ただ、あなたはいいお給料をもらっているので、借りるなら、銀行よりあなたに借りたいのです。もちろん、貸してもらうだけですから、くださいとはいいません。このお願いをきいてもらえるなら、どうか連絡をください。

貯金は三十ドルあり、半月分の給料を引きだしたばかりだった。ママは、ヘレンのひと月分の経費分担金が遅れても、気持ちよく待ってくれるだろう。仕事がおわるとすぐ、ヘレンは郵便局へ行き、六十ドルの郵便為替を作った。こんなことができるのを、ヘレンはたいそう得意に思った。家族を助けていると思うと、うれしかった。だが、同時にむらむらと怒りがこみあげてきた。運命が自分に意地悪をしているとしか思えない。これから先もずっと、働きつづけなければならず、欲しいものは何ひとつ手にいれられないのだ。これから何週間も何カ月も何年もずっと働く自分の姿が、鉄道の枕木のようにどこまでも果てしなく続き、荒野の果てにはかなく消えていくような気がしてならなかった。

この三年間というもの、ヘレンの生活はほとんど仕事漬けだった。カフェで過ごしたほんの幾晩かが、わずかの楽しい息抜きだった。毎日、市場相場を数かぎりなく書きとり、数えきれないほどの電報を送り、ただ機械のように働いてきた。何のために？　ヘレンは働きたくなかった。生きることをしたかった。

その晩、ヘレンはみんなと浜辺へ出かけた。ボブもいたし、ダディも、その他カフェで会った連中がたくさんいた。まばゆい光のもとで、さまざまな色がかわるがわるあらわれ、踊り手たちがどっとフロアに繰りだしたり、ひいたりし、きらきら光る目、白い手、きらめく指輪、香水、笑いの洪水が再現された。そして、そのすべての中で、音楽が震動し、揺れうごき、すべての感情が加速するリズムにとりこまれていき、体も魂もひとつの大きく揺れる波動となった。ヘレンは、肩にずっしりのしかかっていた疲労感が、すうっと溶けていくような気がした。ヒバリのように、空高く舞いあがる心地だった。思いきり歌いたい気分になった。

ヘレンは踊った。音楽に身をまかせ、まるで波乗りをしているかのように、夢中になって楽しく踊った。ルイーズに負けないほど、調子のいいことばが口をついて出た。何を言おうとそんなことは関係ないとわかっている。とにかく、すばやく何か言えばいいのだ。ヘレンのしゃれや皮肉に、みんながどっと笑った。あちこち、せわしなく渡りあるく車の中で、ヘレンは帽子をとり、吹きまくる風に顔をさらし、晴ればれとした喜びに、声をあげて歌った。

ちょうど真夜中を過ぎたとき、一行はギルバート・ケネディに出会った。彼がこちらのテーブルに近づいてきたとき、ヘレンはぱっと頬を赤らめ、ほてった表情を彼に向けた。ヘレンの気持ちは決まっていた、あたしはすっかりその気よ。彼はヘレンの前で体をちょっと傾け、ルイーズと一緒に声をあげて彼を歓迎したママと握手した。

「やあ、また仲間にもどってきたな！」

肩越しに彼はヘレンに言った。そして、椅子をヘレンの横に持ってきた。彼が最初に自分を見つめたとき、ヘレンは相手の疲れたような、不安定な感じに気がついた。とたんに、彼の磁力から自分をひきよせる魅力がうすれたのを感じた。何かが内側でこわれて、磁力が流れでてしまったようだ。彼はスコッチのストレートを注文し、ウェイターが持ってくるまで、いらついた様子で指をパチパチ鳴らしていた。

「バート、だれと一緒だったのか？　外におまえの車は見えなかったぜ」

と、ダディが言った。

「ああ、いろいろなやつらさ。もうどこにいるか知らん。車はないよ」

「じゃあ、おれたちといろよ」

「どうせ、いい思いをしてきたんだろう、こいつめ！」

ボブとダディが同時に言った。そのとき、オーケストラが新しい曲を奏ではじめた。いっせいに椅子が後ろへ引かれたので、彼がその質問に答えなかったのに気づいたのは、ヘレンだけだった。

ヘレンは彼が踊ろうというような目で見たのに対し、首を横に振った。すると、彼はほかのだれとも踊ろうとしなかった。だから、もちろんヘレンもダンスの申し込みをすべて断らざるを得なかった。ふたりはぬれたグラスのあとが輪になって残っているテーブルで、ぽつねんと座っていた。ヘレンは言いようのない絶望感にさいなまれていた。なぜかわからなかったが、哀れみと同情で胸がいっぱいになった。思わず手をのばして、彼のなめらかな金髪にさわってしまい、その行為に自分ながらびっくりし、恐れをなした。

「人生、つらいよな?」

今まで聞いたことのない口調に、ヘレンは返すことばがなかった。

「気の毒に」

と、ヘレンは言った。

「気の毒? いったい何が気の毒なんだ?」

「わからない。ただ、そう思っただけ。起こってしまったことに対して気の毒にって言ったの」

そう言ったとたん、ヘレンはばかなことをしたと後悔した。高揚した気持ちのなごりが、燃え尽きたろうそくのように、ちかちかして消えていった。ヘレンは黙ってフロアで踊っている人たちを眺めていた。どこへ行くでもなく、ぐるぐる、ぐるぐる、ものすごい勢いで回っている人たちが、なんだか奇妙な不思議なものに見えてきた。音楽も単に音が出ているものとしか感じられなくなり、楽士たちが時計を見ながら、汗を流し、つまらなさそうに音を奏でているのに気がついた。

「変ね」

とうとうヘレンはそう言った。

「何が？」

「ここにいる人たちがよ――あたしもだけど――こんなことをしているってことが。なんにもなりゃしないのに。こんなこと、なんの役に立つの？」

「これはさ、安全弁なんだ。ワッツは、この原理に注目して、蒸気機関を発明したんだ」

くたびれた彼の声が答えた。

なるほどと思えば思うほど、ヘレンの彼に対する尊敬の念は高まった。もはや、ヘレンには彼を恐れる気持ちはまったくなかった。彼ともっと話したかった。彼が立ちあがったとき、ヘレンの手はそれをひきとめるようにのびたが、彼は目もくれなかった。

「さよなら」

彼はそっけなく言った。何かが頭にあって、ヘレンの存在など、忘れてしまっているのだと、彼女は思った。ヘレンは彼の手を離し、空のグラスを指で回しながら、彼のことをいろいろ思いめぐらせていた。それからの数週間、ヘレンは幾晩かを浜辺で過ごしたが、彼には二度と会わなかった。そして、ある晩、彼が破産して、町を出たといううわさを聞いたのだ。

しかし、そんな災難があっても、彼がそれに押しつぶされたとは信じられなかった。あの晩、彼と再会し、そのあと彼が姿を消してしまったことで、ヘレンは彼の魅力をいっそう強く感じていた。気がつくと、彼のことばかり考えていた。抗ってもひきつけられてしまう魅力だった。彼の思い出にちょっとふけるだけで、体がむずむずするのだった。まさか、彼を愛しているわけではあるまい。とんでもない、まだ彼のことを何も知らないのに。

第十章

三月、ポールがヘレンに会いにきた。

その日、商取引所の仕事はひどくハードだった。電文にまちがいがあり、ブローカーがかんかんになって、何千ドルも損をしたとどなり、ヘレンを責めた。電信会社を相手どって、訴訟を起こしてやるとまで言い、カウンターをドンドンたたき、いくらなだめてもがなりつづけていた。一日じゅう、ヘレンは敗北感にさいなまれていた。まちがいかどうかの調べがつくまで、何カ月もかかるだろう。ヘレンは、自分は正しい電文を送ったとはっきり思いつつも、同じようにはっきりと、あれはまちがっていたと思ったりして、ふたつの思いが交錯していた。

頭の中は、点やダッシュでごちゃごちゃになり、四時になると消耗しきっていた。熱いお風呂に入り、やわらかい枕に頭を沈めて休みたいと、そればかり考えていた。路面電車の隅っこにくずれるように座り、車が傾いたり、揺れたりするのに必死で耐え、じきにリラックスできるときがくるのだから、それまではしっかりしていなくてはならないと自分に言いきかせていた。

アパートの玄関ホールへ入ると、二階の階段の手すりから、ルイーズが体を乗りだしてヘレンを迎えた。階段をあがってきたヘレンに、ルイーズは聞こえよがしに言った。

「シィーッ！　あんたにお客さんよ」

「だれ？」

人がたずねてくるなんて、めずらしいことだった。しかも、ルイーズの様子はさらに不可解だった。家族に何かあったのだろうか？　事故とか、だれかが死んだとか？　ヘレンは思わずそんなことを想像して、びくびくした。

お客はマスターズと名乗ったという。がちがちの冴えない男よ。ママはルイーズをやって、ヘレンに合図をさせたのだった。ルイーズの知り合いでアメリカン・ビューティ（化粧品）のセールスマンが町に来ているので、これからクリフ・ハウスでパーティをすることになっている。こっそり抜けだして、裏口から出かけてしまおう。ママはその男を居間に案内してある。彼のおかげで、パーティが台無しになってしまうではないか。

「ママがうまいこと追っ払ってくれるわよ。あとで始末をつければいいわ」

最初にヘレンが思ったのは、ポールに今の自分の姿は見せられない、ということだった。だらしない服、乱れた髪、インクのしみだらけの指。胸が早鐘のように打ちだし、手首がふにゃふにゃになった。彼がすぐそばにいるなんて、信じられない。ほんのうすい仕切りの向こうにいるのだ。そこに座って、ママのもてなしのえじきになっている彼の姿を想像すると、それはぞっとするほど哀れで、同時にとてつもなく滑稽だった。ヘレンは足音を忍ばせて、閉まったドアの前を急いで通りすぎ、寝室にたどりつくとほっとした。あとからルイーズが着物の衣ずれの音をたてて、ついてきた。鏡に映った自分の顔を見たとたん、ヘレンはげっそりした。帽子とコートを乱暴にはぎとり、震える指で髪をおろした。「いい友だちなの。会わなくちゃ。でも、ああ、あたし、ひどい格好！　お願い、何かきれいなブラウスを見つけて」

ヘレンは小声で懇願した。櫛を持つ手は震え、ヘアピンは指からぽろぽろこぼれおちた。やっと見つけたブラウスは、ボタンがとれていた。部屋じゅうさがしても、ブローチはことごとくどこかへ消えていた。したくができるまで、永遠に時間がかかったような気がした。やっと着替えがすみ、最後に鏡をのぞきこんだヘレンは、がっかりした。顔色がひどく悪いし、唇もつやがなく、色あせたピンク色だ。ヘレンは唇を強くかんでみた。香水を唇につけるとひりひりしたが、こすって、唇を赤くした。それから、急に心を決めて、ルイーズの頬紅をつけた。少しはましになった。さらにおしろいをパタパタはたく。

「ちゃんと見える？」

「すてきよ！　ああ、ヘレン、いったいだれなの？　今までひとことも言わなかったじゃない」

ルイーズは好奇心ではちきれそうになっている。

「シィーッ！」

ルイーズを黙らせると、ヘレンは居間へ行き、ドアの前で深呼吸した。子どもの頃のシャイな自分にもどっていた。ヘレンはドアをあけ、中へ入った。

着物をはおったママが、背中を窓に向けて、部屋のいちばん暗いところに陣どっていた。ビーズ飾りのある部屋ばきのつま先と、数センチだけ見える絹のストッキングに、光があたっている。ママが四苦八苦して会話を続けようとしていたのが、はっきり見てとれた。ポールは、ママと向かい合い、かたい椅子にこわばって座り、ママの肩の上あたりの一点をじっと見つめていたが、ヘレンを見ると、明らかにほっとしたように立ちあがった。

「こんにちは、マスターズさん」

ぎこちなくヘレンは挨拶した。

「こんにちは」

ふたりは握手をかわした。

「おいでくださってうれしいわ。どうぞお座りになって」

ヘレンは自分のうつろなことばを耳にした。

ママは立ちあがり、着物をかきまとめた。

「じゃ、わたしはこれで。大事な約束があるので、失礼いたします。お許しくださいますわね、マスターズさん?」ママは茶目っ気をのぞかせる。「お会いできて、ほんと、すてきでしたわ」

ことさら甘ったれた声を出して、付け加えた。

ドアが閉まると、ヘレンとポールはお互いにただもうぎこちない様子で向かい合った。ポールはなんとなく変わったように見えたが、かちっとした顔の線や、まじめそうな青い目や、きりっとひきむすんだ唇は、ヘレンが覚えているままだった。きれいに剃ってある頬には、かたいあごひげの青い剃りあとが見える。羽振りがよさそうに見えたが、まだ自信たっぷりと言うほどではなかった。仕立てのいいブロード地の背広に身を包み、左手には新しい黒い山高帽を持っている。

「会えてほんとうにうれしいわ」やっとヘレンは言った。「でも、驚いた！　いらっしゃるなんて、知らなかったもの」

「電報を打ったよ。昨日の夜まで、来られるかどうかわからなかったから」

「もらってないわ」

ふたりのあいだに、ぞっとするような沈黙が流れた。

「ごめんなさい。知らなかったの。長くお待たせしてしまったなら、ごめんなさい。とても元気そうで、うれしいわ。お母さんはお元気？」

「ああ、元気だよ。きみのところは？」

「とても元気よ。ありがとう」ヘレンの笑い声はいかにもわざとらしかった。「ところで、サンフランシスコの天気をどう思って？」

居心地の悪そうな顔が、ゆっくりゆるんできた。

「最初はかなりきつかったよ」ポールは認めた。「なんだか、きみはぼくが思っていたのとはちがって見えるな。でも、実はそんなに変わっていないんだろうな。ねえ、どこかよそへ行かないか？」

彼が、ママのことを嫌っているのは、ここの居間を見まわした目つきでわかった。無理もない。しかし、親切にしてくれている人たちに対する義理がたい気持ちがすばやく胸をよぎり、ポールの示した嫌悪感に、ヘレンはわけもなく反発した。むっとする空気、テーブルの上にうっすらつもったほこり、そして、ピアノのスツールの上においたあけっぱなしのキャンディの箱や、ガス・ストーブの火格子にのせた、すすだらけの新聞紙など、いかにもちらかった感じがするが、ルイーズと出会ってここに住むようになったときと比べると、この部屋はずっと居心地のいいところになっていた。

「どこも知らないのよ」と、ヘレンは答えた。「だって、一日働いているから、町のことを何も知らないの。でも、そこらを歩きましょうか?」

ヘレンがドアをあけたとたん、パタパタと足音が聞こえた。ペティコートにコルセット・カバーをつけたルイーズが、バスルームから寝室へ逃げていくのが見えた。ポールに見られていませんように、とヘレンは思った。しかし、彼の顔が赤くなっている。まったくばかみたい。ペティコート姿のどこが悪いって言うの? 彼にしたって、電話もせずにいきなり来るなんて、ひどいわ。ヘレンは何か言わなくちゃとあせり、目をきょろきょろさせた。

さっきのヘレンのことばに、彼はノーと言った。この町にはたった二十四時間しかいられないのだ。彼は、メロンを積み下ろしする場所を作るためにリプリーに支線を設ける件で、個人的にここの管理官に会いにきたのだった。ヘレンはポールの口にした数字がちゃんと頭に入らなかった。ぼんやりと、灌漑地域、水深、砂地のローム層などということばを聞いていた。ならば、ポールはヘレンに会いにきたわけではなかったのだ！

ヘレンは、ポールも自分と同様、どうしようもない違和感と困惑にさいなまれていて、しゃべることでそれをごまかしているのだと、わかった。どこか、静かに話せるところで、ふたりでのんびり座っていられたら、と思わずにはいられなかった。風の吹きすさぶ、わびしげな通りを歩いていても、おもしろい会話などできるはずがない。

「うわっ！　まったくこの町の風はすごいな！」

ポールは叫び声をあげた。ノブ・ヒルの上まで来ると、風が最大限に吹きまくり、ヘレンのスカートを激しくはためかせ、帽子をむしりとろうとした。下を見下ろすと、町が灰色の蜂の巣のように見え、向こうのツイン・ピークスの上を、海霧が渦巻くようにおおっていた。

「なんだか腹がへってきたよ。そうだ、どこかへ夕めしを食べにいこう！」

ヘレンは躊躇した。自分が知っているどこへ行っても、ポールは気にいらないだろうと思った。音楽、きらびやかな光、キャバレーの歌い手などは、ヘレンがうちやぶりたいと思っているふたりのあいだの障害を、さらに増やすことになるだろう。レストランのことはよく知らないとヘレンは言った。すると、ポールがびっくりしたので、ヘレンは自分が手紙で長々とそういう話題について書いたのを思い出し、説明がつかず、しどろもどろになった。

ほんのささいな、どうということのないことでも、説明できないからこそ、重大な問題となってしまうものがいくつもあった。説明できないからなおさら、重大性が増してしまうのだ。ふたりが最後に会ったときからの何カ月かのあいだに、そういうものが増えに増えた気がした。

そこで、ヘレンは無難な自分の仕事の話をすることにした。しかし、ポールはその話題が気にいらないようだった。そんなことをしなければならないなんてひどいと、あっさり言うだけだった。そう言って、話題にピリオドを打ちたがっているのが、はっきりわかった。

ダウンタウンで、ふたりはやっと小さなレストランを見つけた。ポールが帽子をかけ、ふたりでメニューを決めると、ヘレンはフォークをいじりながら、何を話したらいいのか、悩んだ。やっとのことで何か話題を見つけても、ふたりの会話はまるでおがくずのように味気ないものだった。ヘレンは悲しくなった。

「そうだ、ヘレン、きみはなぜ一緒に暮らしている人たちに、ぼくたちが婚約しているのを話してないんだい?」

ポールはただささりげなくたずねただけだったのだが、ヘレンにとってはそれが爆弾に思えた。ヘレンは椅子の上で、背筋を張りつめた。

「だって……」なんとなくルイーズとママにはそれを言いたくないという気持ちを、どう説明したらいいのだろう?「だって、わからないわ。なんのために?」

「なんのためにだって? だって、そうすれば、きみを知っているいろいろな男たちが誤解しないですむからさ」

いったいママは彼に何を話したのだろう？

「そんなことを知りたがる男の人なんていないわよ」

「いや、そうとは限らないよ」ポールの言うことはもっともだ。「ただ、ちょっと驚いただけなんだ。女の子はそういう話をよくするものだから」

ヘレンは疲れきっていた。くすんだ感じのレストランには、ヘレンの気持ちをひきたてるものなど、まったくなかった。いかにも平凡な、暖かいところで、落ち着いたポールの声が響く。そこで思わずヘレンはばかなことを口走ってしまった。

「そうだわね。みんな、しょっちゅう指輪の話ばかりしてるもの」と言ったとたん、ヘレンは、自分のおっちょこちょいにかっとなり、同時にぞっとした。ポールの頬がにぶい赤に染まった。

「あっ、あたしそんなつもりじゃ……」ヘレンの叫びに、彼のことばがかぶさった。

「もしそうなら、指輪を用意するよ」

「まあっ、ちがうの！　ちがうのよ！　そんなことしないでちょうだい。いただくわけにはいかないわ」

「そりゃ、きみはぼくがいい指輪を買えるほど金を持ってないのはわかってるだろうけどさ。しょっ中考えてはいたんだよ。だけど、きみがそういうことを重要だと思っていたなんて、知らなかった。なんだか、昔のきみとはずいぶんちがってきたみたいな気がするな」

反論や説明が、口まで出かかって、止まった。図星だった。ヘレンは、ふたりともすっかり変わってしまって、知らない者同士みたいな気がしていた。

「ほんとにそう思う?」

しょんぼりとヘレンはたずねた。

「どう言ったらいいかわからないけど」彼はつらい気持ちを正直に口にした。「またきみに会いたいとか、そんなことを考えて、気が変になりそうなときもあった。なのに、今、きみは、よくわからないけど、すごくちがった雰囲気になって、化粧して、そこに座ってる」ヘレンの手が、何かに刺されたように、ぱっと頬にふれた。「それに、指輪の話なんかしてさ。ヘレン、きみはこんな人じゃなかったよ」ポールは熱をこめて言った。「なんとなく、きみは昔のいい自分を失ってしまったような気がするな。もっと……」

ヘレンはかっとなった。

「お説教はやめてちょうだい! あたしはちゃんと自分を守っているわよ。ほんとよ、ポール、あなたはぜんぜんわかってないわ。頬紅をつけたぐらい、どうってことないわ。あたしはただ、今日はすごく疲れていて、顔色が悪かったからつけただけなのに。指輪のことだって、本気で言ったわけじゃないわ。自分で何をしゃべったのか、よくわかっていなかったの。でも、あなたの言うとおりよ。あたしたち、お互いに相手がわからなくなっているんだと思うわ」

言ってしまうと、ぐったりし、何からも見放され、みじめさにさいなまれた。世の中のものすべてが、狂ってしまったような気がした。ポールが、ヘレンはちゃんとやっているとわかっていると言い、何をしていようと自分は気にしないし、自分にはヘレンが似合っていると思うと、力をこめて言ってくれているのが聞こえた。でも、そのことばは、いかにもうつろに響き、その裏には、ヘレンが感じているのと同じ不安がひそんでいるのがわかった。やがて、ちょっと顔を赤くしながら、ポールが指輪を買うとまた言いだしたので、ヘレンはいらないと断った。それから、ふたりとも二度とその話をしなかった。ふたりのあいだの深い溝にかろうじてかかっている橋は、しゃべったら二度と渡れなくなるのがこわいばかりに口に出せないことだけで、かろうじてつながっていた。

きっかり十時になると、ポールはヘレンをアパートの玄関まで送りとどけた。そのとき、ヘレンの心にひそんでいた気持ちが、彼にぐいと傾きはじめた。まちがったきっかけをつかんで、状況を悪化させてしまったような気がしてならなかった。だから、チャンスさえあれば、また元通りになれるだろう。

ポールは、ヘレンが明日の午前中には休みをとれないだろうかと言いだした。管理官には会わなくてはならないが、そのあと一、二時間とれないだろうか。だめ、ヘレンには仕事がある。まちがった電文を送ったことがずっと頭にひっかかっていたので、黙って休みをとって、成績を悪くするのがこわかった。それに、たった一、二時間かそこらで、数カ月も離れていたふたりのあいだの関係を修復することなどできないと思った。

「じゃ、おやすみ」

「おやすみなさい」

ふたりの手はしばしからみあい、それから、ぱたりと落ちた。ああ、彼が何か言ってくれさえしたら、何かしてくれたら、お願い、そうして！　でも、それが何かはわからなかった。しかし、気まずさは、ヘレン同様、ポールをもとらえて離さなかった。

「おやすみ」

幅広のドアが、大きく揺れて、ヘレンの背中で閉まった。そうなってもなお、ヘレンはぐずぐずしていた。彼のあとを追って、走っていきたい衝動にかられた。しかし結局、そうはせずに階段をのぼり、ぐったりとベッドに入った。修復しようのない喪失の思いで、胸がずきずき痛んだ。

朝になっても、ヘレンはぐったり疲れたままだった。体をおして仕事をしながら、ヘレンは自分に言いきかせるのだった。やっぱりポールを本気で愛してはいなかったのだ、と。

「天国がふたりをひきはなしても、天使たちのように愛して愛されていなければ」と、ヘレンはつぶやいた。書棚にあった詩の本で見たことばを思い出したのだ。そのときは、ポールのことを思って、胸がざわざわしたものだった。ところが、それは今や、ぞっとする、意地の悪い条件のように聞こえる。とにかく、あたしは一生仕事をするしかないのだ。多くの女性たちがそうしてきたではないか。

ヘレンはなんとかそうやってきた。何年もひとりでさびしさを我慢してがんばって仕事を続け、お金を貯めて、いずれは自分の小さな家を買うつもりだった。どんな友だちとつきあおうが、化粧をしようが、だれにも文句は言わせない。ポールのあのことばが、ヘレンの胸にいがいがしたしこりとなって残っていた。そう、あたしは一生、だれにもそんなことを言わせないようにするつもりよ！

けれど、その日、家へ帰ったヘレンは、夜をひとりで過ごすのは耐えられないと感じた。ルイーズとママは外出することになっていた。そこで、ヘレンも一緒に行くことにし、着替えをしながら、はしゃいだ。ヘレンがこんなに機嫌がいいのは、初めてだと、ふたりは言うのだった。

どういうわけか、いつもならヘレンを興奮させる、まばゆいライトも、音楽も、にぎやかな雰囲気にも、ヘレンの血はいっこうに騒がなかった。ときどき、ヘレンはそういうはなやかさとはまったく無縁の暗い表情で落ちこんでいた。群れている人々の中で、ヘレンは孤独だった。レモネードをすすり、世の中のすべてを無意味だと感じていた。

それなのに、次の晩も、ヘレンは出かけた。やがて、ママとルイーズと同じように頻繁に外出するようになった。やがて、ラティマー夫人やその友だちが、満足感を求めても求めても得られず、駆りたてられるように出かけていくわけがわかってきた。朝はいつも疲れがたまっていた。

仕事場では、仕事に関して文句を言われた。しかし、ヘレンは気にしなかった。何があろうとかまやしないという、やぶれかぶれの気持ちになっていたのだ。喉のかわいた人が、もしかして一滴でも残っているかと、グラスをさかさに振るように、何度も浜辺のリゾートへ行くのだった。

「いったいどうしたんだ？　何が不満なのさ？」

ある晩、ルイーズの恋人で、アメリカン・ビューティのセールスマンがたずねた。陽気な、頭のはげた男だ。ワイシャツのカラーの背首あたりが、ぷっくりふくらんでいて、小指にとてつもなく大きなダイヤの指輪をはめている。ヘレンは彼が好きではなかったが、今日は彼のパーティだった。彼の赤い大きな車に乗せてもらって、浜辺へやってきたのだ。彼がちょっと責めるような口調で言うのも無理はないと、ヘレンは思った。すべて彼持ちなのだから。

「何も！」ヘレンは笑った。「ちょっと、あることで、冷えたプラム・プディングみたいな気持ちになってるだけよ」

「じゃ、ブランデー・ソースをかけりゃいい」

自分のウィットに満足しながら、ダディが言った。

「あたしにぱっと元気になってもらいたいってこと？」

「その通り！　酒だ、酒。よし、はめを外そう！　ウェイター、みんなにライ麦のハイボールを頼む」

ヘレンは反対しなかった。それもまた、どうでもいいことだった。グラスが回り、ヘレンはみんなと共にグラスを空にした。なんだか、ほんの少しだけ、気分が軽くなったようだった。

「抑圧を外すんだ！」

いつか、ギルバート・ケネディがそう言っていた。その彼も、いなくなってしまった。彼がここにいてくれたら、人生にもう一度、光が灯るのに、とヘレンは思った。指の先までびりびり震えて、ウィットがぽんぽん飛びだすくらい、生き生きするのに。

人々がまた動きだした。ヘレンはみんなについて、ひんやりした夜気の中へ出た。人生なんて、不満の連続以外の何ものでもないような気がした。自動車の後部座席に詰めこまれたヘレンはまた黙りこんでしまった。それからしばらくして、ヘレンは興奮したほかの人たちの声に、今までとちがった声音がまじったのに気がついた。

「吹かせ！　行け、行け！　ちくしょう、このままじゃ……」

車の持ち主がどなっている。車はまるで逃亡者のように猛スピードで走っていた。ぐんぐん飛び去っていく、影のような砂山を背景に、ヘレンは、灰色の長い車がこっちへ近づいてきたのを見た。

「危ないじゃないの！　殺す気？」

こわがっているのに無視されて怒ったママが叫んだ。ヘレンは立ちあがって、前の座席の背もたれにつかまり、みんなと一緒に叫んだ。

「行け、行け、行けえ！　イェーイ！」

帽子が頭から風にもぎとられ、ごーっと飛び去っていく景色に飲みこまれた。髪の毛が顔に痛いほどたたきつけた。ヘレンは、荒々しい、すかっとした気分で、息を吹きかえしたようになった。

「速く、もっと速く！」

灰色の車が速度を増して、少しずつじりっじりっと近づいてきた。

「もっと速く走ってよ！」

ヘレンは気が狂ったように叫んだ。ああ、あたしに運転させてくれればいいのに！　競争に負けるなんて、ぜったいにいやだった。

「吹かせ！　百四十キロは出るぞ」

車の持ち主がどなっている。

ヘレンは、灰色の車の挑戦に応えること以外、何も考えられなくなっていた。それに追い越されるのは、自分がつかんでいる大事なものをもぎとられることだという気がした。車のドアを激しくたたきながら、ヘレンは気がふれたように、いやいやをしながら、叫びたてた。

「負けちゃだめ！　行け、行けえ！」

灰色の車は容赦なくスピードをあげて、通りすぎようとした。車がぐいっと傾いてきた。ママの絶叫が、風でびりびりにとぎれた。車が前に出た。その運転手の、ざまあみろというような歓声が届いた。ヘレンの車はスピードを落とした。

「あっちはタイズ亭に行くようだ。そこへ行くか？」

こちらの運転手が肩越しに持ち主にたずねた。

「あたりまえだ！　おまえが運転してるのは乳母車か！　もうクビだ！」

持ち主はかんかんだった。彼ののののしり声を聞きながら、ヘレンはくやしくてたまらず、あえぐようにして、止まった車のステップをおりようとした。そのとき、ギルバート・ケネディにぶつかったのだ。

「やあ、きみか！」彼はびっくりした。「すごいレースだったろ！」

彼はご機嫌で、ヘレンの手をとり、抱きあげてステップからおろし、陽気なキスをした。ヘレンの体の中の抑えがたい野性のようなものがどっと噴きだして、彼の体の中のそれと溶けあった。彼はすぐにヘレンを離し、大勢の歓迎のことばの渦に飲みこまれていった。

「やあ、おごるよ！」

「すごい車を持ってるじゃないか！」

「こっち、こっちへ！」

ヘレンがはっとわれに返ったときには、タイズ亭のまばゆい光の洪水の中にいた。ギルバートが丸テーブルですぐ隣に座っている。ヘレンは胸がどきどきしてきた。

「いいんだ、いいんだ、ぜんぶおれにつけとけ！」と、彼は晴れやかに言った。「今夜は、おれの金だけで遊ぶんだ。明日から、ばっちり禁酒してアルゼンチンへ行くのさ。さて、何を飲む？」

驚いて、ギルバートを質問攻めにしながら、みんなはがやがやと飲み物を注文した。

「アルゼンチン？　なんでまた！」

「何か大仕事？」

「うそだろ！」

「正真正銘、アルゼンチンさ。明日だ。いいか、聞いてくれ。おれはそれこそ前代未聞の大仕事をつかまえた。そこには六百万エイカー（約二百四十万ヘクタール）の土地、それも極上の土地、とてつもなく肥えた土地がある。みんな、知ってるか、今、カリフォルニアじゃ、土地がいくらで売り買いされているか？ 教えてやろう。一エイカー（約〇・四ヘクタール）あたり五百ドル、六百ドル、いや千ドルもするんだ。そして、おれが今アルゼンチンで確保した土地が六百万エイカーある。それを一エイカーあたり五十セントで売って、それで――まあ、聞け――それで百パーセントの利益を得る。政府がおれの後ろ盾になっているんだ。おれにアルゼンチン全土をまかせてくれた。いいか、それがどんなすごい金になるか！」

彼はやる気まんまんで、力がみなぎり、きらきら輝いてみえた。ヘレンは想像を精一杯羽ばたかせて、彼の大仕事のすごさを思いうかべようとした。その仕事によって、多くの人々の生活が変わり、たくさんの家族がアルゼンチンへ移住し、町や村や鉄道が作られていくのだ。ヘレンの唇に彼がキスをした。いつかの説明しがたい、磁力のような強い魅力をふたたび感じた。響きわたる音楽が、魅惑のささやきのように、ヘレンの血を騒がせた。彼は腕をのばしてヘレンにほほえみかけ、彼女は思いきって、心のままに、その腕に飛びこんだ。

ふたりはリズムの波に揺られて、たゆたった。彼はヘレンをかきいだき、彼女のほぐれた髪が首の後ろへ流れている。

「おれはきみに参ってる！」

「なのにあなたは行ってしまうの？」

「がっかり？」

「がっかりですって？　いいえ、つまらないわ。いつもいなくなってしまうから」

彼は笑った。

「とんでもない。今度はきみを連れていく」

「まさか、本気にはできないわ！」

「本気さ。きみは来るんだ、いいね」

「夢みたい」

「本気だよ」彼の声に荒々しさが混じった。「きみが欲しい」

天にものぼるうれしさの中に、恐怖の気持ちがうずいた。ヘレンは、彼の胸に抱かれながら、自分を小さなかよわい羽のようなものと感じた。濃密な音楽に押しながされて、ふたりは踊りまくる人々の中にいた。すぐそばにある彼の顔は、ちょっとこわいくらいにきりっとし、目は、ヘレンの体内の泡立つ血のごとく、無謀な光を放っていた。

「おれがずっと欲しいと思っていたのは、きみのような子さ。今度は、ぜったいに離さないぞ」

「ああ、でも、あたしってかなり堅気なのよ！」

「いいとも！　結婚しよう」

めまぐるしく動く頭の奥底で、飛び込み台の上に立つ人間のように、一瞬、息がつまるような、張りつめた緊張と躊躇がひらめいた。行かなければ安全、行けば興奮が待っている。彼をそばに感じ、彼の声を聞き、彼の目の光を浴びること、それこそヘレンが望んでいたことだった。しらずしらずのうちに、この数カ月間、ずっとそう思っていた。突然、大音響とともに音楽がやんだ。

彼はいつかと同じように、腕でヘレンをしっかり抱いて、立ったままでいた。一瞬のうちに、ヘレンはそのときのことと、そのあとのつらい日々を思い出した。

「よし、じゃ、いいんだね?」

自信ありげな声音に、かすかな疑問符がこもっている。

「ほんとうにあたしを愛しているの?」

「ほんとうだ」

彼の視線がヘレンに注がれた。彼の自信が、確信に変わったのが見てとれた。

「きみは最高だ!」

そう言って、彼は勝利のキスを浴びせた。大勢の人がいて、ぎらぎら光るライトと、クレープ・ペーパーのはでな飾りの下である。でも、ヘレンは何も気にならなかった。彼以外のことは、まったく気にならなかった。

「ねえ、あたしたちだけで、すずしい暗いところへ行きましょうよ」

フロアを横切りながら、ヘレンが言った。

「とんでもない! 今夜はこの町始まって以来の大パーティをやるんだから!」

肩越しに、彼はほがらかに言った。彼がこれから、テーブルについている、何も知らない人たちに落とそうとしている愉快な爆弾のことを考えて、ほくそえんでいるのが、ヘレンにわかった。

「今夜は無礼講だ！　結婚パーティだぞ！」

いっせいに興奮した声があがり、ルイーズとママがヘレンにキスを浴びせた。ヘレンは頬を染め、笑い、興奮のあまり、おかしくなりそうな自分を抑えながら、彼が飲み物を注文し、結婚証明書、牧師、指輪、セント・フランシス・ホテルの部屋の予約、シャンパン、夕食、花などの問題をてきぱきと片付けていく声を聞いていた。ヘレンは、伝説のアフリカの王コフェチュア*の声を聞いている乞食娘だった。（*コフェチュア王は女嫌いだったが、乞食娘と結婚した）

第十一章

まぶしい光に包まれた六月の朝十時、ヘレン・ケネディはうす暗い寝室を忍び足で歩き、ドアを後ろ手でそっと閉めた。かすかにカチッと音がしてドアがぴったり閉まり、ドア板の向こう側が、もはや何ものにも破られない静けさの中に沈んだとたん、ヘレンはほっとため息をつき、緊張がほぐれるのを感じた。

居間の窓からは明るい日光が注ぎこみ、揺れるレースのカーテンが、ビロードのカーペットにちらちら模様を作り、マホガニーの椅子や、大きな書斎机の角を、ほんのり赤く染めている。すばやくヘレンは広い大きな窓へ向かい、そっと下の窓サッシを押しあげた。町のざわめきが、遠くの浜辺にうちよせる波の音のように、低くザーッと響いてきて、すっきりした空気が顔をくすぐった。ヘレンは大きく息を吸い、青い絹のネグリジェを喉のまわりにかき寄せた。

ヘレンがバート・ケネディの妻となってから、またたく間に二年がたち、彼女はさまざまなことを知るようになっていた。そのあいだ、経験によって、ヘレンはいわゆる男性、女性、人生というものについて一般的な知識をかなり蓄え、年の割りに、世慣れた考え方をするようになっていた。しかし、それでも、自分の力では解決できない問題や、どうしてよいか途方にくれることがあると、漠然とした不安を感じるのだった。窓のシェードのひもを指にからませながら、ヘレンはサンフランシスコの窓の多い建物を眺めるともなく眺めていた。

しだいにヘレンはわかってきていた。男というものは、美しくて、ほがらかで、細かいことにこだわらず、いつもやさしくて、おだやかで、そして、男を退屈させない女が好きなのだ、と。男が腹を立てる三つの原因は、質問、赤ん坊、そして、病気の女だということもわかってきた。ビジネスにおいて成功するのは、「つねに前線を張る」にかかっていて、女の役割は理由や結末についてあれこれうるさくたずねたりせずに男を助けることにかかっている。そういうことも学んだ。そして、自分にとっていちばん重要なのは、愛する男を努めてあがめたてまつることだとわかった。たとえ、そうするために、自分の気持ちを曲げなければならないとしても、である。ヘレンは、自分が夫をそれこそ盲目的とも言えるほど、情熱を持って愛していると思っていた。同時に、その気持ちがさめてしまうのがこわくて、現実を正視することができなかった。

しかし、彼との生活にまだすっかりなじんでいない自分もいた。午前中、彼が眠っているあいだに何をしたらいいのかがわからなかった。といって、彼が留守のあいだに、くだらないことにエネルギーを使う気もしなかった。要するに、彼が自分を必要としない時間をどのように過ごしたらいいのかが、わからなかったのだ。でも、何もせずにいるのに満足せよと自分に言いきかせることもできなかった。

絹のネグリジェとナイトガウンのひきずるようなすそをまとめて、ヘレンは雑誌や本が山積みになっているテーブルへもどった。特に何かを読みたいわけではない。朝の読書は、朝食にスープのような、場ちがいのものに思えた。しかし、外出もできない。バートがすぐにも起きて、呼ぶかもしれないからだ。また、着替えもできない。着替えると、彼はそれで寝坊を責められているように受けとって、機嫌を損ねるからだ。ヘレンは所在なく本をひっくりかえしながら、それでもやっとおもしろそうなのを一冊見つけた。『実用主義』という本で、いつか図書館でぱらぱらとページをくったとき、興味をひかれたものだ。たまたまそれを手に持っていたとき、ドアのベルがけたたましく鳴った。

はっとしたヘレンは、本を胸に強く抱きかかえた。心臓がドクドク鳴りだし、さーっと血の気がひいたと思うと、燃えるように熱くなってきた。ベルが何度もしつこく鳴らされた。その鳴らし方は、いかにも集金人のそれだった。タクシーの運転手？　それとも、洋服屋？　取立て会社？　ヘレンはすぐにドアへ歩みだせなかった。三度目の甲高くしつこいベルの音は、ヘレンの体を拷問のようによじらせた。バートが起きてしまう。それ以外に、ドアの向こうにありありと想像できる、いかつい顔の無礼な男に対して用意できる口実はなかった。ベルはしつこく鳴りつづけた。

しばらくすると、音はやんだ。そして、エレベーターの自動ドアが閉まる音が聞こえた。すぐに、バートの声がした。

「ヘレン！　ヘレン！　どうしたんだ？」

ヘレンは寝室のドアをあけ、にこやかなほほえみをたたえて、敷居に立った。

「おはよう、バート！　早起き鳥がえさをもらわずに、飛んでいったところよ！」

「そうか、じゃ、なぜドアをあけて、うるさいからベルを鳴らすなと言わなかったんだい？　そいつの機嫌を損ねるのがこわかったのか？」

そんなことを言うと、ヘレンが傷つくとわかっているのに、彼はそう言った。しかし、ヘレンは傷ついても、それを外に出さずにいられるようになっていた。それにしても、眠っているバートを起こさないようにしていたのに、自分のせいで邪魔をしたように聞こえるではないか。ヘレンは自分が夫のキャリアになんら無用の邪魔者であり、彼に迷惑をかけるばかりか、なんのお返しもできない女のような気がした。

「そこが困ったところよ。ドアをあけて怒るわけないでしょ！」ヘレンはわざとほがらかに笑った。「だれかが集金人をつかまえて、なんでできているか調べて、どうしたらいやがるかを見つけるべきよ。あの人たちは鋳鉄でできていると思うの。集金という習性は、遺伝なのかしらね。それとも、子どものうちから、そうなるように鋳型にいれられるのかしら？」

めざめたばかりの朝でも、こんな話をすると、彼は笑うのだった。しかし、今朝に限って、彼は喉の奥で不可解な音をたてて、枕の上で頭を動かしただけだった。ヘレンはベッドの脇をそっと通って、化粧室へ行った。

バートは、ミニキッチンのあるアパートを借りたいというヘレンの提案に、そっぽを向いたままだった。コックと結婚したんじゃない、と言う。日焼けして、手が赤く荒れているような女は嫌いだと言うのだった。ホテル住まいより、普通の家に住みたいと思っている自分が、いかにも下賤な、平凡な女だと思わせられた。しかし、アパートのマネージャーに会って話をきいたとしても、午前中にコーヒー沸かしとおしゃれなカップとナプキンを楽しく選んで買ってきて、コーヒーを沸かしてそれを持っていけば、ベッドにいる彼がそれをとても喜ぶのもわかった。ヘレンは彼にそうしてあげることにしみじみと喜びを感じた。

化粧室のついたての後ろにコーヒー沸かしがおいてある。ヘレンはスイッチをいれてから、鏡の前に座り、レースのヘアキャップをとり、髪のカーラーをとった。バートは巻き髪が好きだった。それがふわふわした褐色のもやのように顔を縁どっている。ヘレンは鏡をのぞきこんだ。顔の線が少しとがったようだ。肌にはかつてのようなぴちぴちした張りがない。バートは一緒に酒を飲もうと強く誘う。彼をつなぎとめておくためには、飲まなくてはいけないとヘレンも思う。しかし、美しい女性を愛しながら、その美しさを破壊しようとする男性の理不尽さが、漠然としたひとつの考えとして頭に浮かんできた。でも、ヘレンはそれを振りはらった。いろいろなことを振りはらってきた習慣がそうさせたのだ。ヘレンは髪をとかしはじめ、くるくるとまとめてから、手鏡であらゆる方向から注意深く点検した。

数分後、ヘレンはまた寝室へもどった。手にお盆を持ち、ネグリジェのすそをつま先ではらいのけながら。片手にお盆を持ったまま、もう片方の手でベッド際のテーブルを片付けた。コーヒーをふたりのカップに注ぐと、居間をさがしまわって、朝刊を取ってきた。さっきのベルは、タクシーの運転手だった。ヘレンがドアをあけたとたん、ドアのあいだにはさんであった請求書がはらはらと落ちたのだ。その数字に目をやったヘレンは、あわてて請求書を見えないところへつっこんだ。

バートはベッドの上に起きあがってコーヒーを飲んでいた。ほほえみを送られて、ヘレンは幸せな気持ちでいっぱいになった。ベッドでひざを立てた彼の横に体を丸めて座り、自分のカップをお盆からとって、彼にほほえみかえす。こんなときほど彼をいとしいと思ったことはない。くしゃくしゃの髪、ぐっすり眠ったあとの信じられないほど澄みきった、おだやかなやさしい目が、彼を少年のように見せていた。

「おいしい?」

「コーヒー淹れじゃ、きみは一流さ!」と、彼は答えた。「実にうまい」あくびをした。

「そうだ、きのうの晩は大変だったんだよな。おれ、運転手とけんかしなかったか、それとも夢か?」

「ちょっとした——口げんかよ」

早口でヘレンは答えた。

「あの金髪の子は、めちゃくちゃかわいかったな!」

彼はヘレンにわざといじわるを言っているのでもないし、玄関のベルで目をさまさせてしまった罰として、こんな残酷なことを言っているのでもなかった。ただ、こんなことを言って、自分のヘレンに対する優位を感じるのが好きだったのだ。彼は自分の思うままになる女が好きだった。ヘレンはそれがふたりのあいだにいつもうごめき、ひっかかっているものだとわかっていた。彼はいつだって勝者だったし、そうさせているからこそ、ヘレンは彼をつなぎとめておけた。ところが、安心感に包まれた今でさえ、彼をつなぎとめておけなくなるかもしれないという不安につねにおびやかされているのを思うと、胸がずきんと痛んだ。

「とびきりの美人だったわね！」

ヘレンはうなずいた。目をきらきらさせ、ほほえみながら。まちがっても、相手の女性に対して陰険な気持ちをいだいたり、そういう態度を見せてはなるまいと思っていた。しかし、バートはそんなヘレンの思惑を察していた。いつだって、彼はヘレンよりうわてだった。彼の愛にまさる愛を彼に注いでいるばかりに、ヘレンは弱い立場にいるのだった。

ふたりは黙ってコーヒーをすすり、新聞をめくる音だけが静寂を破っていた。やがて、新聞を押しのけると、バートはカップをおき、枕に背中をもたせかけて、頭の後ろで手を組んだ。やっと彼と話ができるときがきた。気楽な様子を装いながら、ヘレンの神経は張りつめていた。

「とてもおいしいコーヒーだったわ。ねえ、あたし思うんだけど、朝食をいただく部屋のある、ちゃんとした家を持たないこと？　そしたら、朝、グレープフルーツや、温かいマフィンや、そういったものをなんでも食べられるでしょう？　あたし、そういうところに住みたいわ。そしたら、うちでパーティができるわよ」ヘレンは急いで付け加えた。「自分のうちなんだから、夜じゅう騒いでたって平気じゃない」

彼はあくびした。

「いつでも夢を」

でも、その声は楽しげだった。

「あなた、いい、あたしは本気よ。あたしたちにはできるわ。あなたにとってみれば、ホテルに住むのとそう変わらないわよ、ほんとうに。あたし、そうしてみせるわ。あたしはね、ものすごく家を持ちたいの。一度、やらせてみてくださったら、きっと気にいると思うわ。あたし、あなたがびっくりするような、気持ちのいい家を作ってみせるわ」

彼は黙っていたが、どうでもいいといった様子で、特に反対しているようでもなかった。ちゃんと聞いてくれている。ヘレンはそれに元気づけられた。

「あなたが留守のあいだ、あたしがどんなに時間を持てあましているか、知らないでしょう。家を持てたら、すごくうまく切り盛りしてみせるわ。あなたが気づかないうちに、すらすらと何もかもやってみせるから」

「家だって！」彼はやっと目がさめたようだ。「驚いたな、ここでふたりで暮らしてるだけでもかなり金がかかってるのに。これ以上、支払い、支払いとうるさく責めたてるなよ」

ヘレンの頬に赤みがさした。しかし、彼のことばに腹を立てたのを、ぜったいに見せてはいけない。これまでも見せたことはない。そこで、自然に笑ってみせた。

「何言ってるの！　あなた、まるであたしが赤ん坊みたいな言い草じゃない。あたしは今まで一度だって文句を言ったことなかったわ。さっきあなたが聞いたのは、集金人のどなり声よ。わめかせておけばいいのよ。お似合いだわ。とにかく、いいこと、あなた、あたしの話をおわりまで聞いて。あたしはもうぜんぶ考えてあるの。あたし、こういうこと、すごくうまいのよ」

そして、彼が何を言おうとしているかを察して、先手を打った。

「あなたのために、ほんの少しだけでも役に立ちたいのよ。どうせたいしたことはできないでしょうけど。でも、お金を節約するならできる……」

「ふん、ばかばかしい！」彼は鼻をならした。「金は節約するもんじゃない。使うために稼ぐものだ」

「そうよね！」ヘレンはすぐにうなずいた。「でも、家を買ったほうが、ここの賃貸料より安いわ。とてもいい家がね。ここの支払いより高かったら、あなたに話したりしなかったでしょうよ。でも、もちろんあたしはそういうお金のことは何もわからないけど――ただ、あたしはね、持ち家があれば、あなたの仕事にもプラスになるんじゃないかと思ったの。相手の信頼感も増すし……」

彼の目の色を見ているうちに、ヘレンはしだいに口ごもってしまった。そして、彼が口を開く前に、笑いながら、ぱっと作戦を変えた。

「いいの、あなたをちょっとからかって、欲しいものをおねだりしてみただけよ。ほんと、ばかばかしい話よね」そう言うと、彼にすりより、彼の首の下に腕をすべりこませた。「ああ、お金なんて、ちっともかからないのよ。あたし、ほんとに、家を持って、そこでいろいろなことがしたいの。こういう暮らしだと、落ち着かなくて。いつも椅子の端っこに座って、いつでも出かけようとしているみたいな気持ちなんですもの。ほら、あたしって、ずっと働いてきて、少しのお金をやりくりしてきたから。たいした額じゃなかったけど、そうするのが楽しかったわ。あたしの持っている、そういうすごいエネルギーを、あなたはむだにしているのよ、ほんとよ」

彼は声をたてて笑い、ヘレンの肩を抱いていた腕に力をこめた。めくるめくような幸福な一瞬、ヘレンは自分が勝ったと思った。すると、彼が彼女にキスし、口を開く前に、彼女は自分が負けたのを悟った。

「かまうもんか。おれは欲しいものすべてをもらっているよ」

そのことばに、ヘレンは別の喜びを感じた。自分は彼を満足させているのだ。当面は、それでいい。ところが、彼は自分がすでに勝利をおさめたことを強調し、自信のほどを見せすぎて、今度は失敗した。

「きみに三度の食事と晴れ着を与えられるあいだは、きみは何も心配することはない。おれが家の経済を面倒みるから、きみは肌を大切にするんだな。そろそろ気をつけたほうがいいぞ」

最後の酷なことばは、むしろ逆効果をもたらした。ぐさりとつきさされたような痛みを感じながらも、ヘレンは彼をしかと見て、はっきりと憎しみを覚えた。

ぱっと立ちあがり、震えながら、彼を見ないようにした。

「そう、わかったわ」ヘレンはくっきりした冷たい声で、つぶやいた。「あたし、着替えます。もうお昼だわ」

ヘレンは、自分の怒りが、今の自分の生活の最も大事なものをおびやかしているのを強く意識した。自分がふたつの人格になり、お互いに相手を引き裂こうとしているような気がした。彼に助けを求めたいという本能的な欲求が激しく働いて、化粧室の前でヘレンはくるりと振りかえった。

「あなたは、自分があたしに何をしているか、気づいていないのよ。何をむだにしているか、知らないんだわ」

彼の目が、おもしろいことを言う、というようにひややかな光を帯びた。

「なんだ、そのメロドラマは?」

彼が問いつめる。ヘレンはおろかなヒステリーを起こして責められる罪人にさせられた。ふたたび彼女は、夫の優位と支配をひしひしと感じた。

化粧室から出てくると、彼はのんきに、機嫌よく、鏡に映るハンサムな顔を見つめながら、ネクタイを締めていた。ヘレンは思った。自分が彼を愛し、彼の愛をしっかりつなぎとめておきさえすれば、あとはどうでもいいのだ、と。ヘレンは彼にすりよった。何もきかなくていいのだという安心感が欲しかった。それが得られなければ、それを心の支えにできなければ、ヘレンは彼が帰ってくるまで、みじめな疑念と頭にちらつく嫉妬心にさいなまれるのだ。電話にしがみつき、彼からの電話を待ち、自分がしめだされている、ややこしいビジネスの行方を、想像で追うしかない。そして、彼を自分から離しているのは、ビジネス以外には何もないのだと、自分に言いきかせるのだ。

「じゃ、行ってくる」

彼は帽子をかぶった。

「いってらっしゃい」ヘレンはすがりつくような声を出した。「長くはないんでしょう?」

「クラーク&ヘイワード社に行くんだ。すごいもうけ話をまとめてくるよ。左うちわで暮らせるぞ」

「クラーク&ヘイワード?　あの不動産会社?」

彼の声がふっとやわらいだ。

「あたり。そのとおりさ。これがうまくいったら、おれたちは億万長者だ!　じゃあな」

玄関ドアが意気揚揚という感じで閉まり、彼は出ていった。エレベーターの前で待っている彼が、口笛を吹いているのが聞こえてきた。彼の姿が下の歩道にあらわれたとき、ヘレンは窓から体を乗りだした。もし彼が見上げたら、手を振るつもりだった。しかし、彼はひらりと路面電車に乗りこんで、姿が見えなくなってしまった。今日のヘレンの仕事はなくなった。

ヘレンは『実用主義』の本をまたとりあげて、数段読んだが、落ち着かなくて、すぐにやめてしまった。ちらかった寝室を見ると、神経がいらいらする。しかし、バートが清掃のサービスを頼んであるのだ。いちど、ベッドを自分で整えたら、バートにしかられてしまった。下働きの者たちに、ヘレンが下々の仕事までする人間だと思われてもいいのか、と彼は言うのだった。

そこで、ヘレンは散歩に出ることにした。ショーウィンドウに何か新しいものが飾ってあるかもしれない。本を持っていって、ひとりで食事をするときに行く軽食堂で読もう。借金がかなりあるのに、用もなくむだづかいするのは、罪深い気がした。どうしても節約しようとしてしまう。そんな努力は、まったく意味がないとわかっていてもだった。

もし、定期的に少しでもお金が入れば、きっとうまく運用してみせる。電信技手としての給料でさえ、今ではかなりぜいたくな額に思えた。毎月、ちゃんちゃんともらえることがわかっていたから、自分で管理運用できたものだ。しかし、今の生活では、規則正しさや安定を求めてあがいても、いつも失敗におわるのがつねだった。ついさっきおわったばかりの会話を思い出して、そんなことを考えそうになり、あわててそれを振りはらった。

化粧室で、ヘレンはすべての明かりをこうこうとつけて、情け容赦のない光のもとに顔をさらし、しわを点検した。ていねいに描いたアーチ形の眉は完璧だ。つけたかつけないかわからないように、ほんのりとのばした頬紅も合格だ。丸いくっきりしたあごも、耳たぶもいい。褐色の巻き毛をちょっとほどいて、ぬらし、頬の上に曲線を描くようにくっつけた。わざと目立つような細工ができあがった。ヘレンは気にいっていなかったが、これがバートの好みだった。

それから、時間をかけて丹念に帽子をかぶった。帽子がすべての決め手になると、ヘレンはわかっていた。細心の注意を払って、ベールを結び、ドアに作りつけになっている長い鏡の前で、ゆっくりとひとまわりした。そして、衣装を細部にわたって点検した。おしゃれな小さめのブーツ、縁がぱりっとそろっているスカート、ジャケットのライン、しみひとつない手袋。すてきな効果を出すために、さんざん考え、工夫した結果、ヘレンはうまくできたと満足した。バートが出会うであろう女性たちと比べても、ひけをとらないだろう。そう思うと、少し気持ちがうきうきした。その思いをずっと味わっていたかったのだが、結局いつも、単調な生活の中に埋もれてしまうのだった。

バートはクラーク&ヘイワード社とどんな仕事をしているのだろう？　アルゼンチンへ行くという計画が頓挫してからというもの、彼が不動産の話を口にしたのは初めてだ。アルゼンチン行きの件のほかにもうひとつ、ヘレンがさっさと忘れてしまいたいことがある。はらはらした、みじめなハネムーンの思い出だ。彼はかなりの気分屋で、むやみやたらと騒ぎたがるところがあり、ヘレンが一生懸命理解を示そうとしたり、同情したりすると、すぐかっとなっていらいらする。そして、豪勢に金を使い、未払いのまま、逃げるようにホテルから出てきたのだった。彼はそのホテルにとっくに支払いをしたはずだったが、ヘレンはそのホテルにはかかわろうとしなかった。

彼にあえてたずねはしなかったが、あれ以来、彼はかなりの金を稼いだらしい。

鉱山の株の売買熱が急に高まってきていた。まるで野火が広がるように売れ、何か起こらないかぎり、何百万ドルもの利益が約束された。そして、グアテマラにゴム農園を開くという計画がもちあがった――彼はしばらく東部へ出かけ、ヘレンはダイヤモンドの指輪をもらった――そのあとは、モンキー・レンチのパテント問題だった。彼は、何百万ドルもの大仕事だと言い、ヘレンが発明者を気にいらないと言うと、あざわらった。その後、それはどうなったのか、ヘレンは知らなかったが、どうやらパートはその男にだまされたらしく、ヘレンは自分の考えが正しかったとひそかに思っていた。

そして今度はまた、不動産の話だ。ヘレンは賢い夫が失敗するはずはないと確信していた。夫が、ひとつの仕事にしぼって、もう少しきちんととりくめば、いつか、アメリカビジネス界の実力者のひとりになれるとヘレンは信じている。しかし、もっと彼の仕事について知っていればと思うのだった。まだ自分の持ち家は期待できそうもないのであれば、何かおもしろいことをやってみたい、ヘレンはそう思った。

もうやめよう、ヘレンはくだくだ考えている自分の気持ちを振りはらった。お昼を食べたら、気分がよくなるだろうと思った。そこで、本を小脇にかかえ、日がよくあたり、風の舞う通りを元気よく歩いて、混雑した町を、長年都会暮らしをしている者の第六感で、すいすいとくぐりぬけていった。うるさい音をたてて走る路面電車も、音の静かな、きれいなリムジンも、抜け目のないおしゃれをした女たちも、何かに没頭しているような男たちも、鎖につながれた、むくむくした犬も、レースや宝石や夜会服や毛皮や帽子を並べたてたショーウィンドウの連なりも、すべて見るともなく見て、歩いていった。森の中をひとりで歩いているように、たったひとりで完結した状態で、何者にもさえぎられず進み、とうとうある店のショーウィンドウの前で立ち止まった。

この店のショーウィンドウを、ヘレンはよく見にきたものだった。抗しがたい魅力にひきつけられていたのだ。こういうものにお金を贅沢に使えたらさぞ楽しいだろうと思いながら、ヘレンはウィンドウの前に立ち、豪勢に飾られたバスルームの設備、ぴかぴかのなべがずらりと並んだ棚、キッチン用品の列、電気アイロンなどをうっとりと眺めたものだ。今日は、まぶしいほどに白いキッチン・キャビネットが展示されていた。独創的な粉入れ、つくりつけのふるい、数えきれないほどのスプーンがかけられるフック、砂糖入れ、スパイス入れ、卵攪拌器《かくはん》、買い物リストかけなどがある。思わず手にとりたくなるような黄色いボウルが白い棚の上においてある。

いつか、とヘレンは思うのだった。黄色いキッチンを持とう。太陽の黄色のような、くっきりした黄色が、頭にイメージされていた。壁はクリーム色にして、木部は黄色、窓には白い透けたカーテンをかけよう。洗うのに便利だから。窓台には、キンレンカの花をいっぱいいれた黒い花びんをおこう。朝食を食べる部屋は、ガラスで囲まれたポーチにして、そこのカーテンはうすい黄色の絹地にしよう。それを通して日光がさしこめば、刺繍をした白いテーブルクロスをかけて、銀器と陶器をセットした小さな丸テーブルに、金色の光があたる。コーヒー沸かしがポコポコと音をたて、グレープフルーツが用意してある。そして、ヘレンがキッチンからマフィンをのせたお皿を持って出ていくと、バートが新聞から目をあげて言うのだ。

「またマフィンかい？　いいね。きみは最高のマフィン作りだからさ」

ヘレンの頬にえくぼが浮かび、うれしさでぽっと赤らんだ。ヘレンは返事をしない店の板ガラスの前に立っていた。ふっと肩をすくめ、半笑いして、ヘレンはわれに返り、また歩きだした。しかし、さっきのショーウィンドウに並んでいたものがヘレンの心をとらえて離さなかった。キャンディ・ショップから離れようとしない子どもと同じようだった。だから、また別のショーウィンドウの前でもつい立ち止まってしまった。そこには、きれいな色のカードやペンキの缶が並んでいた。ヘレンは居間の色をどうしようかと考えめぐらせながら、軽食堂に入り、トレイを持ってテーブルへ向かった。

一瞬、ヘレンはまわりにいる人々を眺めた。事務員、売り子、おしゃれな服を着た速記者などが、せかせかとコーヒーをすすり、パイを食べている。ヘレンは本を砂糖つぼにたてかけて、ページをゆっくりめくりながら、静かに食べはじめた。これは非常におもしろい本だ。フィクションではないが、それよりずっとおもしろい。ヘレンはスピードをあげて読みだした。わからないことばは飛ばし、感覚で意味をつかみながら、今までどうして、こういうことを考えつかなかったのかと思っていた。

ヘレンはすっかり夢中になって読んでいたので、だれかがそばにやってきて、ちょっと立ち止まったことも、通りすぎて、向かいの椅子を引き、トレイをテーブルにおいたのも、雰囲気でわかっただけで、ちゃんと意識してはいなかった。ヘレンは自分のコーヒーカップをどかし、場所をあけてやり、申し訳なさそうに砂糖つぼにたてかけた本をとりあげて、目をあげた。すると目の前にいたのは、ポールだった。

あまりの驚きに、ヘレンは凍りついた。動くことも、考えることもできなかった。ポールは身じろぎもせずつったって、無表情の目でヘレンを見下ろしていた。本をどかしたとたん、ぶつかってコーヒーカップがカタカタ鳴った。その音でヘレンははっと目がさめたようになった。宙を舞いおりながら体勢を整えるネコのように、この緊急事態を乗り切るしかない。

「まあ、ポール！」思わずそう言ったが、なつかしい名前を言った声のトーンが前と変わっていたのに気づいた。「ほんと、びっくりした。でも、またお会いできてうれしいわ。どうぞ、座って」

彼の顔には、こんなぎこちない出会いになってしまった無念さと腹立たしさが、はっきりあらわれていた。同時に、この結末を見届けようという決意も見てとれた。彼は椅子にきっちり座り、顔と首筋はまだ赤くなったままだったが、口もとと、きっとあげたあごには、ヘレンが見覚えのある決然とした様子が見えた。

「ぼくだって、ほんとうにびっくりしたさ。きみのことはいろいろ聞いているから、それを考えると、こんなところで食事をする人だとは思わなかった。きみがりっぱにやっているると聞いているからね。それはすごくうれしいよ」

慎重に、ポールはゆっくりとコーヒーに砂糖をスプーンすりきり二杯いれ、三角形のパイにとりかかった。

「あら、あたしはたまにここへ、気分転換に来るのよ」と、ヘレンは気軽に言った。「ええ、何もかも、うまくいってるわよ。あなたもとても元気そう」

確かに、ポールには疑いようもなく豊かな雰囲気が見えた。背広は仕立て屋で作らせたものだし、頭上の帽子かけにかかった帽子は、最新型のグレイのフェルト地のものだった。顔は少し変わっていて、ヘレンが覚えているときよりほんのわずかだけ、太ったように見えた。あごのラインはますますがっちりしている。でも、目だけはかつてと変わりなく、その曇りのない目がまっすぐにヘレンを見つめた。当然ながら、そこに温かみは期待できなかった。

「そうだな、文句はないよ。すべてかなりうまくいっているから。そりゃ、ゆっくりのペースだけど、ちゃんと進んでいるからね」

「ほんと、それを聞いてうれしいわ。ところで、お母さんはお元気?」

なんとも言いようのない、ぞっとするような状態だった。しかし、ヘレンはこれをうまくしなやかに乗り切るまでは、逃げまいと思っていた。ポールが答えているあいだに、ヘレンは次の質問を頭の中で考えていた。

「ときどき、町に来るの？」

「ああ、ときたまね。必要があるときだけだけど。風が強いし、うるさいから、ぼくには合わないよ。今朝は、不動産会社がリプリーに持っている家のことで話があって、来たのさ。今夜、家に帰る」

「家を買うの？」

ヘレンの声はまるで、おもちゃを目の前からとられた子どものようだった。ヘレンは自分の気持ちをうまく制御できなかったことにいらだちを深めた。ポールがその気持ちを誤解したのがわかったからだ。

「ただ貸すだけさ」ポールはあわてて言った。「引っ越しなんか考えてない。おふくろもぼくも今のところで満足している。その家の支払いもしばらくかかるだろうし。そのもうひとつの家は……」

ポールが家を二軒持つなんて、ヘレンには耐えがたいことに思えた。だが、彼は豊かでもなんでもないので、そんな印象を与えたら困ると思い、かたくなにことばを続けた。ヘレンはそう思った。

「きみは、不動産なんてたいしたものじゃないと思うだろうね。しかし、このサンフランシスコにはでかい不動産会社がある。それがリプリーにも進出してきそうなんだ。だから、できるだけ、それをうまく利用しようと思っているんだ。そこが郡の土地を半分買い占めようとしていたんだが、ぼくはそこが欲しがっている土地の選択権を持っていたんだ。だから、今度の家と土地を交換できた。家にうまく手をいれて、いずれはそれを貸してもうけが出るようにしたいんだよ」

一瞬、彼をうらやましいと思った気持ちが、ばかばかしくなった。彼は家を二軒持つかもしれない。でも、大きな不動産会社が持つ数えきれないほどのお客のひとりにすぎないのだ。この瞬間にも、ヘレンの夫はそんな会社の重役たちと対等にわたりあっているのだ。もちろん、このふたりを比較することなどできないし、ヘレンもそれはしなかった。ポールに対して感じていた愛情を思い出して、一瞬胸がときめいたが、すべてが移りゆく時とともに、憂いを含んだ思い出に溶けていったのがわかっただけだった。

自分としては、うまく会話ができたとヘレンは思っていた。ポールが何度もコーヒーに砂糖をいれ、それもスプーン二杯をきっちりはかっていれているのを見ながら、ヘレンは複雑な喜びを感じていた。ポールがまだ自分を愛しているのを望んではいないし、ポールが不幸でないのを願っているのだと、ヘレンは自分に言いきかせた。しかし、彼が自分と同じか、それ以上にあせって、落ち着かないでいるのを知って、ひそかなうれしさを感じた。そんな感情を恥ずかしいと思っても、その気持ちは変わらなかった。

ポールはプライドを保とうとしながら、もう鉄道で働いてはいないとうちあけた。「リプリーを手中にしたも同然」の男が、もっといい仕事をくれたのだ。今、ポールは製氷工場と材木置き場をまかされ、ひと月に百五十ドルも稼いでいるという。その額を、彼は遠慮がちに口にした。

自慢していると思われたくないように。

「すばらしいわ！」

と、ヘレンは言った。そして、自分たちはその半分を賃貸料として支払っているのだと思い、実際、今着ている服は、彼のひと月の給料より高いのを思った。そういうことを彼に知ってもらいたいとも思った。そうすれば、バートがどんなにすばらしい人かをわかってもらえるではないか。たとえ、ふたりは家を持っていなくても。そこまで考えてしまった自分を、ヘレンはつくづく嫌いになった。

「まあ、あなた、すごく順調にやってらっしゃるのね。うれしいわ」

ポールはきまじめで、控えめな男だったが、ヘレンのことばに素直にうなずいた。ヘレンに賞賛されたのがすごくうれしそうだった。それから、どうしようかさんざん迷ったあげく、ポールはやっとヘレンにいろいろ質問しはじめた。でも、ポールに話せることはごくわずかだと、ヘレンは思う。もちろん、毎日楽しく暮らしている。その上、健康状態もとてもいい。ヘレンのバラ色の頬をポールはほめてくれた。ほめられて、ヘレンはなんとも言いようのない気持ちになり、実は、こないだ彼に会ったときから、頬紅の使い方がうまくなっただけだと思って、頭を冷やした。彼には、仕事はうまくいっていること、ブッシュ通りにすてきなアパートがあることを、さりげなく適当にぼかして話した。

そのほか、自分について話すことなどなかった。ふたりとも、ヘレンの夫のことを直接話すのをなんとなく避けていた。ヘレンは、いつになく、自分の生活の空虚さをひしひしと感じていた。バートのことは別としても。ポールがそのあたりのことを何かかぎつけようとしているのを感じないわけにはいかなかった。

ついに、彼はどうしていいかわからなくなり、ヘレンの皿のそばにおいてある本に目をやった。

「相変わらず読書をしてるんだね。昔……」

ポールは急に口をつぐんだ。ふたりとも同時に、ガラスの扉のついた小さな本箱を思い出した。それは、メイソンヴィルにあるポールの母親の居間においてあったものだ。ヘレンが本を借りようとしているという口実で、なんとなく離れがたいふたりはいつまでも本箱の前にたたずんでいたものだった。

「おもしろい？」

ポールはあわてて付け加えた。ヘレンが本を見せると、彼は不思議そうな顔でタイトルを読んだ。

「実用主義？　へえ、そうなんだ。ぼくは、そういう東洋の宗教論にはとんとうといよ」

「これは宗教とはちょっとちがうわ」ヘレンはあまり自信のない言い方をした。「これは、ものの新しい見方を示した本よ。そう、真実についてよ。つまりね、世の中には絶対的なものなんてないってことを言ってるの」ポールの目にわからないという表情が浮かんだのを見てうろたえながらも、ヘレンは続けた。「絶対的な真実なんてものはないと言っているの。真実は、それとは別なのよ。真実は、美のように、ある状態にすぎないの。あるものがうまくいっているときに、それが真実だというわけ。あたし、頭の中でははっきりわかるんだけど、うまく説明できないのよ」

「ぼくにはさっぱりわからないな」ポールが言った。「真実は単に真実であり、それ以外の何ものでもない。真実かどうかを見きわめるのは、ぼくたちにかかっているんだと思うよ」

ヘレンは、たとえ説明しようとしても、うまくいかないだろうとわかっていた。そして、自分のほうがポールより、広い視野でものを考えていると感じた。とはいえ、彼のほうが、地にしっかり足をつけていて、自分なりの単純な信念に基づいて、着実な生き方をしているように思われた。彼の人生が、安全で確実なものであり、それに比べて、自分のほうはかなり不安定で、あぶなっかしいのもわかっていた。彼の家のことを考えたときも、そんなふうに感じた。自分が持っているものより価値がないと思っても、彼が持っていることをうらやましいと思ったのだ。

わけのわからない、不思議な痛みが、胸をついた。ポールがレジで立ち止まり、自分の分と一緒に、いかにも自然にヘレンの分まで支払ってくれるのを見たときだ。

ふたりは軽食堂の出口で、別れた。躊躇《ちゅうちょ》している彼を見て、ヘレンは明るく言った。

「じゃ、さよなら。あたし、こっちへ行くから」

手をさしのべ、彼がその手をとると、ヘレンは早口で付け加えた。

「元気で幸せそうなあなたに会えて、ほんとうにうれしかったわ」

「そんなにすごく幸せでもないさ」

いささかしゃがれた声で、彼は言った。ヘレンの明るい挨拶にひるんで思わず声が出たかのように。しかし、すぐにそれをおおいかくし、彼はもったりした声で言った。

「いや、幸せだよ。きみが幸せそうでよかった。じゃ、さよなら」

そのことばが、ヘレンの胸にずっと残った。何度もこだまのように繰り返し響いた。ヘレンは、自分でも思いがけないほど気持ちが揺れていた。昔の熱い思い、実現せずにおわった願望、満たされなかったあこがれなどが、ほかの感情を追いやって、どっとわきおこり、沈んだかと思うと、またもどってきた。

「そんなにすごく幸せでもないさ」

何か意味があったのだろうか、なかったのだろうか？　もし自分がリプリーで、彼と一緒に小さな家に住んでいるとしたら、自分の人生はどんなだろうという思いが、ヘレンの頭をよぎった。すぐに振りはらったが、それがまた頭に浮かんでくるのだった。

振りかえってみると、そんな生活への道からヘレンを離す転機が、これまで何度もあったのを彼女は思い出した。かつては、なんの疑問もなく、選ぶだろうと思っていた道だ。もしあのまま、メイソンヴィルの家にとどまっていたら、もし、サクラメントでのつらい生活をあきらめていたら、もし、サンフランシスコに住んで、仕事に追われ、さびしさにさいなまれるだけの毎日を送っていても、どうにか我慢していたとしたら——ヘレンはこれまでのいろいろな、どんなささいな出来事までも思い出し、それらが最終的に自分をバートのところへ導いてきたのだろうと思った。

だれだって、すべてを手にいれることはできない。ヘレンにはバートがいる。彼は毎日、ゆっくり地道に仕事をして、周到な計画をたてて小さな家を買おうというような男ではない。彼は、優秀で、賢くて、勇気がある。いつの日か、大きなことを成しとげるだろう。だから、自分はそんな彼に精一杯の愛情と忠誠と信頼を注いで、助けにならなければならないのだ。突然、ヘレンは、たった今、彼がすべての力と技術を投入して、大仕事に立ち向かっているというのに、自分が彼に対して不満をいだいたり、小さな家を持つというような、平凡きわまりない願望で彼を悩ませたりするなんて、とんでもないことだという思いにかられた。心の中でもてあそんだそんな気持ちを、恥ずかしいと感じた。魂の裏切り行為のように思えた。

第十二章

ヘレンがアパートにもどってきたとき、バートはまだいなかった。がっかりするなんて、わけがわからない、とヘレンは思った。彼はいないだろうと、ずっと自分に言いきかせてきたではないか。それでも、電話くらいかけてくるかもしれない。ヘレンは窓辺の大きな椅子に体を丸めて座りこみ、ひざに本をおき、心の中でずっと待ちつづけながら、読んでいた。彼が帰ってきさえすれば、彼の声が聞けさえすれば、胸の中にくすぶっている何かから救われるだろうと、考えていた。

六時になった。一時間以内に、彼から電話があるだろう、とヘレンは自分に言いきかせた。こうやって時間をはかれば、時が早く過ぎるのがこれまでの経験でわかってきていた。心を決めて、ヘレンは読書に集中することにした。心を揺さぶるような余計な声に耳を傾けまいとしていた。七時、ヘレンは居間を行ったりきたりしていた。不安がる自分を軽蔑し、何も起こってなどいないのだと言いきかせていた。彼がこんなに気をもませるのは、彼がどんなに大切な人かを自分に知らせるためであり、今にも、彼からのメッセージが届くはずなのだと、思っていた。

それからさらに一時間、ヘレンは、実際にはしなかったけれど、してもよかったことをいろいろ考えていた。クラーク&ヘイワード社の前を偶然通りかかったようにして、彼が出てきたところをつかまえる。しかし、そんなことをしたら、彼はいやがっただろう。どこかのカフェでお茶をしていれば、そこで偶然彼に会えたかもしれない。でも、カフェなど、星の数ほどある！　今だってそのどこかで、食事をしているかもしれないが、どこと特定はできない。彼がだれと一緒に食事をしているかさえ、見当もつかなかった。

「ヘレン・デイヴィーズ・ケネディ、やめ、やめ！」

ヘレンは大声をあげた。それから少し落ち着くと、窓辺へ歩いていき、そこに立って、下の通りを眺めおろした。車が通りかかるたびに、動悸が激しくなり、胸が苦しくなった。車が行ってしまうまでは、彼がおりてくるかもしれないと思うからだった。

また、いつもの苦悩がもどってきた。自分に対する嫌悪感と軽蔑が、苦悩とまじりあった。これまで何度も何度も、今待っているように、待って待って待った。そして、いつだって彼はもどってきて、ヘレンのオーバーな心配性をあざわらったものだ。なぜもっと、楽にこういう状態に耐えられるようにできないのだろうか？　夜中まで待ってみよう。真夜中過ぎまで。ヘレンは歯を食いしばった。

いきなり、甲高い電話のベルが暗い部屋に鳴りわたり、ヘレンは喉がくっとつまり、しゃがれ声をあげた。あわてて走って、テーブルにつまずいた。受話器が耳もとでがたがた震えていたが、ヘレンは落ち着いた、明るい声を出した。

「もしもし?」

「ヘレンか? バートだ。今夜、ラーク号で南へ行く。おれのスーツケースを荷造りして、特急便でベイカーズフィールドまで送ってくれないか?」

「なんですって? ええ、わかったわ、すぐにやるわ。それで、あなた――長いの?」

彼のはずんだ声がした。

「このバート様にまかせとけって。町いちばんのけちな会社から、何をもらったと思う? 無制限の信用状だぞ!『無制限』てわかるか?」

「まあ、バート!」

「西部じゃ最大規模の土地計画だ! リプリー農用地さ! 地図にどでかい文字でそう載せてやる! おれが土地熱をよびさましてやる! うまくいけば、五十万ドルが入るのさ。ほんとだぜ、おれの腕はたいしたもんさ!」

「わかってるわ! ああ、バート、すばらしいわ!」

「よし。じゃ、早くスーツケースを用意してくれ。あ、汽車がきた。じゃ、またな」

「あ、待って――いつもどってくるの? あたしも行っちゃいけない?」

「まだだめだ。連絡する。そうだ、金はあるか?」

「そうね、あんまりないけど――でも、そんなに……」

「じゃ、小切手を送るよ。これからおれは金まみれだ。じゃあ、な」

「ああ、バート」

電話の切れる音に、ヘレンは叫びかけた。そして、ほうっと長いため息をつき、ゆっくりと受話器をおろした。しばらくして、寝室へ行き、明かりをつけると、バートのシャツやカラーをかばんに詰めはじめた。顔にはほほえみがあった。幸福感と希望がもどってきたからだ。しかし、手が震える。疲労が頂点にきていた。

それから三十二日後、やっと彼から連絡があった。その前に、日付を遅くした百ドルの小切手が届いていた。くちゃくちゃに封筒に入って、汽車で投函されたものが、もどってきていたのだが、それだけだった。ヘレンは、彼が忙しいので手紙を書くひまもないのだろうと、思うことにした。その月はのろのろと過ぎていったが、耐えがたいほど退屈ではなかった。不安と疑問を抑えることができ、彼と過ごした幸せな時間を思い出して毎日を過ごしていたからだ。今度こそ、彼がほんとうに大金を手にしたら持ちたいと思っている家の、細かいプランをたてたりもした。気前よく、気軽にお金が出せるときなら、きっと彼は家を持たせてくれるだろう。

ある晩、真夜中に電話が鳴った。はっと目をさましたヘレンは、彼が帰ってきたのだと思った。あわててネグリジェを着て、新しいレースのヘアキャップを引き出しから取りだしていると、また電話が鳴り、すっかり目がさめてしまった。

コアリンガからの長距離電話だった。ヘレンにコレクトコールを望んでいる。ヘレンが聞いた名前を不安げに繰り返すと、相手はまた繰り返した。

「コアリンガのケネディ氏からお電話です」

「まあ、はい、はい！　もちろん、支払います。ええ、結構です」

暗闇の中で、いらいらしながら待っていると、やっと遠いところからかすかに彼の声が聞こえてきた。

「もしもし、ヘレン！　バートだ。聞いてくれ。金はあるか？」

「三十ドルばかり」

「よし、じゃ、ヘレン、二十ドルを電信で送ってくれ。すぐに必要なんだ」

「ええ、いいわ。朝すぐに。あなた、大丈夫？」

「おれが大丈夫かって？　何言ってるんだよ、ヘレン！　金がなかったら、大丈夫のはず、ないだろう？　まったくひどいところへ来ちまった。一日じゅう、夜も明け方近くまで車を走らせたんだが、そこがまた、門のちょうつがいみたいに熱く焼けた砂漠でさ、二百キロ走っても一滴の水もないときてやがる……」彼の声が通信の乱れでジジジと聞こえにくくなった。やっと聞こえたのは、つながりのわからないことばだけだった。「けちんぼめ――おれのせいに――ほかのもくろみ――へたな大博打を――」

ヘレンは、お金を送ると大声で繰り返した。すると、交換手がそのことばを伝えているのが聞こえた。それきり、いくら受話器をガチャガチャやっても、何も聞こえてこなくなった。ついに、ヘレンはベッドにもどり、夜明けまでまんじりともしなかった。

電信社で、ヘレンは送金窓口があくのを待ちかまえた。二十ドルを送ると、コーヒーを一杯飲み、急ぎ足でアパートへもどった。何かできること、バートを助けるためにやれることも、考えればあるにちがいないと思った。無謀とも言える考えがいくつも、熱っぽい頭に浮かんだが、所詮、待つしかできないとわかった。

玄関に着いたとき、中で電話が鳴っていた。やっと電話をとるまでが、永遠に思えるほど長かった。ふたたび、交換手がコレクトコールを受けるかとたずね、バートが出た。彼は、どうして金を送らないのか、と言う。ヘレンがもう送ったと答えると、なぜまだ金がこないのか、とどなる。いらいらした声で、べらべらしゃべりまくっている。ヘレンは、彼が甲高い声でひどく興奮してしゃべり、ヒステリー状態にまでなっているのは、自分にはわからない、ビジネス上の大きなトラブルのせいだとわかった。ヘレンは、彼に対する同情といとおしさで、胸がつぶれる思いがした。そして、なんの手助けもできない自分がふがいなく、身もだえした。

三十分後、彼はまた電話してきた。そして、同じことをたずねた。そして、いきなり会話を中断し、コアリンガに来いと言いだした。ひどい目にあっている、と彼は繰り返し、来てほしいというのだった。

彼に来てくれと言われるなんて、ほとんど信じがたい幸せだと思ったが、ヘレンは冷静に、理性的に考えなくてはいけないと思った。だって、ひと月分の賃貸料を払ったばかりで、手もとにはたった十ドルしかないのよ、とヘレンはバートに言った。このまま、サンフランシスコにとどまっていれば、彼の足手まといになることもないから、そのほうが賢い。この十ドルをできるだけ持たせれば、時間もかせげるし――彼が荒っぽく口をはさんだ。とにかく、来てほしい。来るのか、それともおれを捨てるつもりか？　おまえは、おれがおまえを養えないと思ったのか？　ずっと養ってきてやったじゃないか。いったいどうして急に、このおれがだめなやつだと思うんだ？　このギルバート・ケネディはまだ落ちぶれてなんかいないぞ。とんでもない。来るのか、それとも……。

「行くわ、行くわ！　すぐに行くわ！」

ヘレンは声をかぎりに叫んだ。

荷造りをしながら、何か質にいれるものがあればいいのにと思った。この際、思いきってひとりで質屋に行ってもよかったのだが、ダイヤモンドの指輪は、グアテマラのゴム園が失敗したときに、売ってしまった。ほかの宝石類は、人造または準貴石だった。毛皮は古くて、ろくな値にならない。バートのところへ持っていけるのは、自分の勇気と信頼だけだった。

汽車賃は、九ドル九十セントだった。長い、落ち着かない夜を汽車に揺られ、ぐらぐら揺れる化粧室で、二時間も念入りに身支度をしてから、ヘレンは残りの十セントをポーターに渡した。バートと未来に対する絶対的な信頼の意志表示だった。彼のところへは、元気はつらつと、彼の無謀なまでの挑戦にふさわしい心意気で行きたかった。

彼はコアリンガ駅のプラットホームにはいなかった。汽車が出ていってからも、数分間、ヘレンは、単線の線路に平行に並ぶ、がたがたしたみすぼらしい平屋の建物を眺めて、じっと待っていた。それらはすべて、明らかに酒場だった。数人が、かしいだ板張りの歩道にたむろして、ヘレンをじろじろ眺めた。ヘレンは顔をそむけ、両側に広がる砂漠のような平らな土地を眺めた。ところどころに、ほこりまみれのヨモギがひょこひょこのぞいている。頭がくらくらするほどの暑さのために、熱気がゆらゆら揺れるような灰色の空のもとで、その情景全体がなんとも小さく、おもちゃのようにちんまりと見えた。

ヘレンはかばんを持って、ぎらぎら照りつける太陽を浴びながら、通りを横切りはじめた。油っぽいべとべとした道路から、じっとりした、いやなにおいが、熱波となって立ちのぼっている。ヘレンは気分が悪くなった。けれど、こんな小さな町だから、バートをさがすのはたやすいだろうと思った。きっといちばんいいホテルにいるのだろう。

すぐに、二階建ての、クリーム色の漆喰《しっくい》塗りのホテルが見つかった。本通りにひときわ目立ってすっくと立っている。広いこぎれいなロビーは、陰があって、ひんやりしていた。フロント係が、バートがいるのをすぐに教えてくれて、二階のどの部屋かも言ってくれた。

ドアの羽目板をたたいて、バートの「どうぞ！」という声を聞いたとき、ヘレンは胸がどきどきした。かばんをおろし、葉巻の煙がもうもうとたちこめている、うす暗い部屋に飛びこんでいった。部屋は人でいっぱいのようだった。しかし、興奮した挨拶がおわり、紹介がすみ、バートの隣でベッドに腰かけてよく見ると、そこにいたのはたった五人だった。

みんな若者で、ぱっと見たところ、ひどく暗い顔をしていた。絶望感が、葉巻の煙のようにくすぶっている。苦々しい口ぶりから、彼らはどうやら土地セールスマンで、ベイカーズフィールドのキャンペーンが、突然の大失敗におわったらしいとヘレンは見当をつけた。彼らは、「ぶっとんだ」と言っていた。そして、くやしげに、コアリンガは「けちなところ」だと何度も繰り返しては、うさを晴らしていた。

ベッドに積み重ねた枕に体をもたせかけたバートは、片手に葉巻、もう片手にウィスキーを持って、ひじのそばに氷水をおき、みんながしゃべるにまかせていたが、これ以上暗くなれないほどみんなが意気消沈したところで、いきなりぐいと体を起こし、刺激的なことばを浴びせかけはじめた。目はらんらんと燃え、顔が精悍になり、生き生きしてきた。彼の人をひきつける魅力が、はっきりとした力となって若者たちの心を揺さぶった。ヘレンは黙って隣に座り、自分にはまったくわけのわからないことばを聞きながら、この者たちをあざやかに操り、熱意を失った、火の消えた灰のようになったみんなに、火花を散らさせ、彼が自分に感じている、ぜったいの信頼感を少しでも植えつけようとしているのを、とても誇らしく思った。

「みんなに言っておく。これは是が非でもやらなくちゃならない。でかい仕事になるからさ。何千ドルもの金がかかっているんだ。食らいついていれば、でかい儲けがあって、楽ができるぞ。やめたきゃやめてもいい。臆病者は、出ていけ。そんなやつにゃ用はない。おれはこの土地に、腕のたつセールスマンをごっそりつぎこむつもりだ。しかし、おれのこの賭けに臆病者はいらない。おれとはもうやれないというやつは、今、決めろ、そして、出ていくがいい」

みんなは、彼と一緒にいると約束した。中でいちばん気が進まなそうな男が、細かいことを知りたがった。そこで、歩合だとか、契約などの話になった。バートはその男を、鋭いことばでやっつけ、興奮が高まってきたほかの者たちは、その男を圧倒する勢いだった。すると、バートが何か飲ませてやると言い、みんなはそろって、威勢よく出ていった。

ヘレンはひとり残された。夫のパワーに改めて感心し、自分がいかに、小さく、おろかな人間かということを痛感していた。バートが酒を飲んでいることに小言を言いたかったのだが、それは我慢した。やめてほしいといつも思っていたが、女性にはわからない、男性だけの習慣であるのもわかっている。とにかく、男性は大きな仕事を成しとげるものだ。それを男性のやり方でやることを、認めなくてはならない。

ヘレンは窓をあけた。ところが、くすぶっていた煙を追いだしたら、今度は外のむっとする熱気と、原油の胸をつくようないやなにおいが入ってきた。窓をまた閉めて、散らかった部屋を片付け、ベッドを整え、そこらじゅうに散らばった大量の紙類を集め、かばんの荷ほどきにかかった。何時間かしてバートがもどってきたとき、ヘレンはリプリー農用地の資料を興味深く読んでいる最中だった。

彼はたいそうご機嫌でもどってきた。ヘレンが駆けよると、彼はてのひらいっぱいの金貨をぱあっと空中に放り投げた。金貨はヘレンのまわりに落ち、床にばらばらと散らばった。

「このバート様にまかせろってんだ！　ほら、拾え。おまえにやるぞ！」

「まあ、あなた、すごいわ！」

ヘレンはあえぐように言い、笑いと涙がいりまじった。もう、気持ちを抑えることができなかった。彼の首にしがみつき、彼に笑われてもちっともかまわないと思った。けれど、彼のほがらかさがいらだたしさに変わる前に、すばやく自分の感情を抑えて言った。「あなたならきっとやると思っていたわ！」

しばらくたってやっと、ヘレンはその金貨のことを思い出した。拾いあつめると、驚いたことに、百ドル近くもあった。どこで手にいれたのかをきいても、バートは笑い飛ばした。いいんだよ、おれがとってきた金なんだから。そうだろう？　しかし、彼は、食堂で食べるときはそれを使わずに、小切手を使えと言った。それをきいて、ヘレンは彼の仕事の面倒なトラブルはまだ完全に片付いていないのだろうと思った。とにかく、お金はとっておくことにし、大切に財布にしまった。

彼が大きな緑色の車を持っているのも、新しい発見だった。明らかにそれはベイカーズフィールドで買ったものだった。彼が灰色の車を売ってから、もう数カ月はたっているからだ。午後、みんなは車でいくつかの油田会社の用地に向かった。ヘレンは、セールスマンたちが土地を買う人をさがして散っていくと、ひとりで車に残っていた。

ここのめずらしい景色を眺めているだけで、ヘレンは充分時間つぶしができた。黄色い砂地が続く低い丘には、ガラスのように透明な熱波が揺れる中、数えきれないほどの油井やぐらが立っている。遠目には、葉や陰のない不思議な森のように見えるが、近くで見ると、ガッチャンガッチャンと音をたてて、長い首を上下に振っている、不自然な形をした動物のように見えた。小さな家がいくつか、よりそうようにかたまっている。板やキャンバス地をパッチワークのようにつなぎあわせた家だ。ときどき、キャラコの服を着た、顔色の悪い女や、日かげに半分はだかで座って、暑さにハアハアあえいでいる子どもなどを見かけた。なんだか、外国に来ているような錯覚を覚え、東の地平線に青霞のように平たく広がっている砂漠が、今の自分とそれまで自分が知っていたもろもろのこととのあいだに横たわる海に思えた。

セールスマンたちが車にもどってきたが、みんなむっつりしていた。バートはテンションを高めて言った。

「ここの油田からは、一年に何百万ドルもの金がうみだされているんだぞ！」と、彼はいきまく。

「だから、おれたちはおれたちの金を稼ぐのさ、おれを信じろ！」

しかし、彼らの反応はなかった。ヘレンはたそがれの青い光がさす中を町へもどりながら、しだいに不安と緊張が高まっていくのを感じていた。そして、財布の中の金貨を思い出しては、ほっとするのだった。

夕食後、バートがヘレンに部屋へ行っているようにと言ったので、ヘレンは部屋でナイトガウンをはおり、さわると熱いくらいのシーツに身を横たえた。そして、暑さにもだえながら、リプリー農用地についての資料を読みはじめた。確信に満ちた内容だ。あたかも、どんな人でも、実に安い価格で、すばらしい土地が買えるのだと言わんばかりだ。けれど、ヘレンはますます落着かない気分になり、それが神経を我慢できないほどに圧迫するのだった。自分には理解できない、このような危機的状況でも、実際に何もできない自分がはがゆかった。それでも、まだ電信打ちならできる、とヘレンは思う。そして、しばらくのあいだ、ふたたび、かつてのように、自分の運命をいくらかなりとも自分でコントロールできるようになったらという、途方もない考えをもてあそんだが、やっぱりバートがいやがるだろうと思って、あきらめたのだった。

真夜中近くなって、バートがもどってきた。ヘレンは、その様子を見て、今は何をきいても、彼をかっとさせ、いらいらさせるだけだと悟った。朝になれば、もう少しおだやかになって、話ができるようになるだろう、と考えた。ところが、夜明けに目をさますと、彼の姿は消えていた。その後、昼頃まで、ヘレンはバートの姿を見なかった。しばらくロビーに座っていたり、眠たげな町を歩きまわったり、それでも、彼があらわれそうなホテルの入り口から片時も目を離さないようにしたりしていた。そして、ロビーに並んだ椅子のところへもどってきて、腰をおろしたとき、彼が緑色の車からおりたった。

ヘレンは縁石まで駆けていった。彼は顔を紅潮させ、目がきらきら輝いている。彼が車の後部座席にいる男性と女性を紹介したとき、ヘレンはその声音に、かつて切迫した状況に追いこまれたときの彼の雰囲気を敏感に感じとった。彼はことばなめらかに、アンドルーズ夫妻は、リプリー農用地にたいそう興味を示されていると言った。だから、ふたりを候補地へ案内するところなのだ。ヘレンは、いくつも積まれたスーツケースの山越しに、手をのばして、夫妻と握手をし、奥さんと愛想よく話をした。けれど、バートがわずかにびくっとし、または表情が変わったのに気づいた。

彼に、ドライブ用の手袋を取ってくるように言われたヘレンは、彼がついてくるのがわかっていた。階段をあがりながら、ヘレンは手すりをつかんだが、手の震えを抑えられなかった。この状態のバートは別にこわくはないが、その場の雰囲気の緊張が高まって、たまたま火花が散ったりしたら、爆発がありうるのを知っていたからだ。ヘレンが部屋のドアを閉めようとしたとき、彼がやってきた。

「金はどこだ?」

「ここよ」ためらいがちに、ヘレンは財布をあけた。「バート、これがあたしたちの全財産なんでしょ?」

「それがどうした? これからおれはもっと稼ぐんだぞ」

「聞いて、ちょっとだけ聞いて。あの女の人は、土地を買うって言ったの?」

「いいかげんにしろ。ここでおれに説明しろってか? ふたりが待ってるんだ。さあ、金をよこせ」

「でも、バート、あの人はね、別の帽子を持ってきていたわ。それはかばんにいれてあって、スーツケースをふたつ持っていたわ。あの様子じゃ――なんだか、どこかへ行くつもりで、あなたに車でそこへ連れていってもらおうとしているだけなんじゃないかしら。だから――お願い、最後まで言わせて――ここにあるのがあたしたちの全財産なら、ちょっと考えて……」

彼が怒りを爆発させたのは、自分のせいだと、ヘレンにはわかっていた。彼はいらいらし、疲れきっていた。本来なら、なぐさめてやるべきだったのだ。彼の言うことにはなんであろうと、すべて賛成すべきだった。でも、今はその時間がない。彼の怒り狂ったことばに震えながらも、ヘレンはふたたび、説得しようとした。ふたりの安心の最後の砦は、この財布に入っている金だと思っていた。彼はそれを期待できそうもないことにつぎこもうとしている。彼の経験と権威に対して、自分はただ、ばかみたいに、感じた印象と、あの女性が手にしている帽子入れの話を持ちだすしかないのだ。そんな役立たない武器で彼に立ち向かうなんて、あまりにもばかばかしく、それがヘレンをいっそういらだたせた。軽蔑の果てに、彼はかんかんになった。

「その金を渡さないつもりか?」

こぼすまいとこらえた涙で、目の前がかすみ、何も見えなくなった。夢中で、財布の留め金をまさぐった。金貨がすべりおち、床にころがった。バートがそれを拾い、バタンと激しくドアを閉めた音で、彼が立ち去ったのがわかった。

もはや、ヘレンは自制しようとは思わなかった。自制心がもどったとき、それはあたかも嵐のあとで空が晴れわたったように、ゆっくりともどってきた。泣きつかれて、体はくたくたになり、顔ははれあがって、くしゃくしゃだった。けれど、なんだかすうっと楽になったのを感じた。おろされた日よけにあたるぎらぎらした日光と、むっとする暑さで、もう夕方近いのがわかった。ぐったりした体を起こして、服を脱ぎ、冷たい水で顔を洗うと、ベッドに横になり、心地よい暗さに包まれて、眠りこんだ。

次の日も次の日も、まるで残酷さにわざと磨きをかけるかのように、時間はのろのろと過ぎていった。ヘレンは、時間というものは、疑いや不安を長引かせる、なんと憎々しいものだろうと思った。若いセールスマンたちも、ヘレンと同じ気持ちだった。みんな、友だちや家族に電報を打ち、町を出る金を送ってもらおうとしていた。そして、ひとり、またひとりと、ほっとしたように出ていった。こうして、五日がたった。六日、七日。

ヘレンは、クラーク&ヘイワード社に電信を打ってもよかったのだが、その金がなかった。何かできる仕事があれば、働くこともできただろう。小さな電信社のマネージャーは、そこのたったひとりの技師だった。小さな町には、店もわずかしかなく、すでに店員がいたし、ウィスキー横丁に立つ二、三の下宿屋や二、三十件ばかりのこぎれいな小さな住宅では、明らかに手伝いを雇ってはいなかった。町の新聞社には、「従業員募集」のチラシが六枚ほど貼ってあったが、それは速記者や油田のコックの募集だった。ヘレンは速記のことはまるでわからなかったし、三、四十人の腹をすかせた男たちの食事を作る自信もなかった。

その週のおわりに請求書がきて、ヘレンはここの部屋代が一日三ドルであるのを知った。しかし、もっと安い部屋へ移してほしいと頼めば、いろいろきかれるのが落ちだ。その金額に恐れをなしたヘレンは、食べ物を節約し、それでも、食事のときは、ていねいにサインをし、ウェイトレスにはにこやかにふるまっていた。

七日目の夕方、ヘレンは食堂から出てきたところで、ホテルの支配人がいささかとまどいがちに、もう食事の際に小切手にサインをするのはやめてもらいたいと言った。ここのホテルの新しい規則なのだと、彼は言った。ヘレンはにっこりし、支配人にほほえみかけて、気軽にうけあった。

「あら、いいですとも!」

そして、二階へあがっていくのをやめ、ヘレンはロビーへ入り、椅子にゆうゆうと座り、新聞を読むふりをした。

とそのとき、欄の真ん中あたりの記事に目がいった。それを読んでやっと、バートの消息がわかったのだ。

バート・ケネディ、小切手詐欺で手配中

サンフランシスコの歓楽街で名を知られる、ギルバート・H・ケネディは、メトロポリタン・ナショナル銀行の小切手額面百ドルを偽造して換金した疑いがあり、C・K・ウォッシュバーン判事は昨日、小切手偽造罪で、この若者に逮捕状を出した。警察はケネディと元店員の若い妻を捜索しているが、今のところ所在は不明である。昨夜、ロサンゼルスで、この行方不明者の父であり、数年前、資金流用疑惑で起訴された、中央信託会社の元検査官、G・H・ケネディ元判事は自宅での会見で、息子の所在はまったくわからず、また、数年来、息子との関係は良好でないと述べている。

しばらくして、ヘレンはやっとのことで立ちあがり、しっかりした足どりでロビーを横切った。二階へあがるとき、ヘレンは手すりにつかまりながらも、何度もつまずきそうになった。やっとたどりついた部屋は暗かったが、ヘレンを盾のように囲んでくれた。ヘレンは、片手を壁にあてたまま、じっと身じろぎもせず立ちつくしていた。

土曜日の夜だった。油田地帯の娯楽として、油じみた通りのひとつのブロックがロープで仕切られて、踊りの場所が作られていた。すでに、楽隊がやってきていて、楽器の調子を整えはじめていた。好きな娘をともなった、気の早い掘削労働者や機材点検工たちが手をたたいて、楽隊をひやかしたり、からかったりして、にぎやかだった。休日を楽しむ人々の叫び声や笑いの渦に押されて、ロープはだいぶたわんでいた。

　突然、はずむ元気なリズムに乗せて、楽隊が演奏を始めた。蒸し暑い、じっとりした夜の空気に、メロディがにぎやかに流れ、人々が踊りはじめて、服が揺れ、脚をすりあわせる音が音楽にまじりあった。窓の下に見える舗装道路は、めまぐるしい動きと色の渦におおわれた。しだいに体の力が抜け、ヘレンはくずれるようにうずくまり、組んだ両腕に顔をうずめたまま、窓敷居にぐったりもたれてしまった。

第十三章

朝がきた。ずっと続いた錯乱状態に、変化をもたらしてくれるかのように。開いた窓から、日光がさんさんとさしこみ、夜のむっとした熱気が去って、日中の燃える熱気にとってかわった。ヘレンはぐちゃぐちゃになったベッドに起きあがり、てのひらを額にあてて、考えようとしていた。

現在の自分の立場を自覚したにもかかわらず、ことさらなんの感情も起こらなかった。頭が状況の悪さをはっきり理解し、それをひとごとのように、離れたところから眺めている感じだった。そもそも、自分が今、油田地帯のホテルにいて、金もなく、食料を得る手段もなく、ここから出る手段も持たず、そのうえ、とうてい払えない勘定書きだけが残っているという事実が、不思議でならなかった。

「もっとあわてるべきなのに、あたしっておかしいわ」

そうつぶやき、そのとたんに、もう忘れていた。

バートのことを考えても、もはや胸の痛みはまったくなかった。麻酔で麻痺したところをたたかれているような気持ちだった。しかし、しだいに、混沌としていた頭がはっきりしてくると、あるひとつの考えが生まれた。彼を助けるために、とにかく何かしなくてはならない。

彼が法律違反をするつもりではなかったと、自分に言いきかせる必要などなかった。そんなことはわかっている。彼は小切手が不渡りにならないようにするつもりだったが、何かの事故または見込みちがいがあり、危険な目にあっているのだ。明るい、澄みきった昼の光の中にいると、このような恐ろしい災難をひきおこすことになった、これまでのいろいろな出来事が、しだいにはっきり見えてきた。バートが金貨を持ってきたときの、過剰なまでの自信、ここは土地売買にうってつけだと執拗なまでに言った熱っぽさ、そして、あの帽子の箱を持った、目つきの定まらない女性に農場を売れると思って先走ったことなどが、思えば、今の状況をヘレンに予告していたのだった。

バートの判断がほんの少し狂ったばかりに！　ヘレンの胸に反抗心が燃えあがり、非情な事実に腹が立ってたまらなかった。これはまちがいだ！　ささいなことが、これほどの災難をひきおこすなんて、とても信じられない！　これは悪夢だ。信じたくない。

「ああ、バート！　うそでしょう！　うそよね——うそよね、ねえ、バート！」しかし、取り乱した自分のおろかさにあきれ、ヘレンはわめくのをやめた。これは事実なのだ。「臆病者、起きあがって、事実を受けとめるのよ」

ヘレンはやっと体を起こし、顔と肩を冷たい水でバシャバシャ洗った。鏡に映った目はどんより曇り、ヘアピンがからまった髪がいかにもむさくるしい。ヘレンはヘアピンをとり、もつれた髪を櫛でひっぱって、ぐいぐいとかしはじめた。すべてが現実離れしていた。まわりの壁も、下の通りから聞こえてくる声も、すべてわけがわからない。ヘレン自身が、何より現実離れした存在だった。影の中をうごめく影だ。それでも、先へ進まなくてはならない。何かしなくてはならないのだ。

金。バートは金が必要だった。それこそ、彼と、彼に苦しみや恥をもたらす、信じがたいほどの恐怖のあいだにたちはだかっているものだ。父親は助けてくれないだろう。ヘレンの家族だって、それはできない。だから、ヘレンがどうにかして金を稼ぐしかない。それも、大金を。

ヘレンは何も思いつかなかった。だが突然、頭の中にある考えが浮かんだ。チャンスがある。たったひとつのチャンスだ。ヘレンは窓辺に立って、コアリンガの家々の低い屋根を越えて、油井やぐらが立ち並ぶ砂地の丘を眺めわたした。あそこには金がある。「年間、何百万ドルにもなる」のだ。ヘレンがバートのかわりに、彼が売ろうとして失敗した農場を売って、彼を助ければいい。

いつもながらの自分は、ぼうっとした夢の中にいるように、ふわふわと落ち着きがなかったが、そのぼんやりした体の中で、小さな頭脳だけはしゃきっと澄みきって、まるで時計が時を刻むように、正確に動きまわっていた。その頭は、リプリー農用地を知っていたし、セールスマンとの会話も聞きかじって知っていた。写真があるのを思い出したし、申し込み用紙や価格表があるのも思い出した。ヘレンはてきぱきと着替えをし、髪をねじって、後ろできれいにまとめ、汗をかいた顔と首筋にパウダーをはたいた。そして、バートのスーツケースからリプリー農用地に関する資料を取りだすと、セールスマンの持つ革のかばんにいれた。ドアのところまできて、鉛筆を取りにもどった。

ホテルはがらがらの感じがした。ロビーでぶらぶらしている人たちが、扇子であおぎながら好奇の目でヘレンを見たとしても、彼女は気がつきもしなかった。ドアをあけて白くぎらぎら光る表へ出ていくと、まるでオーブンの戸をあけて、中へ入っていくような気がした。しかし、ヘレンは元気よく歩いていく。どこへ行けば貸し馬車屋があるか知っていたからだ。干し草のにおいのするうす暗いところから、手持ち無沙汰でいた男が出てくると、ヘレンはきりっとした声で言った。

「馬と馬車をすぐに用意してください」

すりへった板張りの車道に立って、ヘレンが待っていると、男が馬を一頭連れてきて、馬車につないでくれた。暑い日だと言いながら、遠くまで行くのかと何気なくたずねた。油田までとヘレンは答えた。東か、西か？

「東よ」出まかせに言う。

「ああ、じゃ、会社だね？」

ええ、会社よ、とヘレンはうなずいた。しかし、馬車に乗りこみ、手綱をとったとき、やっぱり男に道をきくことにした。

ウィスキー横丁を通りすぎると、道はまっすぐにのびていた。油を含んだ砂地の道が、黒い線となり、消えて見えなくなるまで、平らに広がる砂漠地帯をのびている。馬は忍耐強くとっとと駆け、幌は灼熱の光を浴び、馬車はゴトゴト走った。ヘレンは手綱を手に、身じろぎもせず、ただ座って揺られていた。熱く焼けた黄色い砂地の上には、熱気がもやもやと波うって揺れている。黒い道の上でも、ストーブの蓋の上の色のない熱気のように、ゆらめいていた。はるか遠くに、小さな点が見えた。会社の建物だろうと、ヘレンは思う。そこへ着いたら、気をしっかり持たなくてはならない。ヘレンの頭は、体と同じく、身じろぎもせず、じっと時を待っていた。

その小さな点にたどりつくまでが永遠に思えた。やっとたどりつくと、家畜用の水槽と、空家があった。喉がかわいて、水槽に頭をつっこむ馬を、ヘレンは好きにさせた。汗すら乾いて、わき腹によごれたあとが見える。水飲みのひしゃくで、ヘレンは馬に水をかけてやった。水はたちまち蒸発して消えた。馬がかわいそうでたまらなかった。

馬車にもどり、ふたたび出発した。馬はまた忍耐強く長い道を歩きはじめた。ヘレンは、そういう自分と馬を、少し離れたところから眺めている自分に気がついた。小さな動物が、木と革でできた乗り物の上に座り、もうひとつの小さな動物が、その乗り物を必死でひっぱりながら、地球のほんの小さな部分をちまちまと移動している姿は、なんとも幻想的な光景だった。このゆらめく激しい熱気の中で、心が宙ぶらりんになって、動きが止まったような気がした。

数時間後、ヘレンは道が砂地の丘をのぼりはじめたのに気がついた。丘の上に、油井やぐらがいくつか、ばらばらに立っている。また水槽があったので、そこで馬車を止めた。そばの家の中には、冴えない顔色の女がいて、網戸を閉めたまま、会社はここから六キロだと教えてくれた。ヘレンはそれ以上たずねようとはしなかった。心は目ざまし時計のように会社にセットされていた。

ついに、ヘレンは目的地に馬車を乗りいれた。町の小さな一部をはぎとって、砂地の丘のくぼみにちょこんとあぶなっかしくのせたかのように見える。十ばかりの大きな工場の建物が、一列に並んだ二階建ての飯場小屋と向き合っている。そのあいだの道を、荷物を積んだ馬車が何台もガタガタと音をたてて通り、頭上には、電線がはりめぐらされている。丘の中腹には、小さな小屋がいくつかかたまっていて、ポーチには、枯れてしなびたブドウのつるがたれさがっていた。日かげに馬をつなぐと、ヘレンはしばしそこに立っていた。体じゅうに、勇気と力がみなぎってくる感じがした。それからいよいよ丘をのぼりはじめた。

ヘレンが訪れると、どこの小屋の網戸もすぐにあき、ヘレンは愛想よくしゃべる自分の声を聞き、自分がほほえんでいるのがわかり、相手がにこにこするのを見た。黄ばんだ顔に、疲れじわの見える女が、土鍋《どなべ》を傾けて、冷たい水を飲ませてくれ、椅子をすすめてくれた。褐色の肌をした子どもたちがはにかみながらそばへやってきては、べとべとした手でヘレンの服にさわったりした。ヘレンが頬をなでたり、名前をたずねたりすると、うれしそうに笑った。母親たちは、暑さにあえいでいる、白い肌の赤ん坊を見せた。ヘレンはにっこりほほえみかけ、かわいいと言った。そう言いながらも、ヘレンはどうしようもない、絶望感にさいなまれていた。

これらの女たちは、自分を見て、しゃれこうべを見たかのようにはっとしたにちがいない。ヘレンはそんな気がした。しかし、この人たちの目には、ひとなつこさと好奇心しかない。最初の驚きをすぐに忘れてくれたことが、ヘレンをほっとさせた。まるで、いじめられた動物が、暗闇を見てほっとするかのように。時間は容赦なく過ぎていき、ヘレンは最後の希望さえ失いかけていた。

「カリフォルニアに土地をお持ちですか?」

「ええ」人々の疲れた目に、誇りがちかっと光った。「うちの亭主は、先週、マセッド近くに四十エイカー(約十六ヘクタール)の土地を買ったばかりです。亭主の給料から払っていくつもりだけど、いずれそこに住みたいと思ってね!」

「すてきですね! 確かに、マセッド近くの土地はたいへんいい土地ですから、ご主人は非常にいい買い物をなさったようですね。どなたか、農場をさがしていらっしゃる方をご存じありませんか?」

だれからも答えはなかった。

ヘレンはあきらめずに、がんばった。小屋を離れるたびに、絶望のあまり、喉がしめつけられる思いだったし、一瞬、息が止まる思いすらした。しかし、希望がゼロで、何もできないからこそ、歯を食いしばって、先へ進むしかないのだ。次の小屋で、ヘレンはふたたび笑い顔を作り、愛想よく言った。

「こんにちは。水を一杯、いただけませんか？　ああ、ありがとうございます。ほんとうに暑いですね。あたしは土地のセールスをしています。カリフォルニアに農場をお持ちですか？」

十六軒めの小屋に近づいたとき、入り口の階段も、しなびたブドウのつるも、小さなポーチも、すべてが目の前ですうっと消えて、真っ暗になった。しかし、あやういところで、最悪の事態を免れた。すぐに、それらがまたくっきりと目に入ってきたからだ。ヘレンは、門柱をしっかりつかんでいたのだった。口の中で、血の味がした。唇をきつくかんでしまったらしい。しかし、ハンカチで口をぬぐうと、たいしたことはないとわかった。とにかく、土地を買ってくれる人をさがす以外のことは、何も頭になかった。思考に費やすエネルギーはすべて、あたかも小さな点を照らす光のように、たった一点に集中していた。

二十軒めの小屋で、そこの女が言った。ボイラー工場で働いているマクアダムズという男が、フレズノへ土地をさがしに行ったが、買わずに帰ってきたそうだ。ヘレンはお礼を言い、そのボイラー工場へ向かった。

大きな建物が、地面からそびえたっていた。ぐるりと回っていくと、つなぎズボンにシャツを着た男が、ちょうどヘレンの頭上にある、広い戸口に立っていた。男の後ろにある機械の音がものすごくうるさく、ヘレンの声を飲みこんだ。男は、ヘレンをまるで幽霊を見るような目で見つめている。それでも、上からひらりと飛びおりてくると、男は、ヘレンがマクアダムズ氏に会いたいと言うのを聞くや、そのけげんな顔がたちまちにやにや顔に変わった。マクアダムズはボイラー室にいるぜ、と男は言った。相変わらずにやにやしながら、さっきいた戸口にのぼってあがり、ヘレンの手をとってひき上げ、機械の騒音で震動している広い部屋へ案内してくれた。轟々《ごうごう》たる音や機械でいっぱいの部屋を歩いていくと、男はパイプの先で、マクアダムズを指した。

マクアダムズは、鋼鉄の大きなシリンダーの中にしゃがんでいた。手には震動する鋲打ち機を持ち、ボイラーが轟音をたてて、震動していた。耳に綿をつめ、目は真剣に手もとを見つめている。ヘレンは、横にいる男に目でお礼を言い、両手とひざをついて、ボイラーに向かってはっていった。そして、マクアダムズの肩をたたくと、鋲打ち機がぱたっと止まった。

「ちょっとお邪魔します」ヘレンは声をかけた。「あなたが農場を買いたいという話をうかがったもので」

マクアダムズは、びっくりぎょうてんした。いきなり、火の気のないパイプを口にいれ、また取りだした。ヘレンは、彼の頭が驚きのあまり、かなり受身になっていると見た。かかとをあげてしゃがみ、ヘレンは紙ばさみをあけて、写真を取りだした。かすれた自分の声が耳に響いた。

「マクアダムズさん、カリフォルニアにはいい土地がたくさんあります。ですから、買って必ず利益があがるのは、うちの土地だけとは言いません。でも、どうです、このアルファルファの育ち方を見てくださいな」

ヘレンがそれをアルファルファだと知っていたのは、写真の裏書きを読んだからだ。彼が写真を見つめているあいだ、ヘレンはその様子を見守っていた。たった今のヘレンの世界は、相手の四角い、いかにもスコットランド人らしい顔と、考えをめぐらせている頭と、ヘレン自身の是が非でも売りたいという気持ちだけで、それ以外は空白だった。

あまりしゃべるのはよくない、とヘレンは思う。相手は、ひとつひとつ、目が行くところを見ては、ゆっくり考えている。相手に、決定を下すのは、自分自身だと思わせなくてはならない。意見を述べることはせず、質問だけをして、うまく相手の意志を動かすようにしなくてはならない。断定するようなことを言うと、相手はかえってかたくなになる。どうやら、興味は持ってくれたようだ。彼は写真を返し、ひとつ質問をした。ヘレンは宣伝用の資料に載っていた情報を答えた。彼に別の写真を見せながら、ヘレンはすばやく頭をめぐらせた。ぜったいにうそを言ってはならないし、ばれてもいけない。だから、質問されて、答えられなかったら、ちゃんとそう言おう。そして、そういう質問がきたとき、ヘレンは正直に答えた。

「あたしは知りません。土地を見にいって、確かめられたほうがいいでしょう」

彼は、はっきり返事をしなかった。ヘレンは追求しなかった。自分の人生そのものが、相手の決定にかかっていて、宙ぶらりんになっている気がしたが、答えを急がせるすべはない。ヘレンの手は震えていた。リラックス、リラックスと、体に言いきかせた。リプリー農用地の地図を広げ、敷設予定の鉄道やハイウェイや灌漑用水路を示した。ヘレンにうながされて、彼が赤い色は何を意味するのかをたずねたので、それはすでに売れた土地だと答えた。彼は心を動かされた。ヘレンはさっさと地図をたたみ、相手の興味をわざと満足させないようにした。

彼は、用地を一度見にいく価値があると言いだした。ヘレンはすぐには答えなかった。声が震えるのがこわかったのだ。しばらくして、彼はさらに言った。来週の火曜日に土地を見に行ってもいい、と。ヘレンはまた地図を広げた。指先が冷たくなって、ごわごわした紙がパリパリと音をたてた。しかし、ついに、自分がうまくやれるかどうかが試される瞬間がきたのだ。早とちりの期待をしてはいけない。

ヘレンは、彼が見にくるのなら、その用地を押さえておきたいと告げた。そして、あてずっぽうにある場所を示した。いい土地で、まだ売れていない最高の土地だと言い、火曜日までにそこが売れてしまうのが心配だと言った。彼が手付金を払ってくれなければ、押さえておくことはできない。しかし、購入しないとなったら、手付金は返すことになっている。

「マクアダムズさん、時間をむだにするのはおいやでしょうね。あたしもです」

そう言いながら、ヘレンは、自制心の基盤がぐらぐら揺れているのを感じていた。それにもめげず、相手をじっと見据えて、続けた。

「この土地が気にいられたら、購入なさいますか?」

気にいれば買うと、彼は言った。

「では、ご案内するまで、押さえておきましょうか?」

チクタク、チクタク、時間がゆっくり過ぎるあいだ、ヘレンはじっと待った。彼は体重を反対の足に移し、ポケットに手をつっこんだ。

「手付はいくら払えばいいですか?」

五分後、ボイラーの下からはいだしたヘレンは、手に二十ドル金貨を握っていた。紙ばさみの中には、点線の上に彼がサインをした黄色の紙が入っている。ヘレンは、うなり声をあげる機械の立ち並ぶあいだをおぼつかない足どりで進み、ドアの敷居につまずきながら、やっとのことで、熱い土ぼこりの舞う道へ出た。今まで自分を押さえつけていた「たが」が、何か途方もない力によって、ばらばらに外されたような気がした。無我夢中で馬車へ駆けもどり、とにかくやっとのことで上にあがったとき、すすり泣きと笑いがまじりあった声が喉からしぼりだされた。馬は、コアリンガへ向かって、意気揚々と走りだした。

砂漠を延々と走っているあいだ、ヘレンは体の力が抜けたままだった。疲れきっていたので、悩むのも喜ぶのも面倒だった。ひんやりした青い丘の向こうに、太陽が沈んでいき、そこからしだいに夕闇が、平らに広がる砂地にしのびよってきた。低いほうの丘に三日月があらわれ、きらりと光った。そこに西方の油田がある。その下手あたりがコアリンガだ。ヘレンは、ベッドと眠りを期待した。金貨を握りしめ、何か食べなくてはいけないと、自分に言いきかせた。あの土地を売りさばくまで、エネルギーを保っておかなくてはならない。しかし、あまりの疲労に、そうする気力も今はなかった。馬はすばやくウィスキー横丁を通りぬけ、貸し馬車屋へ駆けこんだ。

ヘレンはこわばった体で馬からおりた。

「勘定はつけておいて」声もこわばっている。「サンフランシスコのクラーク＆ヘイワード社です。わたしはそこの者で、H・D・ケネディです。ホテルにいますから」

よろよろと歩きながら、やっとのことで電信社へ行った。しかし、クラーク＆ヘイワード社宛てに電文を書いたものの、来週の火曜日までは何をきかれても答えられる状況でないことに気づいた。自分は罪をおかしたのではないかとふと考えた。どんな罪かははっきりわからなかったが、それは虚偽のふりをして、お金をだましとることだと思った。ヘレンはあわてて電文を破りすてた。

あとになって、夕食代を払うときにヘレンは二十ドル金貨を出した。なんだか、横領しているような気がした。その矛盾が、なんとなく居心地を悪くした。虚偽のふりをして、お金を得たら、それは横領したことになるのだろうか？　深く考えをめぐらすには、疲れすぎていた。しかし、漠然とした疑問が、いっそうヘレンを悩ませた。ウェイトレスがけげんそうに見たので、ヘレンは自分がおかしなことを口走ったのかと思った。ぼうっとしたまま、ヘレンを階段をあがり、部屋のベッドへ直行した。

第十四章

火曜日の朝早く、ヘレンは油田会社の用地へ出向き、マクアダムズと会った。いい服を着た彼は、とても手ごわそうに見えた。ごわごわした灰色のひげを剃ったせいで、顔にいっそう頑固な線が見えていた。ヘレンは気軽に、親しげに話しかけ、土地のことには一切ふれなかった。とにかく、力をためておかなくてはならない。これから、いよいよ闘いが始まるのだが、すでに面倒な問題ものこしている。実は、貸し馬車屋の請求書をクラーク&ヘイワード社につけてもらったのだが、会社はヘレンの名前すら知らないのだ。ホテルは、黙ってヘレンを出してくれたが、それは、彼女が荷物を持って出なかったし、明日もどるとさりげなく言ったからだろう。リプリーまでの汽車賃を払うと、マクアダムズにもらった二十ドルのうち、残りはたった五ドルだった。売買が遅れれば遅れるほど、バートを助けることはむずかしくなる。

ヘレンはにこやかに、マクアダムズの若い頃の話に耳を傾けた。彼は船乗りだった。

汽車はフレズノに着いた。マクアダムズは、緑濃い果樹園やブドウ園や、すずしげな緑のアルファルファ畑を熱心に見て、目を輝かせた。ヘレンは、乾燥した砂漠地帯と、こちらのみずみずしい土地のちがいが、彼の心を大きく揺さぶっているのを感じた。リプリーに着く前に、彼の気持ちは、緑の土地と水の豊かな水路にひきつけられているだろう。ヘレンは、ポイントをひとつ失ったわけだ。

彼の頭の中でしだいに固まってきた考えに、ヘレンは注意を集中させた。彼のひとことひとことが、ヘレンにとって何かを指示するものとなり、考えをめぐらせ、揺りうごかし、その根底にあるものや、そこから生まれてくる暗示を与えてくれた。

今、汽車は乾燥した草におおわれた、平原を走っている。いかにも荒涼とした、ということばにぴったりの土地で、ペンキも塗らない小さな家々が、人間の無力さをあらわす文のひとつひとつの最後につく句点のように点在している。沈む気持ちで、ヘレンは作り笑いをした。やがて、汽車はリプリーに到着した。

ヘレンがこの町に来たのは初めてだ。マクアダムズと同じ目で、黄色い駅、いくつかの大きな倉庫、広い、ほこりっぽい道と、それに交差する、二階建ての建物が並ぶ通りを見た。コアリンガと大きさはたいして変わらない。ヘレンは、リプリー農用地の社員がどこにいるかさがした。今朝、電話をして、待ちあわせをしているのだ。

その男がふたりのほうへやってきて、マクアダムズとかたい握手をかわした。ニコルズという名前だった。ことさら正直そうな目をした、人当たりのいい男だ。やってきたふたりをせきたてるように、ほこりっぽい車へと案内した。車の両脇は、土地の宣伝を書いたキャンヴァス地におおわれている。男はマクアダムズを前の席の自分の隣に乗せた。

土ぼこりをまきあげて、車はガタガタと、乾いた草の頭がぽちぽちと見える畑のあいだを走っていった。後部座席のヘレンはまったく無視されていた。ニコルズはヘレンの手から、この件をとりあげてしまったのだ。しかし、ヘレンは彼を信頼などしていない。とはいえ、このような不確かな状況と、無知な自分を考えると、実のところ、自分自身も信じられなかった。

ニコルズはちょっとしゃべりすぎ、熱心になりすぎだった。ヘレンは彼のおろかさにあきれた。彼のことばには、まったく重みが感じられないと、ヘレンは思う。マクアダムズが何を言うかが何よりも大事なのに。ニコルズはマクアダムズにしゃべるひますら与えなかった。マクアダムズが、何も言わず、考えに沈んで地平線を見つめているのに気づいてもいないようだ。

車は、しゃれた漆喰の門から、用地へ入っていった。目の前に、茶色く、ぱりぱりに枯れた、七万エイカー（約二万八千ヘクタール）の草地が広がり、はるかにかすむ平らな地平線まで、とぎれずにつながっている。地平線の上には、焦げそうに熱い空が弧をなしている。

車が、波のように揺れる、乾いた草の原を走りだすと、それはあたかも、乾いた海に乗りだす小さなボートのようだった。止まると、太陽がさんさんと照りつけ、汗の吹きでた手や顔に、土ぼこりがくっついてきた。ニコルズは地図を広げ、いきなり情熱をこめてしゃべりだした。ひっきりなしにしゃべっていたが、繰り返しが多すぎて、すりきれた感じがした。マクアダムズは何も言わない。ヘレンはどうにかして、ニコルズを黙らせる方法を考えようとしていた。

ニコルズのせいで、ヘレンはすっかりかやの外に追いやられていた。車のドアをあけてやるために存在する女、それしか存在する理由がない女のようだ。どうやら、ニコルズは、ヘレンのせいで、せっかくの商売が邪魔されたと思っているらしい。つい「ちくしょう」と言っては謝っていたが、それは腹立たしさをあらわしていたのだ。ニコルズのせいで、ヘレンは自分の仕事を台無しにされそうだった。しかし、手を出せなかった。バートを救えるかどうかは、この仕事にかかっているというのに。ヘレンはわきあがる絶望感を必死で抑え、ニコルズに笑いかけた。

三人は車からおりて、ほこりっぽい草をかきわけて歩き、測量技師の立てた棒をさがした。ニコルズは、干し草用の野生の草がみごとにおいしげっているのを指さし、マクアダムズにどう思うかたずね、間髪いれずに、事実と数字をべらべらとまくしたてた。それに対して、相手が返事もしないのに気づきもしない。そしてまた、みんなは車に乗りこんだ。ニコルズはポケットから白い紙を取りだし、マクアダムズにその場で、土地を買う契約をさせようとした。マクアダムズを遠まわしに攻めて、うまいこと相手にサインさせようとしているようだった。しかしマクアダムズは用心深かった。

「そうだな、もっと悪いところも見てきたが、いいところもあったし」

パイプに火をつけ、落ち着きはらって、聞いている。だが、署名しようとはしなかった。

一行は先へ進み、ふたたび車をおりた。ヘレンはニコルズの袖をつかまえた。ニコルズがいやがって腕を振り切ろうとしたが、マクアダムズが少し歩いていって、土をすくうまで、ヘレンは手を離さなかった。

「お願い、ひとりにしてあげて」

と、ヘレンは言った。

「土地のことなんか、知らないくせに」

「とにかく、あたしにもチャンスをちょうだい」

「おまえはあいつに売りたいのか、売りたくないのか？　せっかくのチャンスのつかみ方は、おれが知っているよ」

ふたりは早口でしゃべった。早くも、マクアダムズがこちらへもどってこようとしている。

「あの人は、あたしのチャンスなの。そうよ、売れなかったら、あたしはおしまいなの！　邪魔しないで！」

自分のことばに、ヘレンは雷にうたれたようにびっくりした。しかし、そのショックでかえってしゃんとした。ニコルズの敗北は決まった。彼はひとことも言わず、もどってきたマクアダムズを迎えた。

ほとんど口をきかず、三人はその土地を見てまわった。マクアダムズはすべての角を端まで歩き、しばらく地図を眺め、質問をして、ニコルズが簡単に答えた。草をひとつかみ抜いてみて、根っこについた土を調べた。そして、やっと車にもどってくると、車体によりかかり、のんびりとパイプに火をつけ、土地に目をやった。その沈黙は、息苦しいほどだった。彼が沈黙を破る気がないのを見てとると、ヘレンは自分から言った。

「ほかの土地を見ますか?」

「いや、もう充分見た」

三人は車に乗った。今度はニコルズがひとりで前の座席に座り、車は土地事務所へともどっていった。太陽が沈んでいくところで、がらんとした平原に、うす明かりがさしている。ヘレンは、自分も一緒に沈んでいくような気がしていた。負けたのだ、もう何がどうなろうと、どうでもいい。これ以上、失うものなどないのだから。どうせ期待できないのに、ここまでよくがんばったものだ。こうして、最後が近づいてくると、それはまさに、あがいたあげく、おぼれる者へのやすらぎのように思えた。

「マクアダムズさん、いかがでしたか?」

「そうだな、もっと悪いところも見たしな」

「土壌はよかったですか?」

「とくに不満はないね」

「灌漑システムについて、何かもう少しお見せしましょうか?」

まったく、何が灌漑システムだ。ヘレンが何を知っているというのだ?

「いや」

車は、土地事務所の前で止まり、三人はおりた。

「あいつはだめだ。見てるだけさ。買うつもりなんかない」

ヘレンの脇に来て、ニコルズが言った。

「彼はお金があるし、土地を買いたいのよ」

ぐったりして、ヘレンは答えた。

「もうひと押し、やってみよう。しかし、どうせむださ」

三人は事務所に入っていった。書類が雑然とおいてある机に、すすけた灯油ランプがおいてある。マクアダムズは、汽車はいつリプリーを出るのかたずねた。ニコルズがあと三十分だと答えた。三人は机の前に腰をおろし、ニコルズがさっと椅子をひきよせて、しゃべりはじめた。

「さて、マクアダムズさん、土地を購入するときには、まず四つの条件を考える必要があります。土地の状態、水、気候、そして市場です。わが社の土地は……」

ヘレンは、もはやマクアダムズとコアリンガにもどることはできないと思った。自分に逮捕状が出ているかもしれない。ああ、バート！　あたしは精一杯やったわ、ほんとにがんばったのよ。手もとにあるのは五ドル、でも、それはマクアダムズのもの。あとはすべて幻想だわ。あたしは夢を見ていたのよ。

ニコルズはマクアダムズに決意をうながしていた。相手はたくみにかわしている。さらに、ニコルズがしゃべりだした。契約書を前におき、サインをするペンまで用意してある。

「土地にご不満はないですね？　満足してらっしゃる。われわれがお見せしたものはすべて、しっかりごらんになりましたね。あの土地は、実にお買い得ですよ。もっとも、これで打ち切りにしてもいいんですが」

マクアダムズはポケットに手をつっこみ、壁の地図をじっと見つめていた。

「おれはまだ、あそこがよくないとは言ってない」

そこで、ニコルズはまた話しはじめた。四十エイカー（約十六ヘクタール）じゃ、広すぎますか？　マクアダムズは、はっきりとは答えなかった。契約書の条件に、何か変更を望みますか？　マクアダムズは、特に問題はないと言った。作付けの件で、気になる点はありますか？　いや、ない。しからば、最終決断に進みましょう。この土地を購入されたら支払いは……。

「ニコルズさん、汽車の時間は大丈夫だろうね？」

ねちっこく、ニコルズは最初からまた話しはじめた。土地の状態、水、交通の便、気候。もはやヘレンは耐えられなくなっていた。たったひとこと質問すれば、すべてがわかるのに。まかせてくれれば、確証が得られるのに。ヘレンはついと体を乗りだした。そして思わずこう言っていた。

「マクアダムズさん、あなたはこの土地を見にいらっしゃいました。そして、その目でごらんになりました。ここをお望みですか？」

ニコルズが、ぎょっとし、やめろというようなしぐさをした。そして、みんな、凍りついたように動かなくなった。時計のチクタクがやけに大きく響いた。ゆっくりと、マクアダムズは椅子に背中をもどし、一方の脚をのばして、ズボンのポケットに手をつっこんだ。そして、あかじみた、キャンヴァス地のバッグを取りだした。

「そうだ。最初の納入金はいくらだね?」

そして、机の上に、バッグから慎重に金貨を出して積みあげた。ずんぐりした指が、バッグから札束を取りだした。ニコルズは必死になって、計算している。

「千二百七十三ドル九十セントです」

と、声を震わせて告げた。マクアダムズはきっちりその額を数えてさしだした。それから、契約書にサインをした。ニコルズは金をもう一度勘定し、封筒におさめて、封をした。三人は立ちあがった。

ヘレンはよろけて、車の腹に思わずぶつかってしまった。すると、ニコルズがさっと支えて乗せてくれて、喜びいっぱいの顔でぎゅっとヘレンの腕をつかんだ。あっという間に、車はリプリーに着き、やっとヘレンは、頭でものが考えられるようになった。そこで、マクアダムズと一緒にコアリンガへはもどらないと伝え、マクアダムズだけを汽車に乗せた。

ヘレンはニコルズに、お金と契約書が欲しいと言った。次の汽車で、サンフランシスコへ行くつもりだからだ。ニコルズは抵抗した。ぼうっとした頭で、ヘレンは必死に説得を続けたが、とにかく、声が震えないように、しっかりさせておくほうが、よっぽど苦労だった。しかし、ヘレンは自分の目的を死守した。やがて、汽車に乗ったヘレンは、契約書とニコルズがクラーク&ヘイワード社宛てに出した小切手を無事に手にしていた。そして、ぐっすり眠り、サンフランシスコでホテルへ向かうタクシーの中でも、眠っていた。フロントで名前を書いているときすら、半分眠っているような気がしていた。やっとのことで、部屋に着き、ボーイが出ると、ドアを閉め、ヘレンはついにだれにも邪魔されずに眠ることができたのだった。

次の朝、九時、ヘレンは大きな平机を前に、クラーク氏と向かい合っていた。契約書とニコルズが切った小切手がおいてある。

クラーク氏は、四十五歳くらいの、やせた、鋭い目つきの男だった。長年のあいだ、ずっと高いテンションを保ちつづけてきたので、ここでさらにいっそうテンションをあげるか、またはふっと抜くか、どちらかを選択するしかない、そんなふうに見えた。今回の災難は、彼に言わせれば「手綱がゆるんだ」状態だった。彼はそれを人生最悪の危機と恐れているのだ。ヘレンはそう思った。ふたりはしばらく話をしていたが、クラーク氏は、バートがどこにいるか知らないと言う。

「奥さん、もし知っていればですね……」

と言いかけて、ことばを切った。おわりまで言ったら、むだに残酷な話をすることになっただろうから。そうすることで得られるものがないかぎり、彼は残酷なことは言わない人だと、ヘレンは思った。ときどき、彼の目には、親切そうな光が宿ったからだ。

彼は、ヘレンの夫がどういう状況にあるのか、きちんと説明してくれた。バートは、会社に、無制限の信用状を書いてくれと頼んだのだそうだ。

「あの若者は、セールスマンとしては、実にすばらしい性格の持ち主ですよ。われわれをまさに宙を舞う気分にしてくれた」

バートは油田地帯で大々的なキャンペーンをぶちあげて、その果てしない情熱でクラーク＆ヘイワード社をすっかりその気にさせ、自由裁量権を与えられたのだった。

キャンペーンは、とてつもない大成功を予感させて、始まった。バートは、町から講演者たちを呼んできて、大勢の聴衆を集めた。有望な顧客名をたくさん集めた。セールスマンを五十人集めて、それらの顧客に積極的に声をかけさせ、土地を買いたい人々をさらにひきつけたりした。数十人という人たちが、実際に土地を見学に行き、さらに数百人が行きたいという意志をあらわした。クラーク＆ヘイワード社は、特別列車を用意することも考えた。

しかし、経費は、実際にあがった効果に対して、あやういほどにふくれあがった。バートの切った小切手が、たえまなく流れこんでくる。やがて、不穏なうわさが流れはじめた。会社はひそかに調査を始め、バートが金を私用に使いすぎているという事実をつきとめた。クラーク氏は詳細にはふみこまなかった。ただちに小切手を不渡りにし、ベイカーズフィールドの債権者たちに、会社はケネディ氏が切った小切手の支払いはしないと通告した。

ケネディ氏にはその知らせが伝わっていた。彼は会社の車に乗って、姿を消してしまった。あとになって、小切手がさらに流れこんできた。クラーク&ヘイワード社は、会社の損失に加え、それらの小切手の返済もできなかった。もはや、この事件は、すっかり会社の手から離れている。クラーク氏は、わけのわからない不運に見舞われたという態度をとった。彼が興味を示したのは、むしろマクアダムズの土地購入と、ヘレンという、思いがけない女性の登場だった。

しかし、ヘレンの必死の頼みで、クラーク氏は、もし、小切手の返済ができるなら、クラーク&ヘイワード社は、銀行にケネディ氏に対する訴訟を起こさないように頼むと言ってくれた。逮捕状が出ているが、方法はいろいろある。クラーク氏は、ニコルズの小切手をいじって考えながら、彼女のために何か策を講じようと言った。バートをさがすについては——とにかく、もしも警察が失敗したら……。

ヘレンは、バートが会社にいくらの負債を負っているかをたずねた。クラーク氏は、約五千ドルくらいだと告げた。

「三十日で? まさか、そんな!」

その額には、車の購入費が含まれていた。差額はケネディ氏の私費で、会社との契約にはないものだった。

「ワインと……」クラーク氏は、さらに女、歌とまでは言わなかった。「ケネディ氏の娯楽は高くついたんですよ。項目別にお知らせしましょうか?」

「いいえ、必要ありません」

と、ヘレンは言った。知りたいのは、負債の正しい額だけだ。クラーク氏は手もとのボタンを押し、返事をした女性に、金額を調べるようにと告げた。

「ところで、今回の売買の書類が整ったら、小切手はだれ宛てに振込みますか？」

「Ｈ・Ｄ・ケネディです」

と、ヘレンは答えた。

「手数料は、Ｈ・Ｄ・ケネディ宛てで、七・五パーセントでいいですね？」

「ほかのセールスマンには、十五パーセントを支払っているじゃありませんか」

ヘレンは食い下がった。

しかし、それは特別な場合であり、一般の土地セールスマンには、七・五パーセントの手数料が相場だ。ヘレンは、それ以上反論ができます、その条件を受けいれた。そして、十二・五パーセントの手数料で仕事を続け、うち五パーセントをバートの負債にあてることにしたいと申しでた。クラーク氏は、同じ契約で十パーセントでどうかともちかけたが、ヘレンは譲らず、ついにクラーク氏が折れた。

こうして、事務所から出たヘレンは、財布に三百ドルの現金を持っていた。太陽がきらめいているのを目にしながら、にぎやかな、なじみの通りを歩いていった。色とりどりの花を並べたスタンドを通りすぎ、顔にあたるすずやかな風を感じ、ツイン・ピークスの上を漂う白い雲を見上げた。まぶしい一日が、自分をあざわらっているような気がした。自殺をする人が、日の輝く日を選ぶ気持ちがわかった。

ヘレンの生活は、新たな展開を見せて、慣れない環境で、ふたたび始まった。死んでいれば、何も感じないから、楽だろうと思った。そうしたら、かつての自分のように、感情もなく、興味もなく、すべてに関心がなくなるのだ。動く必要もなく、考える必要もない。

「だめ、元気を出して！　死んでいればいいなんて、何を考えているのよ！　どうせいずれ死ぬんじゃないの」と、ヘレンはひとりでふざけてみた。

かつてのアパートへ行ってみようかと思った。おいてきたものを、まとめて取ってこよう。甘い思い出がこみあげてくるような気がしたが、ヘレンはそれがつらく、苦しかった。愛し、そして苦しんだあの場所に行って、なんの感情もなく、思い出がどっさりつまった品々を、むぞうさに片付けるなんて、過去の冒涜《ぼうとく》だ。その過去はもう死んだものなのだ。

結局、ヘレンはそうしなかった。駅からアパートに電話をし、もうもどらないことを告げ、私物はすべて放棄すると言い、郵便物の転送先を伝えた。そして、思い出にはきっぱりと背を向け、油田地帯へともどっていった。

第十五章

それからの数週間、ヘレンは自分が夢の中を浮遊しているような気がしていた。非現実の中にいる影のように。毎日、熱波にゆれる、黄色い、果てしない平原を馬車で走りつづけた。両手の手綱をたるませたまま、頭の中はじっと動かなかった。ふたたび、ヘレンは自分自身を、はるか遠くから眺めているような気分を味わい、自分の全存在をほんとうにちっぽけな、どこか遠くの、とるにたらないものとして見ていた。

ヘレンは考えた。とにかく、今自分がここにいること自体、不思議でたまらない。まもなく、水飲み場に着き、馬に水を飲ませてやれるだろう。焦げつくような砂地に、ゆらゆら見えていた湖は、蜃気楼だった。馬はそんなものには見向きもしなかった。馬たちは、においで水のありかがわかるのだ。日光が手を刺すように照りつけ、じりじりと焼けて、皮膚が褐色になってきた。ああ、お肌が！　しかし、女性がそういうものを気にすることすら、不思議な気がした。そもそも、そんなことを人が気にすること自体、おかしい。人が何かを気にかけることすら、おかしい。

ヘレンは油田会社の用地にたどりついた。そこで、頭の一部がはっとめざめた。脳がめざましく動きはじめたので、ヘレンはそれをひとごとのようにうれしく思った。ヘレンの脳みそは、リプリー農用地だけに焦点をしぼり、そこを売ろうと真剣だった。ヘレンは、入り口の網戸をトントンとたたいた。暑さと赤ん坊の世話でげっそりしている女たちから見れば、自分はそれなりに魅力的な女性に見えるだろうとわかっていた。黒々と見える油田の脇を歩き、油井を囲む塔(それをヘレンはやぐらと呼ぶことをもう知っていた)をのぼり、油井のシャフトをつねに上下運動している鋼鉄のケーブルのそばで、油じみた男たちに、気軽に話しかけている自分の声を聞いた。

土地を売る仕事は、思っていたより、むずかしくもなく、ややこしくもないと、ヘレンは思うようになっていた。カリフォルニアの広大な敷地や、メキシコから委譲された土地は、第二、第三の世代になってから、増加する人口と、上昇する土地税に圧迫されて、しだいに細分化されてきていた。州の歴史では初めて、貧しい人々の土地願望がかなえられるようになってきたのだ。この熱波におおわれた不毛の砂漠に暮らす人々は、胸の内に、ほんの少しでもいいから、緑豊かな土地と、樹木やブドウのつるに囲まれた家を持ちたいという願望をいだいていた。ヘレンに課せられた仕事は、最初の払込金ぐらいの貯金を持つ労働者をさがしだすことだった。その額は、土地分譲会社が設定した購入価格の十から二十パーセントにあたるものだ。そういう労働者をさがしだし、土地へのあこがれと想像力をかきたてて、すばらしい将来を描いて見せ、それが相手にとって、持ち金をはたいてもいいと思うまでにふくらむ夢にすることだった。

購入者の最初の払込金の半分が、ヘレンの取り分だった。一回のセールスで、ヘレンは五百ドルから、ひいては千ドルも得ることすらあった。しかし、土地の話をしているときヘレンはそういうことをすっかり忘れていた。彼女の頭にあるのはただ、アルファルファ畑を流れるひんやりした水のこと、オークの木かげに丈高く茂る草の中で、のんびり草を食《は》む雌牛たちのこと、豊かな収穫をもたらす肥沃な土地のことだった。相手の頭の中に、相手が思うより先に、考えを植えつけてしまうすべは、ヘレンがバートと暮らしていたときにつちかったものだった。おかげで、ヘレンは相手の心にすばらしい映像を描いてみせ、相手はあたかも、その土地が自分のものになったかのような気持ちになるのだった。そして、油のしみこんだつなぎ服を着た男たちは、ヘレンが女であり、商売敵《がたき》として堅苦しく考える相手ではないと思うと、ごく気楽な気持ちでヘレンの話に耳を傾け、これほどまでに魅力的な土地を買わないのはもったいないという気分になるのだった。

「あたしはほんとうの土地セールスマンじゃないんです」ヘレンは心から言うのだった。「この土地をあなたにお売りする権利などありません。ただ、それについて話をしているだけです。もし、購入の意志がおありになれば、もちろんそうなさってください。いかがですか?」

こうして、自分が何人かの男たちに話をしさえすれば、必ずひとりは購入者があらわれることをヘレンは知った。そのたびに、それなりのお金がふところに入り、それでまた何週間かを生きのび、やぐらからやぐらを渡りあるいて、別の買い手をさがすという具合だった。ヘレンの暮らしは、買い手をさがすこと、それだけに絞られていた。

そして、ヘレンは経験によって、いろいろな事実を知ることとなった。油井を掘る男たちは、給料がよく、考え方がまっすぐで、ひねくれていないので、非常にいいお客だった。機材点検をする男たちは、どちらかといえば若手で、頭が回るので、扱いにくかった。油をくみ上げる男たちは、さびしがり屋で、話し好きだった。しかし、あまり話しこんではいけない。彼らの給料は低いからだ。とはいえ、彼らのおかげで、いい商売へのつながりが生まれるのだった。試し掘り会社の主任は、いいお客になりそうだった。安全な投資を持ちかけて、話をしてみよう。浅い油田は、商売の見込みの低いところだった。深い油田のほうが、仕事が長続きし、給料もよかった。どこかの家で、水を一杯もらったり、やぐらの上で会話が始まるときはいつも、「彼女、かなり掘り下げてるぜ」ということばが出た。ヘレンは今や、油田地帯では、「不動産の女」と呼ばれるようになっていたのだ。

日暮れ時、ヘレンは馬車でホテルにもどってきた。カーキ色のスカートには、原油があちこち飛び散り、綿レーヨンのブラウスには、土ぼこりが汗でかたまったよごれがこびりついていた。ひだのあいだには砂がたまり、靴も髪の毛も、砂だらけだった。体は、感情と同様、死んだようになっていて、頭もまた活動を止めていた。今夜も夢は見ないだろう。

ヘレンは、フロント係にほほえんだ。ええ、ありがとう、商売は順調よ！　手紙が何通かきていた。しかし、バートからはなし。母親が不安がって、いろいろたずねてきた。ヘレンはコアリンガで何をしているの？　何か問題があったの？　夫はどうしたの？　アップダイク夫人が新聞で見たといったけれど――ヘレンは手紙をたたんでしまった。クラーク&ヘイワード社から、うすい封筒が二通きていた。売買の知らせだ。農用地四〇六――J・D・ハッチンソン、農用地九一五~九一七――H・D・ケネディ。

ベッドに入り、あたかも、黒々とした冷たい水が、ひたひたとしだいに水位をあげて体を包みこむように、意識がなくなっていく感覚が、気持ちよかった。

お客と一緒に三度目に土地を見にいったとき、リプリーの通りで、ヘレンはポールの母親に出会った。マスターズ夫人はきびきびして、自信にあふれた感じで、腕にいくつか荷物をかかえて、肉屋から出てくるところだった。帽子をかぶらず、そのかわり、白髪の見えるなめらかな頭の上にパラソルをかざしている。小柄ではあるが、きりっとひきしまった体の線や、ぱりっと糊のきいた白いブラウスが、近寄りがたい印象を与えた。夫人はさぐるような、興味ありげな目つきで、ヘレンを見た。ヘレンは、自分の髪の毛が乱れ、靴や紺のサージのスカートが土ぼこりだらけだというのを、急に意識した。ついさっき、また売買が成立した用地にいたときについた土ぼこりだった。きっと顔も土ぼこりでよごれているだろうと、ヘレンは思った。マスターズ夫人の目が、自分の顔をやけにじっと見つめているのがわかったからだ。

ふたりは握手をかわし、暑いですね、と挨拶した。ヘレンは、土地の売買をしていると話した。さっき、お客をひとり、コアリンガ行きの汽車に乗せ、明日リプリーに来る、別のお客を待っているのだと説明した。

マスターズ夫人はヘレンを夕食に誘った。ついていけば、ポールがばつの悪い思いをするだろうと、ヘレンはとっさに思い、行かれないと言い訳をした。しかし、夫人はそんな言い訳をあっさり振りはらった。土地売買ですっかり疲労困憊《こんぱい》していたヘレンは、もはや断る気力を失っていた。やがて、ふたりは並んで通りを歩きだした。ヘレンは、麻酔にかかった人がもがいているかのように、必死で力をふりおこそうとしていた。最近土地以外の話をした相手は、マスターズ夫人が初めてだった。だからなおさら、ヘレンは自分がいかに夢うつつの世界に住んでいたかを思い知ったのだ。

ふたりは、ポールがずっと前にヘレンに手紙で知らせてくれた家にたどりついた。小ぶりの白い杭を交差させた柵があり、庭にはバラの茂みがいくつもあり、桃の木もある。砂利を敷きつめた小道を行くと、木製のレース飾りのある、小さなポーチに導かれ、ふたりは網戸をあけて、客間へ入った。午後の暑い日差しが花柄のブラッセル・カーペットにあたらないように、日よけがおろしてある。おかげで、部屋はひんやりして、うす暗く、バラの香りが漂っている。中央にあるオークのテーブルには、かぎ針編みのマットがおいてあり、ソファにはぱんぱんにかたくふくらんだクッションがのっている。部屋の隅にイーゼルがおいてあり、少年時代のポールの拡大されたクレヨン画がのっていた。

この部屋のこまごましたところでヘレンが変えたいと思うものがないとは言えなかったが、ただ、見つめているうちに、思わず涙があふれてきた。ここには、ヘレンがずっと欲しいと思っていたものがある。いつものがしてばかりいたものがある。どっと熱い感情が押し寄せてきた。胸がつまり、突然、ヘレンはとりかえしのつかない喪失感を感じて、体を震わせた。

「あたし、くたくたなんです。許してください。一日働きづめだったので。しばらく横にならせていただいてもいいですか?」

震える唇をかみしめながら、ヘレンは言った。

マスターズ夫人は詮索するようにヘレンを見ながら、寝室へ案内し、真っ白なベッドカバーを折りかえした。ヘレンは自分のふがいなさを嫌悪しながらも、帽子をとって、ベッドに体を横たえた。ほんの少し休めば、大丈夫。面倒をかけて、申し訳ない気持ちでいっぱいだった。夫人はそんなに気にしていないだろう。あたしはただ、疲れているだけなのだから。

そのまま、ヘレンはしばらく横になっていた。台所から、フライパンの音や、肉をジュウジュウ焼く音が聞こえてきた。夫人が夕食のしたくをしているのだ。通りで人声がした。犬がうれしそうに吠えた。甲高い口笛が響き、柵の杭を棒をずらしながらたたく音がした。日よけに映っていたブドウの葉のくっきりした影が、ふるふると揺れて、夕暮れの光とまじりあった。マスターズ夫人はかすれた声で、「ちとせの岩よ……」をうたいながら、テーブルをセットしている。

ここには、平和と安全と休息がある。それらはすべて、ヘレンにはないものだった。壁紙でおおわれた壁の中には、数えきれないほどの、温かい、家庭的な満足感に包まれた楽園があった。カーテンにアイロンをかけてぱりっとさせ、シーツやタオルをきちんと折りたたみ、パンを焼く以外に、面倒なことは何ひとつない生活の、なんと甘やかなこと！　ここではヘレンはまったくの異邦人だった。がんがんする頭をかかえ、心を病み、髪は乱れ、靴は土ぼこりだらけだ。涙がひと粒、頬をつうと流れ、真っ白な枕にこぼれおちた。

はっとヘレンは起きあがった。甘いあこがれに身を震わせたりせずに、もっと強くならねばならないとわかっている。水差しにかかっているタオルには、刺繍がしてある。ヘレンは刺繍入りのタオルにずっとあこがれていて、何枚も刺繍したものだ。それらはみんな、アパートにおいてきてしまった。ヘレンは冷たい水をまぶたに何度もピチャピチャあてながら、長いこと顔を洗っていた。

門があく音がした。ポールが口笛を吹きながら、小道を歩いてきた。ヘレンはタオルを握りしめ、金縛りになったように、立ちつくした。この家にのこのこやってくるなんて、あたしは頭がどうかしていたのではないかしら？　ああ、過去の一時間を消してくれて、あたしをここから抜けださせてくれるなら、どんなことでもする。ポールの足音がポーチに聞こえ、網戸がバタンと閉まり、声が聞こえた。

「ただいま、母さん、夕飯は？」

とたんに、ヘレンは頭の中で、過去を巻きもどし、自分とマスターズ夫人が町で会い、うまい、理屈にあった、ていねいな口実を述べ、ホテルへもどっていく自分を見ていた。これくらい簡単にできたはずなのに。あたしの人生は、こんなへまばかりだ。いったいどうして？　ヘレンは、ポールに母親が自分が来ていることを告げた頃を見計らって、部屋を出ると、にこやかにポールと対面した。

ポールの手は暖かく、力強く、ヘレンの冷たい手を包みこむように握った。ヘレンが青ざめて、やせたのを見て、ショックを隠せないようだった。ポールは何かぼそぼそと言ったが、ことばにつまって、赤くなった。バートについて触れて、ヘレンの気を悪くしたと思ったのだと、ヘレンにはわかった。そうなの、ヘレンは気軽く言った。油田地帯の熱気は、やせ薬よりきくのよ。でも、仕事は気にいっているわ、と。土地を売るのは、とてもおもしろい仕事だわ。ヘレンは、自分がいつまでもポールの手を握っていることに気がついた。彼の力強さが快かったのだが、実は、すぐに手を離せなかったのだった。ヘレンは指をすっと抜いた。すぐに抜かなかった理由を彼に知られたくないと思った。なんのことはない、ヘレンはただもう疲労困憊していたのだ。

食卓で、マスターズ夫人はヘレンの向かいに座った。そのまじめな、偏見のない目でじっと見つめられて会話をするのは、至難の技だった。ヘレンは、マクアダムズに土地を売った話を、悲壮だったところは抜いて、ユーモアをまじえて語り、メイソンヴィルやそこの人々に話がおよばないようにと必死だった。ポールが口をきいたのは、ヘレンに食べ物をすすめるときと、母親の作ったブラックベリーの甘いリキュールをグラスに注ぎ、飲むようにすすめたときと、背中にクッションをあてるように言ったときだけだった。ふたたび、涙がこみあげてきたヘレンは、笑ってどうにかごまかした。

ポールはヘレンをホテルまで送っていった。月明かりと影の中をふたりは、並木の小道の砂利を踏みしめながら、黙って歩いた。明かりのついた家の窓から、夕食の片付けをしている女たちの姿と、安楽椅子に座って、葉巻をくゆらせながら新聞を読む男たちの姿が見えた。帽子もかぶらず、腕をむきだしにした娘たちが、月光を浴びて、楽しそうにしゃべりながら通りすぎていった。娘たちはポールに声をかけ、ヘレンは、自分が好奇の目で見られたのを感じた。子どもたちが通りで遊んでいる。どこかで赤んぼうの泣き声がかすかにする。さらに遠くから、ピアノの音が渡ってきた。

「何もかも、ああ、とってもすてき」

と、ヘレンはため息をついた。

「ぼくに合ってるんだ」ポールが言った。やがて、ちょっと咳ばらいをしてから、ポールは言った。

「ヘレン、きみも――きみもたいへんだね」

「あら、平気よ」ヘレンは即座に言った。その声はまるで、ポールの目の前でドアをバタンと閉めたかのように響いた。でも、ヘレンはポールに対して失礼な態度をとりたくはなかった。「気にしてくださるのは、うれしいわ。でも、その話はあまりしたくないの」

「ときどき――なんだか――大声でわめきたくなるよ！」暗くこもったような声だった。「きみのつらさを思うと……」

「言わないで」ヘレンはさえぎった。次にポールが口を切ったのは、それからしばらくたってからだった。

「もし、ぼくに何かできることがあったら、ぼくは喜んでやりたい、それはきみもわかっていると思う」

ヘレンは彼に感謝した。そして、ホテルの入り口で別れたとき、ヘレンはふたたびお礼を言った。すると、彼は忘れないでくれ、と言った。もし、土地の売買や、銀行員とのやりとりなどで、助けが必要だったら連絡してほしい、と。ヘレンは、必ず知らせるからと返事した。

明日はまた、土地の売買、それもなかなか手ごわい売買があるので、眠らなくてはならなかった。しかし、ヘレンは寝つかれなかった。真夜中をとっくに過ぎても、ヘレンは目が冴えて眠れなかった。こぶしで枕をたたき、唇をかみしめ、すすり泣きの声をこらえていた。人生すべてが残酷で、もう耐えられそうもない、そんな気がしていた。

第十六章

ポールに会ってから、コアリンガにもどったヘレンは、ぐったり疲れきっていた。しかし、ふたたび息を吹きかえした。自分の存在を暗くおおっていたもやは、すっかり消えていた。その日の朝は早起きし、汽車で土地購入希望者と待ちあわせをし、売買契約をすませた。この仕事は、二重に困難をきわめた。というのは、アルファァルファ土地会社のセールスマンが同じ汽車を待っていて、あやうくチャンスを奪われそうになったからだ。相手は、ヘレンが女なので、甘く見ていたようだ。だが、彼女はみごとに勝ち、大成功をおさめた。おかげで、バートの借金をさらに四百ドルも減らすことができた。今や、ヘレンは手数料を全額、返済にあてられるようになっていたからだ。

ほっとした体が、汽車に気持ちよく揺られていた。ヘレンは、椅子の背中のきめの荒いビロードに頬をくっつけて横になっていた。体を起こして座っているのが、つらかったからだ。窓の四角く見える黒い空間に、自分の人生がくっきり見えた。これまで何度となく、ヘレンは自分の人生をまっすぐのびる道のように思ったものだ。そして、進路も最後のゴールも決められているように思ったのだ！　しかし、年齢を重ね、その分賢くなった今、ヘレンは、運命を自分でコントロールできるようになってきた。

ヘレンは、土地セールスマンだ。それも、優秀なセールスマンだ。これこそ破滅の縁から救いあげた唯一の仕事だった。少なくともこれでヘレンは成功することができるだろう。お金を稼いで、バートの汚名を晴らしてやろう。それは、自分の汚名でもある。そして、小さな家を買い、そこをすばらしいところにしよう。バートもいつかそこへ来たいと思うだろう。彼のために家を整え、彼を待とう。かつてほどは彼を愛せないと、ヘレンは感じていた。今は、彼のことがわかりすぎるほどわかってきたからだ。それでも、ふたりの人生はお互いに切っても切れない関係にあるという気はしていた。彼が彼女を必要としているからである。

ホテルにもどると、クラーク&ヘイワード社からの手紙がポストに入っていた。急いで封を切った。いつものように、もしかしてバートのことがわかったのかもしれないと思ったからだ。

会社は、油田地帯での売買を、ハッチンソンとモンロウのふたりにまかせることにしたと言う。油田地帯は大きな利益を生むところだとわかったが、ヘレンひとりで取りしきるには土地が広大である。したがって、ヘレンがまだあたっていない顧客をハッチンソンとモンロウに引き渡してもらいたい。もちろん、手数料については、ふたりと相談して決めればいい。会社としては、ヘレンに油田地帯で仕事を続けてもらいたいが、ハッチンソンとモンロウは、ヘレンより高い売り上げを予想している。クラーク氏は、三人が今後とも、協力して働くことを望んでいる。ヘレンの成功を祈る。と、こういう文面だった。

ヘレンはまず驚き、それはたちまち、ひややかな怒りに変わった。そのふたりは、あたしから、あたしの縄張りをとれるとでも思っているのだろうか？　あそこはあたしの縄張りだ。あたしがひとりで開拓した領地ではないか？　何日も何週間も、くたくたになるまで働いて、ひっきりなしにしゃべり、チラシを配り、売買をして、それが次の売買につながってきたところで、横からさっとおいしいところをさらってしまおうというのか？　とんでもない、あたしは闘ってやる！

ホテルのフロント係は、ハッチンソンとモンロウが、午後到着したと告げた。そこで、ヘレンは、ふたりに談話室で九時に会いたい旨を伝えてもらうことにした。あちらから来てもらえば、いくらかでもヘレンの分《ぶ》がよくなる。

ヘレンは、蒸し暑い、狭い部屋で、新聞をにらむように見ながら、待っていた。やがて、ふたりがやってきた。ヘレンは、鋼鉄の機械になったかのように心を堅くし、しかし、にこやかなほほえみをたたえて、ふたりを迎えた。

ハッチンソンは、背の高い、骨ばった男だった。ちょっとゆるめのグレイの服にそぐわない、するするした身のこなしで、近づいてきた。実直そうな目に、ユーモアをたたえている。とがった細い顔なのに、鼻腔から口もとにかけて、深いしわがあり、ほほえみがごく自然に出ると、頬にさらに深いしわが二本刻まれた。

モンロウは、少し年上で、背が低く、ずんぐりしている。きちんとした身なりの、きびきびした男で、太い金鎖のついた時計や、眼鏡のおかげで、いかにも慇懃《いんぎん》な感じがする。くせのように、ときおり眼鏡をはずし、絹のハンカチで拭いた。そうするたびに、落ち着いた父親のような態度がいやますのだった。目は細い鼻柱に近寄りすぎていたが、鼻の先はどっしりと大きかった。しかし、白髪と、親切なやさしいほほえみと、低いソフトな声は、なかなか印象的だった。

ヘレンは、このふたりを、優秀なセールスマンと見た。異なる才能を持つふたりが協力することで、バランスのとれた仕事ができるのだと思った。このふたりに対抗して、まだ経験の浅い娘ヘレンがそこにいた。どう考えても、自分には勝ち目はないとヘレンは思う。それでも、闘う決意は、うすれなかった。

かたい、赤い大型ソファーにしゃんと座って、ヘレンはまくしたてた。あの土地は、あたしのものだ。あたしが最初にあそこを見つけ、開拓したのだから。ふたりがあそこで働くのはかまわないが、ヘレンが稼ぐ手数料の一部まで、ふたりが要求するのは許せない。暑さで焼けたようなニスのにおいや、ほこりっぽいビロードのにおいがたちこめる、むっとした小さな部屋は、あたかも戦場のようだった。ソファーの高い背もたれを壁にして、追いつめられたヘレンは、自分の大切な持ち分をぶんどろうとしているふたりの男と対決していた。

しかし、ヘレンは女だ。それを、ふたりはしつこく持ちだすのだった。葉巻を吸ってもいいかと許可を求めはしても、ビジネスの取り決めについては、ゆずらなかった。ヘレンの必死の抵抗を、笑って聞いていた。やっぱり、ヘレンは女なのだ。笑いでごまかされる対象の性に属しているのだ。

「ケネディさん」と、モンロウが慇懃に言った。「これはですね――そう、理性的に話し合いましょう」

ふたりは文句なしに礼儀正しかった。ヘレンにしゃべらせたのは、そうすれば彼女が喜ぶからだ。ひざからハンカチがすべりおちれば、すぐに拾ってやった。もしも、ヘレンが油田地帯で働きたいなら、別にかまわないと言った。しかし、手数料の話になったとき、ヘレンはあきれて口がきけなくなった。ふたりは、ヘレンが売買した額のうち、二・五パーセントを手数料として受けとることになっていると言うのだ。

ハッチンソンは、状況をヘレンに説明するのが面倒くさそうだったが、それでも、ていねいに説明した。会社がふたりにあの地帯の取りしきりを命じたのだ。ふたりとも、経験豊富なセールスマンだ。当然のことながら、クラーク氏は、若い女性ひとりにそこをまかせるわけにはいかない。たとえ、その女性がいかに魅力的であろうとも、である。これはビジネスなのだ、とハッチンソンはおだやかに言うのだった。したがって、ふたりは二・五パーセントの手数料を受けとるつもりだ、と。

しかし、ヘレンは女性であり、そのうえ魅力的だ。なんだか、商売においても、女性としての魅力が少しは作用しているのではないかというような口ぶりだ。彼らに引き渡した顧客への売買については、寛大でありたい。だから、それらについては、二・五パーセントを支払おう。

ここで、しばらく休憩となった。ヘレンはほほえみをたたえて、座っていたが、怒りのあまり、口がきけなかった。しかし、状況は不利で、まったく望みのないことがわかった。ヘレンのリストに載っている顧客のうち、売買の成立の見込みがあるものはすべて、十二・五パーセントの手数料が期待できたものだった。ヘレンは怒り心頭に発し、我慢の限界を越える寸前だった。しかし、もう負けたのだから、これ以上闘ってもむだだ。

結局、三人は和解のうちに、別れた。ヘレンはすべての条件をのみ、明日の朝、顧客リストを引き渡すことになった。満足したふたりはヘレンと別れ、女というものはうるさいが、扱いはたいしてむずかしくないと思っていた。

部屋にもどったヘレンは、怒りに体を震わせ、くやしさと自己嫌悪に身をよじっていた。

「ああ、最低、最低！」

歯をくいしばっても、くやしさが声に出た。手でドレッサーの縁を思いきりたたきつけて、激しい痛みを感じ、それがかえって気持ちよかった。皮肉っぽく、やけっぱちになって、笑ってしまった。これはやらねばならないゲームなのだ。ようし、それなら、やってやろうじゃないの。

ヘレンは腰をおろし、ノートから顧客の名前と住所を写しとった。それも、じっくり話し合って、やはり土地を買いそうもないとわかった人々だけを選んだ。朝、ヘレンはロビーでハッチンソンに会い、そのリストを渡した。さらに、それらの顧客との売買成立の際は、二・五パーセントの手数料をヘレンがもらうという誓約書を書いてほしいと要求した。ハッチンソンはいいとも、と言うように気持ちよく書いてくれた。

いつものように、ホテルの日かげで、ヘレンを馬車が待っていた。馬車に乗りこみ、会社の用地へ走りだしたとき、ヘレンはしてやったりという意地の悪い満足感を味わっていた。これからしばらく、ハッチンソンとモンロウはあのリストを元に懸命に仕事をし、やがてヘレンにだまされたのを知るだろう。だが、ふたりがそれに気がついて、どんなにののしろうが、どうでもよかった。ヘレンの良心はもはや御しがたいものとなっていた。正直の基準を自分なりに訂正する必要があると思いはじめていたのだ。「ケネディさん、これはですね――ビジネスなんですよ」ヘレンは、自分がビジネスを仕返してやったことにモンロウが気づけば、ざまあ見ろだと思った。ふたりがむだな努力をやめる前に、ヘレンはさらに売買をひとつ成立させた。突然、ふたりの態度が変わった。

「あんたには、一本とられたよ」

ハッチンソンの言い方に、悪意はなかった。それ以来、ふたりはヘレンを女としてよりむしろ同志として扱うようになった。

ヘレンは、自分の心に生まれた苦々しい思いに気づき、驚いた。

夕暮れ時、ヘレンはよく小さな家が並ぶ静かな通りを散歩した。女たちが芝生に水をやっている。水を吸った草や、しずくをたらす花々から、ひんやりした甘い香りが漂ってくる。あちこちで、芝刈り機にもたれた男が、パイプを手に、隣人としゃべっている。夕日を浴びて、子どもたちが遊んでいる。うれしそうな、生き生きした声があがり、舗装道路をバタバタ駆ける足音が聞こえる。もはや、かたくなな、苦々しい思いは消え、ヘレンはただ、あこがれに似た気持ちを痛いほど感じていた。

そのうちに、夜の闇が迫ってきて、家々に明かりがつきはじめ、窓の四角い明かりを取り囲む黒々としたかたまりになってきた。レースのカーテンの向こうにぼんやりと、揺り椅子に座った女性と、女の子たちが数人、ピアノのまわりに集まっているのが見える。うす暗いポーチから、母親たちが子どもを呼びよせて、寝かそうとしている。そして、二階の窓を見ると、まぶたをとじるように、日よけがおりた。ヘレンはひとりぼっちにされたようで、とてもさびしくなった。そう言えば、ずっと疲れた足で、長いこと歩いていたのだと気がついた。しかし、ホテルへは帰りたくなかった。明日はまたきつい一日だと自分に言いきかせることになるだけだ。

ロビーにもどると、ハッチンソンとモンロウに出会った。とたんに、鋭さと頑固さがもどってきた。モンロウは若い機材点検工をうまく手なづけたらしい。温和な父親のような彼の態度が、若い、荒削りの若者を骨抜きにしたのだ。モンロウは、ヘレンがねらって、土地を売りたいと思っていた、機材点検工をつかまえたのだった。となると、手数料の取り合いになるわけだ。ハッチンソンは当然、モンロウの側につく。ヘレンは相変わらずひとりだった。でも、今や、ヘレンのまわりは敵ばかりだった。

「ヘレン、闘うのよ！」と、ヘレンは自分を叱咤《しった》激励する。「女だからと言って、相手に踏みつけにされるままにしておくつもり？」

ヘレンはベッドに横になって、眠れないままに、売買交渉のこと、セールスポイントの説明、さまざまな見込みをどう判断するかなどを考えていた。売買が成立するたびに、ヘレンの自由への距離は短くなった。いつの日か、ヘレンは家を買うのだ。大きな灰色の壁の居間があり、バラ色のカーテンがかかり、美しい刺繍入りのタオルやテーブルクロスがたっぷり整っている家。あわてて、それを振りはらったヘレンは、そんな考えを頭に浮かべた自分に腹を立てた。しかし、ついにヘレンは最高額の売買を成立させて、勝利の喜びに酔うことができた。六十エイカー（約二十四ヘクタール）の土地が売れたのだ！　そこで野バラの図案がついた麻のテーブルクロスを買って、お祝いした。毎晩、部屋にもどると、ヘレンはそれを手にして座り、そろったきれいな目で美しい野バラの刺繍をほどこした。

刺繍があがり、洗ってアイロンをかけると、ヘレンはそれをたたんでていねいにうす紙に包み、たんすの安っぽい、ゆがんだ引き出しに大切にしまいこんだ。ときどきそれを取りだしては、その輝くばかりのクロスを、ベッドの足もとに広げ、うれしそうに眺めた。将来の楽しい満足感の核になるものが、ヘレンの心の中にしまいこまれたようだった。しかし、メイソンヴィルにいる妹のメイベルから手紙がきて、結婚を告げられたとき、すべては変わってしまった。メイベルはこの世でいちばんすてきな男性、ボブ・メイソンと結婚するという。「古老」メイソンの孫で、ロバートソンの店の店長だ。ヘレンはもはや、バラ模様のテーブルクロスを手もとにおいておけなくなった。ヘレンが失ったもののすべてと、ヘレンが妹にこれから手にいれてほしいものすべてをいやというほど思い知らされる象徴だからだ。

そこで、ヘレンはそのテーブルクロスを、内側がバラ色の白い箱にいれ、手紙と小切手を添えて、メイベルに送ることにした。メイベルの手紙は幸せではちきれそうだった。メイベルは似合いのカップルを吹聴し、「彼が世界一貧乏だって、あたしは結婚するんだから、それは変わらないわよね、もちろん。だって、お金がすべてじゃないですもの、そうでしょ?」と言い、ヘレンに結婚式に来てほしいと頼んでいる。しかし、メイソンヴィルへ行ったら最後、ヘレンの忘れられない悲劇をえさに、好奇と同情のまなざしの攻勢にあうことはわかっている。そこで、仕事を抜けられないと返事をした。メイベルからきた返事には、かすかに残念がる気持ちの中にほっとした感が、小切手のお礼のにぎやかなことばのあちこちにこもっていた。

「テーブルクロスもありがとう。きれいだわ。こんなに美しいものを初めてもらいました」

「でもまあよかった。あたしが行かなくてもたいしたことはないみたいだから」ヘレンはすぐにそう思った。しかし、メイベルの手紙によって、自分の少女時代と今の自分とのあいだに、時がいかに深い溝を作ってしまったかを思い知らされ、さびしさがつのった。自分の人生はどんどん過ぎ去っていく。仕事だけがつまっている人生、それはからっぽだった。

秋が深まったある日、ヘレンは油田地帯から早くもどってきた。平らな草原は黄色く染まり、空気にも確実に変化があり、いかにも秋がやってきた風情だった。同時に、ヘレンは別の変化も感じとっていた。仕事で話をした男たちの心情に、何かを予感させるような、何か前とちがう変化が感じられたのだ。この一週間、ヘレンは新しい有望株を見つけることができず、二件の売買に失敗してしまった。ホテルに立ち寄って、新聞を買い、経済ニュースを読んだ。それから、本通りを歩いて、ハッチンソンとモンロウが借りている小さな事務所にやってきた。

ハッチンソンがいて、椅子にもたれかかり、足を交差させて、机にのせていた。ヘレンが入ってきても、動かなかった。ただ、スポーツ欄から目をあげ、葉巻の灰をはたきおとした。今やハッチンソンは、ヘレンを自分がやっているゲームの同志として扱っている。彼の声には敬意がこもっていた。

「やあ、どうしてます?」

「あたし、もう油田から手をひこうと思います」

そう言うと、ヘレンはくたびれた様子で帽子を後ろへ押しやり、椅子にぐったり座りこんだ。

「なんてこった! いったいどうしたんですか?」

ハッチンソンは体を起こし、新聞を落としてしまい、机の上に体を乗りだした。彼はたいそう驚きあわてている。ヘレンのおかげで、かなりの金が入っていたからだ。

「油田地帯はもう価値がありません。K・T・Oの第二十五社は、あと二週間で閉鎖するそうです。会社は掘削をやめるようです。あたし、どこかよそへ行くことにします」

「なんだと！　だれがそんな話を？」

「だれも。あたしの予想です」

彼はほっとしたようだった。甘いことばでなだめようとした。あんたは疲れているのだ、たまたま運が悪くなっただけだ、と彼は言うのだった。どんなセールスマンにも、そういう時期は来る。ほら、このわたしだって、この四週間、一件の売買もできなかったが、冷静だぞ。元気を出せ！


実はかねてから、ヘレンはある計画をたて、それを彼に話す機会をねらっていたのだった。不動産売買における不正に、ヘレンはあきれかえっていた。つねづね、男性というものは、論理的に、筋を通して考え、行動するものだと思っていたので、感情的になりやすい女性よりも、男性を優位においていたのだが、むだで不毛な商売の仕方を見てきたヘレンは、考えを変えていた。彼女の計画は非常に論理的なものだったが、この論理はハッチンソンには通らないだろうと思っていた。そこで、彼女の予想の真実味によってひきおこされる感情的な効果に賭けようと思い、その予想を味方に、ヘレンは計画を話しはじめた。

土地売買における最大のポイントは、いい顧客を獲得することだ。個人的な勧誘に頼っていてはいけない。時間と労力のむだになる。宣伝するのがいちばんだ。クラーク&ヘイワード社のやり方は、ただの「行けえ！　やれえ！」式にすぎない。つられやすい人はそれでひっかかった。

そこで、ハッチンソンはにやりと笑ったが、ヘレンは先を続けた。

そんな宣伝に乗る人たちは、銀行に多額の預金を持っている人たちではない。ハッチンソンは、宣伝にひっかかったそういう人たちに土地を売ろうとして、かなりの損をした。ヘレンはそのいくつかの例をあげた。ハッチンソンの顔から笑いが消えた。

そこで、ヘレンは新しいタイプの不動産宣伝戦略を提案した。小規模の広告で、読んで内容がはっきりし、納得のいくものを用意する。ヘレンは、土地の価格が高い農村へ出向いて、そこで農民を対象とした宣伝キャンペーンをするつもりだ。今年は豊作で、農民は金をたくさん持っているし、ちゃんとした考えもある。そういう人たちに、安い土地売買を持ちかけて、売ろうというのだ。

宣伝費用をヘレンは出すつもりだった。しかし、だれか一緒にやってくれる人が必要だ。分け前を半々という条件で、ハッチンソンに協力を持ちかけた。自分の名前を出して土地を売ることもできるし、会社にかけあって用地の売買もできる。会社は、ヘレンが相手だと少し躊躇するかもしれない。しかし、ハッチンソンも認めているように、彼女は土地を売るのがうまい。だから、ふたりで協力してもうけようではないか。

ハッチンソンはヘレンの提案をあまり本気にしなかった。それは、ヘレンも予想していた。彼は少し考えてから、にやりとした。

「うちのワイフが賢くなったら、気をつけないといかんな」

それが彼のコメントだった。

「ふざけないで！」

切りつけるような鋭い声をあげ、ヘレンは怒りを彼にぶつけた。いや、すべての男に対してだった。そして、憤りに燃える目でにらみつけた。相手はあせってどもった――そんなつもりはなかった――と。

「あたしは、ビジネスの話をしているのよ。これはビジネスだってこと、忘れないで」

そう言いすてると、ヘレンは地図の入ったブリーフケースをとりあげ、事務所を出た。そうしながらも、ヘレンは自分の計画がうまくいきそうだと思いはじめていた。

十日後、K・T・Oのすべての会社が労働者を解雇しているというニュースが油田地帯に伝わった。ハッチンソンが調べたところによると、会社はただのひとつも油井を掘削しはじめていないという。金を貯めたモンロウは、冬場は仕事を休むと言った。そこで、ハッチンソンは、ケネディ夫人が宣伝キャンペーンの費用を出してもいいと言ったのを思い出し、冬枯れの時期でもあるし、彼女の提案にのろうと決めた。

ふたりはふたたび会って、細かい打ち合わせをし、ハッチンソンがクラーク氏に会いに出かけ、手数料の前金をいくらかと、サンタ・クララ・ヴァレーの用地売買権利を手にいれた。

汽車に乗り、ヘレンはこれで最後と油田地帯を眺めた。振りかえると、小さな駅と、黒いやぐらが林立する砂地の丘や、平たく広がった砂漠が見えた。女としてのさなぎの時代がこれでおわったのだ。ヘレンはそう思っていた。

第十七章

三年後、ある暑い七月の午後、ヘレンはサンホゼの混雑したサンタ・クララ通りを、土ぼこりをかぶった車で走っていた。そして、道路の縁で車を止め、歩道に身軽におりたつと、車のまわりを歩き、底の減ったブーツで、つるつるのタイヤをけとばしてみた。クパティーノの道を走っていたときにパンクしたのだ。つぎはぎだらけのタイヤに、空気を詰めすぎたのが原因らしいとヘレンは思った。三キロあまりのあいだ、またいつパンクするかもしれないと気が気でなかったが、疲労のあまり、わざわざ車を止めて、空気を抜く気力もなかったのだ。

「まったく、なんてざまなの!」ヘレンはぶつくさ言った。「新しいのに替えなきゃ」

後部座席に積んだほこりだらけの書類の山から、ヘレンはノートとブリーフケースをつかみとって、目の前の建物に入っていった。

四階にある事務所に入ると、ハッチンソンがいて、電話をかけていた。机においた灰皿から、葉巻の煙がくゆくゆとたちのぼり、開いた、大きな窓から漂いでている。生染めのラグには、よごれた足跡がついていた。いくつかの椅子の位置がかなりずれているところを見ると、ヘレンの不在中に、顧客が来たらしかった。ハッチンソンは電話を切り、にやにや笑った。

「これでテッドのやつ、家に帰っても無事だよ」

と言うと、葉巻をまたとりあげた。

「また、奥さんをだますつもり?」ヘレンは、自分にきた郵便物を仕分けている。「男って、ほかの男のために、その奥さんにうそをつくのがうれしいのね」と言って、手紙の封を切った。

「そうとも! あんたなら、どうする?」

たちまち、ヘレンは読んでいた手紙から目をあげた。

「ほんとうのことを……」かっとなって言いだしたが、やめた。「さあ、どうかしら。彼は、あの赤毛の女をまた車で連れだしたの? 彼にはもううんざりよ。言わせてもらえるなら、もう彼を見限るべきよ。あんな人は、あたしたちのセールスに役立たないわ」

ほかの手紙の封を切り、目を通しているあいだ、しばしの沈黙があった。さっきは一瞬かっとしたが、もうさめていた。世の中には頼りになる男だっているのだとヘレンは思っていた。そして、ポールを安心できる男として思い出していた。数カ月前、サンホゼにポールがやってきたときは、まるで、砂漠にひんやりした泉を見つけたような気がしたものだ。そのとき初めて、ヘレンは自分の心にじわじわと広がってきていた男性に対する軽蔑の気持ちをはっきり意識した。ポールには、そういう気持ちがまったく起こらなかったからだ。

窓から、サンホゼ銀行の時計台が見えた。四時半だ。ポールはまだ製氷工場にいる頃だ。ふとそんなことを思った自分に、ヘレンははっとした。そう言えば、自分はずっと無意識のうちに、今日はポールがサンホゼに来る日であることに、こだわっていたのだった。ポールは、彼の会社がサンホゼで利益を得るようになってから、よく来るようになっていた。

時計の示した時間が同時に、さらなる考えをうながした。ヘレンは電話をひったくるようにとりあげた。

「まだ、午後の配達をしてもらえますか?」ヘレンは応対に出た食料品店の店員にたずねた。「まあ、よかった。では、レタスをふた玉、卵を一ダース、バターを半ポンド（約二百グラム）。トマトはおいくら? そう、じゃ、それを一ポンドください。はい、こちらはH・D・ケネディ。サウス・グリーン通り五百六十です。ありがとう。よろしく!」

受話器をカチャンとおくと、ヘレンはたずねた。

「さて、今日の成果は?」

「客が六人。ふたりは見込みありだ。それから、ちょっと押せば、どうにかなるかもしれない夫婦」ハッチンソンが答える。「そうだ、シールズがタイガーズに完敗した。五回で勝負あった」

「そうなの」ヘレンはうわの空だ。「で、ハースの契約は、おわったの?」

「ああ、彼は大丈夫だ。ばっちりつかまえてある」ハッチンソンはあくびをした。「ところで、あんたのほうは?」

「来週の水曜日に一緒に土地を見にいくわ。相手はその気よ、でも、手ごわい相手だわ。車で行く予定なの」

「車は大丈夫か?」

「エンジンのオーバーホールが必要だわ。それに、新しいタイヤとチューブもいくつかいるし。今日は二回もパンクしちゃって。この暑さの中で、車をジャッキであげて、タイヤ交換なんて、時間がもったいなくて。もうくたくたよ。でも、この仕事が片付くまではエンジンをなだめなだめ行くしかないわ」ひとこと言うたびに、大きな荷物をかかえあげているような声だった。「あたし、もうくたくた」と、ヘレンは繰り返した。「今日は休ませてもらうわ」

そう言いながらも、ヘレンは椅子にぐったり座ったままで、通りの向こうに見える、古風な感じの赤れんがの建物群を眺めていた。ヘレンはサンホゼをふと、こんなふうに考えた。サンタ・クララ・ヴァレー一帯にしっかり根を張った、枝の太いがっちりしたゼラニウムのようだ、と。ヘレンは町の雰囲気が好きだった。網の目のようにトロリー・カーがつないでいる町の周囲には、果樹園が何キロにもわたって広がっている。庭くらいの広さの農場がたくさんあり、どこにもバンガロー(小さな平屋建ての家)が建っている。いつか、住宅団地ができる分譲地を担当して、そこにバンガローを百軒建てたいと、ヘレンは思っていた。

それから、ヘレンはハースの売買に考えをもどし、それについて、予想を述べはじめた。ハッチンソンは、ちょっとうるさがって、大丈夫だとうけあった。あの老人はばっちりつかまえてあるから、と。金ができしだい、ハースは最終契約書にサインをするだろう。金を取り寄せる手紙を書いたそうだ。ヘレンは何をあらさがししているのだ？

「あらさがしなんかしてないわ」ヘレンはほほえんだ。「でもね、悲観論者の定義をご存じ？楽観論者とのつきあいに飽きてしまった人ってことよ」

ハッチンソンはわけがわからず、笑いでごまかした。

「確かにそのことばを調べてみようと思ったことはよくあるさ。たまにそういうやつにお目にかかるからね。悲観論者か。しかし、それがどうした？　土地を売るのにそんなことばは無用だよ」

ヘレンはねらいが外れて、また失敗してしまった。彼の言うとおりだ。土地を売るのにそんなことばはいらない。自分の好きなことは何ひとつ、土地を売るのには必要ないのだ。あたしはばかだった。疲れているんだわ。しかし、ヘレンはふたたびハースの話題にもどった。この売買には気をつけてあたらねばならない。ハッチンソンはとてもよいセールスマンなので、ちょっとだらしないが、怒らせたくはない。いったいどこにハースはお金を持っているのだろう？　すると、ハッチンソンは、旧世界、つまりドイツの銀行だと答えた。

「ドイツ！　それを取り寄せるために手紙を書いたの！　なんてこと！　すぐに車に飛びのって、彼を追いかけて、お金を電信で取り寄せるように言わなくちゃ。電信代をこちらでもって、あなたが送るのよ。電信でお金を送ってもらわなくちゃ。あなた、新聞を読んでないの？」

そこらに散らばったスポーツ紙に取り囲まれて、ハッチンソンはえっという顔で、ヘレンを見上げた。

「あなた、オーストリアがセルビアに最後通牒をつきつけたのを知らないの？　バルカン戦争のことを聞いていないというの？　もし、ロシアが――まったくもう、ハッチンソンさん！　それなのに、ドイツにお金をおいたまま、手紙がくるのを待っているなんて。もたもたしていちゃだめ。早く行って、電信で送らせるのよ。あたしが払ってもいいわ。いい、五十エイカー（約二十ヘクタール）が売れるのよ！　しゃべってるひまなんかないの。電信社は六時に閉まるわ。急いで！　それから、左の後車輪に気をつけてね！」

ヘレンは彼にドアをあけてやり、あとからそう声をかけた。

一瞬燃えあがった興奮にヘレンは酔っていたが、それもすぐに消え、無気力と羞恥心にとってかわった。

「今のどなり方、土地セールスマンまる出しじゃないの！」

と、ひとりごとを言い、鏡の前で帽子をかぶりなおした。鼻にほこりがひと筋たまっている。あわてて、タオルでそれを拭きとり、くちゃくちゃに乱れた髪をかきあげた。こめかみの上あたりの褐色のかたまりの中に、白髪が数本、銀色にきらっと光って見えた。

「年をとったわ」

髪の毛を眺め、一面褐色に日焼けした肌に目をやった。あたしのことなんか、だれも見やしない。今さら、自分の容姿に気をつけたってしかたがない。ヘレンは戸棚の鏡に映った自分と別れ、戸を閉め、事務所に鍵をかけて、家へもどった。

小さな褐色のバンガローの、だれもいない窓が、ヘレンを迎えた。鍵のかかった玄関のドアと、ポーチにからまるバラのつるから落ちた枯れ葉が、いかにもさびれた様子を与えている。通りにあるほかの家々はどれも、ドアをあけはなしている。子どもたちが芝生で遊び、ポーチにおいた、ヤナギ細工のテーブルや揺り椅子や、むぞうさに落ちている雑誌などが、家庭的な雰囲気をかもしだしている。ヘレンが小さな家に対して感じる、あせりに似た愛情には、痛々しいものがあった。それはあたかも、家でさびしくヘレンの帰りを待ちわびている、愛玩動物に対する愛情に似ていた。

ドアが大きく開くと、小さな四角いホールがある。ヘレンが入って、空気が揺れたために、クルミ材のテーブルにおいた花びんから、バラの花びらがいくつかひらひらと落ちた。居間へ入ったヘレンは、窓をあけはなち、帽子とハンドバックを窓下の腰かけにおいたクッションの上に落とし、背筋をのばして、大きくのびをし、ふーっと満足のため息をついた。気持ちがすっと軽くなった。ここがわが家なのだ。

そして、ヘレンの目は、そよ風にかすかに揺れるバラ色のカーテンや、クリーム色の平らな壁や、褐色のラグや、薪の山が火をつけてもらうのを待っているれんがの炉を、いつくしむように見つめた。ヤナギ細工の裁縫箱があり、その向こうには、本が所狭しと入っている本棚、中古品店で買った、クルミ材の古風な机、茶色の革張りのクッションがいくつかのっている、男性向きの大きな椅子がある。これらはすべて、ヘレンのものだ。ヘレンだけのものだ。これらをヘレンが自分で手にいれたのだ。今の自分はわが家にいて、だれにも邪魔されない自由の身だ。あたりの静寂は、あたかもほてった顔にあたる冷水のようだった。

白いタイル貼りの風呂場には、黄色のカーテンがかかり、床のラグも黄色、ふわふわしたバスタオルにも黄色の縁どりがある。お風呂で、ヘレンは事務所でのいやな思い出をぜんぶ洗い流した。そして、うきうきしながら、手刺繍をした透けるおしゃれな下着をつけ、ぱりっとした白いドレスを頭からするりとかぶって着た。そして、つま先にビーズ飾りのある、かかとの高い、ちょっとうわついた感じの部屋ばきをはいた。

「ぜいたくな遊び人ってとこね！　結構セクシーじゃない！」鏡に映る自分に、ヘレンは笑いかけた。「あたしは二重生活をしているわ。『しみよ、さらば！』」と、首筋の三角形に日焼けしたところに向かって言うのだった。

一時間、ヘレンはとても幸せだった。青いギンガムのエプロンをつけて、芝生に水をやり、玄関ポーチに舞う葉を一枚残らず、ホースの水で流しおとした。隣家の女性と、バラについてひとこと、ふたことしゃべった。とくに親しいわけではなかった。この通りに住む女たちは、おだやかな家庭の主婦の暮らしと、不可思議なビジネスの世界とのあいだに横たわる、無理解という溝の向こうから、ヘレンを眺めていた。女たちはヘレンとどのようにつきあったらいいのかが、よくわからなかった。変わった女性だと思っていたからだ。ヘレンのほうは、近所の女たちの生活を、居心地のいい、安全な、しかしスケールの小さなものだと思っていた。

さて、ヘレンは台所へ行き、サラダを作り、オムレツ用に卵を割った。指を唇にあて、軽いパンを焼こうかどうしようか思案した。作るのは楽しい。どんなふうにふくらむかわからないから、おもしろいのだ。しかし、読書しながら、それを食べるのはむずかしい。バターを塗ったサンドイッチなら、ページから目を離さずに食べられるのだが。おかしなもので、食べているときにかぎって、ヘレンはさびしさを感じるのだ。テーブルに本をおいたとたん、家の静けさがひたひたと冷たくヘレンを包みこむのだった。

たとえ、きかれても、自分が何かを待っているとは、ヘレンは言わなかっただろう。しかし、そんなささいな質問にもすぐに答えを出さないのは、漠然とした期待感があるからだった。突然、電話のベルが静けさを引き裂くように響きわたったとき、それはあたかも待ちわびていた呼び出しのようだった。ヘレンはとっさに駆けだした。受話器をあげたときに聞こえる声に、なんの疑いも持たなかった。

いつものごとく、ポールの電話には、とってつけた口実があった。母親からの伝言だとか、リプリー農用地のニュースだとか、ごくくだらない、どうでもいいような話だとかだった。そんなものを聞いても、ヘレンはうわの空だった。ふたりにとって、それらはなんの意味もないことだからだ。ニッケルの受話器に、ヘレンの楽しげなえくぼが映り、はずんだ声で、彼女はポールに電話のお礼を言った。そして、彼を夕食に誘った。ポールは、ためらいと、行きたい気持ちに揺れている。ヘレンは熱心に誘った。そして、受話器をおいたとき、家の中に突然、ふわっと温かい、うるおった空気が流れた。

ヘレンは急にうきうきした気分になり、ラベンダーの香りのする引き出しから、いちばんきれいなテーブルクロスを取りだし、バラの花をどっさり切りとってきた。ふと、思いついて、一輪をベルトにさした。そうしながらも、胸の奥底に、あふれそうになってじりじりしている、いろいろな考えやら感情を自分が押しこめているのを感じていた。でも、それにはやはり目をつぶり、必死で抵抗していた。今は表向きのおだやかなひとときだけを大切にしたい。ヘレンは、せっせと軽いパンをこしらえはじめた。そして、攪拌器がブィーンと音をたてているとき、ポーチに足音がした。

すばやい、男らしい、きっぱりした感じの足音だ。しかし、いつものように、どこかに熱っぽい少年らしさがあった。

ドアをあけて、ヘレンは彼に声をかけた。彼が入ってくると、ヘレンは粉のついた手を出し、手の甲で目にかかった髪をかきあげると、軽いパンを作るために攪拌器を回しはじめた。ヘレンが温めたパン型にまぜあわせた種を流しこみ、手早くそれをオーブンにいれるのを、ポールはそばにぎこちなく立って、眺めていた。しかし、ヘレンは、彼がそこにいるのを楽しんでいるのがわかった。

網戸で仕切られた脇のポーチに、テーブルが用意してある。ポーチをカーテンのように囲んでいる緑の葉のあいだで、蛾が飛んでいるように、白いパッション・フラワーがひらひら揺れていた。開けたところに咲いた大きな黄色いバラが、ときおり、網戸にやさしく触れている。夕闇がオレンジ色の光でやわらかにあたりを包みこみ、灰色の屋根の上に見える空は、半分が黄色く染まり、小さな雲が、金色のうろこのようにぴかぴか光っていた。

ヘレンの胸にひたひたと不可思議な、なんとも言いようのない気持ちが押し寄せてきた。いつか、どこかで、この瞬間を経験したことがある、という思いだった。でも、ヘレンはそれには目をつぶり、白いテーブルクロスの向こうにいるポールにほほえみかけた。彼がそこに座っているのを見るのがうれしかった。グレイの背広を着た、がっしりした肩、口もとをひきしめた、きりっとした唇、少しきつい感じの、でもまじめな正直な目。彼には、堅実、不変というイメージがあった。いつだって、彼の居場所はゆるがない。

「ヘレン、きみの料理は最高だ!」

彼はほめた。オムレツは上出来だったし、軽いパンも大成功だった。ヘレンはひとつしか食べなかった。ポールがあとのぜんぶを食べればいい。彼が喜ぶのを見て、ヘレンの胸はうれしさであふれた。

小さなテーブルを前に、お互いのあいだにえもいわれぬ空気が流れていて、ヘレンの心を激しく揺さぶり、酔わせた。なんとも説明のつかない感情がわきだして、胸がざわざわした。

「ええそうよ!」と、ヘレンは笑った。「あたしが土地のセールスマンになって、料理界は、天才をひとりなくしたわ」

そのとたん、ポールの顔が少し曇ったのを、ヘレンは見のがさなかった。しかし、ヘレンの陶酔感には、ちょっぴりあまのじゃくがあって、ポールの顔が曇ることなど気にしなかった。

「それは考えたくないよ」

ポールのまじめな声が、きらめいていた感情に水をさし、ヘレンも急にまじめな顔になった。殺風景な事務所の雰囲気と種々の問題が頭によみがえってきた。

「そうね、そんなことをもう考えている場合じゃなくなるかもよ。あなた、どう思う。ヨーロッパでは問題が深刻になっているんじゃない?」

「どういう意味だい?」

「戦争になるかも?」

「いや、それはないと思うよ。今、この時期にはね。起こるはずがない。そう願っている」

さらりと可能性を聞き流したポールの言い方に、ヘレンはほっとしたが、まだ納得はできなかった。

「あたしだって、そう願っているわ」こってりした金褐色のコーヒーに、光るスプーンをさしこんでかきまぜながら、ヘレンは言った。「立ち消えになればいいと思っているわ。あのバルカン地方の情勢は——もしオーストリアが最後通牒を取りさげず、セルビアがロシアを仲間に引きいれたとしたら、ドイツが来るわ。世界の政治情勢はあまりわからないけど、ひとつだけ確かなことがある。戦争になったら、あたしの仕事は、根本からくずれてしまうってことよ」

ポールはびっくりぎょうてんした。

「そんなことが、ここのぼくたちにどんな影響があるって言うんだい？」

「あなたや、あなたの仕事には直接影響はないわ。でもね、農民というのは、この世でいちばん警戒心の強い人たちなの。ヨーロッパに暗雲がたちこめたとたんに、農民はひとり残らず、お金をひきあげて、守りに入るわ。土地の売買は、心理作戦にかかっているのよ。新聞が『戦争！』と叫びはじめたら、たとえそれがここから一万三千キロも離れたところだろうと、今あたしがかかえている顧客はだれでも、手もとに確実な現金をおくほうが、あぶない投機に賭けて、抵当の借金をするよりましだと思うでしょうよ。つまり、あたしにとっては、運のつきってこと。このままじゃ、事務所の維持費と駐車場代を支払うだけで手いっぱいよ」

ポールの顔に、いろいろな思いが交錯して、驚きの表情が消し飛んだ。彼はひそかに顔を赤らめ、皿をじっと見つめている。

「きみはそんなことを心配するべきじゃない」

「あら、そうなっても、あたし、どうでもいいのよ」ヘレンは即座に言った。「どちらかと言えば、うれしいわ。だって、どうせ仕事はやめているでしょうからね。ほかにすることを見つけるわ。あたしが仕事嫌いだってことは、だれも知らないの。商売なんて、ばかな人たちが、それより少しだけばかでない人たちによって、だまされること、ただそれだけなんですもの」

ヘレンは問題の非人間性を語ることで、またわきあがってきた熱い思いを抑えようとした。ポールが黙ってしまい、ふたりのあいだにふたたび波立つものが流れだして、それがあおられたので、なおさらだった。ヘレンは、きびしい事実をいろいろ並べたてることで、このあぶない状態を乗り切ろうとした。

「あたしたちの商売の半分以上がなくなってしまっても、ほとんど害はないわ。不動産のセールスマンなんか、いなくてもいいのよ。あたしたちはただ、土地とそれを欲しいと思う人のあいだに立ちはだかっているだけなの。だから、いなくてもいいのよ。自分の力がわからないから人間に使われている馬とはちがうのに、人は土地のこととなると、勝手に自分のものにはできないと思いこんで、あたしたち不動産セールスマンを肥え太らせているわけ。土地所有者のホフマンは、土地を売って百パーセントの利益を得る。クラーク&ヘイワード社は五十パーセントを得て、経費と手数料にする。あたしは十五パーセントをもらい、あたしの部下は——というふうに、あたしたちはただ土地に寄生して、利益を吸いとり、かわりに何も提供しない集団なのよ。ああ、でも、この三年間がどんなに無意味だったか、あたしが知らないとは思わないでね」

ポールが聞いていないのを、ヘレンはわかっていた。彼はカタンと音をたてて、カップを受け皿におろした。それは彼女が何か言ったからではない。のぼりくる月の最初の明るい光のせいで、たそがれの訪れが遅くなった。やがて、不思議な銀灰色の光に照らされて、白いパッション・フラワーや、芝生にあるコショウの木の緑の小枝が、夢の中にいるような、この世のものとは思えない美しさを見せた。ヘレンの声は震えて、沈黙に溶けこんだ。たそがれのうす暗がりの中で、ヘレンはポールが口を開こうとしているのを察した。そこで、ことさら明るく、ありきたりなことばで、彼のことばをさえぎった。

「暗くなってきたわね。中に入って、明かりをつけましょう」

うす暗い部屋の中へ入っていくヘレンのあとから、ポールの足音がついてきた。ヘレンは自分の足が床からかなり浮いているような気がしていた。揺れうごくさまざまな感情に、さっとひとすじ、愉快な気持ちがさしこんだ。なんだか、十代の少女にもどったような気がする！　手探りで明かりのスイッチをさがした。まるで命綱をつかもうとしているかのように。

「ヘレン、待って！」

はっとして、ヘレンは壁に手をのばしたまま、立ち止まった。

「言いたいことがある」

ポールのせっぱつまった声は、もはやきたるべき瞬間からのがれるすべはないことを、ヘレンに告げていた。冷静に、いつものように神経と頭脳を張りつめ、ヘレンはその瞬間に立ち向かうことにした。部屋を横切って、小さなデスク・ランプをつけた。傘を通して流れる金色の光が、薄暮の部屋をかすかに暖かくした。ヘレンは口を開いたが、声が出なかった。手まねで、大きな革張りの椅子を示し、自分はクッションをおいた窓下の腰かけに座った。ポールは立ったまま、両手を上着のポケットにつっこみ、ひざの上で組んだヘレンの指をじっと見つめていた。

「きみは、結婚している」

ショックが体をつきぬけた。長いこと、そんな古い絆をまったく意識せずに過ごしてきたからだ。そんなものがあったかさえ、実は忘れていた。自分は自分、H・D・ケネディ、土地セールスマンであり、事務所のマネージャーであり、この家の世帯主である。

こわばった、かすれた声で、ポールは続けた。

「こんなことを言う権利はぼくにはないと思う。しかし、ヘレン、きみはいったい、何をしようとしているんだ？　しかし、ぼくには知る権利があるはずだ。これ以上、ぼくが何もできないのは、きみにもわかっているじゃないか。ひどいよ」声がとぎれたが、男の面子《めんつ》にかけてもというように、彼はことばをしぼりだした。「ひどいよ——彼にとって。いや、ぼくにとっても、きみにとってもだ。ヘレン、さっき、きみが言ったように、もしすべてがこわれてしまうとしたら、きみにもわかるだろう、ぼくの立場としては、あることをする以外にはないんだ」

どきどきする陶酔感は、どこかへ消えていた。さっきの冷静沈着な気持ちはもはや、ただの安っぽい、ひとりよがりのものにすぎなかった。ヘレンは、まるはだかになり、苦しみぬいた自分の心を見た。静まりかえった部屋は、彼女の心の静けさをそのまま映していた。

「あなたは、あたしにどうしろと言うの？」

ついに、ヘレンはそう言った。

ポールは、火のない暖炉へ歩みよって、積み重ねた薪を見下ろした。暗がりの陰の中から、くぐもった彼の声が響いてきた。

「きみはまだ、あいつが好きなのか?」

報われなかった愛情、打ちくだかれた希望、みじめな思いが交錯する、乱れた生活、それらはもはや流れ去った思い出だった。長いあいだ、ずっと胸の底に埋められたままの苦悩や、胸の奥にとじこめて、封印してきた思い出、バート、そして、ヘレンにとって彼がどんな男だったかということ、そのすべてがかなたへ流れ去った。今ではもう、彼の顔さえ思い出せない。頭の中にイメージを浮かべることさえできなかった。いったいどこにいるのかも知らなかった。最後に彼のことを思ったのは、いつだっただろうか?

「いいえ」

と、ヘレンは答えた。

「それじゃ、できるだろう?」

「離婚ってこと?」

ポールがヘレンのほうへ歩みもどってきた。彼が自分よりもっと動揺しているのが、わかった。ポールは重たい口ぶりで、ひとこと、ひとことしぼりだすようにしゃべった。こんなことをしようとは、自分でも思っていなかったのだ。とんでもない、と、彼は恐れをなすように言った。自分は離婚など認めていない、普通の場合は。しかし、今は……。ポールは人妻を愛するなんて、考えてもみなかった。そんなことをしてはいけないと思っていた。しかし、ヘレンはあまりに孤独でさびしい。それに、彼女はかつて自分が愛した女性だ。ヘレンはそれを忘れてはいないだろう？　これまでの長い年月、彼女なしで暮らしつづけるのは、たやすいことではなかった。そして、彼女がこんな状況になって苦しんでいるというのに、自分は何もできなかったのだ。

しかし、まったくそれだけではない。相手を思いやるだけで、自分のことは考えないというのはうそだ。

「ぼくはずっときみが欲しかったんだ！　ぼくがどんなにきみを欲しいと思っていたか、きみは知らない。男だって、だれかに愛してもらいたい、自分のことを気にかけてくれて、つらいときにはなぐさめてくれる人が欲しいと思っているとは、だれも考えていないらしい。ぼくたちは、そういう関係にはならないつもりだった。しかし、そうなんだ。ぼくはほんとうにそう思う。それも、だれか、じゃだめなんだ。ぼくがずっと欲しいと思っていたのは、きみだ。ほかのだれでもない。そりゃ、つきあった女の子もいくらかはいたよ。そのうちのだれかと、と考えなかったわけじゃない——だけど、やっぱり、きみのような人はいなかった。だから、どうしてももどってきてしまった」

「ああ、あなた、いとしいひと！」

頬に涙を伝わらせて、ヘレンはささやいた。

やはり、結局のところ、ふたりは過去も、過去に起こったこともすべて忘れられれば、ふたたびお互いのものとなり、幸せを感じることができるのだろう。しかし、ポールはバートに対して申し訳ないという気持ちにさいなまれていた。もし、ヘレンがまだ彼に未練があり、彼に権利が残っていたら……。

「もちろん、彼には権利がある。だって、彼はきみの——ああ、ぼくの言い分を聞く権利のない女性にこんなことを言うなんて、ぼくは思いもよらなかった」

「黙って！　もちろん、あたしにはあなたのことばを聞く権利があるわよ。自分のことは自分で決める権利があるんですもの」

しかし、かつてバートに対してヘレンがいだいていた情熱や美意識がことごとく死にたえ、しかばねとなって、胸の底に横たわり、永久にめざめることなく、だが、完全に忘れ去られることなく、澱《おり》のように残るのだと思うと、ヘレンは身ぶるいした。

「あたし、自由になるわ」

そんなことはありえないと思いながらも、ヘレンはそう約束した。ポールに対する、温かい深い気持ちが、ヘレンに目をつぶらせた。

その約束を聞いて、ポールはいかにもうれしそうな顔をした。懐疑心もあり、いまだに良心の動揺を抑えられずにいたが、それでも幸せだった。その幸せな気持ちが、ヘレンにも伝わった。ふたりはふたたび魔術にかかり、一瞬一瞬が輝いて見えた。ヘレンは将来のことなど考える必要がない。さっきの約束のその先など、考えなくてもいい。

「あたし、自由になるわ」

一年、少なくとも一年はかかる。それから、ふたりで先の計画をたてよう。

その瞬間、ヘレンのやさしい気持ちがポールをいっぱいに包みこんだ。自分を愛してくれる人に、どんなことをしても、充分なお返しはできそうもない気がした。沈黙の一瞬に、ふとヘレンの頭にひらめいたのは、女性が母性的な愛情を感じるのは、その女性の母性によるというよりはむしろ、男の中にひそむ子ども性によるのではないかということだった。

「いとしいひと」

ヘレンはつぶやいた。

ポールはもう行かなくてはならなかった。リプリー行きの朝の汽車に乗るのだ。しかし、毎日手紙を書くと言った。

「じゃ、きみもすぐに手をうってくれよ」

「ええ、すぐにね」

ポーチの上で、バラのつるの葉が、カサコソとやさしい音をたてた。かぐわしい香りを放って、花びらが一枚、月明かりの中を漂ってきた。

「さよなら、ポール」

「さよなら」

ポールは少しためらい、ヘレンの手をとった。

「ああ、ヘレン――かわいいひと……」

と言うなり、ポールはキスもせずに、急いで立ち去った。

部屋へもどったヘレンは、いろいろな顔を見せた自分を何度も迎えてくれた静寂の中にもどった。小さなランプを消し、暗い中で長いこと、月光を浴びた庭を眺めたまま、じっと座っていた。くたくたに疲れていた。ふたたび、ひとりで静寂の中にいるのが心地よかった。何も考えず、ただ、おだやかな幸せな心で、自分自身がゆっくりと、落ち着きを取りもどすのを感じていた。

次の朝、ヘレンはなんだか気持ちが高揚していて、一日事務所にいるあいだ、その気持ちはずっと続いていた。土地の下層土、水深、価格、条件などを話しているときも、手紙の返事を書いたり、来週の宣伝文句を書いて、そのゲラを直したりしているときも、そうだった。新聞は、ヨーロッパには戦争の暗雲がたちこめているという不穏なニュースを伝えていた。もし、戦争がアメリカへ飛び火したら、その影響がヘレンの担当する土地におよび、売買が落ち目になるまで、どれくらいかかるのだろう？　テッド・コリンズが請求してきたガソリン代は、目が飛びでるほどだった。それについて、事務所で熱い議論があった。サンフランシスコのクラーク氏に、電話の伝言がいくつもあった。ヘレンはこまごました用事に追われっぱなしだった。

水曜日、ヘレンは、手ごわい顧客を、車でサクラメントの用地に案内した。なかなか扱いにくいお客だった。他社のセールスマンにいくつかの用地を見せてもらい、いろいろ聞かされてきたので、どことはっきり決められなくなっていたのだ。そこで、ヘレンはかつてのやり方をとることにし、相手をほかの候補地すべてに案内し、それらの土地の欠点を、偏りがばれないようなうまい言い方で、間接的に伝えた。ほこりっぽい土地を、土地占い師とともに歩きまわり、何か文句が出そうになると、すばやくそれをかわしてうまく言いつくろい、シリンダー三つがゼイゼイいう車のエンジンをなだめなだめ、まさに念力で、お客に点線の上にサインをしてもらうという、過激な三日間だった。夢を見るひまもなかった。そして、三日目の夜、ヘレンは疲労困憊してサクラメントのホテルにもどってきた。頭にあるのはただ、熱いお風呂とベッドだけだった。

電信社のカウンターで、会社に売買完了の電報を打とうとしていたヘレンは、すぐそばで聞き覚えのある声を耳にして、はっと振り向いた。

「まあ、モンロウさん！　あなたもこちらにいらしてたんですね！　その後、お元気ですか」

ヘレンは土ぼこりまみれの手をさしだした。

「ええ、文句なしですよ、ケネディさん、まったくのところ。三十五エイカー（約十四ヘクタール）の土地の契約を二件まとめたところです。あなたはいかがですか？　勝利の女神はほほえみましたか？」

「あたしもたった今、用地からもどったところです。二十エイカー（約八ヘクタール）をふたつ、売りました」

「そうですか？　すばらしい、たいしたものです！　このままがんばってください。あなたのような若い女性ががんばっているのを見るのは、うれしいものですからね。そうですか、なるほど、あなたも用地に行っていたんですね！　まだ、ギルバートには会っていないんですか？」

いかにもうわさ好き、詮索好きな目が、ヘレンを見つめた。ヘレンは、カウンターにおいた電文を放心したようにちょっと見てから、文の下にくっきりと「H・D・ケネディ」と書いた。

「受信者払いで」

と、受付の女の子に言うと、肩越しにモンロウに向かってきいた。

「ギルバート？　まさか、夫のこと？」

そうです、と、モンロウは答えた。サンフランシスコで彼に会った。身なりもよかったし、たいそう元気そうだった。ヘレンのことをきかれたので、サンホゼにいると答えたそうだ。

「しかし、あなたは用地にいたんですから、彼には会えなかったでしょうね？」

「ええ、会えませんでした。三日間、あっちに行きっぱなしでした。お客にここパターソンのあいだの土地をくまなく案内していたんです。どんなにハードなものか、おわかりでしょう。もうくたくたですわ。では、これで失礼します。ごきげんよう」

ヘレンはロビーを歩いて、エレベーターへ向かった。靴のヒールがモザイク模様の床でカツカツ音をたてた。ヘレンは思った。あたしはいつものように、早足で、ゆるぎない歩き方をしている。

第十八章

とても眠れそうにない。思いがけず、バートの消息がわかったショックで、ヘレンのくたびれきった神経は、さらに刺激され、熱を持って張りつめてしまった。これまでの長い経験から、このような混乱状態の頭では、自分の判断力はまったくあてにならないので、結論をまともに受けいれてはならないとわかっている。しかしそれでも、頭の中をいろいろな思いが錯綜《さくそう》するのを抑えられなかった。さまざまな思いが、勝手に意思を持って動いているようだった。ヘレンはただ、酷使された自分の体が、疲労困憊のあまりくずれて、うごめく思いをつぶしてくれるまで、待つしかなかった。明日になれば、落ち着いて考えられるようになるだろう。

ホテルの真四角の部屋では、ぎらぎらした明かりが、赤いカーペットと、てかてかしたマホガニーの家具を余計にみにくく照らしだしていた。ヘレンはいつものようにてきぱきした動きで、窓をあけ、帽子とコートをかけ、かばんをあけた。氷水を持ってきてくれたベルボーイに、いつもと同じく、愛想よく声をかけるのも忘れなかった。ベルボーイは、ヘレンの青白い顔や、ぎらぎらした目を見ても、なんとも思わなかった。このホテルでは、用地からもどってくるヘレンしか見ていなかったし、売買がうまくいったときも、失敗したときも、いつだってくたびれきった様子のヘレンしか知らなかったからだ。ベルボーイが出ていくと、ヘレンはドアをロックし、着替えを始めた。

ポールを巻きこんではいけない。どうしても彼を守らねばならない。胸がむかむかした。彼を巻きこむなんて、なんとも卑俗な、いやらしい考えだ。だめ、だめ、もう考えてはいけない。ヘレンはくたくただった。いったいどうして、こんなばかなことになってしまったのだろう？　年数がたって、バートはどう変わっただろうか？　彼に触れた思いが、よみがえってきた。だめ、だめ、ポールのことは考えてはいけない。ふたりの男を同時に胸におさめておくのは、耐えがたいことだ。ヘレンはそれが恥ずかしくてならなかった。ひとりの男と結婚し、大波のように押し寄せてくる思い出でまだつながっているというのに、別の男を愛し、婚約までしたとは！　まともな、自制心のある女のすることではない。しかし、ヘレンはそうなのだ。その事実を受け止めねばならない。いや、こんな状態で立ち向かってはいけない。体を休めて、自分を取りもどすまではだめだ。

ヘレンはお風呂に入り、肌を、痛く赤くなるまでこすった。コールドクリームでは、顔と手のよごれはとれなかった。そこで、きめの荒いタオルで石鹸を使ってこすった。真夜中に、髪を洗った。ああ、もしも、この体から抜けだして、自分から逃げて、ほかの人間になり、これまでの自分のこと、起こったことをすべて忘れてしまえたら！

ヒステリー状態だわ、とヘレンはひとりごちた。

「しっかりして。とにかく我慢するの。待つの。こんな日はいつか遠くなる。人生も、流れる水のように、やり直せる。きっとそのうちに、いい具合になる。もう、くよくよしない。あんたは疲れているのよ」

夜明けになってやっと、まぶたが重たくなってきた。ヘレンは眠りに落ちた。明るくなってきても、目をさましたり、眠ったりして、半ば意識的に眠りをのばしていた。頭の上から、忘却の毛布をかぶせ、生きていることすら忘れさせるかのように。あたかも、小さな子どもが、暗闇をこわがって、毛布を頭からひきかぶっているようだった。

外では、世の中が目をさまし、動きだしていた。物事が忙しく進み、時間がたっていく。通りの騒音、人の声、自動車の警笛、馬車の行き交う音などが、窓から、暑い日光とともに注ぎこんでくる。眠っているヘレンの耳には、川の流れのように聞こえた。午後遅く、ヘレンは目をさました。まぶたは重く、頬にはしわがよっていたが、ふたたび自制心を取りもどしていた。

冷たい水で顔を洗い、こざっぱりした服に着替え、気持ちも落ち着いたところで、ヘレンは、食事に行った。やわらかな明かりのついた、広い食堂で夕食をとりながら、白いテーブル越しに、見知った顔のビジネスマンたちに会釈をした。それから、なんということなしに、ふと思いついて、外の混雑した通りへ出ていった。一緒についてきたのは、かつての自分の亡霊だった。見ひらいた目をきらきらさせ、いじらしいほど自信にあふれて、メイソンヴィルから、電信技術を習いたいと出てきた、あのときの自分だった。

サクラメントはすっかり変わっていた。かつては大きな町だったが、今は市になっている。都市間を走るきらびやかな電車やバスの路線、空につきささるように高々とのびる高層ビル、その空を、缶詰工場などの工場群がはきだす煙がよごしている。通りには、渋滞してのろのろ走る車がうごめき、波止場には船がひしめいている。黄色くにごった広い川には、両方向から、建設中の新しい橋がお互いに手をのばしている。

この市の発展や、大規模な都市開発の計画や、かつての穀倉地帯に広がる、豊かな農場についての統計的数字は、ヘレンがよく知るところだった。それこそ百回も見直して、土地売買に関する結論を引きだし、家屋販売のうたい文句と照らしあわせたものだった。なぜなら、ヘレンは、サクラメント・ヴァレーの土地を、自分の担当していたサンウォーキン・ヴァレーの用地に追加していたからだ。しかし、そういうことより、ヘレンの回想が雄弁に思い出したのは、過去の日々と現在との深い溝だった。

ブラウン夫人がやっていた食堂と、ヘレンが下宿していた部屋は、もうなくなっていた。かわりに、れんががむきだしの六階建ての新しいオフィス・ビルが建っている。ヘレンが、キャンベル夫人にくっついて、ぎこちなくつまずくように歩いた、あのりっぱな通りには、今ではうすよごれた下宿屋が立ち並んでいる。かつては堂々たる威厳に満ちたキャンベル夫人の家も、ペンキのはげかかった、うらぶれた感じの建物になっている。手入れの悪い芝生が見え、かつてヘレンとポールが明け方にさよならをしたポーチの向こうに、今は金文字の黒い看板がある。「中国漢方医　アー・ウォン」ヘレンはそそくさと通りすぎた。

このめまぐるしい何年かのあいだに初めて、ヘレンは自分の内面に問いかける気持ちになり、これまで経験してきた激しい変化を、ひとつひとつ検証してみようと思った。けれど、かつての自分がそこに立ちはだかって、変化がよく見えなかった。今、振りかえってみるとそれは、自分をもてあましているあわれな若い少女、わけのわからないものに必死で立ち向かっている、愛すべき、感情あふれる、元気な少女だった。ヘレンはその少女に激しい同情を覚えた。その少女がわけもわからず勇敢に立ち向かった人生から、少女を守ってやりたいと思った。若さとやさしさをとっておきたかった。しかし、当然のことながら、その少女はもういないのだ。当時、あこがれの目で自動車を眺めていたあの部屋がないのと同じく。

ヘレンがホテルにもどったのは、夜の十一時だった。ロビーにたむろしている人々のあいだを、きびきびした足どりで通りすぎ、フロントで部屋の鍵を受けとり、朝早いサンフランシスコ行きの汽車に乗るので、起こしてほしいと頼んだ。昨日売買が成立したので、最終契約書を取りに行って、それをサンホゼへ持っていき、その日にサインをもらわなければならないのだ。バートのことを考えると、胸の奥がずきずきした。しかし、胸にしまっておくしかない。これから何が起こるか、予測などつかない。何があるにしろ、それに立ち向かうしかない。当面、仕事は今までどおり続けよう。将来への態度、自分自身に対する態度を決めるのは、それまでお預けだ。ヘレンは静かに眠りに落ちた。

次の朝、汽車に乗ったヘレンは、サンフランシスコの新聞を買った。頭の見出しがニュースをわめきたてている。戦争だ。ヘレンは、クラーク氏と話をするために、サンホゼ行きの汽車を一本遅らせた。ところが、戦争のニュースは、クラーク＆ヘイワード社の広い、清潔な感じの事務所にはなんら影響をおよぼしていなかった。セールスマンたちがカウンターで、測量地図やアルファルファ畑の写真の上にかぶせたガラスの上にひじをついて、のんびりしている。立ち止まってひとり、ふたりに話しかけてみたが、いつものように売買でもうけた、損した、手数料でけんかした、個人がどうした、こうしたなどの話ばかりだった。ヘレンはクラーク氏の部屋に入る順番を待った。そして、やっと番が回ってきたとき、ヘレンは、親しげなまなざしの下に、きびしさを秘めて、クラーク氏を見つめた。

ヘレンはクラーク氏と話すのが好きだった。三年間、彼のもとで働いたヘレンは、この神経質な、よく頭の回る、いろいろなところに気をもむ男のことがわかるようになっていた。ふたりのあいだには、同志意識が芽生えていた。どちらも、油断のない中にも思いやりを感じあっていた。どちらも、相手にはどんなささいなビジネス・チャンスをも取られまいとしていた。しかし、必要な対立関係を越えたところで、ふたりは友だちだった。ヘレンは、彼のすばやい頭脳プレイを楽しそうに見ていた。そして、彼が買い手の考えをうまくつかむように、ヘレンの考えをつかもうとしているのを知っていた。ヘレンがたてついてくるのは、それなりの動機があると、彼がわかっているのを、ヘレンは知っている。だから、仕事の話をしているときのふたりは、フェンシングでお互いに友情を持ちながら、つつきあっているようだった。しかし、クラーク氏はときおり、机の上にのっている写真の妻や子どもたちの話をしたので、ヘレンは彼が家族をとても大切にしていることがわかった。あるとき、ストックトンのホテルで、彼はまるでひとりごとのように、これまでの仕事のキャリアを話してくれたが、それはヘレンもあっと息をのむようなものだった。

今日、こうして彼に会っていると、相手のいかにも明るい快活な様子に、いささか努めてそうしている感じを、ヘレンはいだいた。初めて会ったときに比べると、そのごまかしを許さない目のまわりのしわが深くなったように感じた。そして、椅子に腰をおろし、平たい机を前に彼に面と向かうと、相手の頭がかなり白髪になっているのに気づき、はっとした。彼の表情から、すばやさと鋭さをのぞいたら、それはまさしく老人の顔だった。

ヘレンが戦争の話をしはじめ、仕事への影響について語ると、その表情は一段ときびしくなった。影響などない、と彼は言った。われわれの未来は、かぎりなく明るい。サクラメントの土地は売れに売れているではないか。秋には、五十人の新しい入植者が、リプリー農用地に入る。株式市場の混乱はかえって、土地という手がたい投資価値を高めるだろう。もし、この戦争が一年以上続けば、アメリカの農作物の値はあがるのだ。

「あたしが心配しているのは、心理的な影響です」

と、ヘレンは小声で言った。クラーク氏は落ち着きなく、髪を手ですいた。

「農作物の値があがれば、土地の買い手の心理もよくなるさ」

ヘレンは笑った。

「セールスマンの心理も考えていただかないと」

彼の目がきらりと光り、ヘレンのほほえみに答えた。しかし、彼が何か言う前に、ヘレンは続けた。

「クラークさん、あたし、個人的なことをひとつおたずねしたいんです。あなたが、この仕事でほんとうに得ているものは、なんですか?」

彼の口もとのしわがいっそう深くなって、笑いが浮かんだ。

「ポートランドの土地ブームのときは、ほぼ二百万ドルもうけたよ。まあ、ゲームだよ。わたしにとってのゲームさ。それだけだ。これまでに、二度大もうけをし、きみも知っているね、二度ともすってしまった。そして、今また、少し上り坂になっている。ああ、人生を最初からやり直せたらなと思うよ……」そして、すぐに言い直した。「いや、やるなら、同じことをやるね。それはまちがいない。そんなはずはないと、人は思っているが、やっぱりそうなんだよ。自分で自分の人生を作っているわけじゃないんだ。作られているんだ」

「運命論者ですか?」

「そう、運命論者さ」

ヘレンが立ちあがると、ふたりはまたほほえみをかわし、ヘレンは手をさしだした。彼はしっかりとその手を握っていた。

「ところで、きみのだんながこのあたりにいるというあうわさを聞いたかね?」

「ええ」ヘレンは目で会見のお礼を言った。「では、失礼します」

ああ、もうどうにもならない、この世は絶望の闇だ、とヘレンは思い、それに押しつぶされそうになっていた。そんな彼女を乗せて汽車は、カリフォルニア半島を南下し、サンホゼにやってきた。みじめな思いからのがれたくて、ヘレンは午後の新聞を買い、夢中で読んだ。

新聞は、ぶっそうなニュースでいっぱいだった。ベルギーのどこだか知らない町の名前がいくつも目に入った。めちゃくちゃにさんざんわめきちらしてはいるが、はっきりしているのは、抵抗しようのない戦車のように、恐ろしい大群が、フランスへ、パリへ向かっている姿だった。ドイツ軍がパリへ侵攻するなんて! 許しがたいことだ! ヘレンは、自分の激しい抵抗の感情に、われながら驚いた。なぜ、自分は、こんなに熱い激情を覚えるのだろう? パリだって、ましてやヨーロッパのことなど、たまたま聞きかじっただけの知識しかない自分がどうして?

「フランス語を習わなくちゃ」

思わずひとりごとが出た。ヘレンは、自分の知らないことが、自分の外の世界にも、内の世界にも、とてつもなくたくさんあるのに、驚愕する思いだった。

マニラ紙でできた淡黄褐色の長い封筒に入っている、まだサインのおわっていない契約書が、嵐の海のたったひとつの錨のようだった。今晩、ここにサインをもらわなくてはならない。それこそ、やるべきことだ。ぜひとも成しとげなくてはならない。ヘレンは駅から電話をいれ、買い手と会う約束をし、慣れた状況に身をおいて、やっとほっとし、いつものように、路面電車に乗って一番通りを事務所へ向かった。

バートが、ヘレンの椅子に座り、タバコをふかし、夢中になってハッチンソンとしゃべっていた。ヘレンがドアをあけたとたん、一座ははっとして、凍りついた。ふたりの男は彼女をぎょっとして見つめた。愛想のいいハッチンソンの表情も、凍りついている。バートは、いつものように手をひらひら動かしたが、のばしたところで手は止まり、宙に浮いた。ヘレンの後ろで、ドアがバタンと閉まった。

あとになって、ヘレンはいろいろと思い出した。ハッチンソンの真っ赤になった顔、ヘレンがもどってくるとは思わなかったと、おどおどしながら、あせってどもりどもり言い、やみくもに帽子をさがし、そそくさと出て行ったことなどを。でも、そのとき、ヘレンはほかにだれもいなくなった部屋で、バートに向かって歩いていったらしい。体じゅう、頭のてっぺんから手の先までが震えていたが、声は意外に落ち着いていた。

「こんにちは」

そう言いながら、ヘレンは、手袋のボタンをはずした。

彼の顔すら思い出せなくなっていたとはいえ、やっぱりその顔は毎日見ていたかのように、なつかしかった。低い白い額に、金髪がひとふさかかっている。光る目、ワシ鼻、はっきりした形のない唇。いや、ヘレンは彼の口がそんなふうだったのを、まったく覚えていなかった。経験を積んだヘレンの目は、わがままな、遊び好きの性向があらわれた、ふにゃふにゃした頬と、かすかにはれぼったいまぶたを目ざとく見た。体の震えが増してきたが、意に介さなかった。ヘレンはあくまで冷静で、落ち着きはらっていた。

バートがことば巧みに、自信たっぷりに彼女をいさめるようなことを言うのを、ヘレンは無感動で聞いていた。やっともどってきた男に会うには、あまりにつれない態度だった。ヘレンは、抱きしめようとする彼の腕を、肩をそびやかしてはらった。

「座りましょう。ちょっと失礼」

そう言うと、彼がさっきまで座っていた椅子にヘレンは腰かけた。これはあたしの椅子だ。ここで、何人ものの土地の買い手と話をつけたのだ。

「こりゃ、ご挨拶だな!」

バートの責めるようなことばには、思わず感嘆の気持ちがこもっていた。ヘレンは、この男を失う方法は、彼にしがみつくことだと知っていた。彼は今、ヘレンを求めている。なぜなら、ヘレンが彼に冷たいからだ。これまでの報われなかった愛情、自己犠牲、彼への信頼、それらに対して、彼がまったく応えなかったこと、それらに彼がまったく気づかず、またはありがたいとさえ思わなかったこと、そんな思いが痛みをともなって、どっとこみあげてきた。ヘレンは唇をひきむすび、机を前に、彼を見据えた。

「あら、そう思うの？　なら、ごめんなさい。で、ご用は？」

バートは一瞬、ヘレンの目を見た。彼があせって気持ちを立てなおそうとしているのを、ヘレンは見てとった。他人の意思を自分の思いどおりにしようとする、自信過剰のくせがまた見えた。彼は、だれかが自分に面と向かってさからうことが、信じられなかった。とくに、この魅力ある自分にまったく不感症の女がいることが、信じられないのだ。突然、ヘレンは体の芯がぐうっとこわばってきた。この男を思いきり痛めつけてやりたいと思った。彼の、こんな自己中心的なエゴをばらばらに打ちくだき、急所をさがして、つきさしてやりたくなった。

きみが必要なんだ、とバートは言った。彼は妻を求めていた。彼の声は、ヘレンがよく知っている声だった。女性だけに使う、低めのなだめるような声だ。彼がその効果を充分に知ったうえで、それをうまく使っているのに、ヘレンは気がついた。

彼は地獄の苦しみを味わってきたのだった。「まさに地獄の苦しみだった」と、彼は語気強く繰り返した。だが、ヘレンにわかってもらおうなどとは思っていない。所詮《しょせん》、彼女は女だからさ。ヘレンがいなかった年月のあいだ、彼がどんなに後悔して苦しみ、胸を痛め、悩み、みじめな思いをしてきたか、それはヘレンにはわかるまい。それらを、彼は同情を誘うように、身ぶり手ぶりで話して聞かせた。ヘレンに対して、ひどいことをしたと言い、彼女を置き去りにした自分を、卑怯者だとも言った。それをいかにも謙虚に認めた。

彼は、ふたたび地に足がつくまでは、ヘレンのもとへはもどらないと心に決めていた。そして彼は改心したのだ。これから働くつもりだ。もう酒はやらない。すでに、輝ける未来の構想はできている。フェル・デ・レオンという、特許薬の王が、オーストラリアで大々的なキャンペーンを展開することになった。フェル・デ・レオンは、バートに絶大の信頼をおいているので、契約にサインさえすれば、年間一万五千ドルの収入が見込める。

だから、バートはヘレンに一緒に来てもらいたい。ヘレンが必要なのだ。そばにいてくれれば、どんな誘惑にも耐えられる。ヘレンはバートの天使だ。これまで本気で愛し、尊敬したのは、ヘレンだけだ。一緒にいてくれれば、なんでもできる。ヘレンなしでは、希望もないし、胸がつぶれる。これからどうなるか知っているのは、神だけだ。

「許してくれるね? おれを捨てないよな? もう一度、チャンスをくれないか?」

ヘレンは自分の手を見下ろしていたので、彼の真意を目でつかむことができなくなっていた。机の端で両手を重ね、落ち着いて、静かに座っていた。体を揺さぶる、むかつくような気持ちにもまったく動じなかった。彼を傷つけてやりたいという気持ちは、なくなっていた。ヘレンの同情に訴える彼のことばは、軽蔑をもたらしただけだった。

「悪いけど」ヘレンはとうとう言った。「あなたには——これからがんばって、どんなことにも成功してほしいわ。あなたなら、きっとできると思うわ」彼の自尊心を尊重するために、きっぱり言うように努めた。彼を傷つけたくはない。「これまでだって、精一杯やってきたと思うわよ。

それはもういいの。あなたがやったことを、どうのこうの言わないわ。あなたを責めたりはしない。だけど、わたしはもう……」

「おい、おい！　きみはどうしてそんなに冷たいんだ？」

バートが叫ぶ。

とうとう手までが震えてきた。ヘレンは両手をきつく握りしめて、震えを抑えた。

「あたしは冷たいかもしれない。あたしたち、うまくいかなかったのよ。あなたのせいじゃないわ。ただ、お互いに合わないだけなのよ。最初からまちがいだったのよ」

喉がぐっとつまった。

「じゃ、ほかの男がいるんだな！」彼が叫ぶ。「そうだと思った」

「ちがうわ」軽蔑しつつも、声はおだやかだった。「それはちがうわ。あたしとあなたのあいだには、土台のようなものは何もなかったのよ。あなたは、今、あたしを思いどおりにできないから、あたしを欲しいと思うのよ。だから、離婚すれば、そんな気持ちもなくなるわ。あたしはそのほうがありがたいの。そしたら、ふたりとも晴ればれと新しい出発ができる。あなたの成功を祈っているわ。そして、欲しいものをなんでも手にいれてちょうだい」

ヘレンは机に片手をついて、立ちあがり、もう一方の手をさしだした。

「さよなら」

別れをあとくされなく、きっぱりと、威厳を持って、と思っていたヘレンの思惑は、くずれた。

バートは自分が獲得しようとした相手を失ったことが、信じられなかった。虚栄心を傷つけられたバートは、ヘレンの反抗を打ちくだこうとした。ふたりの幸せだった頃の思い出を語り、これから彼がもたらそうとしている未来の絵を語り、ヘレンの寛大さと、哀れみと、自分に対する賞賛の思いに訴えて、気持ちを変えようとした。知っているかぎり、女性の心に響くことばを奏でようとした。

ヘレンはみじめさにもだえながら、身じろぎもせずつったっていた。彼のことばの裏に、それを言わせた動機が見え見えだった。自己愛、うぬぼれ、くずされた自分の抵抗。ヘレンがふたたび感じたのは、もはや自分の外にあって、力をおよぼさない磁力、かつて、自分を打ちまかした、電気ショックのような力だった。

「やっぱり、もう行ってちょうだい。こんなことをしていても、ふたりともどうにもならないわよ」

ついに、彼は行くことにした。

「女はどいつも同じだ。いいか、おれをだませたとは思うなよ。どうせ、もっと金のある男のせいだろう。まったく、おれが紳士じゃなかったら、おいそれと離婚なんかできないんだからな。しかし、おれはちがう。離婚でもなんでもしろ！」

ドアがバンと閉まり、彼は出ていった。

しばらく、ヘレンは動こうともしなかった。やがて、奥の部屋へ入り、鍵をかけ、やっと腰をおろした。かたく握りしめた手に目が落ちた。そういえば、最近ずっと、結婚指輪をしていなかった。しかし、指は少し細めになっていて、内側を見ると、白いなめらかな筋が、指輪のはまっていたところを示していた。静かにヘレンは机の上で腕を組み、顔をうずめた。しばらくすると、ヘレンはすすり泣きはじめた。しゃくりあげるように、激しく、喉からしぼりだすような声をあげて泣き、熱い涙が数滴こぼれおちた。

一時間がたち、さらにもう一時間たった。表の部屋から、足音が聞こえ、はっと体を起こした。お客が来たにちがいない。ヘレンは顔をあげ、じっと動かずに待った。やがて、足音は出ていった。次におなじみの通りの音が聞こえてきた。路面電車がガタンガタンと音をたてて走りすぎ、新聞売りの少年が「号外」を声高に叫んでいる。角の向こうにあるサンホゼ銀行の大時計の分針が、ぎくっと小さく動いた。

六時だった。緊急呼び出しの声が、頭の中で閉じていたドアをノックした。六時だ。あわてて腕時計を見た。とたんに思い出した。そうだ、六時半に四十エイカー（約十六ヘクタール）の土地の最終契約書をかわすことになっていた。ハッチンソンから、よろしく頼むと言われている。窓の下では、さっきの新聞売りが「戦争だ！」とまたどなった。

のろのろと、ヘレンは冷たい水で顔を洗い、髪をとかし、帽子をかぶった。契約書を手に、事務所のドアに鍵をかけ、いつものように、仕事に必要な愛想と晴れやかな表情を作った。買い手の妻は、ヘレンのほほえみにひきつけられ、買い手は、戦争のニュースでいささか迷っていたにもかかわらず、結局、ヘレンはふたりを説得して、契約書にサインをもらうことができた。

一週間後、ヘレンはハッチンソンに告げた。もう土地を売るのはやめる、と。相手はびっくりして、理由を知りたがったが、ヘレンは彼の好奇心を満足させることは何も言えなかった。ただやめるのだ。それだけだ。ハッチンソンならひとりで事務所をやっていかれるだろうし、必要なら、だれかを雇えばいい。ヘレンがいなくなっても、たいした影響はないだろう。

ハッチンソンはあせった。心ここにあらずになり、ヘレンの決心をひるがえさせようとした。これまで慣れていた、快適な仕事の流れが急に変わると思い、あわてている。まるで、ボートからいきなり荒海に投げだされた人間のように。

「なぜ？　どういう意味なんだ？　今までうまくやってきていたじゃないか？」

彼は、ヘレンがバートのところへもどるのかどうかを聞きたくてたまらなかった。バートがいきなりやってきて、すぐに行ってしまったのを知らなかったからだ。会社じゅうが、そのうわさをしているのをヘレンは知っていたが、実際にふたりが会ったときに居合わせたくせに、すぐに立ち去ってしまったハッチンソンは、残念ながらその興味深いいきさつを人にしゃべることができなかった。しかし、彼は、押し黙っているヘレンに対して、直接たずねようとはしなかった。

戦争が仕事に影響するというヘレンの考えを、彼はあざわらった。

「何を言ってるんだ。こんなに景気がいいのは初めてだぞ！　たった今、四十エイカー（約十六

〈ヘクタール〉の土地が売れた。サクラメント・ヴァレーとサン・ウォーキン・ヴァレーは、今じゃ土地ブームだぞ。今年の秋は、新しく五十人の入植者が、農用地にやってくる。土地ブームがくるぞ。株価が揺れうごいているから、人々は手がたい投資に目が向いている。そして、農民は、戦争があと二年も続けば、どんどんもうかるようになる」

「あなたの言うとおりかもしれないわ」と、ヘレンはうなずき、クラーク氏に、セールスマンの心理をもっと考えてほしいとかみついたとき、彼が目をきらりと光らせたのを思い出していた。

それでもヘレンは、春には不動産業がスランプに陥ると信じていた。男たちが、冷静な論理にのっとって仕事をしているわけではないというのは、とっくに承知している。男たちがその場かぎりの衝動やわけもなく高まった感情に揺さぶられたおかげで、ヘレンが得をしたことが、何度もあったのだ。しかし、これから、男たちも不安に思う時期がくるだろう。もはや、事実や議論を並べたてても、重い抵当に入る土地を現ナマと交換しようという者はいないだろう。しかし、そんなことはもはや、ヘレンの興味をひかなかった。

ヘレンは深い疲労感を感じていた。長らく動かさずにほっておいた体が痛むように、精神が安まらなかった。ほぼ四年間にわたって、ビジネスの世界に身をおき、もはやその重圧に耐えられなくなっていた。衝動や感情をかたくしばりつけてきた自制心を、解き放ってやらなくてはならない。そうしなければという思いがあまりに強くなり、もはや抑えられなかったが、その思いが体の奥底にひそんでいたので、なかなか気づかなかったのだ。

「あたしは疲れました。もうやめます」

ふたりの未払いの手数料を分配する取り決めを、サンフランシスコの事務所で正式にしなくてはならない。ハッチンソンはヘレンがサクラメントに修理のためにおいてきた自動車の利息の支払いを半分、ヘレンから引き継ぐことになった。すでに、彼の頭は次の新しい企画でいっぱいになってきた。ヘレンがもう宣伝文を書かなくなるのだから、それはカットしよう。

「普通の土地広告のほうが安いし、それで充分さ」

と、彼は言うのだった。

こうして、いとも簡単に、ヘレンと、これまでの日々のさまざまな出来事や思いとの絆は断ち切られた。ヘレンは小さなこぢんまりしたバンガローのわが家にもどり、土地宣伝用の資料を目につかないところに片付け、帽子とコートを戸棚にかけた。

居間の窓から、昼過ぎの日光がさんさんとふりそそぎ、家の中がとても不思議な感じに見えた。やけに明るく静かで、からっぽだった。目の前には、これからの長い何時間、何週間、何カ月かが果てしなく広がっていた。ヘレンはその空白のページに何を書きこんでもいいのだ。

部屋をひとつずつまわって、絵をかけ直したり、椅子の位置を変えたり、しおれた花の入った花瓶を手にとったりした。あいた窓から、ひんやりした風が吹きこんできて、カーテンを揺らせ、ヘレンの髪をなぶった。頭の中のいろいろな考えを、櫛ですいてくれたかのように。さっぱり、すっきり、生まれ変わった気がした。ただもう、深い喜びに満たされて、こまごましたことに考えをめぐらせた。掃除のおばさんには来てもらうのをやめよう。窓を磨き、家具のほこりをはたき、皿洗いも自分でしよう。明日、ギンガムの布地を買ってきて、エプロンをこしらえよう。そのうちに、メイベルと赤ちゃんが遊びにくるだろう。手紙を書いて、来てと言おう。

バラを切って、さっきあけた花瓶にさした。ふと、ポールのことを思い出した。バートがもどってくる前にそうだったように、ポールのことがごく自然にヘレンの頭に入ってきた。ふわっと胸が温かくなり、頬にえくぼが浮かび、ヘレンは思った。そうだ、ポールに電話して、今度の日曜に来てと誘おう。彼のために、ピーチ・ショートケーキを作るわ。

第十九章

ショートケーキは、大成功だった。ふたりが向かい合ったテーブルに、焼きたての、おいしそうな琥珀色の汁がにじみでているケーキがのせられたとき、ポールは今にもくずれそうでくずれないみごとさに、感嘆の声をあげた。

「すごいよ、ヘレン！　まだここへもどってきてから一時間もたってないのに、きみは魔法のようにこんなごちそうをこしらえてしまうんだから！　今が十七世紀じゃなくてよかったよ、きみはきっと魔女だと言われて火あぶりにされちゃってるさ」

温かい光のみなぎった目で、ポールはヘレンを見つめるのだった。

ポールは満足感に酔っているようだった。いささかきびしさのある表情が溶けて、まるで少年のような喜びがあらわれていた。その日はずっと、ポールの頭の中には、ヘレンは自分のものだというプライドがあり、それがときどきのぞくのだった。それが、ヘレンの心をとろかした。その気持ちに身をまかせることで、彼の心を勝ちとった喜びを覚えた。彼が自分のものになったと思い、彼をなおさら身近に感じて、うれしさが増すのだった。

うきたつような気持ちを、ヘレンは抑えられなかった。しょっ中、気まぐれなことをしたり、言ったり、彼に笑いかけたり、からかったり、いきなりやさしくしたりした。ふたりは一緒に、ふわふわした軽やかな気分で、ばかげたことをしてみたり、アラム・ロック公園の岩の多い渓谷を歩きながら、ふざけた話をしたりした。渓谷には、人の姿はなく、目を光らせた森の動物が、枝のからまったやぶや、倒れた木のかげから、こっそりちらちらと顔をのぞかせるだけだった。ふたりは目をきらきら躍らせて、まるで子どものように、とてつもなくおかしな秘密の冗談を言い合っては、爆笑した。下へおりてくると、公園の門のそばに、ホットドッグの店がいくつも並んでいて、休日に遊びにきた人たちが群がっていた。ポルトガル人やイタリア人にまじって、ふたりはリュートをかき鳴らす楽士からアイスクリームを買い、音楽に耳を傾けた。

そして、今、ヘレンはわが家のテーブル越しにポールを見つめていて、幸せな日を完璧なものにする最後の仕上げができたと思っている。ヘレンは晴れやかに笑った。

「思うとなんだかおかしいよ」フルーツの入ったケーキにクリームをかけながら、ポールがしゃべる。「きみは週日ずっと事務所で働いていて、それも、それなりのりっぱな職業婦人として働いて、そのうえ、家に帰ってくると、おふくろも真似できないほどうまい料理を作るんだからさ。まいったよ」

「あら、あたし、料理は好きなのよ」と、ヘレンは答えた。「遊びで、息抜きになるの。ほら、優秀なビジネスマンは、ゴルフもすごくうまいわよ。ただ、あたしはもう、職業婦人じゃないわ。

事務所をやめたの。そろそろ、コーヒーはいかが？」

「やめたって！　なぜ？　いつ？」

ポールはびっくりした声をあげた。

「こないだよ。理由なんかないけど。あたしはただ——ああ、わからないわ。ただ、やめたのよ。まあ、ポール、どうしたの？」

相手の顔の表情を見て、ヘレンは驚いた。

「だって、だれだって驚くよ。いきなりだから。きみはぜんぜんそんなそぶりを……」彼の声にかすかな非難がこもっていた。それが、突然、つっかかるような口調に変わった。「じゃ、きみのだんな——名前はなんだっけ、彼に何か言われたのか？」

「ううん、ちがう。もちろん、ちがうわよ！　あたしはただ、もう土地を売るのはやめようと思ったの。疲れちゃったのよ。それに、最近は、少し景気が悪くなってきたようだから」

「ふうん、わからないけどね。しかし、そうかもしれない」と、彼もうなずいた。そして悲しげに笑った。「でも、これからぼくは大変だよ——きみがやめたから。メイソンヴィルまでは遠いな」

「メイソンヴィル？」

ヘレンはびっくりして鸚鵡《おうむ》返しに言った。

「え、帰るんじゃないの？」

「まあ、どうして帰らなくちゃならないのよ?」思わず声をあげてしまい、しまったと思ったときは、あとの祭りだった。「あ、そうね、母がいるから、もちろんだわね。でも、あのね、ポール、そりゃ、あたし、母も家も何もかも好きよ。だから、何度も母に会いにうちに帰ったわ——でも、結局ずっと離ればなれだったし、ぜんぜんちがう生活をしてきたわ。母はあたしをどう扱っていいか、よくわからないのよ。だから、今、あたしがもどっても、はっきり言って、ふたりがうまくやっていかれるとは思わないの。母にはメイベルがいるし、ほら、赤ちゃんもいるわ。昔みたいには……」

うまく説明できなくなって、ヘレンはことばにつまり、笑いながら、本音を言った。

「とにかく、あたしは帰ることなんか、考えもしなかったわ」

ポールの目に当惑の表情が宿ったが、質問をぐっとこらえた。

「そうか、きみの好きなようにすればいい。ぼくはごく自然にそう思ったんだけど——でも、きみが行かないんでよかったよ。あ、砂糖はふたつだからね」

「あら、忘れるわけ、ないでしょ」

ヘレンは笑った。しかし、彼のカップに砂糖をいれてやり、コーヒーポットを傾けてコーヒーを注いだとき、突然ある思い出がよみがえってきた。ヘレンは軽食堂でランチを食べていて、小さなテーブルでポールと向かい合っていた。彼は当惑した気持ちを隠そうと、白い欠けた砂糖つぼから、砂糖をすりきり二杯すくって、ゆっくりとコーヒーにいれていた。その思い出とともに、ほかの思い出がどんどんよみがえってきた。

めくるめく輝かしい午後の雰囲気は、どこかへ消えてしまった。ふたりのあいだに流れる感情をもっと深めて、堅固なものにしようと、ヘレンは気持ちをふるい立たせ、これまで彼に話さなかったことを話そうと決めた。

ふたりのあいだに、緊張のとばりがおりていた。それぞれがさまざまな思いをいだき、距離ができてしまい、居心地が悪くなり、必死で沈黙を破ろうとし、どうでもいいような話で溝を埋めようとしていた。時間だけが過ぎていく。すでに夕闇が迫ってきて、部屋がうす暗くなってきた。腕時計を見て、ポールが汽車の時間を気にしだした。ヘレンは彼をポーチへ案内した。つるバラの茂みのふんわりした影が、昼から夜へ移るまぎわのくっきりした灰色の光をやわらげていた。明るい光の消えた、この青ざめた残光には、悲しみの色があった。あたりはしんと静まりかえり、ヘレンがヤナギ細工の椅子に腰をおろすと、ギイと音がした。夕食後の葉巻にポールが火をつけた。シュッとやけに大きな音がした。突然、もっと彼のそばにいたいという思いにとらわれ、ヘレンは深く息を吸うと、話をしようとした。ふたりのあいだの最後の溝をとりはらいたい一心だった。

ところが、口を開く前に、彼のことばにさえぎられた。

「ヘレン、これからどうするつもりなんだい?」ヘレンがぽかんとしていると、ポールは付け加えた。「だから、もしメイソンヴィルへ帰らないんだとしたら?」

「あら、そうね、まだちゃんと考えてないわ。あたしは自分のこの家にいたいわ。家って、やることがたくさんあるじゃない」あいまいにヘレンは言った。「今までそういうことをする時間が、なかったもの」

ポールの声が、ヘレンを甘やかすように響いた。

「それがいいよ！　いい機会だから、ぜひそうすべきだよ。しかし、ヘレン、これはぼくがとやかく言うことじゃないかもしれないが、やっぱりぼくは心配だ。家を維持するには金がかかる。いいかい、きみに知っておいてもらいたいのは、ぼくのものはもう、きみのものと同じなんだってことさ」

「ポール、やさしいのね！　心配することなんてないわ。助けてほしかったら、そう言うから、きっと。でも、そんな必要はないわ」

「とにかく、こういうことは、現実的に考えたほうがいいよ」ポールは意見を変えない。「この家を維持するには、きみが思っている以上に経費がかかるだろう。きみがここにいたいというのに、あきらめろと言っているんじゃないよ」と、あわてて言い添えた。「ただ、きみにはメイソンヴィルよりここにいてほしい。というより、ほんとは、ここじゃなくて、リプリーにいてほしい。どうして、あっちへ来てくれないんだい？　ハーパー通りにこぎれいな小さなバンガローをすぐに用意できるよ。だれだって、きみがおふくろの昔からの友人だって知ってるよ」

「それもいいわね」ヘレンは適当に返事をした。ふたりに残された時間がどんどん過ぎていき、会話がおかしな方向へ向かっていると思うと、気が気でならなかった。

「あっちで暮らすなら、ほとんど金はかからない。それに、ぼくたちはしょっ中会えるじゃないか！」

「そうね」ヘレンは言った。「その点はいいと思うわ。あなたにはいつも会いたいもの。でも、まだ時間はたっぷりあるわ。あたし、いろいろ考えてみる」

「それが問題なんだよ。たっぷり時間があるだって。あっという間に一年かそれ以上が――そして、きみは半分飢え死にしそうになっても、それをぼくにはぜったいに言わない人なんだから」

「まあ、ポールったら！」ヘレンは笑い声をあげた。「あなたって、おかしな人ね！　そこが、あたしは好きなのよ。あのね、いい、あたしは今、銀行預金が千二百ドル以上あるの。何年間も働いてきたにしては、たいした額じゃないかもしれないけれど。でも、それだけあれば、しばらくは食べ物に困って、やせて目がくぼんだりしないでもすむわ。もし、もっとお金が必要になっても、世の中にはお金がいっぱいあるんだから、大丈夫。あたし、食事はちゃんとすると約束するわ。生きているかぎり、ぜったいに食べるのをやめないって、誓うわ。規則正しく、一日三回、毎日かかさずね！」

「わかったよ」

ポールの葉巻の先が、色濃くなる夕闇の中で、しばらく赤く光って見えていた。ヘレンがポールの腕に手をのせると、指の下で腕の筋肉がぴくぴく動いた。それから、彼はしっかかと、暖かい手でヘレンの指を握りしめた。てのひらをあわせ、お互いに指をからませたまま、ふたりはしばらく黙って座っていた。

「先は長いね」

ポールはそう言い、しばらくしてから、ちょっとかすれた声でさらに言った。

「もう、会ったんだろう――弁護士に？」

「今週、会うつもりよ。でも、なんだか会いたくない感じ。だって……」

「大変だね！　そんな目にあわなければいいのにと思うよ。だけど、それほどたいした問題はないんじゃないかな。ヘレン、正直に言ってくれ、きみはほんとうにそれでいいんだね？　ぼくに何か――隠していることはない？」

「ええ、あたしは本気よ。でも、あなたにひとつ言わなくちゃいけないことがあるの。バートがもどってきたのよ」

突然、ポールが静まりかえってしまったので、動きのない状態は、叫び声よりずっと胸にこたえた。ふっと彼の手がゆるんだので、ヘレンはとっさに手を離し、椅子の腕木につかまった。うろたえてはなるまいとしてこわばった声で、静かに、ヘレンはバートと再会したときの話をした。

「あなたには知っておいてほしかったの。ほかの人からこんな話を聞いてもらいたくないもの」

「話してくれてよかった。しかし、もう彼の話はやめよう」

ポールはいかにもいやだと言わんばかりに、葉巻を投げ捨てた。葉巻は光る弧を描いてポーチの手すりから落ち、下の芝生に赤い燃えかすが残った。

「あたしだって」ヘレンはポールに面と向かい、両手を彼の肩にまわした。「でもね、ポール、わかってほしいのよ、彼はあたしにとって、なんでもなかったの。あたしはただ、ばかな娘で、さびしくて、仕事に疲れていて、なんにもわかっていなかったの。あたしたち、ほんとうの意味では、結婚していなかったのよ」

適切なことばを使えず、どもりながらヘレンは言うのだった。自分の気持ちを彼にわかってもらいたかった。

「あたしたちのあいだには、真実なんて、ひとかけらもなかったの。ほんとうの愛も、結婚を成り立たせるしっかりした基盤も、ぜんぜんなかったの。それは、あなたとあたしのあいだにはあると思うわ」

「ぼくが望むのはただひとつ」ポールはヘレンを抱きしめて言った。「今、この世でたったひとつ、ぼくが望むことは、きみをうちへ連れて帰って、きみの面倒を見ることだ」

ヘレンは彼にキスした。胸の奥に、おごそかな静けさが宿った。彼はほんとうにいい人だ。すばらしくて、頼もしい。心の底から、ヘレンは彼にふさわしい女になりたいと思った。彼を幸せにし、彼と一緒に、落ち着いた、美しい人生を築いていきたいと願った。

信じられないほどのんびりと、日が過ぎていった。朝、寝室ポーチの上にからまるブドウのつるにとまった鳥たちがにぎやかに鳴きかわす声で目をさまし、ヘレンは体を起こす。そしてふたたび枕にゆったりよりかかり、ひんやりしたシーツのあいだでゆうゆうとのびをする。ああ、今日の一日がまるまる自分だけのものだと思うと、わくわくする。けれども、エネルギーのたまった彼女の体は、じっとしていることに耐えられない。ヘレンは起きあがり、着替えたり、朝食をとったりしながら、今日のささやかな予定をあれこれ考えめぐらす。十時、家事にも庭の手入れにも、何ひとつすることがなくなる。だのに、時間はしっかり余っている。どこまでもむなしくのびている。

悲しいことに、家は時間をつぶすためにはまったく役立たず、むしろ牢獄となってしまった。ヘレンは家を抜けだし、町へ出た。用もなくぶらぶらと買い物をし、布地の色や手ざわりや値段を比べたり、仕事をしていたときにはあきらめていたバーゲンをのぞいたりした。こんなふうにして午後を過ごせば、一ドルは節約できる。ヘレンのビジネスセンスは、そんな自分を皮肉って笑うのだった。ふと知り合いに出会う。隣家の女性だ。そして一緒に、シロップやナッツをはでやかにのせたアイスクリームを食べながら、映画や、天気や、ばかな使用人の話をする。時間というものが、楽しみながらつぶさねばならない敵となってしまった。だらだらと長い午後、ヘレンは隣家のポーチに座り、隣人がこまごまとしたどうでもいい話を、ふくらませ、ゆがめ、繰り返ししゃべるのを聞いている。そのあいだ、ヘレンの指は刺繍に忙しい。布切れに針をさしたり、抜いたりし、頭の中は退屈で大あくびをしている。

夜、髪をおろし、ヘレンは自分の人生から失われた一日を振りかえってみる。はき掃除とふき掃除をして、家を快適にした。明日も、はき掃除とふき掃除をし、この家を快適にしなくてはならないのだ。そして、テーブルクロスのスカラップ飾りが数センチ進んだ。ヘレンは、あまりのむなしさにあきれる思いだった。

「でも、それなりに楽しんだわ。一日を楽しむ――それ以上何を望むっていうの？」

それが頭の中で、うつろに響いた。しかし、答えはもどかしい沈黙だけだった。

もしも、ポールと一緒だったら、毎日はもっと意味のあるものだろうとヘレンは思う。しかし、離婚の正式な書類が整うまでは、サンホゼにいるのが賢明だ。弁護士が言うには、あと四、五週間で裁判所の判断が出るだろう。そして、問題なく離婚は成立するだろう。

「しかし、申し立てをさらに堅固なものにするために、何か言うことはないんですか？　彼はあなたをなぐったり、ものを投げたりしなかったんですか？」

弁護士の目はそういう証言を得たいと熱望していた。ヘレンはひるんだが、ひややかな怒りをこめて言った。彼はあたしを捨てただけで、あとは何も言うことはありません。慰謝料もいりません。弁護士はがっかりし、メモに何か書きとめると、いかにも慣れた口調で冗談を言い、ヘレンを笑わせようとしたが、ヘレンはさっさとひき上げた。嫌悪感で身がよじれる思いだった。

これから、裁判所の証人席に立っても、このようなことに耐えなければならないのだ。ひとりでそれに耐え、おわらせ、過去に葬ってから、リプリーへ行き、マスターズ夫人の興味津々の鋭いまなざしとポールの温かい同情を受けることにしよう。しばらくのあいだ、ヘレンの生活は止まっているようだった。踏み車が止まっているかのように。そこはかとないいらだちが、ヘレンの神経をゆさぶっていた。

ヘレンは、公共図書館へ足しげく通うようになった。図書館のいささかとまどうような詮索のあと、ある部屋の鍵を渡してもらった。そして、貸し出し禁止本の棚に、結婚の歴史の本を見つけた。窓下の腰かけにクッションをいくつも重ねて、そこにすっぽり埋まって座り、ヘレンは読書ざんまいの午後を過ごした。結婚という制度において、女性が所有物として最初に意識されたときから、その制度が習慣やモラルの迷路に迷いこんだときまでをたどると、結婚法にたいそう興味がわいた。そして、ほかの法律的な契約には簡単に同意しない男女でも、結婚という契約なら勇んでかわすものだと知って驚いた。これら結婚に関するものに飽きると、次はちがうものに目が向いた。そして、ヨーロッパのニュースに強く心を動かされたヘレンは、ヨーロッパの歴史をむさぼり読み、経済問題の理解を越える奥深さにじたばたする思いだった。ヘレンはフランス語の辞書と文法の本を買い、なんとなくわかりそうな気持ちになったので、思いきって『わが友の書』の原書を買い、砂金を洗って金を取りだそうとするように、ページをくりながら、意味を掘りだそうと必死になった。しかし、夜は、相変わらず落ち着かず、みじめで、くたっとしていた。まるで使われない筋肉のように。

「ああ、たった今何かしていることがあればいいのに！」

ヘレンは思わず叫んでいた。

第二十章

仕事をやめてから二週間後、ヘレンの足はふたたび事務所へ向かっていた。まるで足にそうする意志があるかのようだった。アルファルファ畑の写真、赤インクで印をつけた区画地図がべたべたと貼ってある見慣れた壁が、ヘレンをなつかしいわが家の壁のように迎えてくれた。ハッチンソンが、机について葉巻を吸っていた。何も変わっていなかった。ヘレンは、ちょっと立ち寄っただけだと言い、仕事は順調かとたずねた。けれども、目がすばやく地図の赤で囲まれた区画をとらえた。

「あら、シカモア・スルーの三角地が売れたのね。だれのお手柄?」

「ワトソンさ」ハッチンソンが答えた。「やつは、ヒールズバーグ地域に金鉱を見つけてね。農民にばんばん売っているのさ。先週は、いい客を連れてきて……」

ヘレンはその話をおわりまで聞き、ついでに自分の話をし、はっと気がつくと、もう二時間もたっていた。

一週間もすると、町へ出るたびに事務所に寄っては、ハッチンソンがかかえている問題の相談にのったり、ときには売買の手伝いをしてやったり、そんなことが習慣になった。商売の先行きはあまりよくなかった。ヨーロッパの戦争のあおりで、プルーン市場は壊滅し、果樹園経営者は非常にあせっていた。すでに、形のない暗雲が人々を悩ませはじめていた。いずれにせよ、ヘレンは仕事にもどるつもりはまったくなかった。こんな仕事は嫌いだと自分でそう言うのだった。それなのに、ヘレンは事務所へ行くのをやめなかった。

ある日、ハッチンソンがヘレンを待っていた。ちょっと知らせがあるという。マクアダムズという男からヘレンに電話があり、事務所に来るというのだ。ヘレンに会いたいと言っている。

「マクアダムズ?」ヘレンは鸚鵡返しに言った。「不思議ね――名前に覚えがあるわ」

五分後、マクアダムズがやってきた。その四角い、彫りの深い顔、もじゃもじゃした灰色の眉毛の下のくぼんだ目を見たとたん、ヘレンは初めてのセールスを事こまかに思い出した。ヘレンは手をさしだして握手しようとしたが、彼はそれを無視した。

「あんたにちょっと話があるんです」

ヘレンは彼を奥の部屋へ案内し、ドアを閉め、椅子をすすめた。彼は背筋をのばして座り、節くれだった手をひざにおき、用件をことば短かく、とつとつと話しはじめた。彼女から買った土地は、がちがちのひどい土地だったと言う。土地を買ったあと、彼は一年間金を貯めて、そこへ引っ越した。

「収穫があれば、支払いができると言われた」

彼は四十エイカー（約十六ヘクタール）を開墾し、手入れをし、アルファルファを植えた。ところが、二年目にアルファルファはだめになってしまった。その秋、ふたたび土地を耕してから、まだ種をまいた。しかし収穫して払えたのは、種代と水税だけだった。春、彼と息子は豆を植えた。息子はせっせと世話をし、彼はよそへ働きに出て、食費だけでも稼ぎたいと必死だった。ところが、用水路がこわれ、豆に必要な水を供給できなくなり、結局豆はだめになった。支払いは二年も遅れている。利息すら払えない。食料雑貨費を百ドルもためている。

「おれはこの土地に三千ドル投資した。だから、あんたの会社にそれを相談した。利息だけ払えば、残金を待ってくれると言われた。しかし、おれはもう農業をする気はない。あきらめた。だから、土地を返す。あの土地はだめだ。だが、だれも責めるつもりはない。ばかがばかをみただけさ。しかし、金をいくらかは返してもらいたい。仕事が見つかるまで家族と町へ引っ越したいからだ。それでおあいこってもんだ。だから、それを頼みにきたんだ」

ヘレンは彼の話を最後まできいた。片手で頬づえをつき、もう片手に持った鉛筆で、机においた吸い取り紙に意味のない線を書きながら。彼の要求はまったくもって見込みなしだとわかっている。たとえ、クラークが返金したいと思っても、そんなものはとっくの昔になくなっている。土地のもとの所有者たちへの支払いに使われている。マクアダムズが契約書にサインした支払い金の一部と言えども、返せと要求できる相手などいない。ヘレンの目の前にあの日の様子がよみがえってきた。小さな土地事務所、いぶっている灯油ランプ、椅子に座ったニコラス、そして、自分とバートの運命を決めることばがアダムズの口から発せられるのを待っているヘレン。何度も繰り返されたことばが、また繰り返された。「申し訳ありません。こんな広大な土地ですから、もちろん中には不良地も少しはあるでしょう。わたしはうそを言うつもりなどまったくはありませんでした。あなたは土地をごらんになって、お調べになった。そして……」マクアダムズと目が合った。思わずヘレンは言った。「わかりました。この売買でわたしが得た金額をお返しします」

そして、額面六百ドルの小切手を書き、吸い取り紙で押さえてから、彼に渡した。彼のきびしい顔が、風になびく小波のように震えた。しかし、何も言わず、ヘレンの手を痛いほどきつく握りしめると、小切手をつかんで、そそくさと立ち去った。ドアが閉まったあと、ヘレンは自分が実際に得た金額は三百ドルだったのを思い出した。残りはバートの借金返済にあてたのだった。そう気づいたとたん、感情の波が押し寄せ、ヘレンは声をあげて笑いだした。

「いいわ、これでやることがどっと増えたわね」と自分に言うのだった。「さあ、がんばってお金を稼がないと、生きていかれないわよ！」一瞬、ぞくっと冷たいものを感じたが、そこには明らかな昂揚感があった。

もはや、土地セールスにはもどるまい。ヘレンはそう思った。もしまた始めたりしたら、セールスが成立する前に無一文になってしまうだろうという気持ちが後押ししたのだ。土地セールスではなく、何か別の方法でお金を稼がなくてはならない。ぼうっとした状態でゆっくり家路をたどりながら、頭の中で必死に何かをさがし求めた。あたかも、雲ひとつない虚空を見上げているようだった。しかし、彼女の自信は決して揺らいではいなかった。彼女のまわりにいる男たちで、彼女より賢くもなく、知識も資格もない男たちが、しっかりお金を稼いでいるではないか。

日あたりのいい居間で、ウォールナット材の机に向かい、ヘレンは一枚の紙をひきよせ、自分にできることを書きだしてみようとした。紙に書いてみると、思考がはっきりするからだ。ところが、しばらく白い紙を眺めていた彼女は、ぐるぐるとらせん模様を書きはじめた。何も思いつかない。

ヘレンは二十六歳だ。これまで八年間、働いてきた。そのひとつ、電信の仕事にはぜったいにもどりたくない。不動産売買の四年間は、何ももたらしてくれなかった。ただ、人の心の動きがわかるようになり、それをどのように扱えばいいかというこつを飲みこんだが、そうすることに嫌悪感を覚えた。また、宣伝活動も覚えた。宣伝文なら書ける。そのおかげで、利益をあげた実績がある。今、ヘレンが欲しいのは、何か新しくて、刺激的で、しっかりした価値のある企画だ。それを持って、宣伝業者にあたるのだ。しかし、頭の中は真っ白で、何も思いつかない。揺れるバラ色のカーテンを背景に、次から次へといろいろな絵が浮かんでは消えた。けれど、何も思いつかない。

突然、ヘレンはポールを思い出した。リプリーへ行くという、ついえてしまった計画も。しかし、あそこでは働けない。ポールはヘレンの苦境を知ったら、きっと助けの手をさしのべるだろう。でも、ヘレンが彼を傷つけないように慎重にその申し出を断ったら、やっぱり傷つくだろう。

「ああ、あたしってばかよ！　何もかもめちゃくちゃにしちゃったわ」

中途半端な考えがいくつも頭の中を激しく動きまわっている。こんな調子では、何も解決できないとヘレンは思った。明日まで考えるのはやめにしよう。そう思うと、ちょっとほほえみが浮かび、ヘレンはポールに手紙を書きはじめた。長い、気軽な楽しい手紙で、やさしいことばを並べ、ことさら何も言わず、ただすてきなことだけを書きつらねた。一時間後、それを読みかえし、うなずきながら、彼女はそれを封筒にいれ、折りかえしにチュッとキスをし、にっこりした。

このおだやかな気持ちを、静まりかえった家にいると浮かんでくるごちゃごちゃした考えにこわされたくない。そこで、ヘレンは雑誌を読むことにした。サンフランシスコのパシフィック・コースト誌だ。この雑誌のカリフォルニアの土地に関する記事が特にヘレンの興味をひいていたのだ。かつてはそこに、読み物風の宣伝記事を書きたいと思ったものだが、写真中心の宣伝を好むクラークに反対されてしまった。

西部にある鉱山現場の物語を、ヘレンは読みふけった。すると心の底から、望んでいたアイディアがいきなり噴火したようにわいてきた。埋もれていた記憶の中からチャンスをつかんだのかどうか、よくわからなかったが、とにかくある考えを思いついたのだ。考えれば考えるほど、それはいかにも平凡で、つまらないように思えたが、輝く未来の可能性がきらめいているようにも思えた。やがて、心が落ち着いて星明かりのポーチで眠ってしまったヘレンは、その可能性を試してみる決心をした。

次の日の午後早く、ヘレンはパシフィック・コースト誌のサンフランシスコ事務所をたずね、販売マネージャーに面会を求めた。

いかにも広々とした事務所の、威厳のある、余計なもののない雰囲気にヘレンは圧倒された。大きな窓から、整然とした机やファイル戸棚に日光がふんだんにさしこんでいる。若い女性が、タイプされた資料の束を、指輪のない、なめらかな手に持って、すべるように静かに動きまわっている。タイプライターを打つ音さえも、育ちのいい人の声音のように上品に響く。新聞社に行った経験はあるが、こんな雰囲気は予想していなかった。右も左もわからない、この不思議な世界を垣間見て、胸の動悸が高まってきた。

しかし、販売マネージャーには幻滅した。若い男で、秘密主義が好きらしかった。独断的な感じを漂わせているのが、かえって自信のなさを露呈していた。自分の能力に自信がないため、他人に自己の能力を見せつけなくてはならないと必死になっている。もしもヘレンがこの男に土地を売っていたとしたら、彼のおぼつかない自信をうまく利用したにちがいない。しかし、ここでは、その刃《やいば》は彼女に向けられた。彼は、さっさと彼女を追い払うことで、自分の能力を示そうとした。

これまでつちかってきたセールスマンとしての能力を最大に引きだして、ヘレンは持ちこんだ企画を説明した。購読勧誘員のチームを作り、州をいくつかの地域に分けて担当して、キャンペーンをするというものだ。ヘレンが商工会議所、取引委員会、ビジネスマン、農民などに話を聞き、その地方に関する記事が書ける材料を集める。いくつかの新聞に掲載無料広告を載せてもらう。パシフィック・コースト誌への関心を高める努力をする。

「だれだって、自分のことが書かれた記事を読みたがるものです。そしたら、自分の住む町について読みたがります。その地域の男性も女性もみんなが、パシフィック・コースト誌は、自分の住む土地の関心事を記事にしてくれるのだと思うようにしたいのです。それから、勧誘員が動きだし、購読契約をとるのです。勧誘員は契約料をとります。ですから、わたしの給料と記事を書くための費用を出してくだされば結構です。雑誌のいい特集記事になるでしょう。流通の価値もあがります」

相手はいかにも見下したようなほほえみを浮かべた。

「きみね、いいかい、そんな企画にうちのコラムを使えるもんか!」

自分にはまったく未知の価値観に直面したのをヘレンは感じた。

「うちは、購読者獲得に血道をあげるような、安っぽいお祭り騒ぎの雑誌じゃないんだ」そして、彼は、どの記事も十万人規模の購読者の興味をひくものでなければならないことを指摘し、州のたったひとつの地域をとりあげた記事など、その地域の関心をひくにすぎないじゃないかと言うのだった。その件でふたりはさかんに言い合った。

「けれど、町にはそれぞれ特色があります。たとえば、住んでいる人たちです。カリフォルニアのどの町にも、おもしろい話、雰囲気、ロマンス、色彩、たくさんのものがつまっています。そのひとつの町の特色も書くことができないで、すべての購読者を満足させられるわけがないでしょう！」

するると、彼は彼女を追い払うために、ある挑戦を仕掛けてきた。

「よし、それじゃ、何か書いたものを持ってきなさい。それがうちの読者の関心をひいたら、きみの企画を考えてやってもいい」

そして、彼は手紙の山に体を向けた。その様子は、彼女をついにうまいこと追い払ったとほくそえんでいるように見えた。

ヘレンはプライドを傷つけられ、むかむかしながら、落ち着きはらった雰囲気の事務所を出ていった。壁や机や椅子の木のてかりが、いかにも彼女を見下して笑っているように感じられた。

ヘレンはクラーク氏に会いにいった。彼はヘレンが会社をやめたのをひどく残念がっている態度で迎えてくれた。そして、ヘレンが悩みをほのめかすとさっそく、給料はたいしたことないが、彼の事務所のあるポストを約束してくれた。しかし、それを受けるのは、自分から負けを認めるようなものだ。クラーク氏の申し出への返事を保留して、ヘレンはサンホゼへもどっていった。自己嫌悪にさいなまれながら。

駅におりたったとき、太陽はかなり傾いていた。琥珀色の光が、セント・ジェームズ公園の芝生一面に注がれている。その先の長い通りは、古びたれんがの、にぶく温かいえんじ色に染まっている。昔からあるビジネス街のビルの高窓や切妻屋根は、真横から受けた日光を照りかえしている。照りかえしの下は、うすねず色の影になっていて、そこにエル・カミーノ・レアル（王の道。スペインの植民地時代に作られた歴史的な道。この道沿いにいくつも伝道教会が建てられ、鐘の音が響いていた）の鐘楼が、古いアラミダ伝道教会の角に、今は音もなく建っている。そばに赤い消火栓があり、鐘楼のまわりには、農民の車がたくさん、コンクリートの広い歩道沿いにとまっている。

人々の記憶に残っているところでは、ここにはかつて野生のカラシが群生していて、低い丘の向こうから草を食べにおりてきた家畜や牧者をおおい、黄色い花の海が遠くまで広がっていた。また、神父たちが、サンタ・クララからサンホゼの伝道教会までの道のりをとぼとぼと歩いたところでもある。また、開拓者たちが未開の土地を開拓し、おわんの形をした谷間を金色の小麦畑で埋めたところでもある。政治家ジェームズ・ブレインがその最盛期にやってきて、果樹園を視察してまわったところでもあった。

今や、あたり一面、青い丘の隅から隅まで、プルーン、アプリコット、チェリーなどが、整然と列をなして植わっている。なめらかにのびる広い道に、通りすぎる車の音が響きわたる。かつて牧者たちが野生のカラシを刈りとって耕したところに、サンホゼの町ができ、交通の要所として、過去と現在と未来を結びつけているのだ。

「それなのに、おもしろいものは何もないなんて言うんだから！」ヘレンは嘆く。「ああ、そのおもしろさを書けたらいいのに！　十分の一でも書けたら！」

真夜中、ヘレンはタイプライターの前に座っていた。髪はぼさぼさ、目は血走り、まわりにはくちゃくちゃになった紙が散らばっている。あれこれ文を考えては、書き、反故《ほご》にし、満足感で一瞬目が輝いたと思うと、絶望感で凍りついた。

「この土地の宣伝文なら書けるのに」と、ヘレンは思う。「買い手の関心をひくのはできるわ。でも、雑誌の記事はべつよ。だけど、人間はだれも同じようなものだわ。その人間の興味をひくのが大事なのよ。どうにかして、おもしろがってもらわなくちゃいけない。生き生きした人間味が出せたら、まるで自分の目で見ているように……。ああ、あのばかな男ったら！」

サンホゼの心を表現したいと必死になっているくせに、まださっきの彼に対する怒りがおさまらないのだった。

「とにかく、あの男に見せてやりたい。彼には見えないものがあるのを教えてやらなくちゃ」

次の朝、ヘレンは自分の書いたものを読み、望みを失った。

「今度は手紙のように書いてみよう」そう思いつくとたちまち、タイプライターから文章が何枚もすべりでてきた。次の日は一日、鉛筆でいらないところに印をつけたり、文の位置を変えたり、ことばをおきかえたりした。この細かい複雑な作業に、ヘレンはすっかり夢中になった。まるで、刺繍のパターンの変化のようにわくわくする。土地セールスのように挑戦を仕掛けてくるので、力がもりもりわいてきた。

もはや手のいれようがなくなると、できあがった原稿を何度も読みかえしてみた。あまりにもばかばかしく、とうてい望み薄だと思ったり、これまで読んだものと比べたら、どっこいどっこいだと思ったりする。ある文が太陽光のようにきらりと光ったかと思うと、すぐにとりつくしまもないくだらないものに成り下がる。これはいったいどういうことなのだろう？　わからない。しかし、きのうの感じの悪い男を思い出すと、決心がついた。

「ばかばかしいと言われておわるかもしれない。でも、あたしの言いたいことはちゃんと入っている。ここにあたしの書きたいものがあるのよ」

ヘレンは原稿を彼に送った。

それから五日間、ためらいと混乱の日々を過ごしたヘレンに、やっと手紙がきた。封筒にはパシフィック・コーストと印刷されている。封をあけながら、「もしかしたら、あの企画が通るかもしれない」と、思った。その手紙には、彼女に事務所へ来るようにと書いてあり、編集長A・C・ヘイドンの署名があった。

次の日の午後、ヘレンはヘイドン氏の事務所を訪れた。通されたのは、静かな部屋で、まわりには本がびっしりつまった本棚が並び、座り心地のよさそうな椅子がいくつかと、大きなテーブルがある。テーブルには、校正刷りや原稿が意味ありげにごちゃごちゃとのせてあった。ヘイドン氏は、悠揚とした、いかにもできる男という印象だった。どんな仕事もあわてず、にこやかにやってのけてきたのだろうとヘレンは思った。確かに、せかせかしたところがない。ヘレンが持ちこんだ購読促進企画について熱心に話にのってくれ、まじめに聞いてくれた。そして、なぜ受けいれられないかの理由を指摘してくれた。ヘレンの書いた原稿が、机の上においてあった。少なくともこれを送ったおかげで、彼と楽しい面会ができたのだ。やはり、クラーク氏の申し出を断る理由など、どこにもない。

「さて、これだが」原稿を広げながら、ヘイドン氏が言った。「ひとつの話としてこれは使えるよ、きみがこれを売るつもりならばだ。適当なイラストをつけて、少し手を加えれば、なかなかいい特集記事になる。うちの稿料は、むろん……」

ヘレンは声が出なかった。けれど、息をつめたような沈黙の何かが、彼のことばを止めた。彼はいぶかしげにヘレンを見上げた。

「まさか——あたしにも書けると?」

ヘレンのことばに彼はほほえんだ。

「だれだって書くことはできるよ。事実、たいていの人は書く、というか、書こうとしている。雑誌の編集長なら、だれでも知っていることだ。きみは、以前に何も書いたことがないのかね?」

「いえ、まあ、宣伝文とか手紙とかは、必要でしたから。でも、ちゃんとしたものを書くなんて、考えたこともありません。小学生のとき以来ずっと」

ヘレンはぼうっとした頭で答えた。

「宣伝! なるほどそれでか。きみは自分の文体をあちこちでしめつけている。惜しいよ。だが、きみは書ける人だ。オリジナルな視点がある。方向性をもって書いている。人の関心をひきつけている――いつだって、人の関心をつかむことが大切なんだ。それに、きみはことばの価値を知っている」

「ほんのわずかな宣伝スペースに三ドル八十セントも払っていれば、もちろん価値はわかります！」ヘレンは笑った。この新しい分野について、自分の途方もない無知さ加減を教えられたヘレンだったが、こめかみで血がどくどくと波打っているのを感じた。頭の中はいろいろな思いであふれかえっていた。世界がまるで金鉱のように価値あるものに感じられた。書くことは山ほどある。ヘレンは体じゅうを耳にして、ヘイドン氏の講評を聞いた。

「まず、導入が長すぎる。核心にたどりつくまで回り道をしすぎだ。話はここから始まっているじゃないか」彼はその箇所を鉛筆で示した。「少し手をいれさせてもらうが、いいかい？」

「ええ、もちろん！　教えてください」

一時間、さらに一時間がたった。ヘイドン氏はさまざまな話題に対するヘレンの意見に興味を持ってくれた。たとえば、土地セールスの話、宣伝活動の話、ヘレンの知っているカリフォルニア各地の話など。彼は、手もとにあるヘレンの原稿のようなものを、シリーズで書いてみないかと言った。書いてくれれば喜んで読んでくれるというのだ。ほかに何か書きたいものがあれば、それでもいいが、どうだろう？

事務所を出たヘレンのハンドバッグには、小切手が入っていた。心はまさに虹色の希望に輝いていた。新聞少年に会うたびに、相手が書く対象に見えた。ロマンの彩り鮮やかな衣をまとった話が次から次へとわいてきて、頭の中でごったがえした。足もとで、世界がポールのようにぐるぐる回っているような気がした。マクアダムズに会ったとき以来初めて、ヘレンはポールのそばに飛んでいきたくてたまらなくなった。自分の光輝く未来の話を聞いてもらいたかった。

第二十一章

ポールはひどく感情を傷つけられていた。ヘレンの小さなバンガローで、引っ越しじたくのすんだ居間に立ちつくし、我慢すべきという気持ちと、自分が悲しむのは当然という気持ちとの狭間にいた。

「だけど、ひどいよ!」彼は何度も繰り返した。「どうして、教えてくれなかったんだい? もし言ってくれれば、それがどんなにばかばかしくて、不必要か……」

上着のポケットにぐいと手をつっこみ、がらんとした床にごろりとおいてある大きなトランクとふくらんだふたつのスーツケースのあいだをうろうろと歩きまわった。

ヘレンはスーツケースの上に座ってうなだれていた。申し訳ない気持ちにさいなまれて、答えをさがしていた。ところが、答えが見つからないので、うろたえていた。それ以外の点ではヘレンの頭はすっきりしていて、納得がいっていた。とはいえ、やはり彼に自分の計画を話しておくべきだったのだ。ポールのことは、いっときたりとも忘れてはいなかったのに。彼の存在を思うたびに、心がぽっと温まり、たとえ、自分の頭から彼のことが遠のいているときでさえ、それは彼女を温めてくれるものだった。

だから、こんなふうに自分の心が分裂して、彼のことをすっかり忘れてしまったのが、自分でもよく理解できなかった。自分を責める以外に方法がなかった。

「ほんとうにごめんなさい」ぼそぼそとヘレンはあやまった。

ポールのほうはもう追求をやめ、さっき、いきなりやってきたときから何度も繰り返された話にもどろうとした。

「ヘレン、どうして引っ越しなんかするんだい？　もう、むちゃくちゃとしか言いようがない。町へ引っ越しをしたってどうせすぐに……」そこで、不機嫌な表情が消えた。「さあ、さあ、いい子だから！　もうぜんぶやめるんだ。そして、リプリーへおいで。どうせほんのしばらくのあいだなんだからさ。なぜ、そんなはした金を稼ぐのにこだわるんだ？　いずれ、ぼくが金の面倒はみるようになるんだから、それに慣れてもらわなくちゃ。今からでもいい。ノーかい？　いや、イエスだ！」

彼の腕がヘレンの肩を抱いた。ヘレンは彼のなだめるような、ほがらかな目を見上げてほほえんだ。

「いとしいひと！　でもね、やっぱりノーなの、ポール、まだだめなの。だって、もう契約してしまったんですもの――パシフィック・コースト誌はあたしを買ってくれているのよ。それから、ポスト誌で新しいシリーズを始めるの。働く若い女性はいい助言をしてくれる人がいないから、野放しなのよ。そんな人たちを対象にしたシリーズなの。だから、お願い、気を悪くしないで」

ヘレンは声を落とした。「ここを出るほんとうの理由を言うわ。もし、順調に仕事がスタートして、名前を知られるようになったら——ライターの世界では、名前はトレードマークみたいなものなの。宣伝すれば名前が確立するわ。それでね、もしそれがうまくいけば、どこでだって書けるの、リプリーでもよ。そうしたら、あたしは書く仕事をして、収入も少し得られるってわけ。あたし、あたし、やってみたいの。そうなったら、ほんとうにすてきだと思わない?」

「きみはそう思うかもしれないが、ぼくはとてもそんな気にはなれない」ポールは答えた。スーツケースの上に座り、両手をひざではさみ、むずかしい顔でブーツを見下ろした。「どうして収入が欲しいと思うんだい? ぼくが面倒をみてやれるのに」

「もちろん、そうよ!」あわててヘレンはうなずいた。「でも、あたし……」

「だから、何かするとしても——このぼくのことをしてくれればいいじゃないか!」とまどったような笑いが浮かんだ。

「この人、焼いてるわ!」ヘレンは彼のこわばった腕のくぼみに手をさしこんで、なだめるように笑った。「あなた、焼きもち焼いてるの? あなたがそんなことするなんて! あたしのタイプライターに焼きもち焼いてるの?」わざを顔をしかめてこわい顔をし、彼をにらみつけた。

「さあ、答えなさい! あなたはあの電気プラントを愛していますか? 発電機をうっとり見つめたりしたら許さないわよ！」

ポールは降参し、ヘレンと一緒に笑いだした。

「かわいい人だ！　もういいよ――どうだっていいや。きみがすごく幸せそうだから」

キスをかわしたとき、その裏に今までなかった遠慮が初めて感じられた。しかし、ポールは何も気づかず、うれしそうに顔を輝かせている。

「わかった。じゃ、サンフランシスコへ行って、楽しんでおいで。ぼくはかまわない。いや、かまうよ。すごく気になる。しかし、そんなに長いことでもないんだろう。ただ、ひとこと言っておく、ぼくはミスター・ヘレン・デイヴィーズと呼ばれるのはいやだよ！」

ヘレンも笑いだした。立ちあがって、髪をかきあげた。

「そんなこと望むわけがないでしょう！　ご心配なく、そんなに有名になるはずはないから。いよいよほんもののライターになれたとしたら……」期待と希望のまじった声を、あわてて抑えた。「そしたら、あなたもあせるかも。でも、なれないでしょうよ。それにしても、運送屋はいつになったら来るのかしら？」

「なんでも自分でやろうとするのはいけないよ」ポールが言った。「ぼくに知らせてくれたらよかったのに。ここへ来て、なんでもやってあげたのにさ」

自分の計画を心から受けいれて応援してくれているポールのやさしさに、ヘレンは感動した。同時に、後悔の念を覚え、すべてを彼の言うままにしたい衝動にかられた。しかし、心の奥に潜む強い力がそれをさせなかった。彼に頼りきってはいけない、今はまだ。あとで――あとで、ちがうふうに考えられるようになるかもしれない。

あと六カ月で法的に離婚が成立し、ヘレンは自由になる。裁判所でのみじめな半時間に、離婚訴訟の中間判決が出されたが、未経験の新しいことばかりで、あっという間におわってしまった。裁判所の判決が決まり通りに出されたことは、ヘレンにとってはたいした意味がなかった。どうせ、もう忘れたい過去からはとっくに「離婚」していたのだから。これからの六カ月間は、ヘレンが新しい生活のこまごましたことに対処していく時期までの単なる区切りを示すものにすぎなかった。それまでは、あまり具体的に考える必要はないのだ。ヘレンとポールが愛し合っているという事実がわかっているだけで充分だった。あとの面倒な問題はすべて、問題が起きたときに、ふたりの愛で解決すればいい。

ヘレンはきらきらした顔を向けた。

「明るい外を歩きましょうよ。何もない家はあわれだわ。あなたに話したいことがいっぱいあるの」

ふたりは、心地よい木かげのある通りをゆっくりと歩いていった。いかにも家庭的なポーチを通りすぎた。でも、ヘレンはもはや、それにあこがれのまなざしを向けはしなかった。すぐ目の前にある、わくわくする未来のことで、頭がいっぱいだったのだ。将来の希望や期待をほとばしるようにポールに話し、聞いてもらった。

ヘイドン氏が、こないだエンジェル島の移民の状況についてヘレンが書いた原稿を受けとってくれなかったので、それを東部の週刊誌に送ってみた。もし採用されたらどんなにすてきだろう！　それから、ポスト誌の都会担当の編集者が、働く女性たちの問題をとりあげる部署を作るというヘレンのアイディアを認めてくれたら、それこそ、ラッキーではないか？

新しいシリーズの話もある――それが、ヘレンのサンフランシスコ行きを決めたのだ。

「ああ、ポール、やりたいことの半分だけでもちゃんとやれたらうれしいわ。ヘイドンさんはきっとあたしの原稿を受けとってくれると思うの。『サンフランシスコの夜』というのよ。ほら、アラビアン・ナイトのバグダッドの都を思わせるような話。夜のサンフランシスコがどんなにすてきか、あなたは知らないでしょうね。漁船の群れが、フィッシャーマンズ・ウォーフから真っ暗な海へ出ていくと、アルカトラズ島の灯台の光が色とりどりの船を照らしだす。船乗りたちが『イル・トロヴァトーレ』（ヴェルディのオペラ）を歌いだす。これ、ほんとなの、ポール、ほんとに歌うのよ。それから、野菜市場もおもしろいわ。夜明け前の午前三時、しーんと不気味に静まりかえった卸売り市場に、色と光があふれるの。青いジャケットに赤い帽子のイタリア人の農夫たち、眠たげな大きな馬たち、黄色い長い指で、野菜を並べたりしている中国の行商人たちとか」

「午前三時だって！　まさか、そんなところへ行くつもりじゃないだろうね？」

「もう行ってきたわ」ヘレンはばつが悪い。「女友だちのマリアン・マーシーとね。先週、彼女の話をしたでしょ。ほら、ポスト誌の人よ」

「ほう、少なくともおまわりぐらい連れていけばよかったのにな」
「やっぱり、そうすべきだったんでしょうね」とりなすように言った。新しい場所で新しい経験をすることに夢中になって、ヘレンは恐怖心をどこかへ置き忘れていた。あぶないかどうかなど考えもせず、どんなややこしい状況にも対処できるような気がしていたのだ。しかし、そのせいで、ポールをぎょっとさせているのにヘレンは気がついた。

むしろ、新しく借りた小さな家の話をするほうが無難なようだ。サンフランシスコのラッシャン・ヒルのきつい坂の上に、ツバメの巣のようにくっついて建っている家だ。そこからは、湾が一望できるし、青いマリンの丘も見える。ポールがそれをうまく想像できるように、ヘレンはひとつひとつ細かく説明した。木製のパネル張りの壁、大きな窓、暖炉、ミニ・キッチン。ポールが来たら、一緒に夕飯を作って食べられる。

「ときどき来てちょうだいね。毎週でも？」ヘレンはねだるように言った。

「新しい壁紙代を汽車賃にして行くよ」ポールは約束した。

「それがいいわ。どうせ壁紙なんていらないんですもの！」

引っ越し屋がやっと来て、行ってしまうと、ヘレンはこれで最後と、小さなバンガローの鍵を閉め、ひと仕事おえた充実感を味わった。

「さあ！」と、にこやかに言った。「サンフランシスコ行きの最終列車が来るまで、何かして遊びましょうよ」

ふたりはなんだかうれしくなり、一時的に意見が合わなかったのでなおさら、朝霧が晴れて日がさしこんだときのようにはしゃいでいた。だから、夜になり、ポールと別れて汽車に乗る時間になると、胸がつんと痛くなった。

「しょっ中さよならを言わずにすむときがくればと思うよ」ポールはふくれたような言い方をした。

「ええ、あたしだって！」

ヘレンは汽車のステップを軽々とのぼり、彼が手を貸してくれたのを見のがしてしまい、後悔した。だから、彼が棚に荷物をのせてくれ、コートをかけ、足台を出してくれたりするのを見て、感謝の気持ちはいっそう高まった。こんなふうにいつになくやさしくされると、どぎまぎしてしまう。自分が上手にそれを受けられないのに気づいたが、そのあいだだけ余計に、彼を身近に感じることができた。

ポールは発車時間までぐずぐずしていて、赤いビロードの座席によりかかったり、入ってくる乗客に押しのけられたりしていた。室内のまぶしい明かりとまわりの乗客の視線の中で、唇と手以上にものを言う目でじっとヘレンを見つめた。

「じゃ――さよなら」

「さよなら。新しい家を見にきてよ、すぐにね？」

ポールのがっちりした肩が、車両の扉の向こうに消えていくのを、ヘレンは見つめていた。彼が動きだした汽車から敏捷に飛びおりる様子を思いうかべながら、ヘレンは揺れる窓ガラスに顔を押しつけた。駅舎の明かりに照らされて、彼の思いつめたような顔と揺れる帽子が見えた。

街路灯が飛びすさっていく。ヘレンはほほえみをたたえて、それを見ていた。外が真っ暗なので、てかてか光るガラスに顔が映っている。ぴっとひきむすんだ唇、きりっとしたカーブを描く頬、小さな帽子のくっきりした線。いつも汽車の振動が楽しかった。出発するときのわくわくする気持ちが好きだった。かすかにきしむ無数の音がして、車輪がゴトゴトとしだいにテンポを速めて動きだすと、体が持ち上げられて、見知らぬ未来へ向かって宙を舞うような気がしたものだ。ひんやりした窓ガラスに頬を押しあてて、ヘレンの目はちらちら光る明かりを閉めだし、茫漠とした暗闇を見つめていた。

胸の中は、満足感であふれていた。ポールへの愛は、胸の奥に温かくしまいこまれた。ヘレンはこれから書こうと思う記事に思いをめぐらせた。ラッシャン・ヒルに建つ茶色い家のこと、そこに招きたいと考えている女性のグループ、つまりマリアン・マーシーの友だちのことなど。あこがれに似たうらやましい気持ちで、彼女たちをつなぎとめている友情を思い、みんなが自分を気にいってくれればいいと願った。女同士の友情は、ヘレンにとってはまだ新しい経験のひとつで、みんなの強い絆がたいそうまぶしく、美しいものに思えた。

そう思いながら、そのひとりひとりについて思いをめぐらせると、それぞれが性格や気性はまったくちがっているのだが、熱い議論を闘わせると、その底にはお互いに響きあうものが流れているのがわかる。たとえば毎日、ランチで会うたびに、口げんかをする。お互いにきついことばや、きびしい批判的なことばをぽんぽん言い合い、さまざまな話題――戦争、詩、生物学、美容師――を脈絡なく肴にして、息つくひまもないほど、笑ったり、冗談を言い合ったりする。でも、ユーモアは決して忘れず、お互いを大切に思う気持ちは、激しい言い合いの嵐の中でも消えないろうそくの火のように明かりを保っているのだった。

「愉快な仲間よ」

マリアン・マーシーはみんなをまとめてこう評したものだ。そして、ランチに誘われたとき、ヘレンは自分が気にいられたのだとわかった。最初は、ひとりよそ者だったので、みんなに試されている気がしていた。だから、いつか、自分の家の暖炉の部屋にみんなを招待し、あわよくば、そのすてきな仲間の一員になりたいという希望がふくらみ、それが自分の家を持ちたいという強い動機になったのだった。

毎日、仕事漬けだった。火の玉になって、目の前の見知らぬ世界に飛びこみ、それを自分のものにしようとする勢いだった。覚えること、学ぶことが無限にあり、とても時間が足りなかった。六カ月が数時間のようで、一分一分が貴重な時間の宝庫に思えた。夜が明けそめた頃、バークレーの丘の上の空が、かすかに明るくなり、灰色の水をたたえる湾の水平線が長い銀色の筋に見えてくる。ヘレンは冷たい水で行水をし、コーヒーポットをガスで温め、小さな家の掃除をする。朝刊を読めば、話の種が見つかる。文字になったものはすべて「話」と言えばいい。それがやっとわかってきた。ヘレンは早朝のケーブルカー（路面電車）に乗る。速記者や店のセールスガールたちと一緒に揺られながら、その日の取材に思いをめぐらせる。

ヘレンの鋭いビジネス・センスが雑誌や新聞の日曜版に向けられ、開拓できる広い場所が見えてきた。ありとあらゆる題材で、いくつだって話が書ける気がした。さまざまなアイディアが、色とりどりの衣装を身につけてあらわれてくる。申し分なく、はっきりと姿をあらわし、興味をそそる。ヘレンはすぐさまタイプライターに向かい、それをことばに写していくのだ。長い午後のあいだ、ヘレンはうめき、もがき、うんざりし、実のない時間がむだに過ぎていくのに歯噛みし、ついに書きあげたものは、できそこないの、ぶざまなものだった。今や、本棚の本は彼女にとって脅威の対象だった。すらすらと読めるそれらの本は、明らかになんの苦労もなく書かれたものであり、今、自分の状況に照らして考えてみると、とてつもない、奇跡に近いすぐれものに思えるのだ。

「ほんとうの本なんて、書けっこないわ。あたしは芸術家じゃないんだもの」

しかし、ヘレンは芸術家としてのキャリアを目指しているわけではない。商売を覚えているところなのだ。けれど、まわりにある多くの新聞、多くの雑誌、デパートで売っている数えきれないほどのたくさんの書籍を見ると、これは実に有益な商売だと思うのだった。これら膨大な印刷物が、大勢の人々に新しい刺激と広い視野を与えているのだ。

「芸術家でなくても、それなりにまともで、偏りのない、真実が書けるライターになれれば、価値のある仕事をしていることになるのだわ」

ヘレンはそう思って、自分をなぐさめた。

ヘイドン氏は、ヘレンの「サンフランシスコの夜」シリーズの第一作目を受けとってくれたが、二作目は断られた。そこで、三作目を書きはじめたが、移民の話が、イースト誌からもどってくると、それをまたよそへ送った。やがて、カリフォルニアの農業事情の話がうまく書けて、全国版の農業紙に売れた。この仕事でチャンスをつかめれば、将来にも希望が開ける。成功すれば、リプリーでも働くことができるだろう。どこで書いても、それは彼女の仕事以外の何ものでもないのだから。

ヘレンは、そういう欲求は、人生の一部を自分だけのものにするためだとは思っていなかった。しかし、自分だけのささやかな収入を持つことに価値を見いだしていたのは、明らかである。ポールとのあいだには、金は介在しなかった。愛し合うふたりは、平等だった。しかし、ポールが仕事で得たものを、秤《はかり》にのせたら、バランスはくずれるだろう。お金を稼ぐことと、家事をすることとはまったくちがうのだ。彼女の家事に対する報酬が、彼からもらうお金であるとは信じられない。

時間との戦いの中で、ヘレンは編集者と知り合いになり、彼らの要求を知ることに全力を投入した。やがて、ポスト誌の編集部から、わずかながら報酬がもらえるようになり、経費がまかなえるようになった。夜遅くまで、ヘレンはたくさんの手紙を読み、慎重に返事を書き、コラムに載せるためにタイプしていた。

「組合が、一日八時間労働を求めるストをするんですって！」ポスト誌のローカル記事の部屋でタイプライターを忙しくたたきながら、ふと目が合ったマリアンにヘレンは声をかけた。「あたしは、日の出から次の日の出まで四十八時間を求めるストをしたいわ！」

「『一日を長くしたいなら、夜を削るしかない』だわよ」

マリアンは愉快そうに、そんなことばを引用した。とがったあご、黒髪の下で見ひらいた灰色の目をした、子ネコのような、きびきびした顔が、疲労で白っぽく見える。帽子をかぶりなおし、おしろいをパタパタはたいた。

「みんなでティブロン海岸へ行って夕食を食べるのよ。来る？」

「ええ、行くわ！」

「じゃ、早く行って、ピクルスとかを買っておいてよ。そのあいだにこの話を書いてしまうから。あーあ、あのクラブの女性たちは、あたしにどう思われているか知ったら、怒るでしょうねえ！」

飛ぶように動く指がタイプライターのキーを激しくたたいた。

笑いながらヘレンは外へ出ていった。デリカテッセンで買い物をし、腕いっぱいに買い物袋をかかえ、お楽しみを期待して、わくわくした。星空の下で浜辺に寝そべって、みんなの愉快なおしゃべりをいっぱい聞くのだ。

「でも、あたしも何か話をしなくちゃ」と、ヘレンは思うのだった。「みんなに気にいってもらいたいもの」

しかし、フェリー乗り場に集まったとき、ヘレンはみんながあまり話す気分ではないのを知った。ほとんど無口のまま、みんなは大きなゲイトがあくのを待ち、大勢の人々にもまれながらタラップをのぼり、甲板の席に陣どった。潮風が吹きつけてくる。

「マリアン、疲れた?」アン・レスターが声をかけた。

「もう死んでる!」マリアンは答える。いくつもの包みを並べ直し、コートを脱ぎ、またはおり、そしてせかせかと甲板の上を歩きはじめた。

「緊張の糸が張りつめているのよ」アンが言う。「気を抜くってことがないの」背の高いアンの上品なボディラインには、いかにもリラックスした感じがある。彼女はそれ以上何も言わなかった。

「お互いに余計な干渉をしないところがほんとにすてき!」ヘレンは思った。そして、黙って静かに力を抜き、みんなの様子をそれとなく観察していた。みんな、仕事を持っている。それ以外に、共通点は見つからない。仕事だって、それぞれさまざまでちがいに幅がある。ひとつひとつ考えてみて、あまりにも共通点がないことに、むしろ驚くほどだ。

育ちのいい、人を上から見るアンは、どんな動作ひとつとっても、好き勝手に自由を謳歌している感じだった。彼女は、経済学の教師だ! その隣にいるウィレッタは、おとなしい、褐色の目に褐色の髪の女性で、いつもせっせと編物をしている。何か福祉関係の仕事をしているらしい。

通路の向かいにいるセアラとオースティン夫人――ドードーと呼ばれている――は、絹のサンプル地の話をしている。セアラはミニチュア絵描き、ドードーは、カリフォルニアのある重要な委員会の秘書だ。

「あたしなんかだめ！」

みんなが親愛の情で強く結ばれていることに、あらためて感嘆したヘレンはひとりごとをつぶやいた。ゴールデンゲイトを通りぬけて吹いてくる、きりっとした冷たい風が頬にあたり、ヘレンは湾に躍る無数の白い波頭と、いよいよ色鮮やかになってきた日没を背に飛んでいる、銀灰色のカモメを見つめていた。何も考えず、ただもうその美しさにひたり、一日の苦労と疲れが消えるのを待っていた。

ティブロンという漁村の先にある白い半月形の海岸で、たき火を囲むと、ふたたび活発なおしゃべりが始まった。とりとめのない話、軽口、まじめな話、ひやかしなどが、飛びかい、ときおり沈黙が訪れた。

セアラは小さな流木に座り、長いしなやかな手で両ひざをかかえ、夢を見るような目をしている。

「なんてきれいなんでしょう！」ときどきそう言いながら、紺色の満天の星空を見上げたり、バークレーの丘の上に宝石の集まりのようにまたたいている明かりに顔を向け、うっとり見つめたりしている。砂浜に寝そべったアンは、労働組合や世界産業労働者組合、ストライキ、ロックアウトについて熱っぽく語り、うす暗がりで手を動かすたびにタバコの火が弧を描いて赤く光るのだった。アンと、少年のように脚を組み、細くてやわらかい髪を肩までたらしたドードーとのあいだで、議論が白熱した。熱いことばが行き交った。

「あら、あなたは自分がわかってない……」「自分で書いた委員会報告を読んでみなさいよ！」「教えてあげるわ、アン・レスター。あ、マッチはどこ？」

ぱっと炎が燃えて、ドードーのなだらかでおだやかな眉毛を照らし、まじめな唇から細い煙がくゆくゆとたちのぼった。

「いい、教えてあげるわ、アン・レスター……」

たき火を囲んだみんなの中で、マリアンだけがせわしげに紙ナプキンやら、ひもやら、包み紙を集めてまわっていた。

「マリアンたら、海岸じゅうを掃除する気よ！」

みんなは笑いながら、面倒くさそうに集めるのを手伝うのだった。しばらく沈黙が続いたあと、みんなは戦争についてしゃべりだした。

「最初はたいして何も感じなかったわ——地震みたいなもの。でも、最近は……」

「何かしなくちゃという気になるわね。そうだわ、こちらでちょっとした赤十字のような仕事をしたらどうかしら。だって考えてみたら……」

「ああ、こわいことばっかり！」セアラが叫んだ。

「そうよ。こわいことはたくさんあるわ。戦争だけが最悪ってわけじゃない。とにかく何かを……」

「そうね、立ちあがって、向き合うのよ。そして、何かするの。できるだけのことを」

みんなのことばがヘレン自身の気持ちとこだましあった。コートにくるまって、流木によりかかり、ヘレンはみんなのことばに耳を傾け、自分のことばをときおり付け足していた。今になってやっと、この仲間意識のすばらしさがわかってきた。お互いに何も要求せず、拘束もせず、理解しあっている関係。それは自由であり、やすらぎであり、そして孤独のない状態だ。長らく狭くるしい土壌の中にいて、やっとのびのびした環境に移植された植物のように、ヘレンは数えきれない刺激を受けて身も心もぞくぞくと震えだし、もっともっと栄養を欲しいと望むのだった。

「あたしね」いきなりドードーが暖かい手をヘレンの手にのせた。「あなたが好きよ」

ヘレンはうれしくて真っ赤になった。

「あたしもです」

その後何カ月も、ヘレンはそのときのことばを忘れなかった。たき火の明かり、砂浜に白い曲線を描く波の泡、たくさんのはるかな丘にきらめく無数の明かり、湾をおおうひんやりした暗がりを覚えていた。あの晩、ヘレンはみんなの仲間にいれてもらったのだった。静かな小さなレストランの決まった場所でランチを食べているみんなに自由に加われる許可をもらった。仲間との新しい、満足のいく関係が開かれたのだ。

レストランへ行けば、必ずひとり、ふたりの仲間に会えた。全員そろうことはめったになかったが、来たいときに来れば、きっと友だちがいて、心を割った話ができる。ランチのあとで、三十分ほどあいた時間があると、ウィレッタと買い物に出かけた。彼女は修道院にいる娘のために、いつもバーゲンで何かしらかわいらしいものをあさっていた。ヘレンは、ウィレッタの家族を襲った悲劇を知った。なんとなくウィレッタにはすねたところがあり、ドードーがよくきついことばを投げつけるのはそのせいだった。また、ヘレンの生活に何か疑問を感じても、それをだれも詮索しなかった。日曜ごとにポールがやってくることも、当たり前に受け止めていた。

週日の晩に、ウィレッタがやってくることがあった。とんとんと階段を駆けあがってきて、暖炉の前のクッションに丸くなり、持参した編物を一時間ばかりやっていく。ヘレンが忙しいときは、ほがらかにじゃあねと言って帰っていく。ときにはドードーが電話してくる。

「コンサートのチケットがあるのよ！　来ない？」

たまたま全員が集まると、パチパチ燃える暖炉の明かりに照らされて、みんなは女学生のようにおしゃべりをはじめる。マリアンが帽子のピンにマシュマロを刺して焼いてくれる。疲れた顔が明かりでてかてか光っている。けれど、日曜日だけは、ポールの日とヘレンは決めていて、それは暗黙の了解だった。

ところが、みんながいるときにポールの思いがけない訪問があり、仲間との楽しみをなんとなくこわされたように思った。かつて、セールスマンが全員そろっている事務所に入っていったときにも、同じ思いをしたものだ。底に流れる仲間意識が断ち切られ、異質なものがまじりこんできたのを感じた。ことばがまったく通じない異邦人に対するように、まず考えてからしゃべらなくてはならなかった。

「男と女のあいだには、やっぱり微妙な境目があるんだわ」

ポールに明るく話しかけながら、ヘレンはそう思っていた。タマルパイス山（サンフランシスコの北西にある山）に登ったときや、ゴールデンゲイト公園を散歩したりしていたときのことだ。

「それぞれに、それぞれの世界があるのよ」

ヘレンはそう言うと、しばらく黙っていた。そして、山道で風変わりな岩を見たあとや、はっと息をのむような美しい景色を見たあとで、ポールの目に、きみの気持ちはわかっているよという親しげな表情を期待してさがし求めたが、見えたのは、賞賛または驚きの表情だけだった。

夏があっという間に過ぎていく。ヘレンは運命のときが迫っているのを感じ、それに対して必死にもがいている自分を認めた。ポールはいかにもうれしそうに、自分の計画を話し、彼女の面倒をしっかり見ることに自信を見せた。それを喜んで受けいれるべきだとヘレンは思うのだった。きっと幸せになる、と自分に言いきかせた。幸せなんだもの。心の中では、ポールを愛しているのがちゃんとわかっていた。彼の訪問は、太陽がのぞいたのと同じだ。彼の誠実さ、やさしい清らかな心、明るい光を放つ目、手の感触。彼が行ってしまうと、ヘレンは鳥のように飛んで追いかけたくなる。同時に、そこはかとない緊張感が消えたのを感じるのだ。しんと静まりかえった家でひとりになると、ヘレンはふたたび自分をぜんぶ取りもどして自由になった気がするのだった。

「少女の頃にもどったみたい！」

ひとりごとが出た。腕時計が夜の時を刻んでいるあいだ、ヘレンは身動きもせず座ったまま、暖炉の赤い燃え残りが灰になっていくのを見つめていた。長いものうい夏の日のたそがれを眺め、感情の波に流された少女が、むやみにもがいている様子を見ていた。

ポールのキスがいやだったわけではない。むしろ、それが欲しかった。もはや愛の激しい情熱と美にわけもなく身をまかせるような少女ではない。すずやかな目をした、はっきりと自分の意志で物事を選ぶ女だ。ではなぜ、自分が望んでいたことなのに、無理にそれをしようとしている気がするのだろうか？

「もう遅いのよ。疲れたわ。あたしったら、夢みたいな途方もないことばかり考えている」

ものうい思いで立ちあがると、うそ寒い気がした。

夢中になって自分をかきたてて、この幸せな日々から楽しい瞬間を必死でしぼりだそうとした。湾の移りゆく色の美しさ、きりっと冷たい夜明けが好きだった。ひとりでバルコニーで朝食をとりながら、お皿の横に広げた朝刊を読み、また未知の一日が始まったと思うのが好きだ。人生のいろいろな側面に出会うのが楽しかった。古風なラテン区のカフェにいる、イタリア人ウェイターの話、ウォンさんの「家族の家」に住んでいる、小柄な中国人の母親との不思議な友情、その家のうす暗い廊下には、いつもサンダルばきの足音が聞こえる。テレグラフ・ヒルの通りの、あの急な階段をあがっていくと、ぼろぼろの服を着た、かわいらしいスペイン人の子どもたちがケーキをちょうだいと、いっせいに駆けよってくる。

急進クラブで過ごす夕べもよくあった。不思議で刺激的な理論に、さらに摩訶不思議な理論が対抗するのを聞いたり、ロシアの改革家、一物件税制の唱道者、保守的なマルクス社会主義者、何かおもしろいことをやらかそうとしている人などに出会ったりした。かと思うと、次の日には、すてきなランチのテーブルで、沈着で羽振りのいいビジネスマンからこんな話を聞いた。「暴力を語るやつら——無政府主義者、労働者、追いはぎ——そういうやつらは、昔ながらの自警団に縛りあげてもらうべきだ。わたしは暴力など肯定しないし、信じたこともない。そんなやつらは縛り首でも上等なほうだ」

ああ、人生っておもしろい。ヘレンはわくわくした。ぞくぞくした。人生はどんなに見ても見たりない。

ヘレンがいちばん気にいっているのは、仲間の女たちだった。「愉快な仲間」は、友情を求めればすぐに応えてくれるし、ひとりにしてほしいときは決して立ち入らなかった。夜、ヘレンの家の暖炉の前にみんなは座り、一日の疲れをいやしてくつろぎ、ちらちら揺れる火の淡い光を浴びて、クッションにもたれかかり、ことば少なにしゃべり、ときには黙りこむ。そんなとき、ヘレンは幸福のあまり、胸が痛くなるほどだった。

クッションに座って、肩の上あたりにあるろうそくの明かりで、ヘレンは静かに縫い物をしていた。ウィレッタは編み棒を規則正しくカチカチ動かしながら、デパートで働く女性たちとピクニックに行ったときの話をした。暖炉の前においたラグに優雅に横たわったアンは、『キリスト教世界における科学と宗教の争いの歴史』という本をあちこちめくりながら、話を聞いていた。ろうそくの向こう側にいるドードーは、頬づえをつき、脚を高くあげ、ぼんやりとダウスン（イギリスの抒情詩人）の詩集を読んでいた。ときどき、手を伸ばしては、セアラが器用な細い手でむいたオレンジをもらっている。

「ヘレン、オレンジは？」

ヘレンは首を振った。

「みんな、ヘレンの縫っているものを見て！　ほんとすてきじゃない？」

「嫁入り衣裳としか思えないくらい、きれい」マリアンが言う。「あたしたちのうち、だれかはきっと結婚するわね。そうよ、ヘレン、あなたは残念賞ね！　最初に行くのは……」

「ずるいわよ。あなたはもうあのロシア人に決めてるんだから」ページをめくりながら、ドードーが言う。

「あああ、まさか！　望む相手にどうしてもめぐり会えないのはなぜかしらねえ……」マリアンは、いかにも悲しげに続けた。「だれかがあらわれると、いつも思うのよ、たぶん、この人がそうかもしれない――だけど……」

みんな、笑いだした。

「あら、ほんとにそうなのよ」マリアンは体を起こした。まじめな美しい顔と、ふわふわした髪を暖炉の明かりが照らしている。「あたし、結婚したいわ。みんなと同じように、すてきな家と子どもたちが欲しいと思ってるの。今までの相手は――みんな、知ってるわよね。ただ、いつも何かどうしても受けいれられないものがあるの。今度のニコライ――彼の性格はまさにあたしのタイプなの。頭は冴えてるし、気転がきくし、そして考え方が新しいの。でも、彼のテーブルマナーは最悪。我慢できないわ。それに目をつぶらなくちゃとは思うけど、考えてみてよ、一日三回、スープを飲むあの音を聞くなんて！　うっ、なんで新しい男って、テーブルマナーがなってないのかしら？　あたしは新しい女、そして、マナーもちゃんとあるわ」

「まあ、マリアンったら、おかしな人！」

「あなたが結婚しない理由は、ほかのみんなが結婚しない理由とおんなじよ。セアラは別かもしれないけど」と、アンが言った。

セアラがそんな！と叫んだが、ヘレンの声のほうが大きかった。

「あら、アン、何、それは？」

「必要がないってこと。あたしたちは夫なんかいらないの。妻が必要なの。だれか家にいて、食事のしたくをしてくれて、寝床を整えて待っていて、あたしたちが疲れて帰ってくると、腕を広げて迎えてくれる、そういう人が欲しいのよ。でも、そんなことをしてくれる男はいないから、結局結婚しないってわけ」

「もう、アンったら！」

「わかってる、ドードー。でもね、あなたがジムと結婚しないのは解せないわ」

ドードーはさっと体を起こし、長いきれいな髪を後ろへ大きく振りやった。

「するもんですか。ジムは楽しく遊ぶにはいいけど……」

「でも、いざほんとに結婚となると……。男には二種類あるの。強いのと弱いのと。あなたは弱い人を軽蔑するし、強い人とは結婚しない」

「ちょっと、待ってよ！」みんながいっせいにいさめるような声をあげると、ドードーは叫んだ。

「男ってものがほんとうに望んでいるのは、妻を守ることなの。そうしなくてはならないと思いこんでいるの。だけど、あたしたちは守ってもらう必要なんてある？　守ってもらう必要があるものはぜんぶ、ずっと前に捨ててしまったわ。人生を抵当にいれたら、戦いようもないわ。長いことずっと、守られることなしにがんばってきたのよ。それに慣れてしまった――それが気にいっているの。あたしたちは……」

「気にいってるですって！」ウィレッタが叫んだ。「ああ、どうか、すてきな頼りがいのあるお金持ちがあらわれ、あたしを居候にしてくれますように。チャンスがありさえすれば！」

「ウィレッタの言うとおりだわ」みんなが笑いだすと、ドードーが言った。「根本にあるのはお金ね。生活の面倒を見てやらなくてはならない男とは結婚したくないわ。あたしたちはかまわなくても、面倒を見てもらったりしたら、男のプライドが許さないのよ。と言って、みんなと同じくらい稼げて、そのうえ、音楽や詩や、そういう芸術を理解する男なんて、そうそう見つからない。あたしはお金を銀行に預けて、メイスフィールド（イギリスの作家）を読んでいるの。どうして男にはそれができないのかしらね。いずれにしても、そういう男に出会ったことはないわ」

「そうよ、それこそあたしが言いたいことなのよ。ただ、見方はちがうけど」アンが熱心に言った。「問題は、あたしたちが成熟してるってこと。仕事も芸術も、両方の面でかなり洗練されてるのよ。自分に自信があるってわけ。自分に頼れるの。欲しいものは自分で手にいれられるわ」

「自分たちを買いかぶりすぎじゃないの？」マリアンが言う。「欲しいものをすべて自分で手にいれられたらそりゃうれしいけど、なかなか」

「あなたたちの話はさっぱりわからない」セアラが静かにでも思いきったように口を切った。「あたしが思うに――やっぱり愛、それがすべてだと思うわ」

「いいこと、あたしたちは愛の話なんてしてないのよ。結婚の話をしているの」

「でも、同じことじゃないの、やっぱり？」

「三年も結婚していれば、そうは思わないものよ」八年前に離婚した苦い経験を思い出して、ドードーが言った。

「まったく同じとは言えないでしょうよ」すぐにヘレンが言った。「あたしなら、結婚をパートナーシップと呼ぶわ。カリフォルニアではそれがほとんど常識のようになっているのよ。それは感情、つまり愛情なしには築きえないものよ。でも、それはあればあるほど欲しくなるの。だけど、アン、なぜふたりの『円満な』個性同士の結婚が成立しないの？」

「だって、ふたつの小さな個性を合わせても、完璧な個性は作れないからよ。うまくいきっこないの。そう、たとえばね、あたしは子どもの頃、サンタ・クララで暮らしていたんだけど、庭に小さな松の木が二本、植わっていたの。その頃、あたしは音楽の先生に夢中だった！　あたしは二本の木をずっと見守っていたの。木はよりそうように立っていて、細い幹は三センチと離れていなかった。木は一緒に育っていって、大きなりっぱな松の木になった。あたしはロマンチックな夢見る子どもだった。その木は、あたしにとって完全な結婚をあらわしていたのよ。でも、その音楽の先生が、音階についてばかなことを言ったので、すっかり熱がさめてしまったの。よく覚えているわ。でも、それがあたしの考える結婚の形だった。昔かたぎの、密接な、伝統的な結婚生活が理想だったの。結局わかったのは、二本の完全な、別々に育った木では、結婚は成立しないということなの。どんな移植をやってみてもね」

「それじゃ、もしかして……」

沈黙の中で、暖炉の火が気持ちよくパチパチと音をたてた。

「でも、もしそういう枠を外したら――自由恋愛して、そして――子どもができたら、どうするの？」

マリアンがたずねた。

「驚いた、あたしはそんなこと考えてないわよ。あたしはただ……」

「ここにいる人はだれだって、いい母親になれるわ。与えるものはどっさり持っているんだもの……」

「でも、むだになっているわ。今じゃ、たいへんな数の母親が……」

「子どもをさっさと堕ろしている！」ウィレッタが叫んだ。「いい感化を与えるわけでもなく、いい環境も与えないで」

「ここにいる人たちがいい母親になれるかどうか、疑問だわ。ただ、子どもを愛し、子どもを望むだけではつとまらないのよ。うちは六人きょうだいだった。だからわかるの。母親が自分とは別の個性に埋没するところに問題があるのよ。最初は夫に、次は子どもに。あたしたちには、そうすることに抵抗があるんだわ。ずっと自分たちの力で生きてきたから。自分はずっと自分でいたいのよ。いいえ、望むというより――望むも望まないも、これは自分ではどうしようもない気持ちなのよ」

「アン、もしあなたの言うとおりなら、人類にとって未来は暗いわね。だって、あたしたちみたいな女がたくさん――毎年何千人と増えていくわ――子どもを作らないのよ。あたしたちは、最高の女たちよ。あたしたちこそ、子どもを作るべきなんじゃない？」

「とんでもない！」ドードーが叫んだ。「あたしたちは変わり種よ。大衆女性とはちがうの。あたしたちは、小さな輪の中を堂々めぐりしていて、大きな声をあげているからモダンな女だと思っているだけよ。でも、モダンなんかじゃない。慈善委員会だの、社会観察だの、事務所だの、そんなものにかかわっていたって、重要な役割なんか果たしていない。十代で結婚して——アメリカのそこらじゅうの家庭に、そういう子がたくさんいるわ——その子たちこそ重要なのよ」

「アメリカではね！」アンが言いかえした。「フランスやイギリスの家庭には、そんな子は見つからないわ。戦争のあと、あちらでは十代で結婚する子なんていないのよ。働いているの——あたしたちがそうだったように。ビジネスをやっているの。フランスの女性はすでに、輸出を増やしているんですって、増やしているのよ！　ドードー、確かにあたしたちは変わり種かもしれないけれど、仲間はたくさんできそうね」

「おもしろいわね、戦争が結婚にどんな影響を与えるか」

ふたたびみんなは黙りこみ、ぼんやりと不透明な未来を見つめていた。

「やっぱりそうなのよ」セアラがぽつんと言った。「愛を失うと、大切なものを何もかもなくしてしまうのよ」

アンが優しげな、かつ悩ましげな小さな声をあげた。

「あたしたちにはいつだって愛はあるわ。ここにいるみんなはひとり残らず、花を贈ってくれるような人がそばにいるわ。愛してくれる男のいない女は、裏書きのない約束手形みたいなものよ。でも、結婚となるとね！」

「そしたらやっぱりききたくなるわ——愛って何？」

みんなの気持ちが高ぶってきたので、ヘレンは思わず言ってしまった。そして、澄みきった声でみんなの笑いに加わった。

「まあ、愛は愛よ」セアラは当惑している。

「もちろん。定義はひとつしかないわ。愛の意味を見つけようとする人には見つからないもの。だけど、あたしたちはみんな、それをしようとするのよね」ドードーが言う。「セアラ、オレンジをちょうだい。新しい絵の話でもしてよ」

小さな家で集まったのは、それが最後の晩となった。その一瞬、一瞬がヘレンにはいとしいものだった。やがて彼女の生活に変化が訪れるのだが、彼女はもちろん、ほかのだれも、まもなくみんなをばらばらにするようなことが起こるのを予想だにしていなかった。

第二十二章

翌日、みんながランチを食べているところへ、マリアンが紅潮した顔で駆けこんできた。フランスへ行くので、今夜、ニューヨークへ向けて出発するというのだ。

「つまり、あたし通信員になるのよ。こんなことがやれるなんて、夢にも思わなかったわ。ユナイテッド・プレスが、あたしの履歴書を受けとってくれたの。あちらへ行って、記事が書けるかどうかもわからないけど、何か有意義なことをしたいわ。自分が役に立てる場所をさがしたいの」

「明日まで待ってよ」ドードーが静かに言った。「そしたら、ワシントンまで一緒に行くから」

みんなの唖然《あぜん》とした顔を見まわしてにっこりすると、ドードーは、相変わらず冷静に、説明しはじめた。

「このところずっと考えていたことなの。わたしがいなくなっても、代わりが見つかるまでは助手たちがうまくやってくれるしね。この国が戦争に入るかどうかわからないけど、もしも入ったとしたら、その最前線にいたいの。フランスでは役に立たないけど、ワシントンの労働省ならやれることがあるわ」

二日後、ふたりは出発した。ヘレンのこがれる思いは、ウィレッタの悩ましげな叫びとこだました。

「ラッキーな人たちね！　あたしには無縁だわ。望んでもむだよ。東部へ行ったら、子どもは育てられないわ、もしも、チャンスがあって、子どもを連れていかれるとしてもね。ああ、あなたたちが二十年後にもどってきても、あたしはどうせ、もとのまんま、ここであくせくしているわ」

「大丈夫よ、ウィリー。あたしもずっとここにいるから」ヘレンは言った。そして、一瞬、ポールの名前が口をついて出そうになった。ポールのことを話せば、わけもわからず絶望している自分をごまかせると思ったのだ。仲間は納得するだろう。みんなは、ヘレンがまだ法律上は別の男の妻だということなど、知る由もないのだから。しかし、ウィレッタの「ああ、あなたもよ！　きっと残ったあたしたちをおいてきぼりにして、遠くへ行ってしまうんだわ！」という声で、口をつぐんでしまった。

ウィレッタは言う。

「この一年のあなたの進歩ときたら、あたしたちには考えられないくらいよ。あなたの仕事についてみんながなんてうわさしているか、知ってる？」

心の中で自分は偉大なライターにはなれないとわかっていたが、仕事をほめられるといつも、深い喜びで胸が震えるヘレンだった。

二週間後、ヘレンはヘイドン氏の事務所にいた。そして、彼の提案に息が止まる思いをした。

「東洋へ行ってみないか?」ふだんはかすかにユーモアを漂わせているヘイドン氏の目が、いつになくまじめだった。「あそこは今、大きな可能性を秘めた場所だ。上海で起こっていること、戦争における日本の立場、メソポタミアやロシアの発展など。フランスはもう使い古されたも同然だ。あそこは発信基地になっている。しかし、東洋はまだほとんど手つかずの状態だ。あそこに行く者には大きなチャンスがある」

「あたしにできるでしょうか?」

「もちろん、できるとも。現地へ行って報告することに意味があるんだ。必要なのは、物事をしっかり見て、それを目に見えるように生き生きと描きだすことだ。きみにはそれができる。当然、金はかかる。その点についてはは考えがあるかね?」

ヘレンは急いで頭をめぐらせた。心臓が飛びだしそうだ。

「こないだの二回の小切手と――それから、土地売買の手数料で、延期されていた分が少し入ってきます。合わせても千ドルに満たないと思います」

「ふむ――それじゃやはり足りないな。これは賭けのようなものなんだ。もしきみがやってみる気になったら、交通費と通信費を出すから、ひと月に記事をひとつ書きたまえ。それに、きみなら東洋で、記事を売れるほかの媒体を見つけるのはたやすいだろう」

少しのあいだ、ヘレンは冷静に、この申し出をどうしようか考えた。中国の塔、紙で仕切られた日本の家、シベリアの大草原などの様子が、目の前をめまぐるしく通りすぎていった。そのとき、ヘレンははっとあることを思い出し、自責の念にかられた。

「あたし、行けません。約束があるんです」

「急いで決めなくていい。よく考えてくれ。あちらに大きなチャンスがあるのはほんとうだし、きみならそれをつかめると信じているよ。がんばればきっとすばらしい雑誌のライターになれるだろう。もしその気になったら、すぐに連絡してくれ。いいね？　二十日に出る船がある。それで行けば、新しい記事が集まる冬号の連載予告ができる」

「考えてみます」ヘレンは約束した。「でも、きっと行けないと思います」

急ぎ足で風の渡る通りを歩いて、マーケット通りへ出た。石畳の上を渦巻くように舞うゴミ、吹き飛ばされた紙切れ、ばたばたするスカート、それらはヘレンの心のみじめな混乱をあらわしているように思えた。

ほんの一瞬とはいえ、どうしてポールのことを忘れていたのだろうか？　サンフランシスコに来るという、心の冷たい、自分勝手で、おろかな仕打ちをして、人生でいちばん大切な人をおろそかにしてしまったのだ。ポールはそれこそ、超人的に辛抱強く、親切な無私の精神で、ヘレンをここに来させてくれたのに。ヘレンは電話ボックスへ走った。今ほど、ポールに対して深い愛情を感じたことはない。彼のところへ避難したいという気持ちでいっぱいになり、電話線のかなたに、かすかに細く、彼の声が聞こえたとき、ヘレンの声は抑えようもなく震えていた。彼に聞こえるように話を二度繰り返さなくてはならなかった。

「ポール？　ああ、ポール！　ヘレンよ。いいえ、たいしたことじゃないの。ただ、あたし、あなたに会いたい。聞いて、ここを出たいの。聞こえる？　あのね、しばらくそちらへ行きたいの。お母さんはあたしに部屋を貸してくださるかしら？　すぐに。次の汽車で行くわ。いいえ、たいしたことじゃないの。ただ、あなたに会いたいの」

彼の声に喜びがみなぎるのを聞いて、ヘレンは胸が痛くなった。

「よかった、ぼくはずっとそれを望んでいたんだ。ああ、かわいいヘレン！　じゃ、明日の朝だね、ぼくもうれしいよ、すごくうれしい！　もちろんさ、ぜったいにまちがいなく行くさ――ばかだな！　さよなら、じゃ、明日」

第二十三章

長く暑い夏の日がおわりに近づく頃、ヘレンは二本のアプリコットの木のあいだにつるしたハンモックに揺られていた。ときおり、下草を上靴の先で軽く押して、またハンモックを揺らしはじめる。頭上では、淡く半透明に透けて見える葉と、赤っぽい実が揺れて、硬い金属のような灰色の空に、次々と新しい模様を作って見せていた。

たそがれの、神秘的なひそやかな静けさが、ヘレンの心を満たしていた。その静けさの中から、かすかにつぶやくような声が聞こえてきた。通りの向こうで、女がふたり、小さなバンガローのポーチに座っている。前の芝生では、少女が犬とたわむれている。三人の服の色、犬の黄褐色の毛、茶色の屋根板に映えるゼラニウムの赤などが、ひんやりした夕方の明かりの中で、目にくっきりあざやかに残った。

「おふくろときたら、いつまでチェスターさんのところにいるつもりなんだろう」と、ポールが言った。ヤナギ細工の椅子に座ったまま、少し体を動かして、葉巻の灰を指でぽんとはたきおとした。彼のいたわるようなやさしい目が自分に注がれるのを、ヘレンは感じた。でも、顔を向けず、黙ったまま、自分の中にある静けさを保っていた。まるで、邪魔が入って眠りをさまたげられそうになっても、見ている幸せな夢にしがみつくように。煙がひと筋、ヘレンと頭上の葉のあいだを漂っていった。

「この時期、外は気持ちがいいね」

しばらくしてから、ポールがまた言った。しかし、ヘレンの返事がほとんど聞こえないくらいの低いつぶやき声だったので、彼は不満を感じた。

「ねえ、今日の午後は楽しかったかい?」

今度は声に力がこもり、いかにも知りたいというふうに聞こえた。ヘレンは、手をひっぱられて答えを迫られているように感じた。

「とっても。ええ、すごく楽しかったわ」

「何をしてたの?」

それにヘレンはこう答えたかった。

「お願い、もういいでしょ。静かにしていましょうよ」

しかし、そんなことを言ったら、ポールは気にするだろう。彼にはヘレンの気持ちはわかるまい。だから、いろいろきいてくるだろう。ヘレンは明るい顔を向けた。

「あのね、お母さんとダウンタウンへ行ったの。そして、帰ってきたら、ラムソンさんがいらしたのよ」

「ああ、いい人だよね、ラムソンさんは」

「そう？　そうなんでしょうね。でも、あたしはあまり好きじゃない」

「そんなことないよ。もっと知れば、好きになるさ」

彼のきっぱりした言い方に、ヘレンは黙ってしまった。やっぱり、ラムソンさんを気にいるようにするべきなのだろうと思った。彼がそれを望んでいるのだから、ラムソンさんを好きにならなくてはならない。突然、子どものような、ばかみたいな怒りがぱっとこみあげてきた。ああ、ラムソンさんなんか好きになりたくないと大声でがなりたてて、足を踏み鳴らしたい！　そんなばかなことを考えたら、思わず笑いがこみあげた。

「あれ、なぜ笑うんだい？」

ヘレンは体を起こし、またハンモックを揺らせた。

「え、そう？　ねえ、どこかへ行かない？」せかせかとヘレンは言った。「ゆっくり散歩でもしましょうよ」

「いいよ」ポールはヘレンの機嫌をとりたかった。「そうだ、もっといいことがある。車をとってくるから、マセッドへ行って、アイスクリームを食べようよ。さ、上着をとっておいで。そんなうすい服じゃ、寒くなるから」

ポールは新しい車を買ったのが得意でたまらず、少年のようにうきうきしている。町でもいちばん高価で豪華な車だ。それはたちまち、町の社会でのポールの指導的立場の象徴となり、大きなおもちゃのように、ためつすがめつされ、話の種にされた。ヘレンはドライブよりむしろ歩きたいと思ったのだが、それを彼に言う気にはなれなかった。従順な子どものようにヘレンは上着を取りにいった。

家の中はうす暗く、しんとしていた。自分の部屋に入ってドアをさっと閉め、背中をドアに押しつけてじっとしていた。このままここにいられたらいいのにと思う。そして、たったひとりで、暗い星空の下を、ひそやかに、黙って、どこまでも歩きつづけたいと思う。それから、はっきりと、ラムソン夫人を嫌いだと思った。そして、あの愛想のいい、おばかな夫人に自分がうんざりする理由を考えてみた。と、そのとき、車の警笛が甲高く響いた。ポールが待っている。あわててヘレンは上着をひっつかみ、車道の縁石のところへ駆けだしていった。

車が軽快な音をたてて、はでなネオンのきらめくビジネス街へ出ると、「リプリーへようこそ」と書いたアーチが、色あせた空の下できらきら光ってふたりを出迎えた。ヘレンはこのままマセッドへ行くのは耐えられない気がした。

「このまま大通りを行きましょう。すずしくて、静かだし、人が少ないから」

ヘレンはポールにねだった。

「いいよ、そうしたいなら」

車は樹皮がぎざぎざしたユーカリの木が縁に立ち並ぶ、長い灰色のハイウェイをなめらかに進んでいった。やせた幹のあいだから、平らに広がるアルファルファの畑がちらちらと目に入ってきた。窓の外を吹きわたる風にのって、暖かい日なたのにおいがふくふくと鼻腔に入ってくる。緑広がる畑で、灌漑用水路に満々とたたえられた水が銀色の鏡のように光って見えた。派手な色の帽子や白い腕が、ひょいひょい動くのが目に入る。ヘレンの横で、ポールは興奮気味に車の話をしている。

「こいつ、かっこいいだろ？　吹かせば百キロはいくよ。ほら、ごらん、どうにでもなるんだから。さあ、行くぞ」

「ほんと、すてきだわ」

ヘレンは一日じゅう人と一緒にいるのに慣れていない。それが問題だった。まったく興味を覚えない女たちとくだらない話をしていると、生きるエネルギーを吸いとられるような気がするのだった。自分の家を持てば、好きなだけひとりでいられる。あわれなポール、一日働いてきたのだから、今は当然ヘレンと一緒にいて、しゃべりたいに決まっている。

「近いうちに、あたしにも車を使わせて、いいでしょ？」

「ええっ、ヘレン、こいつはでかい車だよ。ぼくが運転したほうがいい」

ヘレンは笑った。

「はいはい、わかったわ、あなたの車ですものね。いつか、ブリックスのロードスターでも手にいれたら、あたしの腕前をお見せするわ」

ポールの顔がさっと曇ったのを見て、ヘレンはびっくりした。彼は作り笑いを浮かべて言った。

「ぼくはただ、女の人には重すぎると言いたかっただけだよ。したければ、運転してもいいさ」

車はリプリー農用地の門を通りすぎた。小さな町が見えた。豊かな農場が広がり、あちこちにちかちかと光が見える。かつては荒涼とした土地だった。ヘレンの胸は誇りでいっぱいになり、ポールのことばなど忘れてしまった。自分が土地を売ったおかげで、これらの家々がここにあるのだ。彼がまた口を切ったとき、ヘレンは彼の言わんとすることがわからず、ぽかんとした。

「ヘレン、きみはわかってないんだな。そんな話はしてほしくない」

「そんな話って?」

「ロードスターだよ。ときには『ふたり』と言ってほしいな。こないだの晩も牧師にきみは言った。『あたし、小さな農場を買って、アプリコットを栽培してみたいんです』ってね。それが奇異に聞こえるのに気づかなかったんだね。つらかったよ、ぼくは」

「まあ、そうなの!」

びっくりした声と、みじめったらしい謝罪のことばが、ふたりのあいだの溝をいっそうきわだたせたとヘレンは思った。ああ、もう謝りきれない。何も気づかずにばかなことを言ってしまった。絶望の濃い霧がヘレンをおおいつくし、ヘレンは声をつまらせた。

「いいよ、いいったら。きみが本気でそう言ったんじゃないのはわかってるから」ポールは明るくとりなした。そして、ハンドルから片手を離して、ヘレンの肩にまわした。「気にするな。そのうちにわかるよ」

彼の声音の何かが、ヘレンをとらえて離さなかった。胸がつまって苦しくなり、彼が自分を、彼の望むような妻にしたいと願っているのを思い知った。趣味、嗜好、思想、ヘレン自身を、彼の理想のヘレンに作り変えていきたいのだと思った。

「きみはぼくにふさわしい人だ。かわいいヘレン。ぼくはきみのことがわかっている。ぼくのすてきな人！」

ヘレンの心臓は鼓動しなくなった。彼の許すつもりのキスを受けた自分の唇の冷たさにはっとした。迫りくる夕闇の中をすべるように走りながら、彼はごきげんでしゃべった。ヘレンはそれに応えて返事をしていたが、自分でない人が応えているような感じだった。平らに広がる土地を、神秘的な夜の闇が包みはじめ、農家の窓に暖かい黄色の光が灯るのが見えた。かなたの丘から、大きな月が静かにのぼりはじめ、空に淡い光を投げかけ、星を見えなくしていく。とうとう車はリプリーにもどってきた。いずれはふたりの小さなバンガローを作るために使われる材木や石の山を通りすぎ、静かな通りを進んでいく。タイヤが車道の砂利を踏む音がした。ポールの暖かい手がヘレンの手を包みこむように握った。おりるとき、ヘレンはステップでつまずいて、彼の腕の中に倒れこんだ。彼の唇が頬によせられた。

「ヘレン、ぼくを愛してる?　言ってくれ。そう言ってくれたのは、もうずっと昔のことだ」ヘレンは声もなく、こわばって立っていた。「頼むよ」

あわれみとせつなさが激しく身をこがし、ヘレンは彼にしがみつき、うす暗闇の中で顔をあげて彼のキスを受けた。胸がはりさけそうだった。

「よかった」彼は深い満足感に震えた。「ああ、かわいい、いとしいヘレン！」

やっと部屋にもどると、ヘレンは電気を思いきり明るくつけ、そっと鏡の前に立った。胸に両手をあてたまま、しばらく立ちつくしていた。目をのぞきこむと、目がのぞきかえした。

「彼はあんたを愛してないわ」と、ヘレンはその目に向かって言った。「彼はあんたを望んでいないのよ。彼が望んでいるのは別のだれか――昔のあんたよ。ああ、ポール、あたしはポールにひどいことをしている！　結婚したら、もっと彼を傷つけることになる。あんたは彼の望むあんたにはなれっこない。ぜったい無理。あんたは別のだれかになってしまう。それにあんたは耐えられない。自分を作り変えられるわけがない。あれから何年もたってしまったのだから。ああ、ポール、いとしいポール、いとしいひと、あなたを傷つけるつもりなんてなかったのよ！」

数時間後、ヘレンははっと思い出した。東洋へ向かう船が、二十日に船出するということを。すばやく行動を起こさなくてはならない。今すべきことがたくさんあるのは、ほんとうにありがたい。

第二十四章

十九日の朝早く、ヘレンはラッシャン・ヒルにある、小さな茶色い家の階段をあがっていった。メイソンヴィルを出て夜汽車の寝台車に乗り、ひと晩じゅうまったく寝られなかったので、くたくただった。あまりの疲労に、感情を持つことさえ無理な気がした。ぼんやりと、思い出のつまった、日のあたる、レッドウッドのパネル張りの部屋を見つめていた。いろいろな思いが脈絡なく頭に浮かんできて、胸が苦しくなった。母親の涙にぬれた顔、パスポート申請でワシントンに打った電報、船旅用に買わなければならないトランク、赤ん坊の頭越しに、うらやましそうにヘレンを見つめていたメイベル……。

涙で曇った目を手でさっとぬぐうと、ヘレンは机に向かって座った。ポールに手紙を書かなくてはならない。外国へ行くと伝えなければならない。リプリーの駅でにっこり笑ってさよならしたのは、ほんとうのさよならだとわかってもらわなくてはならない。これがいちばんいいのだということをはっきりさせ、これ以上自分の思い出にしがみつかないようにしてもらわなくてはならないのだ。

手紙を書きおえると、便箋をていねいに折りたたみ、封筒にいれ、封をした。これですんだ。自分の一部を切り離し、あとには血のしたたるからっぽの自分が残ったような気がしていた。しかし、これまでいろいろ悩み苦しんだ経験から、頭は意外と冷静で、この傷はいずれは治るのだと自分に言いきかせていた。時がたてば、忘れてしまうのだと。とはいえ、頭ではそう思っても、痛みはやわらぐことがなかった。

思い出がどっと押し寄せ、彼女を痛めつけ、耐えきれなくなった。ヘレンは立ちあがり、それを振りはらおうとし、苦しまぎれに、何か体を動かすことで苦悩を忘れようとした。トランクの荷造りをしなくてはならない。棚いっぱいの本を始末しなくてはならない。洋服屋と運送屋に電話をしなくてはならない。そうしたこまごまとした用事が、救いの手をさしのべてくれた。長いあいだずっと持ちつづけてきた自制心が、つらさを乗り越えさせてくれた。ヘレンはあごをくいっとあげ、唇にはほほえみさえ浮かべた。

ランチのとき、ヘレンはいつになく陽気だった。みんなにおめでとうと激励された。そして、午後は大急ぎで買い物をすませ、お茶の時間にみんなに会い、夜は暖炉を囲んで、最後の集まりを過ごした。親しい仲間と、心楽しく、ちょっとだけ涙をこぼしながら。

「この仲間もとうとう解散ね」とみんなが言った。「マリアンはフランスだし、ドードーはワシントンだし、今度はヘレンが行ってしまうんですもの。何もかも変わってしまうんだわ」

「何もかもね」ヘレンは落ち着いている。「どんなにいいものだって、永遠に保つのは無理なのよ。でも、今まですてきだった――何もかも！　お互いに大切にしあい、楽しい時を一緒に過ごしてきた。みんながあたしにしてくれたこと――とてもことばでは言いあらわせないくらい。あたし思うの、この世で女の友情ほど美しいものはないんじゃないかって。あたしの人生でいちばん幸せな年だったわ」

「ええ、すばらしかったわね、すべてが」低い椅子に座ったヘレンのそばで、床に積み上げたクッションに体を丸めたセアラがつぶやいた。その芸術家らしいきれいな長い手をヘレンの手にのせた。「でも、物事がおわるのを見るのはつらいわ」

暖炉の火が、やさしい音をたてて、みんなを暖かく包みこんだ。うす暗がりの中で、ウィレッタの顔がほんのり白く浮かびあがっている。アンのタバコの先の赤が、ちかっと光ってはうすれていった。みんなはしだいに消えていく暖炉の火を見つめながら、心を通わす仲間の最後の儀式に参加していた。暗闇がそれをおびやかしているように思えた。すでに部屋の中には、主人を失った家が必ず持つわびしさが漂いはじめていた。ヘレンの心には、これから向かう見知らぬ土地や暮らしを思って、そくそくたる寒気とおびえがつのってきていた。

胸の奥のにぶいずきずきが、ポールの顔を思い出したとたん、強い痛みにかわった。ヘレンはいきなり椅子に座りなおし、セアラの手に自分の手をいっそう熱をこめてかぶせた。

「ひとつだけ確かなことがあるわ」熱っぽく言った。「ほんとにつらいわ――美しいものをぜんぶおいていってしまうのが。でも、きっとその代わりをしてくれるものがあらわれると思うの。

何かちがうもの、でも、もちろんもっといいものがね。未来って、あたしたちが思っているよりきっといいものなのよ。それをわかっていなくちゃいけないの。ほんとはそれがわかっているの。それを確信していれば、いろいろなものをもっと未練なく捨てることができるし、次のものに挑戦していけるのよ。ほら、水泳みたいにね。自信を持ってあたるの。自信を持って生きていかなくちゃいけないのよ。だって、これから先、何があろうとも、それはきっと今までよりいいものだと思うから。そうなのよ、ねえ、みんな、あたしにはわかっているのよ」

次の日、息せききってヘレンは波止場にやってきた。タクシーに荷物を山と積んで、ぎりぎりに駆けつけた。その朝のおおあわてにつきあってくれたのは、セアラとウィレッタで、パスポートのことで最後のごたごたを片付けてくれたり、遅れている運送屋をせきたてたが、結局、タクシーを電話で呼んで、トランクを波止場へ運んでもらったりしてくれた。ウィレッタが一緒に乗っていき、トランクが船積みされるのを見届けてくれた。セアラはコーヒーとトーストを用意して、着替えているヘレンに食べるようにすすめた。電話がひっきりなしにかかってきた。

ヘレンがかばんとハンドバッグと手袋を持って、小さな家のドアをバタンと閉め、ジョーンズ通りの階段の下で待っているタクシーに駆けつけたときも、電話がまた鳴っていた。セアラと一緒に乗りこむと、タクシーは石畳の上を揺れながら走っていった。かばん、帽子の入った箱、腕いっぱいのバラの花束、ショールのひもつきのひざ掛け毛布などが、まわりにぎゅうぎゅう詰めになっている。窓ガラスを通して見えたのは、サンフランシスコのたくさんの坂道、色とりどりの野菜を並べたチャイナタウンの市場やまぶしく輝く店、グラント通りの感じのいい建物などだ。でも、ヘレンはすべてが現実とは思えなかった。自分が遠くへ行ってしまっても、これらのものはずっとここにあるのが信じられない！　ましてや、自分がほんとうに遠くへ行くことが、信じられない！

「ヘレン、鍵は？」

セアラは唇を震わせた。

「ええ、あると――思うわ」ハンドバッグに手をつっこんで、鍵を取りだした。「これをウィレッタに渡しておいてくれない？　あたし、忘れてしまいそうだから。あの小さな家で楽しくやってほしいわ」そして、腕時計を見た。もう何度目だろう。「さっきの電話がだれからだったかわかったら、とにかくあたしは急がないと、船に遅れてしまうからだったって、言っておいてね。それから、手紙をちょうだいよ」こんなときに、なんと不粋で月並みなことばだろう！　でも、それ以外に何が言えるというのだ？

埠頭に群がった車の中へタクシーはすべりこんでいった。支払いをすませ、かばんとひざ掛け毛布と花をひっぱりだした。ウィレッタがいた。目に涙をためて、笑っている。小柄な中国人女性と、アンとヘイドン氏がいた。ヘレンはみんなに囲まれ、笑いながら、握手をし、とにかく何かしゃべっていた。

蒸気船の甲板とのあいだにあるタラップにあがり、それを渡って甲板に出ると、そこはもう人でいっぱいだった。どこを見ても、涙と笑いとキスとさよならだった。ヘレンはまたみんなと握手をかわした。ポスト誌の速記者ピーターソン女史が白い包みをヘレンの手に押しつけてきた。テレグラフ・ヒルから少女がふたりやってきていて、ぬくもりの残っている、しおれた野草の花束をくれた。いつか記事に書いたセツルメントハウスのメアリ・オブライエンもいた。そのほか、たくさん、もう覚えていないような人たちや、プレス・クラブで踊った男の人たちもいた。

「まあ、クラークさん、来てくださってありがとう！　さよなら、さよなら！」

「旅の無事を祈っていますよ」

「ええ、ありがとう――ありがとう！　さようなら！」

汽笛が鳴り、まわりの人々はしだいにひいていった。セアラがこれを最後と抱きしめてくれ、震えるキスをしてくれた。涙にぬれたウィレッタの頬がヘレンの頬に押しつけられ、すすり泣きの声がもれた。最後まで残っていた見送りの人たちが船から追いだされた。だれかが、鮮やかな紙テープを投げた。くるくると舞うように埠頭に落ちていった。すると、次から次に、紙テープが投げられはじめた。日光を受けて、からみあいながら舞い降りていくと、下で待ち受けていた人々がそれをつかむ。今度は、下から甲板に向かって紙テープが弧を描いて投げ上げられた。船は無数の虹色のテープで岸にしばりつけられた。

また、汽笛が鳴った。ゆっくりと揺れながら、大きな船体が動きだし、ヘレンの足もとでひとつの生き物となった。色鮮やかなテープは長さが尽きて、ひとつひとつ、くるくる舞いながら海へ落ちていく。下でうごめく人々が、白い顔のぼんやりしたかたまりになった。手で目もとをぬぐったヘレンの目に、なつかしい仲間が見えた。ウィレッタ、アン、セアラが並んで、ハンカチを振っている。船と波止場の距離がどんどんあいていく。ヘレンはバラの花束を振りあげ、ずっと振りつづけた。やがて、波止場は灰色にぼやけたしみとなり、揺れていた白いハンカチが見えなくなった。船はゆっくりと海の流れにのり、ゴールデンゲイトを通りぬけて進んでいった。

なつかしい町が灰色になって何も見えなくなった。フェリー・タワーも、テレグラフ・ヒルの高い崖も、ラッシャン・ヒルのお城のような丘も、プレシディオも、クリフ・ハウスも、浜辺も、ぜんぶが水平線のかなたで灰色のかたまりになったとき、ヘレンは船室へおりていった。そこには、贈り物が山と積まれていた。花の入った縞模様の長い箱、果物の入ったかご、ボンボンが入っているにちがいない、銀色のひもをかけた四角い包みなど、大小とりまぜておいてある。こんなに大勢の人たちが自分のことを気づかってくれるなんて、考えもしなかった。

実は、なんだかわけもわからず、ひきよせられたように、ヘレンはこの小さな船室へやってきたのだった。ドアに鍵をかけ、ひとりになりたかった。ここなら、ずっと我慢していた分、思いきり泣けるだろうと思ったのだ。ところが、ヘレンが感じたのは、やすらぎだけだった。少し笑いが出た。まつげにたまった涙をぬぐうと、自分をずっと愛してくれて、自分がどこにいようと愛してくれる女友だちに思いをめぐらせた。

そして、ことさらポールのことを思い出した。あの深い胸の痛みはもう消えていた。今頃、彼はあの手紙を読んでいるだろう。彼をつらい目にあわせたと思うと、胸がつまって苦しくなった。しかし、もう彼は自分を忘れてくれるだろう。そのうちに、だれか好きな人ができるだろう。昔のヘレンのような——彼が愛したかつてのヘレン、もはや今のヘレンの中にはいないかつての自分のような人。

「だから、つらかったんだわ！」ヘレンは急にはっと気がついた。「あたしが彼を欲しかったからじゃない。あたしが昔の自分にもどりたかったからよ。今までのがしてきて、これからも得られそうもないものを欲しがったからよ。結婚、家庭、子ども。でもそれは、今のあたしにはふさわしくない。だけど——海の向こうに世界が広がっている。世界があたしを待っているんだわ！」

ヘレンはあこがれのまなざしで未来を見つめた。

エピローグに代えて――訳者あとがき

『大草原の小さな』と言えば、すぐにあの元気な開拓少女ローラの物語だとおわかりの方も多いことでしょう。けれど、そのローラ・インガルス・ワイルダーの娘ローズ・ワイルダー・レインについては、その存在すらあまり知らない方が大半ではないでしょうか。しかし、母ローラの影に隠れていたローズの存在が、今や、アメリカでは、研究者に次第に注目されるようになり、ローズに関する本が次々と出されていますし、母ローラの「小さな家シリーズ」の共同執筆者としての役割もすでに明らかになっています。さらに、ローズという女性の人生そのものが、母ローラの人生からは想像もつかないほどスケールが大きく、起伏の激しいものであったことがわかり、ローズは実に興味をかきたてる存在になりつつあるのです。

わたし自身のローズの作品との出会いは、一九七四年のことでした。「小さな家シリーズ」のローラのふるさとを巡る旅をしていて、ローラの最後の家がある、ミズーリ州マンスフィールドを訪れたとき、ローズの傑作『大草原物語』の原書を購入し、ローラのものとはちがう、かっちりした響きのある文章に新鮮な驚きと感動を覚え、いつか訳したいと考えました。幸運にも、それは、一九八九年に世界文化社から出版されました。それ以来、わたしはローラはもちろん、ローズからも目を離すことができず、つねに新たな出会いを願っていました。そして、ローズの伝記をローラ研究家ウィリアム・アンダーソンさんと協力して書いたのが、二〇〇六年、ローズの生誕百二十年目に出た『大草原のバラ――ローラの娘ローズ・ワイルダー・レイン物語』（東洋書林）です。そのあとがきに、わたしは書きました。「今や、この『わかれ道』を訳すことが、わたしのもうひとつの夢となりました」と。それがかなったのですから、これ以上の喜びはありません。

さて、『わかれ道』についてすぐに書きたいのは山々ですが、その前に、ローズの人生を簡単に振りかえってみたいと思います。まずは、読者のみなさんに、ローズという人のことを知っていただきたいからです。詳しい内容は、『大草原のバラ――ローラの娘ローズ・ワイルダー・レイン物語』を読んでいただければと思いますが……。ローズは、アメリカの大草原地帯のダコタ・テリトリー（現在のサウス・ダコタ州）にあるデ・スメット「大草原の小さな町」近郊で、一八八六年十二月五日に、誕生しました。母ローラが大好きだった大草原のピンクの野バラにちなんで、ローズと名付けられたのです。七歳のとき、両親とその友人の家族（ポールとジョージ兄弟とその両親）とともに、暖かい南にある、「大きな赤いリンゴの地」ミズーリ州マンスフィールドへ移住しました。幼い頃からたいそう利発だったローズは、地元の学校にはとうてい飽きたらず、父アルマンゾの姉イライザ・ジェインが住むルイジアナ州クラウリーの高校に入学し、一番の成績で卒業しました。その後、親もとへ帰りましたが、十七歳のとき、学んだ電信技術を武器に、キャンザス・シティで電信技手として働きはじめました。まだ女性が職業を持つことに対して、偏見が巣くっていた時代でしたが、ローズは果敢に新しい広い世界へと飛びだしていったのです。やがて、巡回セールスマンのジレット・レインに出会い、彼を追って西海岸へ旅立ち、一九〇九年サンフランシスコでふたりは結婚しました。ローズは二十二歳でした。そして、当時土地ブームだったカリフォルニアで不動産売買の仕事につきましたが、そのブームは第一次大戦が始まると下火になりました。一攫千金をねらうタイプのジレットは、その後、いろいろな仕事に手を染めましたが、失敗続きでした。一方、ローズはサンフランシスコ・ブリティン紙の女性欄を担当するベシー・ビーティと知り合い、ライターとして記事を書くようになりました。こうして、ローズはものを書くことに大きな喜びを見つけ、ライターとしての自信を深めていったのです。ところが、ローズが売れっ子記者になるにつれ、仕事のないジレットとの溝はますます広がり、ついに一九一八年、ふたりは離婚しました。

まもなく、第一次大戦がおわりました。一九二〇年、ローズに新しい仕事が舞い込みました。アメリカ赤十字のライター&宣伝係として、ヨーロッパへ行くことになったのです。パリを皮切りに、ローズはウィーン、ワルシャワ、ローマなどを訪れ、戦後のヨーロッパの人々の暮らしをアメリカの読者に伝えました。さらに、東欧のアルバニアにも踏み込み、当地の雄大な自然と中世時代から変わらない人々のライフスタイルに強くひかれるものを感じました。ローズはアルバニアに恋をしてしまったと言えるでしょう。足かけ四年のヨーロッパ滞在のあとアメリカへ帰り、一九二六年にふたたびアルバニアを訪れ、首都ティラナで二年暮らしたのです。ローズは、アルバニアを舞台に『シェイラの峰々』（一九二三年）という本を書いています。

それまでにローズが書いた主なものには、『アート・スミス物語』（一九一五年）、『ヘンリー・フォード物語』（一九一七年）、そして『わかれ道』（一九一九年、本書）があります。

さて、ふるさとに戻ってきたローズは、老年期に入った両親を支えるひとりっ子としての責任を強く感じていました。すでに、母ローラの文才を見抜いていたので、母に開拓少女時代の物語を書くように熱心にすすめました。ものを書いてお金を稼ぐほうが、農業をやるより効率的だと考えたからです。こうして、ローズは母ローラとみごとなチームワークを組み、開拓時代の人々の勇気をたたえる「小さな家シリーズ」を世に送りだしたのです。物語を通して響く「ことばの音楽」はあくまで母ローラのものでしたが、それに磨きをかけたのは、ローズの功績でした。

母ローラの経験を題材にして書いた一九三三年の『大草原物語』（世界文化社）は、ローズの傑作です。大恐慌時代に絶望のどん底にいた人々を鼓舞激励するために書いたものでした。

母ローラの執筆の手伝いをしながらも、ローズはやはり自分の作品を書きたい思いに駆りたてられていました。そして、一九三八年、父アルマンゾをモデルにした小説『自由の土地』を書き上げました。これは『大草原物語』と同じくベストセラーになりました。ローズは、人間の自由について、『わたしに自由を』（一九三六年）、さらに『自由の発見』（一九四三年）を書きました。「自由とは自ら求めて勝ちとるものであり、与えられるものではない」というのがローズの根本理念でした。それは、アメリカのリベラリズムの根幹をなすものと言われています。他人や政府に頼らず、自分自身の力を信じて生きていく姿勢は、とりもなおさず、開拓時代を生き抜いた母ローラ、父アルマンゾの精神でした。

30歳頃のローズ・ワイルダー・レイン
（ハーバート・フーバー大統領図書館所蔵）

ローズは、終の棲家として、コネティカット州ダンベリーに田舎家を購入し、そこで彼女流の自給自足生活を始めました。作家活動からはしばらく離れていましたが、一九六〇年代に入ってから、新しい仕事にとりかかりました。パッチワークなど手芸の名手でもあったローズは、ウーマンズ・デイという雑誌に「アメリカ手芸物語」を連載しはじめました。それがまとまって美しい写真満載の『ウーマンズ・デイのアメリカ手芸の本』（一九六三年）となったのです。それは「手芸を通して、アメリカの歴史と精神を今に伝えるすばらしい本」と評されました。その後、一九六五年、ウーマンズ・デイ誌の七十八歳の記者として、戦地ヴェトナムへ派遣され、当地の状況を伝えました。さらに旅心がつのったローズは、ついに世界旅行を決心し、準備を始めますが、一九六八年十月三十日、出発の前夜、眠りについたまま亡くなりました。

『わかれ道』は、一九一九年に出版されたローズの自伝的要素の濃い小説です。しかし、あくまでこれはフィクションであり、主人公の名前はヘレン・デイヴィーズ、夫の名前はギルバート（バート）・ケネディとなっています。一九一八年十月から翌年六月まで九回にわたってサンセット誌に連載されたものを、本に書き直した作品ですが、その際、かなりの分量が追加されました。連載の最後は、幼なじみのポールとの幸せな結婚をほのめかしていますが、本では、第十九章の三四一ページの十七行目からが追加分で、結局ヘレンは、ポールが愛しているのはかつての自分であり、これから新しい世界へ飛翔しようとしている今の自分ではないことに気づくのです。ローズ自身、ポール（不思議なことに、小説でも、ポールだけは実名を使っている）とは幼なじみで、すばらしい友人だと言っていますが、恋人ではありませんでした。物語の最後でヘレンは言います。「海の向こうに世界が広がっている。世界があたしを待っているんだわ！」このセリフは、ローズ自身の心の叫びでした。事実、ローズは、『わかれ道』が出た翌年に、海外特派員として、ヨーロッパに旅立ったからです。

これはフィクションですから、実際に起こったことと比較して、ちがいをあげつらっても意味がありません。けれども、これまでに二度、この本は形を変えて出されており、それらがこの本の内容と大きくちがうことはきちんと説明しておきたいと思います。一九七七年、母ローラとローズの後継者ロジャー・リー・マクブライドは、『ローズ・ワイルダー・レイン物語』として、『わかれ道』にかなり手をいれて出版しました。ヘレンをローズ、ギルバートをジレット、メイソンヴィルをマンスフィールドなど、いかにも自伝だと思わせるように変えてしまっただけでなく、ヘレンには妹と弟がいるのに、ひとりっ子にし、それにつじつまが合うように内容をカットしたりしているのです。きわめつけは、本の最後です。つまり、連載の最後と同じく、ポールとの結婚を読者に期待させておわらせているのです。また、一九九九年、母ローラの「小さな家シリーズ」のローズ版とも言える「新大草原の小さな家シリーズ」（マクブライド著）の最終刊の八冊目『キャリア・ガール』（六冊目まで講談社から邦訳が出ている）は、かなりの文章を『わかれ道』からそのまま使っています。けれど、主人公はローズで、実際にローズがキャンザス・シティへ出て電信技手をするのは事実ですが、そこでの出来事を、カリフォルニアを舞台にした『わかれ道』から借りているのです。そして、結末は、ローズとジレットが電撃的な出会いをするところでおわっているので、読者にふたりのロマンチックな結婚を示唆しているわけです。これを書いたマクブライドの真意は、もはや故人となった彼には問いただせませんが、ローズを尊敬していた彼のことですから、ローズのイメージに美しいヴェールをかけたままにしておきたかったのではないでしょうか。一九七七年に出た『ローズ・ワイルダー・レイン物語』を、わたしはほんとうにローズが書いたものだと思っていたのですが、それが大変な勘ちがいだったと気づいたのは、つい最近のことです。すでに絶版で手に入らない『わかれ道』について書かれた研究書や、原書のコピーをアメリカ国会図書館から取り寄せて読んだからです。ですから、今回は、ローズのほんとうの声に耳を傾けて訳そうと努力しました。まだローズが作家として出発したばかりの頃の作品ですから、若いエネルギーに満ち、彼女の素直な声がストレートにあらわされていて、たいそう好感が持てます。

ローズは、ヘレンのモデルは自分ではないと言っていたそうですが、本を読むと、若き日のローズらしさがぷんぷんしていて、トビウオのように勢いよく跳ねているような、はつらつとしたヘレンがローズの姿と重なります。テーマは、いかにもローズらしい、自由への飛翔でしょうか。若気の過ちのような結婚と離婚が描かれていますが、暗さはみじんもありません。むしろ、新しい旅立ちへのあこがれに満ちあふれた最後には、ヘレンのきっぷのよさとさわやかさを感じます。

ここで内容をかいつまんで説明するとストーリーの生きのよさが失われるので書きませんが、物語の舞台とその時代について少し述べましょう。まず、舞台はカリフォルニアです。

ヘレンのふるさとメイソンヴィルは、州都サクラメントの北方にあるチェロキーのあたりでしょうか。この田舎からヘレンはサクラメントに出てきたのです。やがて、サンフランシスコへ出て、ギルバートに出会ったわけです。当時、カリフォルニアは土地ブームに沸いていました。そのうちに、第一次大戦が始まり、ヘレンは不動産の仕事から手を引き、ライターとして世界へ羽ばたいていきます。また、物語の最後のほうに出てくる、ヘレンのわが家は、サンフランシスコのラッシャン・ヒルにある茶色の家ですが、それはまさしくローズが住んでいた家で、現在も海を見下ろす丘の上に立つすてきな家です。この家から、ヘレンは報告記者として東洋へ旅立つのです。

ところで、この物語には何度も電報文が登場しますが、いかにも昔の電報らしいカタカナ文にはなっていません。当時は、受けた電信をヘレンのようなオペレーターが手で書きとり、それが配達されていたからです。紙テープにタイプ打ちした文字を貼り付けた電報が台頭しはじめたのは、一九三〇年代のことで、第二次大戦がおわる頃には、書き文字の電報は姿を消していました。

ローズは、四十一歳のとき、ガイ・モイストンという恋人と決別しました。そのとき、彼に書いた別れの手紙に、ロバート・フロストの詩を引用しました。次は、その最後の三行です。

黄色い森で道がふたつにわかれていた
わたしはあまり人が通っていないほうの道を選んだ
それが大きなちがいをもたらした

若き日のローズが選んだ小説のタイトル『わかれ道』は、彼女のその後の人生をも予感させていたことになるのかもしれません。

最後になりましたが、この本を、新しく興された悠書館から出してくださった長岡正博様、編集者の小林桂様、そしてブックデザイナーの内藤正世様に、心から御礼申し上げます。

二〇〇八年三月

谷口由美子

ローズ・ワイルダー・レイン
関連書リスト

邦訳作品

1.『大草原物語』……谷口由美子訳／世界文化社
2.『わかれ道』……谷口由美子訳／悠書館（本書）

関連する邦訳作品

1. 新大草原の小さな家シリーズ
……ロジャー・リー・マクブライド著／講談社
・『ロッキーリッジの小さな家』…谷口由美子訳
・『オウザークの小さな農場』…こだまともこ、渡辺南都子訳
・『大きな赤いリンゴの地』…谷口由美子訳
・『丘のむこうの小さな町へ』…こだまともこ、渡辺南都子訳
・『オウザークの小さな町』…谷口由美子訳
・『ロッキーリッジの新しい夜明け』…こだまともこ、渡辺南都子訳
2.『大草原のバラ——ローラの娘ローズ・ワイルダー・レイン物語』
……ウィリアム・アンダーソン著　谷口由美子構成・訳・文／
東洋書林

その他

1.『大草原の小さな家——ローラのふるさとを訪ねて』
……ウィリアム・アンダーソン著　レスリー・ケリー写真
谷口由美子構成・訳・文／求龍堂
2.『大草原のおくりもの——ローラとローズのメッセージ』
……ウィリアム・アンダーソン編　谷口由美子訳／角川書店
3.『ローラ＆ローズ——大草原の小さな家・母と娘の物語』
……NHK取材班、ウィリアム・アンダーソン、谷口由美子著／

NHK出版

4.『大草原のローラに会いに――小さな家をめぐる旅』

……谷口由美子著／求龍堂

5.『ようこそローラのキッチンへ――ロッキーリッジの暮らしと料理』

……ウィリアム・アンダーソン編　谷口由美子訳／求龍堂

6.『ローラからのおくりもの』

……ウィリアム・アンダーソン編　谷口由美子訳／岩波書店

7.『ローラの思い出アルバム』

……ウィリアム・アンダーソン編　谷口由美子訳／岩波書店

8.『ローラ・インガルス・ワイルダー伝――「大草原の小さな家」が生まれるまで』

……ジョン・ミラー著　徳末愛子訳／リーベル出版

9.『大草原の旅はるか』

……ローラ・インガルス・ワイルダー著　谷口由美子訳／世界文化社

著訳者紹介

ローズ・ワイルダー・レイン
(Rose Wilder Lane)

1886年、アメリカのダコタ・テリトリー（現在のサウス・ダコタ州）のデ・スメット近郊に生まれる。母は、のちに『大草原の小さな家』など「小さな家シリーズ」を書いたローラ・インガルス・ワイルダー、父は、母ローラの『農場の少年』のモデル、アルマンゾ・ワイルダー。17歳で電信技手として働きはじめ、22歳で結婚するが、のちに離婚。記者として、ヨーロッパを訪れる。ジャーナリスト・作家として活躍。作品は『大草原物語』（世界文化社）、その他『ふるさとの町』『わたしに自由を』『自由の土地』など。本書『わかれ道』は、彼女の２冊目の邦訳本で、初訳。1968年、世界旅行出発の前夜に亡くなる。

谷口由美子
(Taniguchi Yumiko)

翻訳家。上智大学外国語学部英語学科卒業。アメリカに留学後、児童文学の翻訳を手がける。著書に『大草原のローラに会いに――小さな家をめぐる旅』（求龍堂）、訳書に『長い冬』など「ローラ物語」５冊、『あしながおじさん』（岩波書店）、『大草原物語』『大草原の旅はるか』（世界文化社）、『大草原のバラ――ローラの娘ローズ・ワイルダー・レイン物語』『ルイザ――若草物語を生きたひと』（東洋書林）、『サウンド・オブ・ミュージック』『サウンド・オブ・ミュージック、アメリカ編』（文渓堂）、『サウンド・オブ・ミュージックの世界――トラップ一家の歩んだ道』（求龍堂）など多数。

わかれ道　Diverging Roads

2008年4月15日 初版発行

著者　ローズ・ワイルダー・レイン
訳者　谷口由美子
装幀　内藤正世（アトリエ アウル）
発行者　長岡正博
発行所　悠書館
〒113-0033　東京都文京区本郷2-35-21-302
TEL 03-3812-6504　FAX 03-3812-7504
URL　http://www.yushokan.co.jp/

印刷・製本　明光社印刷所

ISBN978-4-903487-24-3
定価はカバーに表示してあります。